Håkan Nesser • Ein Fremder klopft an deine Tür

HÅKAN NESSER

Ein Fremder klopft an deine Tür

Drei Fälle aus Maardam

Aus dem Schwedischen
von Paul Berf

btb

Bewunderung

I.

Ein Briefumschlag

Hinterher, während der folgenden Tage, dachte Anna Kowalski häufig an den Moment zurück, in dem sie sich entschied, den Umschlag an sich zu nehmen. Die kurze Sekunde, in der sie das Für und Wider abgewogen haben musste und zu dem Schluss gekommen war, dass es letztlich so gedacht war.

Auch wenn es nicht dieser hoffnungsvolle Gedanke gewesen sein sollte, der den Ausschlag gab – im Grunde glaubte sie weder an einen Sinn noch an das Schicksal –, ging es vielleicht schlicht und ergreifend nur um Wilma Verhoven. Was natürlich in keiner Weise die Bedingungen veränderte. Denn wenn Wilma Verhoven das eine oder andere nicht mitbekam, gab es keinen Grund, deshalb ein schlechtes Gewissen zu haben. Beim besten Willen nicht.

Wie auch immer man es betrachtete: Der Briefumschlag hatte genau zwischen den Türen gelegen. Oder vielmehr, war behutsam an die Wand gelehnt worden; es stand kein Name darauf, es gab nur ein einzelnes, in die obere linke Ecke gezeichnetes Herz. Er konnte ebenso gut für Anna wie für ihre Nachbarin gedacht sein, jedenfalls solange man nur die Umstände berücksichtigte, also die inneren Umstände des Hauses, die Position der Türen und den Abstand zwischen den beiden.

Dass Wilma zehn Jahre jünger war und von Männern umschwärmt wurde, war natürlich nicht von der Hand zu weisen, und später dann, als sich die bittere Einsicht zu Wort meldete, kam Anna Kowalski nicht umhin, sich diese Möglichkeit einzugestehen. Dass es gerade dieser traurige Stand der Dinge war, der sie veranlasste, sich das Kuvert zu schnappen. Sie selbst wurde ganz und gar nicht umschwärmt, und dass die jungen, drahtigen Männer bei Fräulein Verhoven ein und aus gingen, empfand sie manchmal als Ausdruck einer tiefen und unausgewogenen Ungerechtigkeit.

Mit anderen Worten, sie war neidisch.

Der Einzige, der bei Anna Kowalski ein und aus ging, war Herbert Kowalski, einer der beiden Teilhaber des erfolgreichen Unternehmens *Kowalskis Kartons EG* und seit zehn Jahren ihr Ehemann – und wenn sie ehrlich war, wusste sie mit jedem Jahr, jedem Monat und schläfrigen Abend vor dem Fernseher Letzteres immer mehr zu schätzen. Dass er immer wieder auch ging.

Er war gut sieben Jahre älter als sie, deutlich über vierzig, aber eigentlich schon von Anfang an immer der gleiche zuverlässige, aber staubtrockene Herr gewesen. Sie hatte ihn der Sicherheit zuliebe gewählt. Die Kontrahenten im Kampf um ihr Herz, ihren Schoß und ihre Seele waren Herbert und ein fahrender Tangolehrer aus Argentinien namens Alfonso gewesen; sie hatte die Qual der Wahl gehabt zwischen einem einfachen Ticket nach Buenos Aires mit einer spannenden, aber höchst unsicheren Zukunft – und einer Vierzimmerwohnung in dem schönen alten Backsteinhaus in der Falckstraat und grundsoliden Finanzen, so weit das Auge und das Denken reichten. Ein paar Jahre als Hausfrau, zwei, drei Kinder, eine Halbtagsstelle und ein angenehmes Leben im Stadtteil Deijkstra in Maardam, der Stadt, in der sie aufgewachsen war und wo die meisten ihrer Freunde und Bekannten lebten. Wie gesagt, die Sicherheit. Auf Kosten des Abenteuers; oft hatte sie gedacht, wenn es nicht ihr Leben, sondern ein Film gewesen wäre, hätte sie nicht weitergeschaut, sobald die Heldin sich für die sichere Lösung entschieden hätte. Aber Film war Film und Leben war Leben. Leider.

Vielleicht war es auch dieser Unterschied, der die Entscheidung herbeiführte – sozusagen die Diskrepanz zwischen Tango und Karton. Der das Pendel in die eine Richtung ausschlagen ließ. Es ging zwar nur um einen kleinen, weißen Briefumschlag mit einem Herzchen darauf, aber wenn man in einer solchen Lage nicht all seinen Mut zusammennahm, wo war man dann in seinem Leben gelandet? Sie war fünfunddreißig, sah noch immer gut aus, sowohl bekleidet als auch nackt, und der einzige Mann in ihrem Leben war der allseits respektierte Fabrikant Herbert Kowalski.

Als sie das Kuvert erblickte, hielt sie mitten im Schritt inne. Sie war alle vier Treppen hochgestiegen; wenn man in Form bleiben wollte, sollte man die kleinen Gelegenheiten des Alltags zur körperlichen Betätigung nutzen. Das hatte sie neulich in einem Magazin in der Schule gelesen und verinnerlicht. Sie hatte den Schlüssel schon in der Hand und freute sich auf eine ruhige Stunde im Sessel vor dem offenen Kamin, ehe es Zeit wurde, das Essen vorzubereiten, Rinderhackfrikadellen mit Wurzelgemüseauflauf – aber irgendetwas in ihrem Inneren hatte offenbar gerufen.

Warte mal?

Siehst du nicht das Herz?

Weißt du nicht, was heute für ein Tag ist?

Der vierzehnte Februar. Valentinstag. Der Tag der Herzen. Natürlich wusste sie das, in der Schule hatte es von Rosen nur so gewimmelt, und die Wohnung dieser verdammten Wilma Verhoven war bestimmt schon voll damit.

Im Treppenhaus waren keine Schritte zu hören. Der Aufzug bewegte sich nicht, weder aufwärts noch abwärts. Sie tat zwei schnelle Sätze und griff sich den Umschlag. Steckte ihn in ihre Umhängetasche, schloss die Wohnungstür auf und nahm ihr Zuhause in Besitz. Das Zuhause, das sie sich seit ihrer Hochzeit vor einem Jahrzehnt mit ihrem Gatten teilte.

Einhundertvierzig Quadratmeter mit Aussicht auf den Keymerpark und den Fluss. Das war wahrlich nicht schlecht.

Sie hängte ihren Mantel auf, kochte sich einen Tee, nahm die Tasche und ließ sich vor der Feuerstätte in den roten Sessel fallen. Herberts war blau. Sie trank zwei Schlucke Tee, aß einen Schokoladenkeks der Marke Zigma, steckte die Hand in die Tasche und fischte das Kuvert heraus.

Schlitzte es vorsichtig mit dem dünnen Lineal auf, das sie immer in der Tasche hatte.

Ein zusammengefaltetes Blatt mit einem weiteren schlichten Herzen. Und vier handgeschriebenen Worten.

Von einem heimlichen Bewunderer.

Sowie ein Schlüssel.

Sie saß eine ganze Weile da und drehte und wendete ihn. Platt und nicht mehr als fünf, sechs Zentimeter lang. Bleiches Metall, schwach gelblich gefärbt, nicht unähnlich einer gesunden Urinprobe, und auf dem eckigen Kopf stand eine Nummer: 321.

Das bedeutete … ja, was?

Vermutlich, dass es der Schlüssel für ein Schloss in einer Reihe von vielen war. Umkleideschränke in einem Hallenbad, Schließfächer für Wertsachen, Dinge dieser Art.

Was bedeutete das wiederum? Hieß es möglicherweise, dass ihr bekannt sein müsste, zu welchem Schloss der Schlüssel passte? Dass ein heimlicher Bewunderer dies voraussetzte? Und dass … dass Wilma Verhoven es vielleicht sofort verstanden hätte? Dass dieser Umschlag selbstverständlich für sie gedacht war und nicht für ihre zehn Jahre ältere Nachbarin, die bereits zum Kreis der Verheirateten gehörte?

Von wegen, dachte Anna Kowalski und wunderte sich über die Kraft dieses Gedankens. Wer sagte denn, dass jeder Kerl, jeder Bewunderer, ob nun heimlich oder nicht, sich lieber für ein Blondchen mit aufgespritzten Lippen und vergrößerten Brüsten als für eine bedeutend erfahrenere, aber immer noch schlanke und durchtrainierte Frau entschied, die außerdem mit Herz und Verstand ausgestattet war? Wenn man tatsächlich ein Bewunderer Wilma Verhovens war, gab es doch gar keinen Grund, die Sache geheim zu halten. Dann musste man doch nur bei ihr hereinstiefeln und sich bedienen, wie alle anderen es auch taten. Oder etwa nicht?

Während sie in Gedanken diese Analyse formulierte, schämte sie sich für ihre Gedanken gleichzeitig ein wenig. Es gab wirklich nichts Beneidenswertes im Leben der jungen Nachbarin, und sie war weder ihr noch Herbert gegenüber jemals unfreundlich gewesen. Überhaupt nicht, im Gegenteil, sie grüßte stets freundlich, und in den drei Jahren, die sie in der Wohnung lebte, hatte sie kein einziges Mal gestört. Trotz der vielen verschiedenen Liebhaber, die kamen und gingen wie liebestolle Kater im März.

Sie schob die Gedanken über ihre Vorurteile beiseite, trank einen Schluck Tee und konzentrierte sich stattdessen auf den merkwürdigen Brief und den Schlüssel. Sie beschloss, dass er tatsächlich für sie bestimmt gewesen war. Dass der Gegenstand der Bewunderung Anna Kowalski war und niemand sonst. Dass sie die Begehrenswerte war – zumindest so lange, bis das Gegenteil bewiesen war, wie man so sagte.

Warum also hatte jemand einen Umschlag mit einem Schlüssel vor ihrer Tür abgestellt? Was wollte dieser bewundernde Jemand, was sollte sie tun?

Die Antwort war so selbstverständlich wie das Amen in der Kirche und die Huren in Zwille, wie man unter den gebildeten und ungebildeten Menschen in der Stadt gerne sagte. Sie würde herausfinden, in welches Schloss der Schlüssel passte und ihn in das richtige hineinstecken. Dieser einfache Gedanke bekam unversehens einen Hauch von etwas Erotischem und ließ sie erröten, sie spürte ein leichtes Kribbeln. Ich habe nicht mehr alle Tassen im Schrank, dachte sie und kicherte kurz, und im nächsten Moment geschahen in demselben Bruchteil einer Sekunde zwei Dinge.

Sie begriff, in was der Schlüssel passte, und Herbert kam nach Hause.

Rückblick an einem Abend unter der Woche

Es waren keine Kinder gekommen, obwohl sie es versucht hatten.

In den ersten Jahren hatten sie sich mächtig ins Zeug gelegt und nicht selten drei-, viermal in der Woche miteinander geschlafen, vor allem um die Zeit des Eisprungs herum – aber als sich die gewünschte Schwangerschaft nicht einstellte, war der Sex deutlich ermattet. Irgendwann hatte Anna vorgeschlagen, dass sie sich untersuchen lassen sollten, und Herbert hatte erwidert, sie könne von ihm aus gern zum Arzt gehen, an seinen Spermien sei jedenfalls nichts auszusetzen. Da er eine Tochter aus einer früheren Beziehung hatte (Esme, die Mutter hieß Beatrice), sei das ein für alle Mal bewiesen. Aus irgendeinem Grund verlor Anna daraufhin die Lust; wenn sie zum Arzt ging und sich testen ließ und den Bescheid erhielt, dass sie unfruchtbar war, was sollte sie dann tun? Für Herbert waren Kinder keine Notwendigkeit – zu Esme hatte er kaum Kontakt, zahlte aber einmal im Monat Unterhalt –, und vielleicht war die Kinderfrage auch für Anna kein Stein des Anstoßes. So kam es dann jedenfalls; mit jedem Jahr, das verging, sagte ihr der Gedanke, dass sie niemals Mutter werden würde, immer mehr zu. Es war, wie es war, Elternschaft war schließlich kein Menschenrecht. Oder etwas, wozu man verpflichtet war.

So hatte es bis vor ein paar Monaten ausgesehen. An einem Samstag im Oktober des Vorjahres war sie auf dem Grote plejn im Zentrum von Maardam jedoch zufällig Beatrice begegnet, Herberts Exfrau. Die lebte eigentlich seit ein paar Jahren mit ihrer Tochter in Paris, mit neuem Mann und neuer Tochter, und weil sie und Anna gerade nichts anderes zu tun hatten, waren sie gemeinsam ins Café Intrigo gegangen, hatten sich eine Flasche Chardonnay geteilt und über das Leben gesprochen. Es war erst das zweite Mal, dass sie sich sahen, aber an diesem ungewöhnlich warmen Herbstnachmittag hatten sie eine gewisse Sympathie füreinander entwickelt, und auf Grund dieser Sympathie beschloss Beatrice vermutlich, es ihr zu erzählen.

Herbert war nicht Esmes leiblicher Vater. Der hieß Preben, war ein Konzertmusiker aus Kopenhagen und hatte sich zu einem kurzzeitigen Gastspiel in Maardam aufgehalten, als die Dinge ihren Lauf nahmen. Dass als Ergebnis ihrer leidenschaftlichen Begegnung im Hotel de Dreuys neun Monate später ein Mädchen zur Welt kam, davon wusste er nichts, aber Beatrice hatte einen DNA-Test machen lassen, und es bestand kein Zweifel.

»Wenn du es Herbert erzählen möchtest, ist das okay für mich«, hatte sie erklärt. »Ich komme auch ohne seinen Unterhalt aus, aber das ist deine Entscheidung.«

»Interessant«, hatte Anna erwidert. »Mal sehen, was ich mache.«

Sie hatte es nicht erzählt, aber die Frage nach Herberts ausgezeichneten Spermien war in ein neues Licht gerückt worden, und zu ihrer Überraschung merkte Anna, dass sie das befriedigte und ihr unerwartete Lebenslust einflößte. Eine Lebenslust, von der sie allerdings vier Monate später immer noch nicht wusste, wie sie mit ihr umgehen sollte.

Jedenfalls nicht bis zu diesem Tag, als sie sich in ihrem roten Sessel plötzlich einem nicht identifizierbaren, heimlichen Bewunderer gegenübersah.

Als sie ihren Mann im Flur hörte, versteckte sie hastig Schlüssel und Umschlag, sah auf die Uhr und erkannte, dass er früh dran war. Normalerweise konnte sie sich eine Stunde gönnen, heute war es nur eine gute halbe gewesen.

»Anna?«

»Ja, Herbert.«

»Bist du zu Hause?«

Nein, hier sitzt Julia Roberts, dachte sie. Sie springt heute für mich ein, mal sehen, ob du den Unterschied bemerkst.

»Ich habe früher Schluss gemacht, der Vertrag mit Remingtons ist unter Dach und Fach. Das bedeutet mit Sicherheit eine Million. Oder mehrere.«

Er tauchte im Wohnzimmer auf. Sah gut gelaunt und zufrieden aus und hatte bereits die Pantoffeln an. Die Aktentasche in der einen Hand, eine Flasche in der anderen.

»Ich habe uns eine Flasche Schampus gekauft. Damit wir ein bisschen feiern können.«

Sie nickte und stand aus dem Sessel auf. Der Valentinstag war also nicht der Grund für den Champagner, sondern ein neuer Vertragsabschluss.

»Wie schön«, sagte sie. »Ich wollte mich gerade ums Essen kümmern.«

»Ausgezeichnet. Ich muss noch ein paar Akten durchgehen, ich setze mich so lange ins Arbeitszimmer. Ich brauche bestimmt nicht mehr als eine Stunde.«

»Ich stelle den Schampus kalt.«

»Tu das«, sagte Herbert Kowalski und reichte ihr die Flasche. »Weißt du was, ich frage mich, ob es nicht an der Zeit ist, dass wir uns ein neues Auto gönnen.«

Sie war kurz davor, ihn wie üblich zu umarmen, überlegte es sich dann aber anders.

Während sie in der Küche stand und Frikadellen formte, überlegte sie, ob das der Tag war, auf den sie unbewusst gewartet hatte. Der Zeitpunkt, an dem sie einen Schritt in eine Richtung machen würde, die … tja, die bedeutete, dass eine Form von Veränderung bevorstand. Es war unklar, wohin die Reise gehen würde, aber das Alte musste mit der Zeit etwas Neuem weichen. Ihre Ehe mit Herbert Kowalski war einem Angriff ausgesetzt, und möglicherweise führte kein Weg mehr zurück.

Das waren interessante Gedanken, wenn auch vielleicht ein wenig großspurige, weil es bisher schließlich nur um einen Umschlag mit einem Schlüssel und einen heimlichen Bewunderer ging. Und der ehrlich gesagt mit einer gewissen Wahrscheinlichkeit für eine andere Adressatin als Anna Kowalski bestimmt war; schließlich war sie nur eine irgendwie unzufriedene Schulsekretärin, die in einem Moment vorübergehender geistiger Verwirrung eine Glückspille stibitzt hatte.

Irgendwie unzufrieden?

Doch, das traf es. Im Grunde war an ihrer Arbeit am Erasmusgymnasium nichts auszusetzen, nichts an ihren finanziellen Umständen war verkehrt, auch nichts an ihrer Gesundheit oder an ihr selbst.

Nur mit ihrem Leben stimmte was nicht.

Oder besser gesagt: dem gemeinsamen Leben.

Noch besser gesagt: mit ihrer Ehe und ihrem Gatten.

Wie leicht es doch war, im Kopf prägnante Gedanken zu formulieren, während man Hackfleisch rollte. Sie kamen und gingen wie leichte Wolken an einem Sommertag, aber in ihrem tiefsten Inneren wusste sie, dass sie von Wahrheit durchtränkt waren. Haargenau so verhielt es sich. Das Problem war Herbert, und seit der Enthüllung im Oktober über die möglicherweise mangelhafte Qualität seiner Spermien waren seine

Aktien gesunken. Ungefähr vor einem Monat hatte sie außerdem – nach zehn Jahren Ehe – das mit seinen Schneidezähnen entdeckt, was die Lage nicht gerade verbessert hatte.

Die Schneidezähne hatten mit seiner Art des Zuhörens zu tun, und es war ihr ein Rätsel, dass ihr das nicht schon viel früher aufgefallen war. Normalerweise hörte er ihr überhaupt nicht zu, wenn sie etwas sagte, oder höchstens mit halbem Ohr, damit er eine Art Antwort murmeln konnte, wenn es passend erschien. Meistens ein »ja ja«, ein »hm, natürlich« oder ein »ach wirklich?«, aber wenn er ihr tatsächlich zuhörte und eine Meinung hatte, meistens eine abweichende, präsentierten sich seine Gesichtsmuskeln auf ganz besondere Weise. Er versuchte, die Stirn zu runzeln, während er sie intensiv ansah und die Oberlippe hochzog, so dass die oberen Schneidezähne entblößt wurden. Der Ausdruck wurde dadurch verstärkt, dass ausgehend von den Nasenflügeln zwei abfallende Falten entstanden, und wenn es sich um eine Gesichtscharade gehandelt hätte, wäre ein Schimpanse mühelos auf die richtige Antwort gekommen: Distanzierung, Skepsis, Feindseligkeit.

Dieses spezielle Oberlippenphänomen hatte sie bei ihrer Therapeutin noch nicht angesprochen, einer gewissen Clara van der Lincken, die sie ohne Herberts Wissen zweimal im Monat in ihrer Praxis in der Weiverstraat aufsuchte – aber wurde es vielleicht Zeit, dies zu tun?

Als die Frikadellen fertig waren, schob Anna sie zusammen mit dem Gratin in den Ofen, das sie bei Ledermanns in Kupinskis Gasse gleich um die Ecke fertig gekauft hatte, sah auf die Uhr und erkannte, dass ihr noch genügend Zeit zum Duschen blieb.

Bevor sie das Badezimmer in Beschlag nahm, achtete sie jedoch darauf, den Brief und den Schlüssel des heimlichen Bewunderers ganz hinten in der Schublade für Unterwäsche im

Schlafzimmer zu verstecken. Und als sie anschließend unter dem heißen, herabrieselnden Wasser stand, merkte sie zu ihrer Verwunderung, dass in ihr etwas sang. Zwar nur sanft und still, aber mit dem unverkennbaren Klang der Erwartung.

Ja, so ist es, dachte sie. Ein Fenster ist aufgeschlagen worden, und ich bin verflucht nochmal flügge.

Freitagnachmittag und -abend

Der folgende Tag war ein Freitag, und die Stimmung in der Schule war wie üblich ausgelassen, sowohl unter den Schülern als auch beim Personal. Außerdem machte Anna schon am Mittag Feierabend, als ihre Kollegin Helena deBries übernahm. Sie teilten sich die Stelle als Schulsekretärin und Mädchen für alles seit sechs Jahren, und es blieb ihnen überlassen, den Dienstplan auszuarbeiten. Solange eine von ihnen im Schulsekretariat saß, spielte es keine Rolle, ob es die eine oder die andere war. Privat sahen sie sich nie, was Anna manchmal etwas seltsam fand, weil sie sich mochten und auf der Arbeit nie auch nur den kleinsten Konflikt gehabt hatten. Aber Helena hatte drei Kinder, zwei eigene und ein weiteres ihres Mannes, und für mehr als Arbeit und Familie blieb ihr kaum Zeit. Vielleicht waren es solche einfachen, praktischen Umstände, die sie abhielten. Vielleicht spielte die Frage von Kindern oder keinen Kindern eine größere Rolle, als man sich im gelobten Zeitalter der Emanzipation eingestehen wollte.

Da Herbert die Woche immer damit ausklingen ließ, mit seinem Bruder und zwei anderen Arbeitskollegen Squash zu spielen und ein Bier trinken zu gehen, hatte sie den ganzen Nachmittag frei; Stunden, in denen sie in den Geschäften rund um den Grote plejn in aller Ruhe die Wochenendeinkäufe erledigte. Wenn Herbert irgendwann zwischen halb sieben und sieben zu Hause auftauchte, hatte sie stets einen Drink vorbereitet, einen Whisky für Herbert, einen Gin Tonic für sie selbst.

Diese Dinge standen auch an diesem Freitag auf dem Programm, die einzige Neuigkeit war, dass sie sich zum Hauptbahnhof begab, ehe sie mit dem Rest anfing. Ihr war nicht klar, wo sich die Gepäckschließfächer befanden, und so musste sie eine Weile suchen und sich zwischen all den gestressten oder wochenendseligen Reisenden hindurchzwängen, ehe sie die Fächer im Untergeschoss fand.

Fast wie aus einer vergessenen Welt. Drei lange Reihen aus einfachen Blechschränken mit grünen Türen, sie dachte, dass sie hier schon lange vor der Jahrtausendwende gestanden haben mussten. Hier benötigte man nach wie vor Münzen, man zahlte weder mit Karte noch per App; ein Euro pro Stunde, fünf Euro pro Tag. Für die größeren Fächer in der untersten Reihe das Doppelte, und in ungefähr einem Drittel der Türen steckten Schlüssel. Sie sah sich um – es war ja durchaus vorstellbar, dass der heimliche Bewunderer sich irgendwo in der Nähe befand und die Entwicklung überwachte, aber außer einer Putzfrau, die einen Wagen vor sich her schob, war weit und breit kein Mensch zu sehen –, atmete tief durch und begann, nach Nummer 321 zu suchen.

Es war eines der kleineren Fächer in der obersten Reihe. Sie zog den Schlüssel heraus, warf erneut einen Blick über die Schulter und schloss auf.

Sie wusste im Grunde nicht, was sie erwartet hatte, vielleicht einen weiteren Brief mit einer Nachricht ... mit einem Vorschlag für ein Treffen oder einfach dem Namen des Bewunderers. Doch da täuschte sich Anna Kowalski. In dem dunklen Fach standen eine schlichte Glasvase mit einer roten Rose sowie eine Flasche Champagner. Beides war an die niedrige Höhe des Fachs angepasst worden; der Stiel der Rose war nicht mehr als fünfzehn Zentimeter lang, und es war eine kleine Flasche Champagner.

Kein Brief. Keine Nachricht.

Sekundenlang blieb sie stehen, ohne zu wissen, was sie tun sollte. Spürte, wie ein Schauer durch ihren Körper lief, ein Augenblick der Ernüchterung, oder was auch immer – eine plötzliche Beunruhigung, vielleicht sogar Angst. Sie schüttelte das Gefühl ab, dachte, dass der Grund dafür die heruntergekommene und verlassene Umgebung hier unten sein musste. Der schmutzige Fußboden, die Wände, die bestimmt seit Jahrzehnten nicht mehr gestrichen worden waren, die verkratzten Gepäckschließfächer, die alte Putzfrau, die inzwischen verschwunden war. Der Rest des Bahnhofs war in den letzten Jahren umfassend renoviert worden, aber das Untergeschoss hatte man dem Verfall überlassen. Keine Cafés oder Geschäfte, keine verlockenden Reklameflächen, nur eine Herren- und eine Damentoilette, beide verriegelt, die Treppe zur oberen Ebene und diese Reihen aus grünen, leicht verbeulten Schließfachtüren.

Eine Rose und eine kleine Flasche Champagner.

Sie zog vorsichtig die Rose aus der schmalen Glasvase, steckte die Flasche – eine Bollinger, registrierte sie, sie hätte nicht gedacht, dass es die Marke in kleinen Flaschen gab, aber so war es ganz offensichtlich – in die Umhängetasche und begab sich schleunigst die Treppe hinauf. Als sie oben in das Menschengewimmel trat, überkam sie ein kurzer Schwindel, und sie hatte das Gefühl, gerade aus der Unterwelt aufgestiegen zu sein.

Mein Gott, beruhige dich, Anna Kowalski, dachte sie. Du bist keine hysterische Teenagerin mehr, du bist eine erfahrene und ausgeglichene Frau.

Es ist nur zufällig so, dass du einen heimlichen Bewunderer hast. Heimlich und geheimnisvoll.

Ein paar Stunden später sah der Freitag aus wie jeder andere Freitag. Sie stand mit einem letzten Schluck Gin Tonic in der Küche und bräunte Butter, um sie über zwei Heilbuttfilets zu gießen, Herbert stand mit seinem Whisky neben ihr und stampfte Kartoffeln. An den Wochenenden kochten sie abends, wenn sie keine Gäste hatten, häufig zu zweit. Herbert sah darin wahrscheinlich ein Zeichen für seine tief empfundene Solidarität mit dem Feminismus, aber seine Kochkunst war nie in höhere Regionen vorgedrungen. An diesem speziellen Abend beschäftigten ihn immer noch der erfolgreiche Vertragsabschluss mit Remingtons und sein Plan, ein neues Auto zu kaufen. Vielleicht konnten sie den drei Jahre alten Audi ja behalten und sich zwei Wagen gönnen, wäre es nicht nett für Anna, wenn sie auf eigene Faust wegfahren könnte, wenn sie es wollte?

Wohin denn und wann, fragte sie sich, aber dann keimte ein unerhörter Gedanke in ihrem Kopf. Wie wäre es, wenn sie sich an einem Tag in naher Zukunft, an einem freien und sonnigen Frühlingsnachmittag, einfach in ihr eigenes Auto setzte und in eine nahe gelegene Stadt fuhr? Nach Linden oder Linzhuisen vielleicht, wo sie vor einem besseren Hotel parkte, den Aufzug zu einem Zimmer nahm, in dem ihr heimlicher Bewunderer und Liebhaber sie erwartete, mit dem sie zwei Stunden lang Sex hatte, bis sie zum Auto zurückkehrte und heimfuhr. Wäre das nicht genau die Würze, die sie brauchte?

Sie errötete, spürte erneut das Kribbeln im Unterleib und goss die Butter über den Fisch.

»Stimmt, Herbert«, sagte sie. »Du hast vollkommen recht. Ich finde, das mit den zwei Autos ist eine richtig gute Idee.«

»Super«, sagte Herbert. »Ich weiß, dass die Parkplatzfrage ein Problem sein könnte, aber ich habe mich schon nach freien Plätzen in der Tiefgarage erkundigt. Mit etwas Glück werden wir schon ab März einen Stellplatz haben. Das kostet natürlich ein bisschen, aber wir können es uns ja leisten.«

»Du bekommst natürlich das neue«, sagte Anna. »Ich bin ganz zufrieden mit dem Audi.«

Ihr wurde klar, dass sie ihm in Wahrheit als Entschuldigung für die Sünden entgegenkam, die sie in der Zukunft zu begehen gedachte. Ich bin ja ganz schön schnell, dachte sie. Ich erwarte ziemlich viel von meinem heimlichen Liebhaber … ich meine, Bewunderer. Ich sollte lieber auf dem Teppich bleiben.

Das war jedoch leichter gesagt als getan. Eine Stunde später hatten sie gegessen, eine Flasche Riesling geleert (sie ein Glas, er vier) und waren in ihren Sesseln vor dem Fernseher und dem traditionellen *Quizduell* im dritten Programm gelandet. Sobald die Fragen und Antworten vorbei waren, hatten sie vor, die nächsten Folgen einer Serie auf Netflix zu schauen, die zumindest Herbert sehr interessant und gut gemacht fand – aber als sie einen Blick auf ihren Gatten warf, stellte sie fest, dass er eingeschlafen war. Außerdem hatte er die Oberlippe hochgezogen und seine Schneidezähne entblößt, als lauschte er intensiv und widerwillig jemandem, der in der Welt der Träume zu ihm sprach.

Sie schaltete den Fernseher aus und begann, tatsächlich zum ersten Mal, seit sie das Kuvert in Beschlag genommen hatte, darüber nachzudenken, wer hinter dem Ganzen stecken könnte. Wer behauptete, dass er sie insgeheim bewunderte, und ihr Champagner und eine rote Rose verehrt hatte? Wenn es jemand war, den sie ein wenig kannte, gab es vielleicht nicht besonders viele, die in Frage kamen, oder?

Als sie eine gute halbe Stunde überlegt hatte, während Herbert weiter mit den Schneidezähnen schnarchend in seiner blauen Ecke saß, kam sie zu dem Schluss, dass es fünf, eventuell auch sechs mögliche Kandidaten gab.

Sie kam außerdem zu dem Schluss, dass sie – leider, sollte man wohl sagen – zumindest mit vier von ihnen lieber ins Bett gehen würde als mit ihrem Mann.

Natürlich nicht mit dem ganzen Quartett gleichzeitig, es gab für alles Grenzen.

Und dann schaltete Anna Kowalski vorsichtig das Licht aus, schlich ins Badezimmer und begann, sich unter der Dusche selbst zu befriedigen.

Die Kandidaten

Drei der Kandidaten arbeiteten an ihrer Schule.

Wenn sie die drei in eine Rangordnung bringen sollte, und sie konnte es nicht lassen, das zu tun, kam Max Lehrer auf den ersten Platz. Das stand außer Frage; er war in ihrem Alter, unterrichtete Literatur und Philosophie, war seit zwei Jahren geschieden und auf die klassische Art amerikanischer Filme attraktiv. Gregory Peck. Clark Gable. Burt Lancaster. Die Hälfte aller Schülerinnen war mit Sicherheit in ihn verliebt (vor allem die Siebzehn- und Achtzehnjährigen in den höheren Klassen), und darüber hinaus recht viele Frauen im Kollegium, aber Anna wusste, dass er gerade ihr besonders viel Aufmerksamkeit schenkte. Wenn er im Sekretariat etwas erledigt hatte, blieb er häufig noch einen Moment und unterhielt sich mit ihr. Und manchmal kam er sogar dorthin, ohne ein konkretes Anliegen zu haben. »Ich wollte nur mal hören, wie es dir geht«, sagte er dann etwa. Oder »Es ist immer eine Freude, dich hier zu sehen.« Trotzdem hatte sie nie das Gefühl, dass er mit ihr flirtete, jedenfalls nicht auf eine vulgäre Art, aber vor allem in letzter Zeit (vielleicht wirklich seit der Enthüllung über Herberts fragwürdige Spermien) war es vorgekommen, dass sein Blick eine Sekunde zu lange in ihrem verweilte. Und ihrer in seinem. Es ging um solche fast unmerklichen Zeichen, die nicht ganz leicht zu deuten und dennoch so deutlich waren, wie es nur ging, wenn man es wagte, den entscheidenden Schritt zu machen und zu glauben, was man da sah.

Auch seine Stimme hatte etwas. Sie hätte gern in einer seiner Stunden gesessen, vielleicht als Fliege an der Wand, nur um erleben zu dürfen, wie es aussah, wenn er unterrichtete. Wie er seine warme, dunkle Stimme benutzte, um den Schülern von einem großen Schriftsteller oder Philosophen zu erzählen. Und wie sich sein großer, durchtrainierter Körper zwischen den Pultreihen bewegte ... o ja, selbstverständlich belegte Max Lehrer den ersten Platz im Wettbewerb der Bewunderer.

Aber die beiden anderen Anwärter an der Schule waren auch nicht zu verachten. Rickard Huygens, Geschichte und Gemeinschaftskunde, war zwar verheiratet (mit einer Lehrerin an der Realschule), aber es war offensichtlich, dass seine Ehe aus den Fugen geraten war. Bei einem Schulfest vor einem halben Jahr hatten Anna und er zufällig nebeneinandergesessen, und nach ein paar Gläsern Wein hatte er sich seinen Kummer von der Seele geredet. Er sei verheiratet mit einer Gans; als sie jung war, sei sie eine richtig hübsche Gans gewesen, aber mit den Jahren sei die Schönheit von ihr abgeperlt wie ... ja, wie Wasser von einer Gans. Anna hatte sich gefragt, ob ihm diese witzige Bemerkung gerade eingefallen war, oder ob er sie eingeübt hatte. Wie auch immer, es war nicht zu weit gegangen, Rickard Huygens hatte seine Frau und seine Ehe nicht völlig niedergemacht, hatte einen Teil der Schuld auf sich genommen, und sie hatten auch über anderes geredet. Außerdem hatte er sich als ausgezeichneter Tänzer erwiesen, drei Lehrer (zwei im Fach Musik, einer in Mathematik) hatten spontan eine Jazz- und Bluesband gebildet, und als die Tafel aufgehoben war, hatte man fast zwei Stunden lang getanzt.

Und Rickard Huygens hatte nicht nur zwei- oder dreimal, sondern eher neun- oder zehnmal Anna in Beschlag genommen.

Möglicherweise war er etwas zu jung, nicht älter als dreißig, fünf Jahre jünger als sie, aber wenn sie an ihn dachte, konnte sie sich ein Lächeln nicht verkneifen. Er war nicht halb so attraktiv wie Max Lehrer, der aus irgendeinem Grund nicht bei dem Fest gewesen war, aber er war lustig. Humorvoll und originell, und so weit von Herberts Charakter entfernt, wie es nur ging.

Bei Nummer drei lagen die Dinge etwas komplizierter. Sein Name war Benedict Maertens, und er besetzte die Stelle des Schulpsychologen. Sein Büro befand sich direkt neben dem Sekretariat, und er arbeitete erst seit ein paar Monaten an der Schule, seit dem ersten November, wenn sie sich richtig erinnerte. Er war um die vierzig, groß und dunkelhaarig und erinnerte an einen Therapeuten, den sie einmal in einer amerikanischen Fernsehserie gesehen hatte. Sie fand, dass ihn eine gewisse Mystik umgab, er war wortkarg und gleichzeitig intensiv. Wie eine Energiesparlampe. Wenn man sich mit ihm unterhielt, wurde stets das Tempo gesenkt, und was er sagte, war ausnahmslos klug und sorgsam formuliert. Als läse er laut aus einem Buch, hatte sie einmal gedacht. Aber auch, als blickte er direkt in die Seele des anderen.

Über sein Privatleben wusste sie nichts, und das tat vermutlich auch sonst niemand. Als er seine Stelle am Erasmusgymnasium antrat, war er von Aarlach nach Maardam gezogen, er lebte allein und hatte früher als Psychologe bei der Armee gearbeitet. Als Anna ihn irgendwann kurz vor Weihnachten gefragt hatte, ob er Familie habe, hatte er »Nein, ich habe keine Familie« geantwortet, und etwas in seinem Blick und seinem

Tonfall bei diesem schlichten Satz hatte sie davon abgehalten, die natürliche Anschlussfrage zu stellen: Wie er Weihnachten feiern und die zwei Wochen langen Ferien verbringen wolle.

Ja, wenn es ein Wort gab, das die Person Benedict Maertens zusammenfassen konnte, dann war es wohl *mystisch*. Aber es war eine ansprechende, fast schon verlockende Mystik.

Die beiden übrigen denkbaren Bewunderer, die ihr in den Sinn kamen, gehörten ihrem privaten Umfeld an, und beide empfand sie in einer Weise als verboten, die nicht für das Trio an ihrem Arbeitsplatz galt. Es gab eben doch einen Unterschied zwischen Kollegen und Freunden.

Arnold Czernik war ein guter alter Freund von Herbert. Er war mit einer gewissen Sylvi verheiratet, die in ihren Jugendjahren zur selben Clique gehört hatte. Die beiden waren seit dem Gymnasium zusammen, hatten zwei Kinder im Teenageralter und wohnten draußen in Wemden, einem Vorort von Maardam. Arnold hatte eine Anwaltskanzlei, in der Sylvi als Sekretärin arbeitete, weshalb man mit Fug und Recht behaupten konnte, dass die beiden sich über einen ziemlich langen Zeitraum hinweg viel gesehen hatten und immer noch sahen.

Nicht weiter verwunderlich, wenn man unter diesen Voraussetzungen ein wenig frische Luft benötigte. Anna hatte oft daran gedacht, und es gab Zeichen, die es bestätigten. Der klarste Hinweis hatte sich knapp zwei Monate zuvor ergeben, an Silvester. Gemeinsam mit drei anderen Paaren hatte man bei Anna und Herbert festlich gespeist, und ein paar Minuten vor zwölf, als man noch am Tisch saß (ausgenommen Herbert, der in der Küche war und die traditionelle Flasche Veuve Clicquot öffnete), hatte Arnold eine Hand auf ihren Oberschenkel gelegt. Ziemlich weit oben und unter ihrem Rock; möglicherweise hatte sie seine Hand dort einen Augenblick zu lange liegen lassen, ehe sie sie behutsam wegschob. Vielleicht war sie auch nicht sonderlich abweisend gewesen, aber sie war ein wenig betrunken gewesen, und hinterher war es ihr schwergefallen, sich an die Details zu erinnern.

Wie gesagt, es gab weitere Zeichen, wenn sie sich diese in Erinnerung rufen wollte, jedenfalls fiel es einem nicht besonders schwer, sich den recht eleganten, aber leider etwas korpulenten Anwalt in der Rolle des heimlichen Bewunderers vorzustellen.

Der zweite Kandidat aus ihrem Bekanntenkreis war problematischer und der Einzige in ihrem Quintett, für den sie keine Sympathie empfand. Im Gegenteil, falls sich herausstellen sollte, dass Klaus Freydenbach hinter dem Brief im Treppenhaus und den symbolischen Geschenken im Gepäckschließfach im Hauptbahnhof steckte, sagte ihr Bauch ihr, dass sie sofort einen Rückzieher machen würde.

Klaus war nach zwei komplizierten Beziehungen Single, und in der bisher letzten war er mit Brigitte zusammen gewesen, einer Freundin Annas. Brigitte hatte vor gut einem Jahr Schluss gemacht mit Klaus und lebte mittlerweile mit einem neuen Mann in London. Anlässlich ihres Aufbruchs und in der Zeit davor hatte sie sich Anna anvertraut und ihr erzählt, Klaus habe sie völlig dominiert, er sei wahrscheinlich ein Psychopath und sie fürchte sich vor ihm. Sie waren mehr als fünf Jahre zusammen gewesen, sie wusste also, wovon sie sprach; außerdem hatte sie Kontakt zu der Frau aufgenommen, mit der er vorher zusammen gewesen war, und diese hatte ihre Analyse in jedem Punkt bestätigt.

Klaus Freydenbach hatte sich auch noch mit dem Ehepaar Kowalski getroffen, obwohl Brigitte von der Bildfläche verschwunden war. Anna hatte darüber mit Herbert diskutiert und bei der Gelegenheit auch angesprochen, was sie über die dominanten und psychopathischen Züge gehört hatte, aber Herbert hatte das als Nonsens abgetan. »Das sind so Sachen, wie Frauen sie immer sagen, wenn sie von einem Mann verlassen werden.« Dass in diesem Fall die Frau den Mann verlassen hatte, glaubte er ihr nicht. Klaus habe ihm erklärt, es sei eine gemeinsame Entscheidung gewesen, aber er sei definitiv die treibende Kraft gewesen.

Herbert mochte Klaus, das war wohl das Problem. »Ein geradliniger und ehrlicher Typ, der sagt, was er denkt und der immer positiv ist. Nett und lustig. Und verdammt smart.«

Anna stimmte zu, dass Klaus smart war. Er war Professor für Semiotik, was immer das war, an der Universität von Maardam, und so jemand sollte wohl hoffentlich einen etwas höheren IQ haben als der Durchschnitt. Sie stimmte ihm auch darin zu, dass er ein Händchen für den Umgang mit Menschen hatte, aber gerade das war, wenn sie es richtig sah, ein gemeinsamer Nenner für alle Psychopathen. Der oberflächliche Charme. Wie auch immer, sollte sich herausstellen, dass Klaus Freydenbach ihr heimlicher Bewunderer war, gab es nur eins, diese Tür hart und entschieden zuzuknallen.

Ein Problem würde natürlich entstehen, wenn der Bewunderer weiter Kontakt zu ihr aufnahm, ohne dass sie erfuhr oder sich ausrechnen konnte, wer von den Kandidaten der richtige war. Aber kam Zeit, kam Rat.

Darüber hinaus gab es noch einen möglichen sechsten Aspiranten, aber was ihn betraf, schätzte Anna die Wahrscheinlichkeit als extrem gering ein. Der Mann, an den sie dachte, war ihr Zahnarzt. Er war Mitte vierzig, hieß Matthias Winckel, und sie fand, dass er sich immer (zumindest im letzten Jahr, als sie Probleme mit einem komplizierten Weisheitszahn hatte und mehrfach seine Praxis besucht hatte) sehr fürsorglich, ja, fast liebevoll um sie gekümmert hatte. Sie wusste, dass seine Frau vor nicht allzu langer Zeit an Krebs gestorben war, und während der Behandlung ließ er immer portugiesischen Fado für sie laufen. Romantisch und sehnsuchtsvoll in seiner Trauer. Aber natürlich war es durchaus möglich, sogar wahrscheinlich, dass er alle seine Patienten gleich behandelte. Zumindest die weiblichen.

Und abgesehen davon, dachte Anna Kowalski, als sie dieses halbe Dutzend mehr oder weniger attraktiver Männer Revue passieren ließ, sagte ihr doch eigentlich nichts, dass es sich nicht auch um einen ganz anderen Mann handeln konnte, oder? Um jemanden, zu dem sie überhaupt keine Beziehung hatte. Einen Unbekannten.

Einen Unbekannten?

Es war ein Gedanke, den sie gleichermaßen aufregend wie beunruhigend fand. Ungefähr so wie einen Tangolehrer aus Buenos Aires.

In Behrensee

Fünf Tage vergingen, ohne dass etwas passierte.

Doch, es passierte natürlich alles Mögliche, aber nur Dinge, die immer passierten. Herbert machte Überstunden, der Studiendirektor an ihrer Schule, Ingemund Haller, brach sich das Schlüsselbein, als er sich an einem Basketballmatch zwischen Lehrern und Schülern beteiligte. Annas Kusine Linette brachte in Irland ihr sechstes Kind zur Welt. Großmächte verbreiteten Desinformationen, und an verschiedenen Orten in der Welt gab es Kriegsschauplätze.

Aber was den geheimnisvollen Bewunderer betraf, herrschte Stille. Anna fragte sich, ob die Sache schon vorbei war. Ob nichts mehr kommen würde nach den beiden Vorstößen: dem Briefumschlag und dem Schließfach im Hauptbahnhof. Das wäre enttäuschend, äußerst enttäuschend. Sie war davon ausgegangen, dass das Ganze nur das erste Kapitel einer langen und romantischen Geschichte sein würde, aber mit jedem Tag, der verstrich, kam es ihr vor, als würde ihr diese Zukunft Stück für Stück genommen. Welchen Sinn hatte eine solche Einleitung, wenn es keine Fortsetzung gab?

Gute Frage, dachte Anna Kowalski, und in der Schule versuchte sie, die drei vorstellbaren Kandidaten entsprechend im Auge zu behalten: Max Lehrer, Rickard Huygens und Benedict Maertens. Leider musste sie jedoch feststellen, dass keiner von ihnen irgendwelche Anzeichen dafür aufwies, dass er darauf aus war, ihr Herz zu erobern, oder wie man es ausdrücken sollte. Ihren Favoriten Max Lehrer sah sie fast gar nicht, weil er am Dienstag einen Klassenausflug machte und am Mittwoch keinen Unterricht hatte. Das ließ sich natürlich auch durchaus positiv deuten; schließlich konnte er sein romantisches Spiel mit ihr ja kaum fortsetzen, wenn er überhaupt nicht da war. Als realistische Interpretation der Wirklichkeit war diese Argumentation allerdings nicht viel mehr als naives Wunschdenken, dessen war sie sich schmerzlich bewusst, als sie sich leicht verzagt auf ihr Fahrrad setzte, um am Mittwoch kurz nach dem Mittagessen im Gegenwind nach Hause zu radeln.

Das Leben betrügt uns, dachte sie. Öffnet Türen und schlägt sie wieder zu, bevor man hindurchtreten kann. Immer und immer wieder.

Aber dann passierte es.

Obwohl es mehr oder weniger eine exakte Wiederholung war, traf es sie völlig unvorbereitet. Der kleine, weiße Umschlag stand an der gleichen Stelle an die Wand gelehnt wie beim letzten Mal. Vielleicht eine Nuance näher an ihrer Tür als an der von Wilma Verhoven, aber das hätte auch Wunschdenken sein können. Als sie ihn sich gegriffen hatte, war es jedenfalls zu spät, um es zu kontrollieren.

Trotz der Erregung, die in ihr tickte, übereilte sie nichts. Hängte im Flur Jacke und Schal auf, stellte ihre Schuhe ins Schuhregal, ging in die Küche und kochte sich einen Tee, ehe sie mit der Tasse, einem Keks und dem Umschlag in den Sessel sank.

Sie atmete tief durch, schloss einige Sekunden die Augen und schlitzte ihn auf.

Eine Karte für die Oper.

Das Herz schlug einen Salto in ihrer Brust. Zumindest hätte die Autorin es so beschrieben, wenn es sich um eine Liebesnovelle in *Stardust* gehandelt hätte, der Illustrierten für junge Mädchen mit unkontrollierten Hormonstürmen, die sie vor zwanzig Jahren gelesen hatte.

Aber das hier war keine Novelle, es war real. Max Lehrer oder Arnold Czernik oder ein anderer hatte ihr eine Eintrittskarte für das Maardamer Opernhaus geschickt. Genauer gesagt für Mozarts *Zauberflöte* am Mittwoch der kommenden Woche, erste Reihe auf der Galerie, Platz Nummer sechs. Sie war ein paarmal in der Oper gewesen und hatte sowohl Wagner als auch Verdi gesehen, aber das lag bereits einige Jahre zurück. Dass die erste Reihe auf der Galerie zu den besten Plätzen im ganzen Saal gehörte, war ihr jedenfalls vollkommen klar, und es freute sie, dass der Ort des Geschehens so deutlich aufgewertet worden war: Es bestand ein himmelweiter Unterschied zwischen der unteren Ebene des Hauptbahnhofs von Maardam und dem Opernhaus am Ruydersplejn. Logischerweise dürfte damit auch das Katz-und-Maus-Spiel enden; es war natürlich so gedacht, dass ihr rätselhafter Bewunderer sich auf Platz fünf oder sieben zu ihr setzte.

Wohin die Reise im Anschluss gehen würde … tja, das wird man sehen, dachte Anna Kowalski, trank einen Schluck Rooibostee und lehnte sich in ihrem roten Sessel zurück. *Come what may,* wie man so sagte.

Und wenn sich herausstellen sollte, dass Klaus Freydenbach dort auf sie wartete oder zu ihr kam und neben ihr Platz nahm, würde sie sich eben freundlich verabschieden und sowohl ihn als auch Mozart und seine *Zauberflöte* ihrem jeweiligen Schicksal überlassen müssen.

Aber warum sollte es ausgerechnet er sein? Ein Professor für Semiotik hatte doch mit Sicherheit Besseres zu tun, als verheiratete Frauen aus seinem Bekanntenkreis anzubaggern?

Irritierender war, dass sie eine ganze Woche überstehen musste, bis es Zeit für ihren Opernbesuch wurde, aber das ließ sich nicht ändern, und Geduld ist eine Tugend. Am Freitagabend fuhren Herbert und Anna zu ihrem Wochenendhaus nach Behrensee hinaus. Es war zu früh im Jahr, um es schon wirklich zu nutzen, aber Herbert wollte wenigstens einmal im Monat nach dem Haus sehen.

Oder eigentlich nach den Häusern, denn es handelte sich um zwei. Jedes von ihnen lag auf einem großzügig bemessenen Grundstück in der Dünenlandschaft, Herberts Großvater (Fabrikant für Heftzwecken, Büroklammern, kleine Nägel und alles Mögliche andere) und ein Kompagnon hatten sie in den zwanziger Jahren gebaut, und heute besaßen Herbert und sein drei Jahre jüngerer Bruder Robert die schönen, alten Holzhäuser und nutzten sie. An diesem Wochenende war auch Robert mit seiner Frau Mirjam und den zwei Kindern vor Ort, und natürlich war für Samstagabend ein Familienessen geplant.

Anna mochte Mirjam, tat sich mit Robert jedoch schwerer. Zum einen hatte er die gleiche Art von Oberlippe wie Herbert, zum anderen hatten die Brüder auch viele andere Charakterzüge gemeinsam. Mirjam war einige Jahre zuvor anlässlich eines anderen Familientreffens am selben Ort gestärkt von mehreren Gläsern Wein wütend geworden und hatte sie »beschränkte Bonzen« genannt, und hinterher waren die Schwägerinnen sich einig gewesen, dass dies eine nahezu perfekte Bezeichnung für die Kartonbrüder Kowalski war.

Auch dieser Samstag verlief nach dem üblichen Muster. Mirjam und Robert kamen nach dem Mittagessen aus ihrem

Haus herüber – weil die letzte Familienzusammenkunft an einem windgepeitschten Samstag im Januar bei ihnen stattgefunden hatte. Am Nachmittag standen Anna und Mirjam in der Küche und bereiteten das Essen vor, während sich die Brüder im Freien aufhielten, ein paar Dinge reparierten, die der Winter malträtiert hatte, und Bier tranken, während die Schwestern Astrid und Beate, dreizehn und elf Jahre alt, in ihrem Zimmer unter dem Dach lagen (beheizt von dem Schornstein, der aus der Küche nach oben ging) und gestreamte Schrottfilme für junge Erwachsene sahen.

Es wäre interessant gewesen, Mirjam von dem heimlichen Bewunderer zu erzählen und ihre Kommentare zu hören, aber Anna widerstand der Versuchung. Stattdessen hielten sie sich an die üblichen Gesprächsthemen: Männer im Allgemeinen, die Brüder K im Besonderen, Kalorienverbrauch, Fitnessstudios, die man getestet und die man nicht getestet hatte, die Situation an den jeweiligen Arbeitsplätzen (mit Schwerpunkt auf Mirjams, da sie in der Bank einen neuen Chef bekommen hatte), Kindererziehung, geglückte und weniger geglückte Rezepte, Sex, Botox, soziale Medien, gemeinsame Bekannte, die ihren Anforderungen nicht wirklich gerecht wurden, sowie gestreamte Schrottfilme für erwachsene Erwachsene.

Das Essen begann um sechs. Herbert und Robert hatten während der nachmittäglichen Reparaturarbeiten schätzungsweise jeweils vier bis fünf Flaschen Bier konsumiert und waren anfangs jovial, wurden mit der Zeit jedoch immer träger. Die Mayonnaise der Vorspeise und die Sahnesauce des Hauptgerichts legten sich wie heimtückische Watte aus Fett um ihre Gedanken und Zungen. Aber auch das war wie immer. Als das Dessert gegessen und die Tafel aufgehoben worden war, schliefen die Herren in ihren Sofaecken ein, sanft schnarchend und mit hochgezogenen Oberlippen zur Abwehr unerwünschter Träume. Die Mädchen halfen beim Abwasch, weil man ihnen eine Schatzjagd auf Süßigkeiten in Aussicht gestellt hatte, die Anna am Vormittag vorbereitet hatte, und als sie fertig waren und ihre Belohnung erbeutet hatten, gönnten sich die Schwägerinnen im Schutz der üppigen Ligusterhecke zwischen den beiden Grundstücken heimlich eine Zigarette.

»So ist ein Tag vergangen«, stellte Mirjam fest und nahm einen tiefen Lungenzug.

»Und kehrt niemals zurück«, ergänzte Anna und nahm ebenfalls einen Lungenzug. »Dafür sind wir besonders dankbar.«

Der Anruf kam um halb zwei in der Nacht, und weil Herbert inzwischen gut fünf Stunden geschlafen hatte und wieder mehr oder weniger nüchtern war, ging er ans Telefon. Außerdem hatte sein Handy geklingelt, es war also mehr als gerecht.

Zuerst hörte Anna wie durch einen verdunkelnden Traumschleier nur, dass er erregt und erstaunt mit jemandem telefonierte, aber als sie anfing, einzelne Worte zu verstehen, war sie hellwach.

»Ermordet?«, sagte er beispielsweise.

Und: »Das ist nicht möglich.«

Und: »Diese Nacht?«

Und: »Verzeihung, Herr Inspektor, aber ich kann es einfach nicht glauben.«

Als das Gespräch vorbei war, schaltete er seine Nachttischlampe ein und starrte sie mit entblößten Schneidezähnen an.

»Das war die Polizei. Sie ist ermordet worden.«

»Wer?«

»Wilma Verhoven. Unsere Nachbarin.«

Sonntag mit Sorgenwolken

In dieser Nacht machte Anna Kowalski kein Auge zu.

Im ersten Moment hatte sie das Gefühl, als wäre ihr in den Kopf geschossen worden, als würde sie binnen zehn Sekunden sterben. Sie konnte weder atmen noch sich bewegen. Herbert starrte sie noch einen Moment an, stand dann auf und ging im Schlafzimmer auf und ab wie ein Pudel, der dringend musste. Anna bekam die Atmung wieder in den Griff, schluckte mehrmals und schob sich am Bettende in eine halbsitzende Position. Sie schaffte es, drei Wörter herauszubringen.

»Wer hat angerufen?«

»Die Polizei. Das habe ich dir doch gesagt. Er hieß Jung … Kriminalinspektor Jung. Du siehst aus wie eine lebende Leiche, hast du etwa vor, ohnmächtig zu werden?«

»Besser …«

»Was?«

»Besser nicht.«

»Gut. Es ist auch so schon schlimm genug.«

Er brach seine Wanderung ab. Ging zum Fenster, stellte sich breitbeinig davor und glotzte in die völlige Dunkelheit hinaus.

»Wo?«, fragte sie.

»Was?«

»Wo ist sie ermordet worden?«

»Zu Hause. In ihrer Wohnung … das ganze Haus ist abgesperrt, und es wimmelt von Polizisten.«

»Woher weißt du das?«

»Das versteht sich ja von selbst. Er hat uns angerufen, weil sie mit allen sprechen wollen, die im Haus wohnen. Die Polizei sucht nach Zeugen, so arbeiten sie.«

Er blieb am Fenster stehen und starrte in die Nacht hinaus. Schön, mit einem Mann verheiratet zu sein, der die Methoden der Polizei kennt, dachte Anna und merkte, dass der Funke der Gereiztheit, den er in ihr weckte, für einen Moment den Schock über die Nachricht vom Tod der Nachbarin verdrängte.

»Wie ist es passiert?«

»Wie meinst du das?«

»Wie ist sie ermordet worden?«

»Das weiß ich nicht.«

Nach wie vor drehte er sich nicht um.

»Wer hat es entdeckt?«

»Keine Ahnung. Es spielt doch keine Rolle, wer sie gefunden hat. Wichtig ist, dass es bei uns zu Hause passiert ist. Wand an Wand mit unserer Wohnung.«

Und warum ist das so wichtig, überlegte Anna, verzichtete aber darauf, ihn zu fragen. Sie verließ das Bett und hüllte sich in den Morgenmantel.

Jetzt drehte er sich um. Zog die Oberlippe hoch. »Wo willst du hin?«

»Aufs Klo«, erklärte Anna Kowalski. »Ist das erlaubt?«

Als sie aus dem Badezimmer zurückkehrte, hatte Herbert sich wieder ins Bett gelegt und das Licht gelöscht. Beabsichtigte er, in einer Situation wie dieser weiterzuschlafen? Sie dachte einen Augenblick nach, machte dann kehrt und ging ins

Wohnzimmer. Fand ihr Handy und rief Bart Suijderlinck an, den Hausmeister in der Falckstraat daheim in Maardam. Er meldete sich erst nach sieben oder acht Klingeltönen, aber dann klang Bart wacher und fitter als je zuvor, trotz seiner fünfundsiebzig Jahre, davon sechzig als Raucher, und trotz der Vorfälle im Haus. Oder vielleicht dank dessen, was passiert war, es gab nur wenige Dinge, die belebender waren als ein Mord im Haus, worauf irgendein Scherzbold irgendwann einmal hingewiesen hatte. Vorausgesetzt natürlich, dass man nicht selbst ermordet worden war.

Außerdem wusste er in wesentlich mehr Punkten Bescheid als Herbert.

Wilma Verhoven war allem Anschein nach mit einer Bronzefigur erschlagen worden, die den griechischen Liebesgott Eros darstellte und bei ihr auf dem Nachttisch gestanden hatte. Sie war von ihrem Verlobten im Bett gefunden worden, einem gewissen Enrico Baaswinter, der am Samstagabend kurz nach dreiundzwanzig Uhr von einer Reise heimgekehrt war. Aber wenn der Hausmeister sich nicht täuschte, hatte Frau Verhoven schon eine Weile tot dagelegen, bevor der schockierte Verlobte sie entdeckte. Einen Tag, vielleicht noch länger?

Verlobter?, dachte Anna. Wenn der wüsste.

Die Polizei war kurz nach Mitternacht im Haus aufgetaucht, zunächst waren es nur wenige gewesen, aber kurz darauf hatte es von Bullen nur so gewimmelt, oben und unten und kreuz und quer. Und von dem Tatortteam: Ärzte, Kriminologen und der Teufel und seine Schwiegermutter. Geführt von Suijderlinck war man von Tür zu Tür gegangen und hatte jeden einzelnen Wohnungsbesitzer aufgeweckt und befragt. Man war im Übrigen noch dabei, und diejenigen, die nicht zu Hause waren, hatte man angerufen … so waren auch Herr und Frau Kowalski informiert worden, durfte man annehmen?

Das bestätigte Anna und erkundigte sich, ob es einen Verdächtigen gebe, und der Hausmeister erklärte, die Polizei habe vermutlich nicht die geringste Ahnung. Das Ganze sei ein Mysterium, ein veritables, grauenvolles Mysterium, ein Mörder laufe frei herum und die alte Witwe Pommersten im Erdgeschoss sei in Ohnmacht gefallen, als sie die Neuigkeit erfuhr, und musste im Krankenwagen ins Gemejnte Hospitaal gebracht werden. Es war eine Nacht, die ihresgleichen suchte.

Sie bedankte sich für die Informationen und erklärte, man werde am Sonntagnachmittag zurück in der Falckstraat sein. Hausmeister Suijderlinck versprach, die Stellung zu halten, und wünschte ihnen eine gute Heimreise.

Sie kehrte nicht ins Schlafzimmer zurück. Stattdessen setzte sie sich in den alten Schaukelstuhl vor dem Kamin und zündete eine Kerze an, und während sie deren dünne Flamme betrachtete, die gelegentlich unruhig flackerte wegen eines Luftzugs in dem alten Haus, versuchte sie, die Gedanken zu sammeln, die ihr durch den Kopf schwirrten.

Was nicht ganz einfach war.

Wilma Verhoven ermordet. In ihrem Bett erschlagen von einem unbekannten Täter. Sie konnte es sich nur mit viel Mühe vorstellen, dass dies wirklich passiert war. Oder auch nur, dass es hätte passieren *können*, dass es möglich war. Manche Dinge ereigneten sich ganz in der Nähe, von anderen hörte man nur aus weiter und beruhigender Entfernung; so funktionierte das Leben. Zumindest hatte man das Recht, dies zu erwarten, wenn man in einer großen und schönen Vierzimmerwohnung in einem alten Backsteinhaus in der

Falckstraat in Maardam wohnte. Das war die Vorstellung, die sozusagen das eigene Leben *definierte.*

Und nun war dieser Kontrakt gebrochen worden. Aber am erschreckendsten war, dachte Anna Kowalski, dass dies vielleicht mit *dem anderen* zusammenhing. Mit den beiden Briefumschlägen, mit dem Champagner und der Rose im Hauptbahnhof und mit der Opernkarte. Es war ... es war dieser mögliche Zusammenhang, der sie im Schlafzimmer nahezu bewegungsunfähig gemacht hatte, als Herbert ihr erzählte, was passiert war. Oder nicht? Denn es war doch so, dass sie selbst eine Rolle in dem Unfassbaren spielte, was sich nur ein paar Meter weiter in der Nachbarwohnung abgespielt hatte, vielleicht sogar gleich auf der anderen Seite der Wand. Ihr war nicht klar, wo Wilma Verhoven ihr Schlafzimmer hatte ... *gehabt hatte* ..., aber ihr eigenes, ihres und Herberts, hatte tatsächlich eine gemeinsame Wand mit der Nachbarwohnung. Es war also durchaus möglich, dass ... dass ihre Betten, nur durch eine zwanzig Zentimeter dicke Wand getrennt, Kopfende an Kopfende standen, und dass ... was hatte Suijderlinck gesagt? Dass Wilma Verhoven ziemlich lange tot in ihrem Bett gelegen hatte, ehe sie von dem armen Kerl entdeckt wurde, der glaubte, er wäre ihr Verlobter, und dass – vielleicht während der gesamten vergangenen Woche – Anna sehr wohl seelenruhig geschlafen haben mochte, während ihr Kopf nur einen halben Meter von Wilmas eingeschlagenem und blutigem (musste man wohl annehmen) Schädel entfernt gewesen war.

Die Kerzenflamme flackerte wie aus gerechtfertigter Verabscheuung angesichts eines solchen Gedankens, und Anna schauderte. Sie griff nach einer Decke und schlang sie um sich. Trotzdem war es nicht dieser mögliche Umstand, die kurze Distanz zwischen dem lebenden und dem toten Kopf, der am beunruhigendsten war, das war nur ein äußerst unangenehmes Bild. Stattdessen war es die Frage nach dem heimlichen Bewunderer, die plötzlich neue und furchteinflößende Aspekte bekommen hatte. Denn musste es nicht eine Verbindung geben?

Vielleicht auch nicht, versuchte sie, sich einzureden. Es musste nicht so sein, dass zwei Vorstöße eines heimlichen Bewunderers etwas damit zu tun hatten, dass eine Frau (die letzten Endes ja gar nicht das bevorzugte Objekt des Bewunderers gewesen war) brutal ermordet worden war. Deren Schädel von Eros zertrümmert worden war, dem launenhaften Gott der Liebe. Nein, es gab keinen zwingenden Zusammenhang zwischen dem Bewunderer und dem Mörder. Dass ihr der Gedanke überhaupt gekommen war, lag nur daran, dass sie die Neuigkeit gerade gehört hatte und es mitten in der Nacht war. Dass das Meer im Dunkeln in der Ferne grollte und der Wind einen Zweig unheilkündend über die Fensterscheibe streichen ließ.

Oder ... nein, dachte sie und brach den Gedankengang ab, es hat keinen Sinn, hier zu sitzen und zu spekulieren. Die Sache ist zu weit gegangen, wenn ich nach Hause komme, verbrenne ich die Opernkarte und beende diesen makaberen Zirkus.

Trotz dieses vorläufigen Entschlusses blieb sie bis zum Morgengrauen in ihrem Schaukelstuhl sitzen, ohne ein Auge zuzumachen. Und der Entschluss kam und ging. Wurde angenommen und verworfen, modifiziert und verrissen, und am Ende konnte sie lediglich festhalten, dass sie nicht ein noch aus wusste.

Eine ermordete Nachbarin war schließlich eine ermordete Nachbarin.

Und eine Zauberflöte war eine Zauberflöte.

Wieder in Maardam

Der Sonntag begann mit Regen und Wind. Anna und Herbert verließen Behrensee schon gegen elf. Robert und Mirjam mussten es übernehmen, den Kühlschrank zu leeren und zu regeln, was vor zwei Wochen Abwesenheit geregelt werden musste; es erschien ihnen notwendig, angesichts dessen, was vorgefallen war, möglichst zügig heimzukommen.

Zumindest war das Herberts Meinung, die er mehrmals äußerte, während sie das Wichtigste einpackten und ein rudimentäres Frühstück zu sich nahmen. Anna fiel es schwer zu verstehen, warum das notwendig sein sollte, aber sie stellte es nicht in Frage. Auf der anderthalbstündigen Fahrt wurde auch nicht viel gesagt. Herbert fuhr schnell und verbissen, und Anna, die in der Nacht kaum geschlafen hatte, gelang es, auf Höhe von Kerran einzuschlafen, und sie wachte erst wieder auf, als man in die Tiefgarage in der Falckstraat einbog.

Sie nahmen den Aufzug in die dritte Etage, wo sie von einem uniformierten Polizeibeamten empfangen wurden. Die Tür zu Wilma Verhovens Wohnung stand halb offen, aber ein gelbes Plastikband stellte klar, dass es sich um einen Tatort handelte und der Zutritt gemäß einer Reihe von Paragraphen aus dem Strafgesetzbuch und der Polizeiverordnung verboten war.

Herbert erklärte, wer sie waren, sie mussten sich ausweisen und wurden anschließend in ihre Wohnung gelassen. Der

Beamte informierte sie darüber, dass der Polizei daran gelegen war, möglichst bald eine Zeugenvernehmung mit dem Ehepaar Kowalski durchzuführen, und ermahnte sie, in den nächsten Stunden daheimzubleiben. Ein Kriminalinspektor Jung werde sich in Kürze mit ihnen in Verbindung setzen. Herbert erklärte, dass sie der Polizei selbstverständlich zur Verfügung standen und nicht die Absicht hätten, die Wohnung an diesem Tag noch einmal zu verlassen.

Es dauerte nicht mehr als zwanzig Minuten, bis es an der Tür klingelte und zwei Beamte in Zivil eintraten, ein Mann und eine Frau. Sie stellten sich als Inspektor Jung (ein Mann um die fünfzig, hager, etwas abgekämpft mit einem freundlichen Gesicht) und Kommissarin Wilder vor (eine Frau, mindestens sechzig, kräftig gebaut, grimmiger als ihr Kollege, wenn sie ein Mann gewesen wäre, hätte sie ein Boxer oder Kampfsportler sein können, dachte Anna). Herbert hieß sie mit übertriebener Höflichkeit willkommen. Als handelte es sich um einen lang ersehnten Besuch und nicht um eine Mordermittlung, aber Herbert war nun einmal, wie er war, und es gab keinen Raum, um eigene Ansichten einzuwerfen. Die Polizisten baten um ein halbstündiges Gespräch in zwei getrennten Zimmern; Inspektor Jung begleitete Herbert ins Arbeitszimmer, während Wilder und Anna am Küchentisch Platz nahmen.

»Sie wissen ja, worum es geht«, sagte Wilder und schaltete ein Aufnahmegerät ein. »Wir sind an allen Beobachtungen interessiert, die für die Ermittlungen von Interesse sein könnten. Wilma Verhoven ist brutal ermordet worden, und wir wollen den Täter so schnell wie möglich fassen. Ich heiße übrigens Ilse. Ich schlage vor, wir sagen du.«

»Ich heiße Anna«, erwiderte Anna und spürte sofort, dass sie sich am liebsten auf die Zunge gebissen hätte. Das war eine dämliche Antwort gewesen, der Polizei war natürlich bekannt, wie die Nachbarn des Mordopfers hießen. Das machte sie nervös, so als hätte sie tatsächlich etwas zu verbergen; und genau genommen hatte sie das vielleicht auch. Jedenfalls hatte sie nicht vor, ein Wort über den Briefumschlag und den heimlichen Bewunderer zu verlieren; tatsächlich beschloss sie das erst in diesem Moment, obwohl sie genügend Zeit gehabt hatte, darüber nachzudenken, wie sie sich verhalten sollte.

»Kannst du mir sagen, wie du und dein Mann am letzten Donnerstag den Abend und die Nacht verbracht haben?«

»Am Donnerstag? Warum das?«

»Lass mich bitte die Fragen stellen. Das macht es einfacher.«

»Entschuldige, ich meine … am Donnerstag? Na ja, wie immer, denke ich. Wir waren zu Hause und … nein, es war nichts Besonderes.«

»Ihr arbeitet beide, dein Mann und du?«

»Ja.«

»Wann seid ihr nach Hause gekommen?«

Anna dachte nach. »Ich war um vier zu Hause … mein Mann zwei Stunden später.«

»Und wie habt ihr den Abend verbracht?«

»Wie immer. Wir haben gegessen, ein bisschen ferngesehen und sind ins Bett gegangen …«

»Um wie viel Uhr seid ihr ins Bett gegangen?«

Anna konnte es nicht lassen, mit den Schultern zu zucken. »Ich weiß es nicht genau … um zehn, halb elf oder so.«

»Hat einer von euch an dem Abend die Wohnung verlassen?«

»Äh … nein, ich glaube nicht.«

»Aber ganz sicher bist du nicht?«

Anna schluckte und dachte noch einmal nach. »Doch … doch, das bin ich. Keiner von uns ist rausgegangen, nachdem wir nach Hause gekommen sind.«

»Und in der Nacht?«

»In der Nacht?«

»Ja.«

»Du meinst, ob wir mitten in der Nacht die Wohnung verlassen haben?«

»Ja, danach frage ich.«

»Wir haben die Wohnung nicht verlassen.«

»Hast du in der Nacht gut geschlafen?«

»Ja … ja, das habe ich.«

»Bist du irgendwann wach gewesen?«

»Nein … nein, nicht dass ich mich erinnern würde.«

»Schläfst du immer gut?«

»Ja, ich schlafe immer gut.«

»Und dein Mann?«

»Ob er gut schläft?«

»Ja.«

»Ja, Herbert schläft auch gut.«

»Hast du bemerkt, ob dein Mann irgendwann in der Nacht aufgestanden ist?«

»Nein, das habe ich nicht.«

»Wärst du aufgewacht, wenn er aufgestanden wäre?«

»Warum fragst du das?«

»Bitte beantworte die Frage. Denkst du, dass du aufgewacht wärst, wenn dein Mann irgendwann in der Nacht von Donnerstag auf Freitag euer Schlafzimmer verlassen hätte?«

Worauf zum Teufel will sie hinaus, dachte Anna und schüttelte den Kopf. »Das kann ich nicht beantworten«, sagte sie. »Vielleicht wäre ich wach geworden, vielleicht auch nicht.«

»Ich verstehe«, sagte Kommissarin Ilse Wilder und notierte sich etwas in dem Block, der vor ihr auf dem Tisch lag. Es entstand eine kurze Pause. Anna spürte, dass sie eigentlich aufs Klo musste, ahnte aber, dass jetzt nicht der richtige Moment dafür war.

»Was kannst du mir über eure Nachbarin sagen?«

Anna zögerte. »Was … was willst du denn wissen?«

»Ich will alles wissen«, präzisierte die Kommissarin. »Alles, was du über sie zu sagen hast.«

Und so ging es weiter. Anna erzählte von der ermordeten Wilma Verhoven, und je mehr sie erzählte, desto unangenehmer war es ihr. Zum einen, weil es ihr schwerfiel, die Nachbarin in positiven Worten zu beschreiben, zum anderen, weil sie sich selbst immer mehr als Verbrecherin wahrnahm. Nein, vielleicht nicht als Verbrecherin, aber als eine Frau, die etwas auf dem Gewissen hatte. Als hätte sie etwas zu verbergen und als wäre das der Kommissarin sehr wohl bewusst.

Nach einer Weile begann außerdem ihr Knie unkontrolliert zu zucken; ein deutliches Zeichen dafür, dass sie nervös war, aber ein Phänomen, dass sich viele Jahre nicht mehr bemerkbar gemacht hatte. Vielleicht seit ihrer Jugend an der Kathedralschule nicht mehr, als Geschichtslehrer Steiner, der sie im Übrigen ein wenig an Kommissarin Wilder erinnerte, obwohl er ein Mann war und nicht ein Haar auf dem Kopf gehabt hatte, ihr eine unmögliche Frage zum Römischen Reich gestellt hatte.

Schließlich sah sie sich dann doch gezwungen mitzuteilen, dass sie auf die Toilette musste, woraufhin Ilse Wilder eine Augenbraue hob und durch diese schlichte Geste vermittelte, dass selbst eine solche Bitte in bestimmten Zusammenhängen suspekt wirken konnte.

Was geschieht hier?, dachte Anna, während sie sich nach verrichtetem Geschäft mit kaltem Wasser das Gesicht wusch. Warum habe ich das Gefühl, dass gerade alles zusammenbricht?

Als sie an den Küchentisch zurückgekehrt war, wurden ihr jedoch nur noch drei oder vier Fragen gestellt, dann bedankte sich die Kommissarin und ließ sie in Frieden.

Sie stellte fest, dass Inspektor Jung und Herbert noch im Arbeitszimmer saßen, sie konnte die Stimmen der beiden wie einen Wechselgesang hören: die ruhige, leise des Polizisten, Herberts quengelige, etwas zu laute. Sie wartete ein paar Minuten, dann entschied sie sich für einen Spaziergang im Keymerpark. Es regnete nicht mehr und von allem, was ihr fehlte, schien ihr frische Luft im Moment die höchste Priorität zu haben.

Sie wurde ohne Schwierigkeiten aus dem Haus gelassen, und während sie gemächlichen Schritts die vertrauten Kieswege im Park entlangging, wurden die Gedanken in ihrem Kopf klarer.

Was allerdings auch bedeutete, dass neue Fragen auftauchten.

Warum hatte Wilder so viel über den Donnerstagabend und die anschließende Nacht wissen wollen? Weil da der Mord begangen worden war?

Und warum hatte sie gefragt, ob sie die ganze Nacht in der Wohnung geblieben waren? Es konnte ja wohl kaum sein, dass …?

Sie verdrängte den Gedanken. Als sie von Wilma Verhoven erzählt hatte, war sie auch gefragt worden, ob sie in der besagten Nacht etwas Besonderes gehört habe. Oder ob ihr in der Zeit kurz vorher etwas Besonderes aufgefallen sei.

Unbekannte Menschen im Gebäude und ähnliches. Sie hatte sich wirklich bemüht, sich zu erinnern, hatte außerdem so viele der regelmäßigen Besucher der Nachbarin beschreiben müssen, wie ihr im Gedächtnis geblieben waren. Sie hatte nicht mehr als drei zusammenbekommen, von denen einer identisch war mit dem sogenannten Verlobten, Enrico Baaswinter, obwohl sie bei einer früheren Frage behauptet hatte, es habe sich mit Sicherheit um ein halbes Dutzend Männer gehandelt. Die regelmäßig in der Nachbarwohnung verkehrten.

Nach fünfundvierzig Minuten an der frischen Luft fühlte sie sich dennoch bedeutend ruhiger und beglückwünschte sich dazu, dass sie den heimlichen Bewunderer für sich behalten hatte. Ganz gleich, wer dieser rätselhafte Herr war, er hatte jedenfalls nichts mit Wilma Verhoven zu tun. Er gehörte zu deren Nachbarin Anna Kowalski, zu ihr ganz allein. Bewiesen wurde das dadurch, dass … nun, es war ein wenig unklar, wodurch es bewiesen wurde, aber man konnte eben nicht alles haben.

Dachte besagte Anna Kowalski und schlug den Heimweg in die Falckstraat ein.

Als sie in die Wohnung zurückkam, saß Herbert in seinem blauen Sessel und sah aus, als hätte er eine Mittelohrentzündung.

»Wie ist es gelaufen?«, fragte sie.

»Ganz okay«, antwortete Herbert geistesabwesend, aber er zeigte seine Zähne nicht, und seine Worte schienen in keinem Gedanken verankert zu sein.

»Also gut«, sagte Anna. »Dann mache ich uns etwas zu essen?«

»Ich habe keinen Hunger«, ließ ihr Gatte sie wissen.

Was ist denn jetzt wieder mit ihm, fragte sich Anna.

In Erwartung Mozarts

Auch dieser Sonntag endete schließlich und wurde von einem Montag ersetzt. Von dem Mord an Wilma Verhoven konnte man in jeder Zeitung lesen. Die fünfundzwanzigjährige Frau, von Beruf Nageldesignerin in *Rozies Beauty Parlor* in der Weiverstraat, war irgendwann in der Nacht von Donnerstag auf Freitag der Vorwoche in ihrer Wohnung von einem unbekannten Täter ermordet worden. Niemand war verhaftet worden oder wurde verdächtigt. Die Polizei ermittelte in alle Richtungen, befragte die Nachbarn und bat um Hinweise aus der Bevölkerung; alle, die glaubten, über Informationen zu verfügen, die in irgendeiner Form die Ermittlungen weiterbringen konnten, wurden gebeten, eine der drei dafür eingerichteten Telefonnummern anzurufen.

Anna Kowalski las wie immer das *Neuwe Blatt* in ihrer Kaffeepause am Vormittag und stellte fest, dass darin nur zwei Dinge standen, die sie nicht schon gewusst hatte: dass Wilma Nageldesignerin gewesen war, vielleicht der modernste aller modernen Berufe, und dass der Mord tatsächlich in der Nacht geschehen war, für die sich Kommissarin Wilder so interessiert hatte.

Die Kollegen stellten natürlich Fragen, es war kein Geheimnis, dass eine der Schulsekretärinnen eine Nachbarin des Mordopfers war. Sie beantwortete die meisten ausweichend, unterließ es bewusst, Wilma Verhoven als eine Art Vamp zu charakterisieren, und am erfreulichsten war, dass Max Lehrer kurz nach Mittag im Sekretariat vorbeischaute und ein langes und warmherziges Gespräch mit ihr führte. Er zeigte sich von seiner fürsorglichen Seite und zeigte Verständnis dafür, wie sie sich dabei fühlen musste, in unmittelbarer Nähe eines so schrecklichen Ereignisses zu wohnen. Bevor er zur nächsten Unterrichtsstunde weitereilte, umarmte er sie und hielt sie annähernd drei Sekunden in den Armen, und noch für den Rest des Nachmittags, sogar als sie nach Hause gekommen war, konnte sie seine Körperwärme als ein zusätzliches Kleidungsstück auf ihrer Haut spüren.

Wir sehen uns übermorgen in der Oper, Max, dachte sie.

In den verbleibenden Stunden des Montags gab sie ihr Bestes, damit ihr dieser Gedanke nicht durch den Kopf ging. Man sollte das Schicksal nicht herausfordern oder sich daran berauschen, erst recht nicht, wenn es voller glänzender Zukunftsaussichten zu sein scheint.

Am Abend saß sie wie immer mit Herbert zusammen und sah die Spätnachrichten im Fernsehen. Drei oder vier Minuten waren dem Mord an Wilma Verhoven gewidmet, und Anna fand allmählich, dass ihr etwas zu viel Aufmerksamkeit geschenkt wurde, auch noch nach ihrem Tod. Es kam einem vor, als könnte sie nicht aufhören, das Interesse auf sich zu ziehen, obwohl ihr Schädel von Eros gespalten worden war.

Herbert schien der gleichen Meinung zu sein, denn als der Beitrag vorbei war, murrte er:

»Viel Wirbel um diese Frau. Es dürfte nicht leicht werden, die Wohnung zu verkaufen.«

Anna fragte sich, ob er Wilma Verhovens Wohnung meinte, oder ob er mit dem unausgesprochenen Gedanken spielte, dass sie selbst umziehen könnten, aber wie so oft in letzter Zeit verzichtete sie darauf, ihn zu fragen. Überhaupt war es, als hätte alles, was ihr Mann dachte oder äußerte, an Bedeutung und Gewicht verloren. Er interessiert mich ungefähr so viel wie eine alte Strickjacke, die ich aussortieren will, stellte sie fest.

Bei dem Gedanken verspürte sie plötzlich einen Stich von mit Furcht versetzter Begeisterung und konnte in ihrem roten Sessel ein nervöses Kichern nicht unterdrücken.

Aber das machte nichts. Herbert hatte den Fernseher bereits ausgeschaltet und war ins Badezimmer gegangen, um sich die Zähne zu putzen.

Am Dienstag hatte sie frei. Das widerstrebte ihr ein wenig, weil es hieß, dass sie Max Lehrer den ganzen Tag nicht zu Gesicht bekommen würde. Aber vielleicht war es auch gut so. Schließlich war es alles andere als sicher, dass er während der *Zauberflöte* am nächsten Tag neben ihr sitzen würde. Es konnte ja genauso gut einer der anderen sein, und während sie in aller Ruhe ihren Kaffee trank, nachdem Herbert in die Kartonfabrik gefahren war, ging sie die Männer einer nach dem anderen noch einmal durch und versuchte, die Chancen einzuschätzen. Das war nicht leicht, aber zu ihrer eigenen Verwunderung konnte sie es nicht lassen, ein wenig länger an Benedict Maertens zu denken, den rätselhaften Psychologen an ihrer Schule. Da war etwas an seinem Blick gewesen, den er ihr zugeworfen hatte, als sie sich am Montag in der Garderobe vor dem Sekretariat begegnet waren; lustigerweise hatte sie daran kaum einen Gedanken verschwendet, bis sie jetzt ein bisschen rekapitulierte. Es war bestimmt eine Überinterpretation, aber Maertens tauchte trotzdem als ein wirklich vorstellbarer Kandidat auf. So wünschenswert wie Max Lehrer war er natürlich nicht, aber eine sehr interessante Alternative war er schon.

Ihre Gedankengänge wurden davon unterbrochen, dass Edita Soller anrief, die seit vielen Jahren ihre ausgezeichnete und zuverlässige Putzfrau war, und erklärte, dass sie unter keinen Umständen so nah am Schauplatz eines Mordes arbeiten wolle. Zumindest in den nächsten Wochen nicht, die Kowalskis müssten so gut sein und sich anderweitig nach Hilfe umschauen.

Nach dem Telefonat zog Anna für einen Moment in Erwägung, selbst den Staubsauger herauszuholen und zu putzen, aber als sie hochsah, entdeckte sie bei einem Blick aus dem Fenster, dass der Himmel blau war, und hatte eine bessere Idee. Um eins war sie mit ihrer Freundin Ursula zum Essen verabredet, so dass ihr vorher noch reichlich Zeit für einen langen Spaziergang blieb. Vielleicht am Fluss entlang in Richtung Maarhejde, warum nicht? Wenn es schon Frühling in der inneren und äußeren Landschaft war.

Sie ging tatsächlich bis zu dem kleinen Kanalcafé in Maarhejde, gönnte sich einen Cappuccino im Sonnenschein, und als sie auf dem Rückweg war, erlebte sie eine Überraschung. Sie hatte gerade die Brücke bei Mühlenbrugge überquert, als sie von einem Jogger eingeholt wurde.

»Ja, hallo Anna!«

Mit diesem Ausruf bremste der Jogger ab. Er trug einen orangefarbenen Trainingsanzug, und sie stellte überrascht fest, dass es Arnold war. Arnold Czernik, der gute Freund und Rechtsanwalt, der vor gerade einmal zwei Monaten seine Hand weit oben auf ihren Oberschenkel gelegt hatte. Und den sie, wie sie auf einmal in der Frühlingssonne begriff, tatsächlich ziemlich gernhatte.

»Hallo Arnold! Schicker Trainingsanzug. Ich wusste gar nicht, dass du joggst.«

Er keuchte und lachte. »Ich habe gerade erst damit angefangen. Ich habe versprochen, bis zum Sommer fünf Kilo abzunehmen … am besten mehr.«

»Du brauchst doch nicht abnehmen«, log sie.

»Danke. Du sprichst mit gespaltener Zunge, Anna. Wer liebt schon einen Dickwanst?«

Er sah sie mit einem merkwürdigen Funkeln in den Augen an, ernst und gleichzeitig scherzend, und sie wusste nicht, was sie sagen sollte. Sie konnte ja schlecht zugeben, dass sie sich durchaus vorstellen konnte, einen Dickwanst zu lieben oder mit ihm Liebe zu machen.

Andererseits hätte sie natürlich nichts dagegen, wenn er ein paar Kilo verlieren würde, bevor es dazu kam.

Sie merkte, dass sie rot wurde, was vielleicht auch Arnold Czernik auffiel, denn er gab ihr ein flüchtiges Küsschen auf die Wange und erklärte, er müsse weiterlaufen. Es gehe nicht, sich ständig Pausen zu gönnen, wenn man ein neuer Usain Bolt werden wolle.

Und damit entfernte er sich am Fluss entlang in westliche Richtung, vermutlich in einem wesentlich höheren Tempo, als er beherrschte, aber sie hatte ihn schon bald aus den Augen verloren und nahm an, dass er daraufhin zu einem normaleren Trott zurückkehren konnte.

Natürlich begann sie, sich Arnold in der Oper vorzustellen, und wie sie sich dabei fühlen würde, und weil sie zu dem Schluss kam, dass sie auch gegen diese Lösung nichts einzuwenden hätte, errötete sie noch mehr. Das Kribbeln blieb auch diesmal nicht aus.

Dann tauchte jedoch Wilma Verhovens blutiger Kopf in ihrem eigenen unblutigen auf, und die Sonne verschwand hinter Wolken.

Am späteren Nachmittag, nach dem Mittagessen mit Ursula, und als sie gerade aus dem Friseursalon in der Ruyder Allé getreten war, rief Inspektor Jung von der Polizei an und erklärte, man müsse noch einmal mit den Eheleuten Kowalski sprechen. Es gehe nur um ein paar Details, versicherte er, es dauere auch nicht lange, aber es erleichtere die Sache, wenn sie ins Präsidium kommen könnten. An diesem Abend bis neun oder am nächsten Morgen, je nachdem, was ihnen besser passe.

Anna erwiderte, dass sie es gern am Abend hinter sich bringen würde, es aber besser sei, wenn sie sich direkt mit Herbert in Verbindung setzten. Sie wisse nicht, was ihm lieber sei. Der Inspektor versprach, das zu tun, und ihr den genauen Zeitpunkt innerhalb der nächsten Stunde mitzuteilen.

Etwas später, als sie nach Hause gekommen war, in der Küche stand und die Zutaten für ein Risotto heraussuchte, rief er wieder an. Diesmal lautete die Botschaft, es reiche aus, wenn sie mit Herbert sprächen, und er sei einverstanden, am nächsten Morgen früh ins Präsidium zu kommen.

Als sie aufgelegt hatte, überlegte sie einen Moment, warum man nicht daran interessiert war, was sie eventuell zu sagen hatte, redete sich dann aber ein, dass es umso besser war, je weniger sie sich mit Wilma Verhovens Schicksal befassen musste.

Der Mittwoch begann nicht gut. Bevor er zur Polizei eilte, teilte Herbert ihr mit, dass ihn nach der Arbeit ein wichtiger Kunde nach Hause begleiten werde, und fragte, ob Anna sich vielleicht vorstellen könne, etwas besonders Schmackhaftes zu kochen und dafür zu sorgen, dass sie ein paar Flaschen guten Wein im Haus hätten?

Anna erinnerte ihn daran, dass sie an diesem Abend mit einer Freundin in die Oper gehen wolle, woraufhin Herberts

Oberlippe in die Höhe schoss, und er erklärte, es gehe um einen wichtigen Vertrag. Einen *sehr* wichtigen Vertrag.

Sie konterte damit, dass es um eine *sehr* wichtige Freundin gehe, und nachdem sie sich eine Weile gestritten hatten, wurde beschlossen, dass Herbert seinen Kunden stattdessen in ein Restaurant ausführen würde. Konnte Anna wenigstens so freundlich sein und im Restaurant Keymerhof anrufen, um einen Tisch für sie zu reservieren?

»Ich denke, es wird das Beste sein, wenn sich die Herren selbst darum kümmern«, entgegnete Anna. »Weißt du übrigens, dass du ...?«

Herbert stierte sie an und wartete auf eine Fortsetzung, aber so verlockend es auch war, ihm diesen Dolchstoß zu versetzen, gelang es ihr dennoch, sich zu bremsen. Es gab mit Sicherheit eine ideale Gelegenheit dafür, ihm zu erzählen, dass er nicht der Vater seiner Tochter war, aber irgendetwas sagte ihr, dass jetzt nicht der richtige Moment dafür war.

Also musste ein »Ach, schon gut« reichen, und weil Herbert es eilig hatte, zu seinem Termin im Polizeipräsidium zu kommen, wurden zwischen den Eheleuten keine weiteren Worte mehr gewechselt.

Du meine Güte, ich war kurz davor, damit herauszuplatzen, dachte sie jedoch, als er gegangen war. Ich muss darauf achten, dass ich in den nächsten Tagen ein bisschen diplomatischer bin.

In der Schule sah sie nur einen der Kandidaten (Max Lehrer hatte wie jeden Mittwoch unterrichtsfrei), und zwar Benedict Maertens, der ihr erneut einen Blick zuwarf, der einfach etwas zu bedeuten haben musste. Nicht einmal ein Psychologe konnte seine Augen so benutzen, ohne dass er eine Absicht damit verfolgte.

Aber welche Absicht das war, darüber ließ sich trefflich streiten.

Nach dem Mittagessen, als Helena deBries sie im Schulsekretariat abgelöst hatte, fuhr sie mit dem Rad nach Hause und verbrachte anschließend den ganzen Nachmittag damit, sich vorzubereiten. Ein langes Kräuterbad mit Duftölen. Neue Unterwäsche. Parfum in mäßiger Menge. Ein rotes Kleid, rote Schuhe, rote Lippen, rote Nägel. Schließlich war es mehr als drei Jahre her, dass sie die Oper von Maardam betreten hatte, und bei den Details durfte man nicht schludern. Wie ging diese englische Redensart noch: *God is in the details?*

Oder hieß es *the Devil?*

In der ersten Reihe

Sie war früh vor Ort. In dem prachtvollen neoklassizistischen (sie hatte beschlossen, dass es so hieß) Marmorfoyer murmelten Stimmen und gluckerten edle Getränke von der großen, blattgoldbeschichteten Bar. Die Besucher, die bereits eingetroffen waren, standen in kleinen Gruppen zusammen und unterhielten sich mit leisen, kultivierten Stimmen und einem Glas in der Hand. Auf diskrete Weise gut gekleidet und gesittet; Anna dachte, dass sie öfter in die Oper gehen sollte, allein schon, um diese Atmosphäre erleben zu dürfen, aber natürlich auch, um die Musik zu genießen. Um zu fühlen, dass man zum privilegierten Teil der Welt und der Gesellschaft gehörte, zu jener auserwählten Clique der Menschheit, die sowohl die Möglichkeit als auch das Geld hatte, sich nur das Beste vom Besten zu gönnen.

Sie gab ihren Mantel an der Garderobe ab, kontrollierte ihre Erscheinung in der Damentoilette, erwarb ein Programmheft und begab sich zu ihrem Platz auf der Galerie. Sie wollte ihren Bewunderer nicht zu früh entdecken, es erschien ihr besser, zu warten und ihn auftauchen zu lassen. Sie zeigte ihre Eintrittskarte einem jungen Mann, der sie zu ihrem Platz eskortierte. Nummer sechs in der ersten Reihe.

»Madame, Sie haben den besten Platz im ganzen Saal«, erklärte er.

»Danke, ich weiß«, erwiderte sie.

Sie machte es sich bequem und sah auf die Uhr. Es blieben noch zwanzig Minuten, und bisher hatten nur wenige Besucher ihre Plätze eingenommen, sowohl oben auf der Galerie als auch unten im Parkett. Sie erkannte, dass sie einen guten Blick hatte, nicht nur auf die Bühne, die vorerst noch von einem schweren, weinroten Vorhang mit hellgrünen und goldenen Blütenranken verhüllt wurde, sondern auch auf die Zuschauerränge. Zwar sah sie nur die Nacken derjenigen, die im Parkett saßen, aber die Leute hier oben konnte sie problemlos beobachten, fokussieren und identifizieren, wenn sie ein klein wenig den Kopf drehte.

Vielleicht nicht die Besucher, die direkt hinter ihr saßen, aber alle anderen. Gleichzeitig galt das natürlich auch umgekehrt, sie war für alle und jeden hervorragend zu sehen, und angesichts dessen konnte sie nicht verhindern, dass sie einen kleinen Kloß im Hals hatte. Wenn der Bewunderer kam und neben ihr Platz nahm, würde jeder sehen können, dass sie in Begleitung einer unbekannten männlichen Person war. Eines Burschen, der nicht ihr Ehemann war und der … nun, irgendetwas musste das natürlich bedeuten.

Sie glaubte zwar nicht, dass in diesem vornehmen Opernpublikum besonders viele wussten, wer sie war, aber der eine oder andere tat es vielleicht doch.

So what?, dachte sie daraufhin. Ist mir doch egal.

Sie zuckte mit den Schultern, kontrollierte den Lippenstift in ihrem kleinen Handspiegel und begann, im Programm zu blättern.

Inzwischen hatten sich die Reihen gut gefüllt. Die Vorstellung war mit Sicherheit ausverkauft, sie hatte erst eine Woche zuvor Premiere gehabt und überwältigende Kritiken bekommen. Noch dreizehn Minuten.

Noch sieben Minuten. Eine ältere Frau, bestimmt einiges über achtzig, war gekommen und hatte sich auf Nummer fünf gesetzt, was bedeutete, dass ihr Bewunderer Platz Nummer sieben hatte, zu ihrer Linken. Das sagte ihr zu, denn obwohl sie Rechtshänderin war, hatte sie seit jeher lieber mit der linken Hand gestreichelt. Zu der Zeit, als Herbert und sie manchmal noch Hand in Hand gegangen waren, hatte sie immer darauf geachtet, rechts von ihm zu gehen, und die wenigen Male, die sie rauchte (höchstens zweimal im Monat), hielt sie die Zigarette zwischen Zeige- und Mittelfinger der linken Hand.

Ihre Gedanken wurden von der alten Dame unterbrochen, die etwas sagte.

»Verzeihung, was haben Sie gesagt?«

»Ich habe bemerkt, dass es interessant sein wird, Werner Klimke als Sarastro zu hören. Den Grafen in *Rigoletto* hat er letztes Jahr ja mit großer Bravour gegeben.«

»Ja, sehr interessant«, erwiderte Anna und bemerkte im selben Moment, dass ihr jemand von einem Platz weit draußen rechts auf der hufeisenförmigen Galerie zuwinkte ... denn sie war doch gemeint? Ein Herr in einem dunklen Anzug, genauer gesagt, und als sie vorsichtig zurückwinkte, begriff sie, dass es Klaus Freydenbach war. Der Psychopath und Professor für Semiotik, der heimliche Bewunderer, den sie sich am wenigsten von allen wünschte, und daraufhin spürte sie plötzlich, dass ihr ein kalter Schauer über den Rücken lief. Es konnte ja wohl nicht sein ...?

Nein, natürlich nicht. Schließlich saß er auf dem falschen Platz, es war reiner Zufall, dass er beschlossen hatte, ausgerechnet an diesem Abend in *Die Zauberflöte* zu gehen ... nur ein unglücklicher Zufall. Aber es war ausgesprochen ärgerlich, dass er dort saß, nicht mehr als fünfzehn, zwanzig Meter entfernt, und in einer Position, von der er sie völlig ungeniert beobachten konnte. Sie hoffte, dass man das Licht im Salon während der Vorstellung überall ausschalten würde. Damit sie wenigstens den Schutz der Dunkelheit genoss.

Schutz?, dachte sie. Was fantasiere ich mir da zusammen? Ich habe ja wohl das Recht, in die Oper zu gehen, mit wem ich will. Mein Mann hat untaugliche Spermien, und ich bin eine freie Frau.

Noch drei Minuten. Es hatte mehrfach geklingelt. Das Orchester hatte seine Plätze im Graben eingenommen, aber Platz Nummer sieben in der ersten Reihe der Galerie war immer noch verwaist. Sie schluckte und spürte, dass eine große Sorge in ihr rumorte.

Die Ouvertüre begann. Er war nicht gekommen.

Die Erkenntnis, dass Platz Nummer sieben leer stand und wahrscheinlich den ganzen Abend leer bleiben würde, traf sie wie ein Tritt in die Magengrube. Für eine verzweifelte Sekunde glaubte sie, dass sie gezwungen sein würde, sich über das Geländer zu beugen und sich zu übergeben; was vermutlich zum Abbruch der Vorstellung geführt hätte, noch ehe sie richtig angefangen hatte, und sie für den Rest ihres Lebens unmöglich gemacht hätte.

Doch das ging vorüber. Es gelang ihr, drei-, viermal tief durchzuatmen und die Übelkeit hinunterzuschlucken. Sie schloss die Augen, hielt das Programm ganz fest gepackt und unterdrückte auch den nächsten Impuls: einfach aufzustehen und hinauszurennen.

Er kam nicht.

Hatte niemals vorgehabt zu kommen.

Die Übelkeit wich rasch kochender Wut.

Ihr heimlicher Bewunderer machte sich lustig über sie. Spielte Katz und Maus mit ihr, welch ein Dreckschwein würde hier auf dem besten Platz im ganzen Opernhaus sitzen und eine komplette verfluchte *Zauberflöte* ganz allein und verlassen durchleiden. Mozart sollte der Teufel holen.

Das Licht im Salon wurde gedämpft, und sie begann zu weinen. Schnell flossen die Tränen, und vermutlich sorgte das aufgelöste Make-up dafür, dass ihr Gesicht wie ein Banjoo aussah, das beliebte Lakritz- und Himbeereis. Ihr einziger Trost war, dass sie Klaus Freydenbach in der Dunkelheit nicht mehr entdecken konnte, was logischerweise bedeuten musste, dass er sie auch nicht sehen konnte.

Ich bin der unglücklichste Mensch auf der Welt, dachte Anna Kowalski und wühlte einen Stapel Papiertaschentücher aus der Handtasche. Die alte Dame zu ihrer Rechten legte eine Hand auf ihren Arm und flüsterte ihr zu, still zu sein.

Sie verbrachte die Pause in der Damentoilette. Sie wusch sich das Gesicht, und als sie hörte, dass der zweite Aufzug begonnen hatte, holte sie an der Garderobe ihren Mantel und verließ das Opernhaus. Ging drei Häuserblocks und schob sich in die Bar *Mephisto,* wo sie einen Krabbensalat aß und fünf Gläser Wein trank. Eine ganze Weile überlegte sie, in ein Hotel zu gehen, aber am Ende bat sie um die Rechnung und spazierte auf wackeligen Absätzen entlang missmutiger, beschmierter Häuserwände, vorbei an suizidal schwarzen Kanälen mit aus dem Wasser ragenden, kaputten Fahrrädern, den ganzen Weg nach Hause in die Falckstraat.

Herbert war zum Glück noch nicht da. Er saß mit seinem wichtigen Kunden bestimmt noch in der Wirtschaft bei intensiven Kartonverhandlungen zusammen – also konnte sie in aller Ruhe in ein heißes Bad steigen (das zweite an diesem langen und wechselvollen Tag) und sich der Aufgabe widmen, in jeder Hinsicht nüchtern zu werden.

Post festum

Als sie am Donnerstagmorgen erwachte, war es Viertel nach acht, und Herbert hatte bereits das Haus verlassen.

Wenn er in der Nacht überhaupt heimgekommen war, sie konnte sich nicht erinnern, gehört zu haben, wie er sich ins Bett gelegt hatte, aber das Kissen auf seiner Seite sah zerknüllt aus, so dass er wahrscheinlich an seinem Platz gewesen war.

Sie fühlte sich nicht besonders gut. Die fünf Gläser Wein am Vorabend waren mehr gewesen, als sie vertrug, aber sie hatte einen guten Grund gehabt. Einen bedauerlichen Grund, und am liebsten hätte sie alles, was in den letzten beiden Wochen passiert war, gelöscht. Insbesondere ihre eigenen Fantasien. Ihren Traum von dem Bewunderer, der wie ein Ritter auf seinem weißen Ross kommen und ihr Leben verändern würde. Das neue rosarot schimmernde Dasein ohne Herbert Kowalski, den König der Kartons.

Was war sie nur für eine verdammte blöde Gans gewesen. Sie begriff, dass sie kurz davor war loszuheulen, schaffte es aber aufzustehen, bevor es losging. Ab ins Badezimmer und in die Dusche. Gott sei Dank hatte an diesem Vormittag Helena deBries Dienst im Sekretariat, so dass ihr immerhin ein paar Stunden blieben, sich zu erholen und auf andere Gedanken zu kommen. Andere *bessere* Gedanken.

Aber kaum hatte sie sich angezogen, als auch schon ihre Mutter anrief. Sie zögerte einige Sekunden, ehe sie das Gespräch annahm. Es war besser, sie brachte es hinter sich, denn sich nicht zu melden, wenn ihre neurotische Mutter anrief, würde bedeuten, dass sie mit einer Wolke aus Schuld hinter der Stirn herumlaufen musste, bis sie die Sache in die Hand genommen und zurückgerufen hatte. Und wenn ihre wichtigste Aufgabe an diesem Tag darin bestand, auf bessere Gedanken zu kommen, würde diese Wolke ihr die Sicht versperren, es wäre nicht das erste Mal.

»Dein Vater ist verrückt.«

Das war keine gute Einleitung, aber auch nicht besonders ungewöhnlich.

»Ist etwas passiert?«

Ihre Mutter schnaubte. »Ja, darauf kannst du dich verlassen. Er hat vor, eine Siebenunddreißigjährige zu heiraten. Nur zwei Jahre älter als du, Anna. Ich habe ihm gesagt, dass man ihn einsperren sollte, aber er hört nicht auf mich. Du musst mit ihm reden, bevor er uns ins Unglück stürzt.«

»Uns?«, sagte Anna.

»Was glaubst du denn, wem er alles vermachen wird? Diese Hure hat es natürlich auf sein Geld abgesehen. Er ist fast siebzig und säuft wie ein Loch. In drei Jahren ist er tot, und du erbst nichts, Anna. Ich möchte dich nur über die Lage informieren.«

»Okay, Mama, ich höre, was du sagst.«

»Es hilft nicht, dass du es hörst, du musst etwas tun. Er hört nicht auf mich.«

Ja, ich weiß, dachte Anna. Das tun nicht viele.

»Ohne Erbe, begreifst du, was das bedeutet?«

Ich glaube nicht, dass das Gesetz so etwas zulässt, dachte sie anschließend. Kinder völlig zu enterben? Wenn er denn überhaupt noch Geld übrig hatte. Aber frühere Ehefrauen hatten garantiert kein Anrecht darauf, etwas zu erben, wahrscheinlich drückte da der Schuh.

»Warum sagst du nichts?«, fuhr ihre Mutter gereizt fort.

»Ich weiß nicht, was ich sagen soll, Mama.«

»Du nimmst ihn in Schutz, das hast du immer getan. Papas kleines Mädchen, zum Teufel, Anna. Du bist zu feige zu sagen, was du denkst, du musst lernen, an dich zu denken, sonst ...«

»Mama, ich habe jetzt keine Zeit. Ich muss zur Arbeit. Ich rufe dich später wieder an.«

»Das wirst du nicht tun, das weißt du genauso gut wie ich. Wir müssen uns treffen und darüber reden. Was machst du heute Abend?«

»Ich habe diese Woche keine Zeit, Mama. Und ich muss jetzt los. Ich habe gehört, was du gesagt hast, und werde darüber nachdenken. Bis bald.«

»Nein, Anna, jetzt werde ich wirklich wütend. Du musst doch den Ernst der Lage verstehen. Wenn nicht ...«

Sie drückte auf die Taste und ersparte es sich, noch mehr zu hören. Und ihre Mutter würde nicht noch einmal anrufen, das wusste sie. Falls nötig, konnte sie wochenlang in verletztem Schweigen verharren. Monate. Sie wohnten nicht mehr als drei Kilometer voneinander entfernt, aber als Anna darüber nachdachte, erkannte sie, dass sie sich nicht mehr gesehen hatten, seit sie im November Geburtstag gehabt hatte. Will sagen, ihre Mutter, dreiundsechzig, kein runder; Anna hatte mit einer Torte und einer Flasche Kirschlikör bei ihr vorbeigeschaut. War eine Stunde geblieben, vielleicht auch anderthalb.

Ihren Vater, der seit der Scheidung in Oostwerdingen wohnte, da war Anna zehn gewesen, hatte sie seit Jahren nicht mehr gesehen. Sie rief ihn einmal im Monat an, er arbeitete immer noch als eine Art Anwalt und erklärte stets, er führe ein tolles Leben. Wenn sie ihn abends anrief, klang er meistens leicht beschwipst.

Aber keine Details, niemals auch nur ein einziges, verdammtes Detail. Und er fragte sie nie, wie es ihr ging.

Wenn diese beiden Idioten sich nicht begegnet wären, hätte es mich nicht gegeben, dachte sie. Das wäre auch kein Verlust gewesen.

Sie atmete zweimal tief durch, ballte die Hände zu Fäusten und schob alle düsteren Reflexionen zu ihrem Stammbaum beiseite. Ging in die Küche und kochte sich einen starken Kaffee. Trank zwei Tassen und nahm währenddessen langsam die unterbrochene Jagd auf bessere Gedanken wieder auf.

Der erste kam ihr schon während Tasse Nummer eins.

Es gab trotz allem einen heimlichen Bewunderer. Im Ernst.

Warum sollte jemand sich so viel Mühe machen – Umschlag, Geschenke im Hauptbahnhof, Opernkarte (die mit Sicherheit einiges gekostet hatte) –, nur um sich abscheulich zu benehmen oder sie zu ärgern?

Das erschien ihr völlig absurd.

Sie setzte diese Schlussfolgerung einem Bombardement von Gegenargumenten aus, aber sie überlebte sämtliche Angriffe. Ihre heftige Reaktion auf den leeren Platz neben ihr war berechtigt und verständlich gewesen, aber einen halben Tag später sah sie das Ganze in einem etwas weicheren Licht.

Offenbar war etwas passiert. Der Bewunderer hatte vorgehabt, mit ihr zusammen *Die Zauberflöte* zu sehen, natürlich, aber dann war ihm etwas dazwischengekommen. Ein plötzlicher Todesfall in der Familie, eine Migräneattacke, ein Verkehrsunfall oder was auch immer. Es gab eine Menge denkbarer Ursachen, und wenn sie sich ein wenig in Geduld übte und nicht überreagierte, würde er sich entschuldigen und eine Erklärung liefern.

Oder nicht? Sah es nicht so aus?

Im Grunde hatte sich nichts verändert, nicht auf einer tieferen Ebene. Was sich abspielte, spielte sich weiterhin ab, die Entwicklung war nur etwas ins Stocken geraten.

Sie trank die letzten Tropfen des lebensspendenden Kaffees und seufzte erleichtert auf.

Als sie gerade das Fahrrad aus dem Keller geholt hatte, um zur Schule zu fahren, rief Herbert an. Er klang nicht wirklich wie sonst, und im nächsten Moment begriff sie, warum.

»Diese Polizisten«, sagte er. »Sie halten sich ran.«

»Halten sich ran?«, erwiderte Anna.

»Ja. Sie wollen, dass ich noch einmal zu ihnen komme.«

Ihr wurde bewusst, dass er ihr noch nicht erzählt hatte, wie es am Vortag gelaufen war. Schließlich hatte er am Morgen einen Termin gehabt, zunächst hatten sie auch mit ihr sprechen wollen, es sich dann aber anders überlegt. Ihr Mann hatte ihnen gereicht? Warum eigentlich?

Ihr wurde außerdem bewusst, dass sie den Mord an Wilma Verhoven fast völlig vergessen hatte. Nein, nicht vergessen, aber in den letzten vierundzwanzig Stunden hatte sie anscheinend keinen einzigen Gedanken an die tote Nachbarin verschwendet. Sie war völlig mit dem Opernabend beschäftigt gewesen, zunächst voller Vorfreude, später voller Frust.

»Und warum?«, fragte sie. »Warum wollen sie wieder mit dir reden? Wie ist es gestern gelaufen?«

»Sie waren nicht besonders freundlich«, antwortete Herbert. »Aber egal, ich muss nach der Arbeit hinfahren. Es wird also spät werden. Vergiss das Essen.«

»Okay«, sagte Anna. »Na dann, viel Glück.«

»Ist das alles, was du zu sagen hast?«

»Ja, Herbert. Im Moment ist das alles, was ich zu sagen habe.«

»Vielen Dank«, sagte Herbert und klickte sie weg.

Anna setzte sich auf ihr Fahrrad und fuhr los. Herbert ist nicht er selbst, dachte sie. Aber ich kann mir im Moment keine Gedanken über ihn machen.

Sie fand die knappe Mitteilung in ihrem Fach, als sie Feierabend machte und im Begriff stand, nach Hause zu fahren.

Das mit gestern tut mir furchtbar leid. Ich erkläre es dir, wenn wir uns treffen.

Handgeschrieben auf einem zusammengefalteten Blatt Papier. Keine Unterschrift. In einen Umschlag ohne Adressat oder Absender gesteckt.

Wusste ich es doch, dachte Anna Kowalski. Aber wann wollen wir uns denn jetzt treffen?

Entwicklung

An diesem Abend kam Herbert gar nicht nach Hause. Um dennoch klarzustellen, dass sie eine Ehefrau war, die sich Sorgen machte, rief sie ihn zweimal auf dem Handy an, beide Male, nachdem sie ins Bett gegangen war, und in einem Abstand von fünfzehn Minuten. Beim zweiten Mal, kurz nach elf, hinterließ sie sogar eine Nachricht: *Wo bist du?*

Gegen halb zwei erwachte sie aus einem merkwürdigen Traum über bedrohliche Jogger in roten Trainingsanzügen und lag immer noch allein im Doppelbett, aber als sie am Morgen aufstand, fand sie ihn im Wohnzimmer, schnarchend auf der Couch. Er hatte noch immer den Anzug an, Schuhe und Krawatte lagen auf dem Fußboden, und es umgab ihn eine Wolke aus abgestandenem Alkohol.

Sie dachte einen Moment nach, ehe sie beschloss, ihn weiterschnarchen zu lassen. Sie würde noch früh genug eine Erklärung bekommen. Allerdings konnte sie sich nicht erinnern, dass er jemals so sturzbetrunken gewesen war, es musste also etwas passiert sein.

Und dieses *Etwas* hing irgendwie mit Wilma Verhoven zusammen. Oder nicht, fragte sie sich, als sie mit Kaffee und Saft am Küchentisch saß. Als sie das letzte Mal miteinander gesprochen hatten, hatte er sich über das Verhalten der Polizei beschwert, und offensichtlich war er noch einmal vernommen worden.

Aber, wie gesagt, warum?

Doch bevor sie dazu kam, über diese Frage nachzudenken, erhielt sie eine SMS.

Café Intrigo, Samstag, 19 Uhr.

Die Nummer war unbekannt. Als sie mit starkem Herzklopfen im Internet auf *Who called?* suchte, erfuhr sie nur, dass es sich um eine Prepaidkarte handelte, die man nicht zurückverfolgen konnte.

Samstag war morgen. Die Frage nach Herberts Tun und Lassen musste auf später verschoben werden. Alles hat seine Zeit.

Im Tagesverlauf merkte sie, dass es ihr schwerfiel, sich auf die üblichen Arbeitsaufgaben zu konzentrieren. Auf Krankmeldungen, die Suche nach Aushilfslehrern, Berichte an die Buchhaltung und anderes. Die Nachricht vom Vortag hatte in ihrem Fach gelegen, was logischerweise bedeuten musste, dass jemand sie hineingelegt hatte, der an der Schule tätig war. Und zwar – ebenfalls *logischerweise* und in Übereinstimmung mit ihren früheren Überlegungen – einer aus dem Trio Max Lehrer, Rickard Huygens, Benedict Maertens. Hoffentlich vom Erstgenannten, obwohl sie es auch nicht weiter schlimm fände, wenn sich herausstellen sollte, dass es einer der beiden anderen war.

Sie begegnete jedem der drei am Vormittag. Max Lehrer kam während der Kaffeepause herein, wobei ihr auffiel, dass er etwas abgekämpft aussah, als hätte er in letzter Zeit zu wenig Schlaf bekommen, aber er war trotzdem genauso charmant und präsent wie immer. Als er sie verlassen hatte, dachte sie, dass es diese *Präsenz* war, die seine beste und charakteristischste Eigenschaft war. Herbert war immer nur dann präsent, wenn er die Oberlippe hochzog und wütend auf sie war.

Rickard Huygens hatte nur zwei Minuten, nachdem Max Lehrer das Sekretariat verlassen hatte, etwas mit Rektor Wunderlich zu besprechen. Da der Rektor telefonierte, musste Huygens eine Zeitlang warten und kam dazu, ihr zwei ziemlich gewagte Geschichten zu erzählen. Die zweite handelte von seiner Frau, und er behauptete, sie sei vollkommen wahr; sie enthielt zudem einen recht deutlichen Wink, dass sein Sexleben ein paar neue Impulse vertragen könnte. Als der Rektor aufgelegt hatte, und bevor er sich durch die Tür schob, sagte er abschließend:

»Aber nimm das nicht persönlich … oder weißt du was, tu das ruhig.«

Hui, dachte Anna. Das war selbst für jemanden wie Rickard Huygens ganz schön gewagt.

Benedict Maertens schlenderte eine Viertelstunde später in Begleitung eines Mädchens aus einer der Abiturklassen herein. Er sah ungewöhnlich entspannt aus – kariertes Hemd über einem schwarzen Rollkragenpullover, Stift hinter dem Ohr – und benötigte Hilfe, um das richtige Formular zu finden. Das Mädchen, sie hieß Clara deHahn, wollte sich an einem College in Florida bewerben und benötigte mehrere Gutachten, unter anderem eins von einem Psychologen. Während Anna im Computer suchte, standen die beiden hinter ihr und verfolgten die Vorgänge auf dem Bildschirm, und nach kurzer Zeit tat Maertens etwas Ungewöhnliches; er legte seine Hand auf ihre Schulter und beugte sich so vor, dass sein Kopf beinahe den ihren berührte. Als wäre er kurzsichtig und müsste dem Text auf dem Bildschirm etwas näher kommen. Ihr kam es jedoch eher so vor, als nutzte er die Gelegenheit, die sich ihm bot. Und als sie das richtige Formular gefunden und auf das Icon für Drucken geklickt hatte, richtete er sich zwar wieder auf, ließ seine Hand aber noch etwas liegen.

Mein Gott, dachte Anna. Was soll ich davon halten? Die drei Kandidaten hintereinander innerhalb von nur einer Stunde.

Es wirkte fast wie eine Inszenierung.

Zwei Stunden später, kurz nach Mittag, rief Mirjam sie auf ihrem privaten Handy an. Normalerweise meldete sie sich während der Arbeitszeit nicht, aber da es ihre Lieblingsschwägerin war – sie hatte nur eine und umgekehrt war es genauso, was regelmäßig ein privater Scherz zwischen ihnen war –, nahm sie das Gespräch an.

»Kannst du reden?«, erkundigte sich Mirjam.

»Ich bin auf der Arbeit«, erklärte Anna. »Aber ein bisschen Zeit habe ich.«

»Okay. Ich mache mir Sorgen.«

»Aha?«

»Um Robert ... aber vor allem um Herbert. Wie geht es ihm?«

»Wieso? Was meinst du?«

»Du hast doch sicher gemerkt, wie er ist?«

»Ja ... klar, aber ...«

Nervosität schoss in ihr hoch, und sie fand keine Worte. Mirjam schien ihre Unsicherheit jedoch nicht zu bemerken.

»Gestern haben sie den ganzen Abend zusammen getrunken. Und die halbe Nacht, sie haben sich im Hobbykeller eingeschlossen und sich geweigert aufzumachen. Ich kapiere nicht, was sie da treiben ... oder doch, das tue ich schon.«

Anna gelang es nachzudenken. »Herbert musste gestern Abend zur Polizei ...«

»Ich weiß. Er kam zu uns, nachdem er dort gewesen war ... so gegen halb zehn. Dann haben sie angefangen zu zechen. Ich glaube, wir müssen Klartext reden, Anna.«

»Klartext?«

»Ja, begreifst du denn nicht, was ich meine?«

»Nein, Mirjam … ich begreife nicht, was du meinst.«

Es entstand eine kurze Pause. Aber sie hörte, dass ihre Schwägerin tief durchatmete.

»Wilma Verhoven, sie meine ich.«

»Aha?«

Doch schon in der kurzen Sekunde, die verging, ehe Mirjam weitersprach, wusste sie, worum es ging. Oder *ahnte* es zumindest. Schließlich hatte sie bereits festgestellt, dass mit Herbert etwas nicht stimmte – bei mehreren Gelegenheiten in den letzten Tagen –, und als ihr nun ein wenig auf die Sprünge geholfen wurde, brauchte sie eigentlich nur noch eins und eins zusammenzuzählen. Herberts seltsames Verhalten hing mit der ermordeten Nachbarin zusammen. Der Gedanke war ihr doch schon flüchtig gekommen, als sie ihn am Morgen schnarchend auf der Couch gefunden hatte.

»Hat er etwas mit ihr gehabt?«

Die Frage empfand sie trotzdem wie einen Schlag ins Gesicht.

»Was in aller Welt behauptest du da? Herbert soll …?«

Aber die Worte fanden keinen Halt. Mirjams Andeutung war zu unerhört, zu absurd, um darauf reagieren zu können. Ihr staubtrockener Mann und das Flittchen aus der Nachbarwohnung … nein, das konnte man einfach nicht ernst nehmen. Nicht, wenn es so deutlich ausgesprochen wurde.

»Warum sollte sich die Polizei sonst für ihn interessieren?«

Gute Frage, dachte Anna Kowalski. Verdammt gute Frage. Ich habe nur keine Lust gehabt, sie selbst zu stellen.

»Mirjam, ich muss jetzt Schluss machen«, sagte sie. »Kann ich dich später noch einmal anrufen? Ich muss darüber nachdenken.«

»Schon klar, dass du darüber nachdenken musst«, stimmte Mirjam ihr zu. »Du kannst mich jederzeit anrufen, außer zwischen fünf und sechs, da bin ich im Yoga.«

Sie blieb an ihrem Schreibtisch sitzen und starrte eine ganze Weile die Wand an. Herbert und Wilma Verhoven? Ein unwahrscheinlicheres Paar war kaum vorstellbar.

Aber was hieß hier *Paar*? Das war natürlich das falsche Wort. Wilma Verhoven hatte mit Sicherheit eher fünf als drei verschiedene Liebhaber, aber dass sie auch außerhalb des Betts mit ihnen zusammen war, erschien wenig wahrscheinlich. Wenn überhaupt, dann höchstens mit diesem sogenannten Verlobten, wie auch immer er hieß.

Aber mit jemandem ins Bett zu gehen, war nicht verboten. Jemanden mit einer Figur von Eros zu erschlagen, war dagegen in allerhöchstem Maße verboten.

Plötzlich spürte sie, wie sich ihre Kehle zusammenschnürte, und für einige Sekunden bekam sie keine Luft in die Lunge. Aber dann öffnete Rektor Wunderlich die Tür; er bat sie mit der Liste über Exkursionstage zu ihm zu kommen, und sie wurde in die Wirklichkeit zurückgeholt.

Eine Entdeckung

Herbert hatte einen Zettel auf dem Küchentisch hinterlassen.

Muss heute Abend länger arbeiten. Du brauchst nicht zu kochen.

Sie zerknüllte die Nachricht und warf sie in den Mülleimer. Warum hinterließ man im Zeitalter des Handys eigentlich noch Zettel auf dem Küchentisch? Herbert war zwar in jeder Hinsicht altmodisch, aber dies deutete etwas anderes an.

Dass er sich von ihr fernhielt und nicht mit ihr reden wollte, war ziemlich offensichtlich. Aber hätte eine SMS nicht genauso gut funktioniert wie ein Zettel? Sie fragte sich, wie sie reagiert und sich verhalten hätte, wenn ihre Gedanken nicht bei ihrem heimlichen Bewunderer gewesen wären. Dass Herbert sie betrogen hatte, war äußerst wahrscheinlich, aber es war nicht das Schlimmste. Am schlimmsten war, dass er etwas mit dem Mord an der Frau zu tun gehabt haben könnte, mit der er sie betrogen hatte.

Zu tun gehabt haben könnte? Das war nun wirklich eine Formulierung der blassesten Art. Die korrekte Frage lautete natürlich: Hatte Herbert Wilma Verhoven erschlagen? War das möglich?

Sie setzte sich in ihren roten Sessel und begann zum ersten Mal, ernsthaft über diese Frage nachzudenken. Herbert Kowalski, der Kartonkaiser, der Mann, der mit den Schneidezähnen zuhörte, sollte er tatsächlich zu einer solchen Tat fähig sein?

Ihr staubtrockener Mann, den sie seit zehn Jahren in- und auswendig kannte. In den Sommern in Behrensee konnte er zwar Ameisen, Mücken und kleinere Schlangen töten, aber einen Menschen? Das war trotz allem etwas völlig anderes. Er war nicht einmal beim Militär gewesen; sie wusste nicht genau, warum dieser Kelch an ihm vorübergegangen war. Irgendeine Allergie, meinte sie sich zu erinnern, möglicherweise eigens zu diesem speziellen Zweck erfunden.

Aber vielleicht, spekulierte sie weiter, vielleicht konnte ja jeder, sogar sie selbst, in einer schwierigen Situation und unter bestimmten Umständen zum Mörder werden? Sie hatte von solchen Fällen gelesen. Von frommen Frauen, die nach dreißig Jahren Ehe ihren Mann auf die eine oder andere Art umgebracht hatten. Arsen im Müsli. Das größte Küchenmesser im Bauch. Ein Hammer oder eine Axt im Schädel. Im Affekt oder wohldurchdacht nach Jahren der Unterdrückung.

Man weiß so wenig über seine Mitmenschen, dachte Anna Kowalski. Selbst über die Menschen, die einem am allernächsten stehen ... oder vielleicht gerade über sie.

Sie schüttelte den Kopf, zog das Handy heraus und rief Mirjam an.

»Hallo«, sagte Mirjam. »Gut, dass du dich meldest. Was sollen wir tun?«

Wir?, dachte Anna überrascht, merkte aber im selben Moment, dass sie das freute. Was immer geschah – und geschehen war –, sie war nicht allein damit.

Und wahrscheinlich war es dieser tröstliche Gedanke, der sie veranlasste, von ihrem Bewunderer zu erzählen. Das dauerte eine Weile, und auch wenn Mirjam kaum ein Wort sagte, während sie Annas Bericht lauschte, war ihrer Atmung anzuhören, wie verblüfft sie war.

»Das ist ja ein Ding«, stellte sie fest, als Anna fertig war. »Man muss schon sagen, in eurer Ehe bewegt sich was.«

»Todeszuckungen vielleicht?«, fiel Anna ein.

Mirjam lachte auf, aber nur kurz. »Dann aber ganz schön heftige. Aber morgen Abend erfährst du also, wer der Bewunderer ist?«

»Ich denke schon«, sagte Anna. »Alles andere wäre ja wohl seltsam.«

»Man weiß nie«, erwiderte Mirjam. »Und vielleicht ist diese andere Frage ja trotz allem wichtiger. Ich meine, ob Herbert tatsächlich ...«

Sie beendete den Satz nicht. Stattdessen begann sie einen neuen.

»Übrigens ... ich habe gestern Abend etwas gehört. Als ich kapiert habe, dass die Brüder im Hobbykeller sitzen und saufen. Ich wollte nur die Tür aufmachen und fragen, was sie da treiben, aber sie war wie gesagt abgeschlossen. Ich war so überrascht, dass ich nicht auf die Idee gekommen bin anzuklopfen, aber ich bin kurz stehen geblieben und habe gelauscht.«

Sie machte eine kurze Pause.

»Und was hast du gehört?«, fragte Anna.

»Sie haben über DNA gesprochen ... wenn ich es richtig verstanden habe, hat die Polizei bei Herbert eine DNA-Probe genommen.«

»Eine DNA-Probe?«

»Ja, du weißt schon ... sie stecken ein Wattestäbchen in den Mund und sammeln etwas Speichel ein, und damit ermitteln sie die DNA einer Person.«

»Ja, ich weiß, was das bedeutet«, sagte Anna. »Aber heißt

das, sie haben seine DNA bei ihr gefunden? Vielleicht sogar an …?«

»Keine Ahnung«, sagte Mirjam. »Das steht bestimmt noch nicht fest. Die Probe haben sie ja erst gestern bekommen, das dauert bestimmt noch ein bisschen. Ist er eigentlich zu Hause?«

»Nein, er hat einen Zettel geschrieben, dass er länger arbeiten muss. Wie ist es mit Robert, hast du mit ihm über das Thema gesprochen?«

»Der ist auch nicht zu Hause. Sieht ganz so aus, als würden die Brüder wie üblich zusammen durch dick und dünn gehen.«

Anna nickte für sich, sagte aber nichts.

»Wie üblich«, wiederholte Mirjam. »Möchtest du vorbeikommen? Nur ich und die Kinder sind zu Hause.«

Anna wägte einige Sekunden das Für und Wider ab, ehe sie beschloss, das Angebot abzulehnen.

»Ich denke, es ist besser, ich bleibe hier. Aber wir können ja den Abend über in Kontakt bleiben, nicht?«

Mirjam ließ ein kurzes, charakteristisches Lachen hören. »Okay, abgemacht. Alle Neuigkeiten über die Brüder Karton sind willkommen. Gute oder schlechte.«

Nach dem Telefonat lief sie ziellos durch die Wohnung und wusste nicht, was sie tun sollte. Das abgesagte Abendessen, den zweiten Tag in Folge, führte zu einer Störung der täglichen Abläufe, und obwohl sie es nicht besonders toll fand, in der Küche zu stehen, hätte sie es doch zu schätzen gewusst, etwas Vertrautes mit den Händen tun zu dürfen. Eine Art Ruhepol im Sturm, oder wie immer man das auch nennen sollte. Dann fiel ihr jedoch das Gespräch mit ihrer Mutter am Morgen ein, und sie beschloss, in Oostwerdingen anzurufen, um sich zu erkundigen, was es mit den Heiratsplänen ihres Vaters auf sich hatte. Sie wählte die Nummer und ließ es siebenmal klingeln, bis der Anrufbeantworter ansprang. Es geschah nicht völlig unerwartet.

Sie beendete die Verbindung, ohne eine Nachricht zu hinterlassen, und während sie ein wenig unschlüssig mit dem Handy in der Hand dastand, warf sie zufällig einen Blick aus dem Fenster. Genauer gesagt, aus dem Schlafzimmerfenster, denn dort war sie auf ihren planlosen Streifzügen durch die Wohnung gelandet.

Etwas in einem Fenster auf der anderen Seite des Hofs erregte ihre Aufmerksamkeit. Ein kurzes Blinken, ein Lichtstrahl, der reflektiert wurde und verschwand, oder was auch immer. Nicht nur einmal, sondern zweimal. Der Abstand zwischen ihrem eigenen Fenster und dem anderen betrug etwa zwanzig Meter, in direkter Linie über den quadratischen Innenhof und auf gleicher Höhe, in der obersten Etage, und es dauerte nicht lange, bis sie begriff, um was es sich handelte.

Ein Fernglas. Oder vielleicht auch eine Kamera.

So oder so, jedenfalls keine gewöhnliche, kleine Handvariante, sondern ein größeres Modell, wahrscheinlich auf einem Stativ, und das Eigenartige war, dass es aus dem schmalen Spalt zwischen zwei fast vollständig geschlossenen Vorhängen hervorlugte. In dem Zimmer dahinter brannte Licht, aber man sah nichts von dem, was sich dort befand.

Oder *wer* sich dort befand.

Eigenartig, dachte Anna Kowalski und erinnerte sich plötzlich an einen alten Hitchcockfilm, an dessen Titel sie sich sekundenlang vergeblich zu erinnern versuchte. Sie konnte auch nicht sehen, ob das Fernglas/die Kamera auf ihr Fenster gerichtet war, oder ob es von ihrem Aussichtspunkt betrachtet, ein wenig nach rechts gedreht war. Was bedeuten würde …

sie dachte schnell nach ... was bedeuten würde, auf die Nachbarwohnung und ... ja, genau: auf Wilma Verhovens Schlafzimmer.

Stimmte das? Sie überlegte noch einmal und kam erneut zum gleichen Schluss. Die Schlafzimmerfenster des Ehepaars Kowalski und Wilma Verhovens gingen beide zum Hof, schließlich hatte sie schon vor ein paar Tagen festgestellt, dass die Betten in den jeweiligen Zimmern durchaus Kopfende an Kopfende stehen könnten, nur getrennt durch eine zwanzig oder dreißig Zentimeter dicke Wand.

Was hatte das zu bedeuten? Sie verließ das Schlafzimmer und ging ins Wohnzimmer. Ließ sich in ihren roten Sessel sinken und blieb in einem Schwarm aus Gedanken und Fragen sitzen.

Eine der Fragen drängte sich jedoch schon bald an allen anderen vorbei, weil sie sich ohne größere Anstrengungen beantworten lassen sollte:

Wer lebte in der Wohnung auf der anderen Seite des Hofs?

Sie hatte einen ausgezeichneten Überblick darüber, wer in ihrem eigenen Haus wohnte. Sie zählte innerlich und kam zu dem Ergebnis, dass es sich um insgesamt vierzehn Wohnungen handelte, darin eingeschlossen Hausmeister Suijderlinck und ein Geschäft im Erdgeschoss, das Büromaterial und Schreibwaren verkaufte. Die meisten wohnten mindestens genauso lange im Haus wie sie selbst, und sie konnte spontan von mindestens zehn die Namen nennen.

Über das Haus gegenüber, das mit ihrem eigenen durch einen weiteren Wohnungsklotz sowie eine mit Efeu bewachsene Brandmauer verbunden war, wusste sie allerdings wesentlich schlechter Bescheid. Wenngleich sie einige der Hausbewohner vom Sehen kannte. Sie teilten sich den gemeinsamen Hof, wo sie sich gelegentlich begegneten, und unter dem großen Kastanienbaum konnte man im Sommer sitzen und Bier oder Kaffee trinken. Oder auf einem der beiden Gemeinschaftsgrills Essen zubereiten. Oder mit anderen die einfache Boulebahn benutzen, die vor zwei Jahren angelegt worden war.

Aber die Wohnung direkt gegenüber?

Sie hatte keine Ahnung.

Die Haustüren zur Straße waren mit Zahlencodes und Schlössern gesichert, aber die Türen, die vom Hof aus in die Häuser führten, konnte jeder rund um die Uhr öffnen.

Na also, dachte Anna Kowalski. Ein Kinderspiel.

Bevor sie die Treppe hinunterging, stärkte sie sich mit einem Glas Wein. Sie hatte das Gefühl, in einer leicht zwielichtigen Angelegenheit unterwegs zu sein, aber das lag eher an ihrer ererbten Fähigkeit, sich schuldig zu fühlen als an dem, worum es tatsächlich ging. Jemand hatte ein Fernglas oder eine Kamera direkt auf ihr Schlafzimmerfenster gerichtet (oder das der toten Wilma Verhoven), und natürlich hatte sie das Recht herauszufinden, wer das war.

Auf der Tafel im Hauseingang, auf der die Namen der Hausbewohner aufgelistet waren, standen zuoberst die Namen *Baehrentz* und *Falludi*.

Ihr sagte weder der eine noch der andere etwas. Sie zögerte einen Moment, ehe sie den Aufzug links liegen ließ und begann, die abgetretenen Steintreppen hochzusteigen, die genauso aussahen wie in ihrem eigenen Haus. Die gleiche angenehme Rundung mit den kleinen Belüftungsfenstern zwischen den verschiedenen Stockwerken sowie grüne und ockerfarbige Wände.

In der ersten Etage tauchte eine Erinnerung auf, und sie blieb stehen.

Vor zwei Wochen war sie am Abend nach dem Duschen ins Schlafzimmer gekommen. Sie hatte sich ein Badehandtuch um den Körper geschlungen, Herbert hatte im Bett gelegen und gelesen. Sie sah, dass mit dem dünnen Vorhang etwas nicht stimmte, der vor dem Fenster hing und streckte sich, um ihn zurechtzurücken. Als sie sich reckte, rutschte das Badehandtuch herunter, aber sie hatte sich nicht die Mühe gemacht, es vom Fußboden aufzuheben. Stattdessen stand sie dort nackt und befestigte den kleinen Haken, der sich von der Vorhangstange gelöst hatte. Das dauerte einige Sekunden, vielleicht auch eine halbe Minute, und als sie gerade fertig war, meckerte Herbert, sie solle liebe nicht auf die Art nackt am Fenster stehen.

Das war alles. Sie hatte das Handtuch zum Trocknen aufgehängt, ihr Nachthemd angezogen und war ins Bett gegangen

Warum tauchte diese Erinnerung ausgerechnet jetzt auf? Sie fragte sich, ob es sich um eine Art Warnung aus dem Unterbewusstsein handelte, verwarf den Gedanken jedoch sofort wieder und setzte ihren Weg in die oberste Etage fort.

Auf der einen Tür stand Anneliese Baehrentz. Als sie den Vornamen sah, war ihr klar, dass es sich um die alte Frau handeln musste – vermutlich Mitte achtzig und mit einem störanfälligen Hörgerät –, die mit einer Katze allein lebte. Beide, auch die Katze war schon älter, saßen an warmen Sommertagen immer im Schatten des Kastanienbaums.

Dagegen hatte sie keine Ahnung, wer Falludi in der Nachbarwohnung sein könnte.

Ungewöhnlicher Name, dachte Anna, müsste man eigentlich googeln können. Sie wollte gerade wieder die Treppen hinuntergehen, als die Falludi-Tür aufging. Ein Mann schaute heraus.

»Hallo«, sagte er. »Komm doch kurz rein.«
»Ja, hallo«, erwiderte Anna erstaunt.
Er packte ihren Oberarm und zog sie in die Wohnung.

II.

Samstag

Mirjam Kowalski kam am Samstagvormittag erst nach ein paar Stunden auf die Idee, ihre Schwägerin anzurufen, nachdem ihr Mann Robert zu einer Vorstandssitzung im Ruderverein Armastenkamp aufgebrochen war, dessen Vorsitzender er war.

Sie erreichte Anna nicht.

Eine Stunde später rief sie erneut an und hinterließ eine Nachricht.

Ernsthaft Sorgen machte sie sich jedoch erst gegen drei Uhr, als sie immer noch nichts von Anna gehört hatte und noch einmal anrief. Diesmal wurde ihr außerdem mitgeteilt, der Teilnehmer sei nicht erreichbar.

Nicht erreichbar? Was hatte das zu bedeuten? Das war nicht die Standardansage des Telefonanbieters. Robert war von seiner Sitzung noch nicht zurückgekehrt, deshalb fragte sie ihre Tochter Astrid, die achtzehn Stunden am Tag mit einem Handy in der Hand verbrachte. Astrid zuckte jedoch nur mit den Schultern und meinte, ihre Tante habe das Telefon wohl in den Fluss fallen lassen oder so.

Um fünf Uhr kam Robert nach Hause. Mittlerweile war Mirjam ernsthaft besorgt, so dass Robert seinen Bruder anrief, um bei ihm nachzuhören.

Nein, er habe seine Frau den ganzen Tag noch nicht gesehen.

Am Vorabend sei er von der Polizei vernommen worden, aber gegen neun habe man ihn gehen lassen.

Unterwegs habe er ein paar Drinks genommen, sei aber gegen elf nach Hause gekommen.

Nein, Anna sei nicht daheim gewesen. Er habe sich ins Bett gelegt und sei eingeschlafen. Sei am Samstagmorgen erst um neun Uhr aufgewacht. Anna sei auch da nicht zu Hause gewesen.

Hatte er nicht versucht, sie zu erreichen?

An diesem Punkt des Gesprächs hatte Mirjam übernommen.

Doch, er hatte im Laufe des Vormittags ein paarmal versucht, sie zu erreichen.

Aber er hatte sie nicht erreicht?

Nein, er hatte sie nicht erreicht.

Und dann?

Dann hatte er aufgegeben.

Aufgegeben?

Ja. Sie waren ...

Ja?

Er hatte das Gefühl, dass sie sich im Moment nicht richtig grün waren.

Nicht richtig grün?

Ja.

»Jetzt hör mal zu, du Scheißkerl. Deine Frau ist seit vierundzwanzig Stunden verschwunden, und alles, was du dazu zu sagen hast, ist, dass ihr euch nicht richtig grün seid?«

»Ja, was verflucht nochmal willst du denn jetzt von mir hören?«, antwortete Herbert Kowalski, der sonst nicht dafür bekannt war, Kraftausdrücke in den Mund zu nehmen.

Nach dem Gespräch war es, als explodierte die Sorge in ihr. Im Laufe einer Stunde rief sie ihre Schwägerin noch fünf-

oder sechsmal an. *Versuchte sie anzurufen.* Dann erkannte sie, wie sinnlos das war, und gab auf. Stattdessen rief sie noch einmal Herbert an, bekam aber nur den gleichen mürrischen Bescheid. Anna war nicht aufgetaucht.

Sie teilte den restlichen Familienmitgliedern mit, sie müssten sich selbst etwas zu essen machen, und verließ das Haus, um einen klaren Kopf zu bekommen. Sie machte einen langen Spaziergang die Langgraacht hinunter bis zum Fußballstadion und zur IV. September-Brücke, und als sie auf dem Rückweg in die Mooserstraat einbog, fiel ihr das mit dem Café *Intrigo* ein.

Sie sah auf die Uhr. Viertel vor acht.

Großer Gott, dachte sie. In dem Café wollte Anna sich doch mit ihrem Bewunderer treffen. Hatte sie nicht heute Abend um sieben Uhr gesagt?

Sie eilte im Laufschritt die verbleibenden fünfhundert Meter zum *Intrigo*. Riss die Eingangstür auf und stürmte in das gut gefüllte Lokal. Wurde nach ein paar Metern von einem Kellner aufgehalten, blieb stehen und versuchte, sich zu beruhigen.

»Entschuldigen Sie, aber es geht um meine Schwester.«

Wie es ihr mitten in der Aufregung gelungen war, die Schwägerin in ihre Schwester zu verwandeln, begriff sie selbst nicht. Aber es klang besser. Enger.

»Ja?«

Der Kellner, ein junger, dunkelhaariger Mann mit Brille und modischem Dreitagebart, hob die Augenbrauen und wartete auf eine Fortsetzung.

»Es ist ein Unglück passiert, und ich muss sie finden. Ich glaube, sie wollte hier heute Abend essen.«

Während sie diese Halbwahrheit auftischte, ließ sie gleichzeitig den Blick von Tisch zu Tisch wandern und hoffte, dass

Anna irgendwo mit einem unbekannten Mann zusammensitzen würde.

Danach sah es allerdings nicht aus, aber das Lokal ging hinter einer Ecke weiter, und in dem Teil des Raums gab es ihrer Erinnerung nach etwa zehn Tische. Mindestens. Der Kellner nickte, schien den Ernst der Lage zu verstehen.

»Wissen Sie, ob der Tisch reserviert war?«

Sie schüttelte den Kopf. »Nein, das weiß ich nicht. Aber wenn ich mich kurz umschauen dürfte, dann sehe ich ja, ob sie hier sitzt.«

»Natürlich.«

Er trat zur Seite. Mirjam ging zehn Sekunden lang zwischen den Tischen umher, länger benötigte sie nicht. Anna war nicht da.

Ebenso wenig sah sie einen einsamen Herrn, der wartend an seinem Tisch saß. Sie kehrte zu dem Kellner zurück, der stehen geblieben war und auf sie zu warten schien.

»Verzeihung, darf ich Sie etwas fragen?«

»Sicher.«

»Meine Schwester wollte sich hier mit einem Mann zum Essen treffen, und vielleicht hatte er keine Lust, noch länger zu warten … wenn sie nicht aufgetaucht ist. Ich glaube, sie wollten sich um sieben treffen.«

Er dachte nach und sah auf die Uhr. »Ja, stimmt, vor zehn Minuten ist ein Herr aufgebrochen. Er saß allein an einem Tisch … es war einer von meinen … aber als er mehr als eine halbe Stunde gewartet hatte und seine Verabredung nicht gekommen ist, hat er sein Bier bezahlt und um Entschuldigung gebeten.«

»Vor zehn Minuten, sagen Sie?«

Er zuckte mit den Schultern. »Vielleicht auch vor einer Viertelstunde.«

Mirjam fluchte innerlich und spürte, wie die Hoffnungslosigkeit ihre Krallen in sie schlug. Dennoch gelang es ihr, noch eine relevante Frage zu stellen.

»War der Tisch reserviert?«

»Ja.«

»Auf welchen Namen?«

»Da muss ich nachsehen.«

Er bewegte sich zwei Meter weiter zu dem kleinen Pult am Eingang. Klickte auf einen Bildschirm und drehte sich zu ihr um.

»Der Name war Kohler.«

»Kohler?«

Mirjam murmelte Danke und verließ das Lokal.

Der Rest des Abends verging im Zeichen der Unentschlossenheit. Weil es nicht der richtige Moment war, um mit Robert Klartext zu reden – dafür war es auf jeden Fall zu früh –, musste sie allein mit ihrer Sorge ringen. Gegen halb zehn erklärte sie, sie habe einen Migräneanfall und schloss sich für den Rest des Abends und der Nacht im Gästezimmer ein.

Dort lag sie in der Dunkelheit und versuchte zu begreifen, was passiert war. Erfolglos, es waren irgendwie … zu viele Bälle in der Luft. Was ein armseliges Bild war, sie hatte sich nie etwas aus Sport gemacht, aber das spielte jetzt keine Rolle und war nicht so wichtig. Wie die Bälle – oder eher die bizarren Teile eines Puzzles – zusammenhingen, das war das Problem, das ihr fast unlösbar erschien. Annas heimlicher Bewunderer. Der Mord an Wilma Verhoven. Herberts eventuelle Verwicklung darin. Roberts?

Und die Polizei, womit beschäftigte sie sich? Und Anna selbst, was um Himmels willen trieb sie bloß? Warum war sie nicht zu ihrem Date im Café *Intrigo* erschienen? Wo war sie?

Sie erkannte, dass Robert zu einigen Fragen vielleicht Hinweise geben könnte. Aber so, wie die Dinge lagen, hatte sie keine Lust, mit ihm zu diskutieren. Jedenfalls musste das bis Morgen warten, und wenn man Migräne hatte, war das eben so.

Irgendwann weit nach Mitternacht – als sie sich in dem unwirtlichen Zustand zwischen Schlafen und Wachen befand –, fiel ihr am Ende ein Hinweis ein, dem man möglicherweise nachgehen sollte.

Die Kandidaten. Anna hatte behauptet, ihr heimlicher Bewunderer müsse einer von fünf Kandidaten sein, und hatte alle aufgezählt. Mirjams erste Aufgabe am Sonntagmorgen würde darin bestehen, sich zu erinnern, wer die fünf waren, und anschließend Kontakt zu ihnen aufzunehmen, zu einem nach dem anderen.

Wie das geschehen sollte, wie sie ihr Anliegen vorbringen sollte … nun, kommt Zeit, kommt Rat.

Dachte Mirjam Kowalski und schlief endlich ein.

Sonntagvormittag

Am Sonntagmorgen erwachte Herbert Kowalski bereits um Viertel vor sechs, hinausgeschleudert aus einem Albtraum. Er war sehr erotisch gewesen, und es war in ihm um Wilma Verhoven gegangen; begonnen hatte er gut, mit ihrem nackten, willigen Körper, aber dann endete er damit, dass das Bett, in dem sie lagen, voller Blut war, und Wilmas Kopf war abgegangen und lag umgedreht auf dem Nachttisch neben dieser hässlichen Figur.

Zehn Minuten später begriff er, dass er nicht wieder einschlafen würde, und in dem Moment wurde ihm erst bewusst, dass Anna auch an diesem Morgen nicht neben ihm lag.

Ihre Abwesenheit erstaunte ihn allerdings nicht sonderlich; er hätte es eher überraschend gefunden, wenn sie da gewesen wäre. So war es nun einmal, hatte eine Fläche erst einmal begonnen, sich zu neigen, war es schwierig, zum Gleichgewicht zurückzukehren. Rasch versuchte er zu rekapitulieren, was in den letzten Tagen geschehen war: der Mord an Wilma Verhoven, die Vernehmung durch die Polizei, das Zechgelage bei Robert, der DNA-Test, Annas seltsames Verhalten und nun ihre Abwesenheit.

Es kam ihm so vor, als … ja, wenn er das richtige Wort für die Entwicklung hätte finden müssen, kam es ihm so vor, als wäre das ganze Dasein ins Wanken geraten. Kräftig ins Wanken. Am schlimmsten waren natürlich die Ermittlungen der

Polizei und die Folgen, die sie haben könnten. Wenn er es richtig verstanden hatte, würde das Ergebnis der DNA-Analyse am Montag vorliegen, und er wollte lieber nicht daran denken, was das bedeuten könnte. Wenn er sich etwas wünschen dürfte, egal, wie abwegig oder naheliegend, würde er die letzten Monate am liebsten aus seinem Leben wischen. Ab dem dritten Dezember, als er zum ersten Mal ein paar Stunden bei der Nachbarin verbracht hatte.

Aber verflucht, dachte Herbert, der auch in seinem Denken angefangen hatte, Schimpfwörter zu benutzen, was sollte ein gesunder Mann denn tun, wenn er von seiner Frau keinen Sex bekam, die gelobt hatte, einen in guten wie in schlechten Tagen zu lieben? Als sie im Hobbykeller saßen und tranken, hatte er mit Robert über das Problem gesprochen, und Robert hatte ihm verraten, dass er ähnliche Probleme mit Mirjam hatte. Es hatte mit der Geburt der Mädchen begonnen, was man natürlich akzeptieren musste. Aber dann war es so weitergegangen; wenn man einmal im Monat zum Zug kam, musste man schon zufrieden sein, und so sollte es zwischen Mann und Frau ja wohl nicht sein? Und an dem Punkt kamen die Huren ins Spiel, hatte Herbert erwidert. Nicht, dass Wilma Verhoven eine Hure gewesen wäre, aber es war irgendwie ein ganz anderes Feuer in ihr gewesen. Oder wie man das ausdrücken sollte. Und weil Robert das selbst untersucht hatte – nur als ein Experiment –, hatte er nur gelacht und ihm zugestimmt. Es gab solche und solche Frauen. Prost, Bruderherz.

Trotzdem machte Herbert sich Sorgen um Anna. Wenn er jetzt zurückdachte, wurde ihm bewusst, dass sie sich in den letzten Tagen kaum gesehen hatten. Am Donnerstag war er stundenlang von der Polizei vernommen worden, und als sie ihn endlich gehen ließen, hatte er Robert angerufen, der vorgeschlagen hatte, dass sie etwas trinken sollten. Die Sache war ein wenig aus dem Ruder gelaufen, aber dafür hatte es gute Gründe gegeben. Am Freitagmorgen hatte er nicht gemerkt, dass seine Frau aufbrach, und am Abend hatte er länger arbeiten müssen. Will sagen, einen schwer zu bezirzenden Kunden ins Restaurant ausführen müssen; diese Dinge gehörten zu seinem Beruf, wenn man die Position als Branchenführer in der Kartonproduktion behalten wollte.

Er war gegen elf Uhr nach Hause gekommen, fast nüchtern und mit einem neuen Zweijahresvertrag in der Tasche, und die Wohnung war leer gewesen.

Keine Nachricht, weder da noch später. Anna blieb den ganzen Samstag verschwunden, ihr Handy war nicht erreichbar, und bei seinen zwei Telefonaten mit Mirjam hatte seine Schwägerin fast schon hysterisch geklungen. Selbst Robert wirkte nervös. Herbert hatte die Rolle des Gelassenen und Beruhigenden spielen müssen, obwohl es überhaupt nicht dazu passte, wie er sich fühlte.

Wo zum Teufel trieb sie sich herum?

Seine Sorge und die Schimpfwörter gingen anscheinend Hand in Hand, und als es nun Sonntag geworden und die Lage unverändert war, begriff er, dass es Zeit wurde, die Dinge ernsthaft anzugehen.

Aber wie?

Was machte ein kürzlich DNA-getesteter, verheirateter Mann in einer Situation wie dieser? Es fiel ihm nicht weiter schwer, sich ein paar fettgedruckte Zeitungsüberschriften vorzustellen, die Kowalskis Kartonkunden auf einen Schlag veranlassen würden, ihre Verträge zu kündigen und das Weite zu suchen, wie Ratten ein sinkendes Schiff verließen.

Also, was tun? Verdammt, was tun?

Mittlerweile war es halb sieben. Er beschloss, zu duschen und eine Tasse Kaffee zu trinken, ehe er Robert anrief.

Sie trafen sich im Büro. Mirjam hatte eigentlich darauf bestanden mitzukommen, aber Robert war es gelungen, sie davon abzuhalten.

»Wie das?«, fragte Herbert. »Wie ist dir das gelungen?«

Robert sah leicht schuldbewusst aus und antwortete: »Indem ich ihr etwas versprochen habe.«

»Was denn?«

»Hrrm. Dass wir es melden ... oder besser gesagt, dass ich einverstanden damit bin, wenn sie das tut. Aber es macht natürlich einen besseren Eindruck, wenn du es tust.«

»Melden?«

»Ja, also der Polizei. Dass Anna verschwunden ist.«

»Verfluchter Mist«, sagte Herbert.

»Ich weiß«, sagte Robert.

»Ich stehe im Verdacht, Wilma Verhoven erschlagen zu haben, und jetzt ist meine Frau verschwunden.«

»Deine DNA ist nicht auf dieser Figur. Sobald die Polizei das weiß, stehst du nicht mehr unter Verdacht.«

»Und wenn sie drauf ist?«

»Was?«

»Wenn sich doch etwas DNA am falschen Ort befindet? Was glaubst du, was dann passiert?«

Robert sah plötzlich blass aus. Jetzt hätte ich einen großen Bruder statt eines kleinen gebraucht, dachte Herbert.

»Aber ... aber das tut sie doch nicht?«

Herbert dachte nach.

»Ich habe sie nicht erschlagen, könnte sie aber einmal in der Hand gehalten haben. Das Ding stand ja immer direkt neben dem Bett.«

»Ich ... verstehe«, sagte Robert und sah aus, als verstünde er rein gar nichts. »Wann bekommt die Polizei das Ergebnis vom Labor?«

Herbert seufzte. »Morgen, glaube ich. Aber das ist anscheinend nicht sicher, die Leute erschlagen ständig irgendwo jemanden, die Polizei hat alle Hände voll zu tun … hat Inspektor Jung gesagt.«

»Hm, ja«, sagte Robert.

»Mirjam hat also vor, Anna als vermisst zu melden?«

»Ich glaube schon.«

»Du glaubst?«

»Wenn wir sie nicht auf andere Gedanken bringen können.«

»Ist es dir jemals gelungen, sie auf andere Gedanken zu bringen?«

Robert dachte einen Moment nach.

»Soweit ich mich erinnere, nicht. Sie hat zwölf Uhr gesagt.«

»Um zwölf will sie die Polizei anrufen?«

»Ja, das hat sie gesagt.«

Herbert sah auf seine Armbanduhr, ein Geschenk zu seinem vierzigsten Geburtstag von einem dankbaren Kunden in Kaalbringen.

»Es ist zehn. Was sollen wir tun?«

»Ich weiß es nicht«, antwortete Robert Kowalski mit einem unterdrückten Seufzer. »Wenn du das nicht selbst übernehmen willst, dann …«

Er verstummte, als sein Bruder eine Flasche Whisky und zwei Gläser aus dem Schreibtisch holte. Man spürte, dass es ein ernster, fast feierlicher Moment war.

Sonntagnachmittag

Kriminalinspektor Jung war auf dem Weg zum Fußballstadion. Es war der letzte Spieltag, die Arena war bis auf den letzten Stehplatz ausverkauft. Er wollte sich das Spiel mit einem früheren Kollegen anschauen, Inspektor Rooth, der ein Jahr zuvor in Pension gegangen war. Er war früh unterwegs, denn sie hatten vor, vorher im Pub Maastrijnk ein Bier zu trinken, und als er Rooth an einem Tisch auf der Terrasse entdeckt hatte, klingelte im selben Moment sein Handy.

Er blieb stehen, fluchte innerlich und meldete sich. Hörte zwei Minuten zu und versprach, in zwanzig da zu sein. Setzte seinen Weg zu Rooth fort und erklärte ihm die Lage.

»Da kann man nichts machen«, meinte Rooth. »Du solltest in Pension gehen. Aber kein Problem, ich gehe zu Plan B über.«

»Okay«, sagte Jung. »Du meinst deinen Neffen. Tja, der wird sich freuen. Ich hoffe, es wird ein richtig schlechtes Spiel, das wir vier zu null verlieren.«

»Dream on, Baby«, erwiderte Rooth. »Wir gewinnen fünf zu eins. Her mit der Karte, ich wünsche dir einen schönen Nachmittag auf der Arbeit.«

»Herzlichen Dank«, sagte Jung, reichte ihm seine Eintrittskarte und machte auf dem Absatz kehrt.

Die Frau wartete in Gesellschaft von Assistent Klausner in Jungs Büro. Es schien ihr nicht gut zu gehen, ihre Sorgen umgaben sie wie eine Aura, und er nahm an, dass sie ziemlich lange nicht geschlafen hatte.

Knapp vierzig, schätzte er, dunkelhaarig und schlank, unter normalen Umständen sah sie sicher gut aus. Er fragte, ob sie einen Kaffee wolle, sie nickte, und er bat Klausner, ihr einen zu holen.

Während der Assistent fort war, stellte er sich vor und bat sie, eine Minute zu warten, während er Aufnahmegerät und Notizblock heraussuchte. Sie nickte und strich sich mit einer nervösen Hand durchs Haar.

Klausner kam mit Kaffee und Wasser, Jung erklärte, er übernehme jetzt, der Kollege könne sie jetzt allein lassen. Klausner erwiderte, er stehe zur Verfügung, wenn etwas sei, finde man ihn in seinem Büro. Als er die Tür hinter sich geschlossen hatte, schaltete Jung das Aufnahmegerät ein und wandte sich der Frau zu.

»Es ist Sonntag, der vierte März, vierzehn Uhr fünfzig, Inspektor Jung im Gespräch mit Mirjam Kowalski.«

Ihren Namen hatte man ihm bereits am Telefon mitgeteilt, und nun bat er sie zu erklären, warum sie sich bei der Polizei gemeldet hatte. Sie atmete zweimal tief durch, als wollte sie Sauerstoff tanken, und betrachtete ihn einige Sekunden, ehe sie antwortete.

»Ich heiße Mirjam Kowalski und bin gekommen, weil meine Schwägerin Anna Kowalski verschwunden ist.«

Jung nickte und machte sich Notizen. »Können Sie mir etwas über die Umstände ihres Verschwindens sagen?«

»Natürlich. Seit Freitagabend hat sie keiner gesehen oder von ihr gehört. Ich habe gegen halb sechs mit ihr telefoniert, und ich kenne niemanden, der danach noch Kontakt mit ihr hatte.«

»Wo befand sie sich, als Sie mit ihr gesprochen haben?«

»Zu Hause. In der Falckstraat achtundzwanzig. Es gibt …«

»Ja?«

»Es gibt einen etwas speziellen Hintergrund. Ich weiß nicht, ob Ihnen das bekannt ist?«

»Mir ist einiges bekannt«, erklärte Jung. »Aber es ist besser, wenn Sie es aus Ihrer Perspektive erzählen.«

Sie nickte. »Ich verstehe. Also, Anna ist eine Nachbarin der Frau, die vor einer guten Woche in ihrer Wohnung ermordet wurde … Wilma Verhoven. Und wenn mich nicht alles täuscht, hat die Polizei mit Anna und ihrem Mann gesprochen … vor allem mit ihrem Mann, Herbert Kowalski. Der also der Bruder meines Mannes Robert ist.«

Sie machte eine Pause. Jung bedeutete ihr mit einer Geste fortzufahren.

»Ich glaube, dass Sie Herbert wegen irgendetwas verdächtigen. Dafür gibt es sicher keinen Grund, aber Sie haben eine DNA-Probe genommen und ihn mehrfach vernommen. Das stimmt doch, oder?«

»Auf die Ermittlungen zum Tod von Frau Verhoven kann ich nicht eingehen«, erklärte Jung. »Das werden Sie sicher verstehen. Bitte, erzählen Sie weiter. Wie kommt Ihre Schwägerin hier ins Bild?«

Mirjam Kowalski zögerte einen Augenblick.

»Ich weiß nicht, es ist so seltsam. Natürlich sollte hier ihr Mann sitzen und nicht ich, aber … ja, wie gesagt, es ist kompliziert. Es geht ihm nicht gut, erst vernehmen sie ihn mehrmals, und dann verschwindet seine Frau. Deshalb haben wir uns darauf geeinigt, dass ich stattdessen mit Ihnen rede. Zumindest das erste Mal, sozusagen.«

»Ich werde mich mit ihm in Verbindung setzen«, erklärte Jung. »Aber jetzt konzentrieren wir uns erst einmal darauf, was Sie zu sagen haben. Und auf Annas Verschwinden; sollte es einen Zusammenhang mit dem anderen Fall geben, werden wir dem später nachgehen.«

»Gut«, sagte Mirjam Kowalski und trank einen Schluck Kaffee. »Ich bin mir überhaupt nicht sicher, dass es einen Zusammenhang gibt, und sitze hier, weil ich mir Sorgen um Anna mache. Immerhin sind fast achtundvierzig Stunden vergangen.«

»Ich verstehe, dass Sie sich Sorgen machen. Wie haben Sie versucht, Kontakt mit ihr aufzunehmen?«

»Über ihr Handy. Ich habe sie immer wieder angerufen, vor allem gestern, als ich allmählich ahnte, dass etwas nicht stimmte. Aber mit ihrem Handy ist etwas nicht in Ordnung, es kommt nur eine Nachricht, dass sie nicht erreichbar ist. Ich habe auch ein paar gemeinsame Bekannte angerufen, aber keiner weiß etwas. Und keiner hat etwas von ihr gehört, nachdem ich mit ihr gesprochen habe, also am Freitag.«

»Und Annas Mann, was sagt er?«

»Dass er keine Ahnung hat. Er hat am Freitag länger gearbeitet, als er nach Hause kam, war Anna nicht da. Das war gegen elf, glaube ich.«

»Aber er ahnte daraufhin nichts?«

»Nein, sie haben ...«

Sie verstummte. Jung wartete.

»Sie haben es in der letzten Zeit nicht ganz leicht miteinander gehabt ... was vor allem an der Sache mit Wilma Verhoven lag.«

»Könnten Sie das etwas näher erläutern?«

Sie zögerte wieder. Jung ließ sie zögern.

»Es könnte sein, dass Herbert etwas mit der Nachbarin am Laufen hatte. Da soll er ja nicht der Einzige gewesen sein. Ich nehme an, dass Sie zum gleichen Schluss gekommen sind?«

»Wie gesagt, darauf kann ich nicht eingehen«, sagte Jung. »Aber bitte, sprechen Sie weiter.«

Jetzt dauerte ihr Schweigen länger. Es war deutlich zu sehen, dass Mirjam Kowalski mit sich rang, mit sich und … nun, mit Loyalitäten, vermutete Jung. Inwiefern sie Dinge enthüllen sollte, die ihre verschwundene Schwägerin in keinem vorteilhaften Licht erscheinen ließen. Es gab allerdings keinen Grund, den Prozess zu beschleunigen; Jung hatte viel Erfahrung, und wenn er etwas von seinem alten Mentor, Kommissar Van Veeteren gelernt hatte, dann, dass man das Schweigen zu seinem Verbündeten machen sollte. Wenn jemand etwas auf dem Gewissen hatte, fiel es ihm meistens schwer zu schweigen. In diesem Fall war es allerdings wohl eher nicht die Frau ihm gegenüber, die Gewissensqualen litt, sie war nur eine Botin. Gab es dafür nicht einen Begriff … *by proxy?*

»Da ist noch etwas«, sagte Mirjam Kowalski schließlich.

»Aha?«

»Anna hat einen Bewunderer.«

»Verzeihung?«

»Ich weiß, es klingt bescheuert, aber es stimmt. Sie hat einen heimlichen Bewunderer.«

Du meine Güte, dachte Jung. Soll ich das wirklich glauben?

»Sprechen Sie weiter«, sagte er.

»Ich weiß das, weil sie mir davon erzählt hat«, erklärte Mirjam Kowalski nach kurzer Pause. »Vor ein paar Tagen erst. Aber es gibt ihn schon seit ein paar Wochen. Sie hat mir gesagt, dass es am Valentinstag angefangen hat.«

»Am vierzehnten Februar?«

»Ja. Aber sie weiß nicht, wer er ist. An dem Tag lag anscheinend ein Briefumschlag vor ihrer Tür, so hat das Ganze angefangen. Und in dem Umschlag lag ein Schlüssel für ein Gepäckfach im Hauptbahnhof.«

Jung nickte. Überlegte hastig, ob er etwas in der Art schon einmal erlebt hatte, und kam zu dem Schluss, dass er das nicht hatte.

»Und als sie hin ist, standen darin eine Flasche Champagner und eine Rose.«

»In dem Gepäckfach im Bahnhof?«

»Ja. Und seither ist es auf diese heimliche Tour weitergegangen. Sie hat eine Karte für die Oper bekommen, aber er ist nicht aufgetaucht, der Platz neben ihr blieb leer. Gestern waren sie im Café *Intrigo* zum Essen miteinander verabredet. Das hat Anna mir am Freitag erzählt, als wir uns das letzte Mal gesprochen haben, bevor sie verschwunden ist ... aber sie ist gestern Abend nicht im *Intrigo* aufgetaucht. Er soll am Tisch gesessen und auf sie gewartet haben.«

»Er?«, sagte Jung. »Wollen Sie damit sagen, dass der Bewunderer da war ... und wenn ja, woher wissen Sie das?«

»Ich war da«, erklärte Mirjam Kowalski schlicht. »Leider bin ich zu spät gekommen, aber ich habe mit einem Kellner gesprochen.«

»Und der hat was gesagt?«

»Dass ein Herr allein an einem Tisch gesessen und gewartet hat. Aber gegangen ist, als sie nicht aufgetaucht ist.«

Inspektor Jung zwickte sich diskret in den Arm, aber da er nicht aufwachte, kam er zu dem Schluss, dass er nicht träumte.

»Okay«, sagte er. »Das mit dem Café *Intrigo* werde ich überprüfen. Haben Sie noch etwas?«

»Ja, habe ich«, antwortete Mirjam Kowalski und zog ein zusammengefaltetes Blatt Papier aus ihrer Umhängetasche. »Anna hat mir erzählt, wer in Frage kommen könnte ... als ihr heimlicher Bewunderer, meine ich. Ich glaube, ich habe alle fünf, sie hat auch noch ihren Zahnarzt erwähnt, war sich aber ziemlich sicher, dass er es nicht sein konnte.«

Sie schob das Blatt über den Tisch. »Ich hoffe wirklich, dass Sie Anna finden. Ich habe solche Angst, dass ihr etwas Furchtbares zugestoßen sein könnte.«

Jung versicherte ihr, dass er sich unverzüglich um die Sache kümmern werde, und versprach, sich am Abend oder spätestens am Montagmorgen bei ihr zu melden.

Ob er ihre Handynummer haben könne?

»Sie steht auf dem Blatt«, informierte ihn Mirjam Kowalski, bedankte sich bei ihm fürs Zuhören und verließ den Raum.

Herr Kohler

Als Eugen Kohler von seiner Wohnung im Wintersteeg auf dem Weg zum Kino *Brody* am Baadersplcjn war, begann er Unrat zu wittern. Jemand schien ihm zu folgen, und weil er während seiner Jahre in Afghanistan ein paar Mal Ähnliches erlebt hatte, ergriff er Maßnahmen. Er wählte einen Umweg; der Film sollte erst um acht anfangen, er war früh aufgebrochen und wollte sicher sein, dass er sich nicht täuschte.

An der Ecke Regenzienstraat und Moldersteeg betrat er eine Bar, ging quer durch das Lokal und auf die Toilette. Wartete dort fünf Minuten, ehe er hinauseilte und in den Moldersteeg einbog. Er ging mit schnellen Schritten fünfzig Meter weiter, warf sich in ein dunkles Torgewölbe und hockte sich hinter eine Reihe von Fahrrädern. Wenige Sekunden später eilten in der Gasse zwei Männer im Laufschritt vorbei. Er konnte hören, dass einer von ihnen gereizt etwas murmelte, und ihre Schritte auf dem Bürgersteig wieder einige Sekunden später abrupt verstummten. Sie kehrten zurück und blieben direkt vor dem Gewölbe stehen, nicht mehr als sieben oder acht Meter von ihm entfernt.

»Verdammt«, sagte einer der beiden. »Ich drehe mal eine Runde um den Häuserblock. Du bleibst hier.«

»Aber …?«, sagte der andere.

»Kein Aber«, unterbrach ihn der Erste. »Halt die Augen auf und sag mir Bescheid, wenn sich etwas tut.«

Kohler wartete, bis die Schritte in Richtung Regenzienstraat verklungen waren. Richtete sich bedächtig auf und trat aus dem Gewölbe. Wandte sich dem übrig gebliebenen Verfolger zu, einem ziemlich großen und durchtrainierten Mann, der eine Ledermütze in die Stirn gezogen hatte, und fragte ihn, ob er vielleicht wisse, wie viel Uhr es sei.

Der Mann sah ihn erstaunt an, hob aber seinen linken Arm, um auf seine Armbanduhr zu schauen, und dann schlug Kohler zu. Ein gut gezielter rechter Haken direkt auf die Schläfe.

Sein Gegner brach zusammen wie ein gekeulter Ochse. Kohler warf einen Blick auf seine eigene Uhr, sah, dass er noch gut in der Zeit war, und setzte seinen unterbrochenen Spaziergang zum Kino fort.

Der Film, ein mittelmäßiger Hollywoodfilm über eine Gangsterfamilie im Chicago der dreißiger Jahre, war ein paar Minuten vor zehn Uhr zu Ende, und als er im Anschluss auf die Straße trat, wurde er von sechs Männern umzingelt. Noch ehe einer von ihnen etwas gesagt hatte, wusste Kohler, dass es sich um Polizisten handelte. Das beruhigte, ja, amüsierte ihn fast.

»Ein halbes Dutzend?«, sagte er. »So gefährlich bin ich nicht.«

Einer von ihnen, offenbar der Anführer, schmunzelte tatsächlich, bevor er ihm befahl, stillzustehen und die Hände über dem Kopf zu falten. Kohler folgte der Anweisung, und während zwei Beamte kontrollierten, dass er unbewaffnet war, erklärte der Anführer, man habe auch vier Männer im Kino gehabt.

»Und warum?«, fragte Kohler. »Ein solches Gefolge habe ich beim besten Willen nicht verdient. Erst werde ich von zwei Plattfüßen beschattet, und jetzt das hier. Könnte man vielleicht den Grund erfahren?«

»Wo ist sie?«, fragte der Anführer.

»Hä?«, sagte Kohler.

»Tun Sie nicht so«, sagte der Anführer. »Wir wissen, dass Sie eine Frau versteckt halten. Wenn Sie sich das Leben etwas leichter machen wollen, sagen Sie uns, wo sie ist.«

Kohler dachte zwei Sekunden nach.

»Sind Sie wirklich Polizisten?«, fragte er. »Es fällt mir ein bisschen schwer, das zu glauben.«

Der Anführer fischte einen Dienstausweis heraus und hielt ihn zehn Zentimeter vor Kohlers Augen.

»Danke«, sagte Kohler. »Ich habe auch einen Dienstausweis, aber da ich für den Geheimdienst der Armee arbeite, trage ich ihn nicht bei mir.«

»Was zum Teufel?«, platzte einer aus dem Fußvolk heraus. »Im Internet steht, dass Sie Versicherungsagent sind.«

»Halt's Maul, du Idiot«, befahl der Anführer.

»Es gibt gute Gründe dafür, einiges für sich zu behalten, wenn man mit Geheimnissen arbeitet«, erklärte Kohler. »Aber seid bitte so gut und bringt mich ins Präsidium, damit wir die Sache klären können.«

Der Anführer zögerte einen Moment, ehe sich die ganze Gesellschaft in zwei Autos zwängte und zum Präsidium in der Keymerstraat begab.

Inspektor Jung hatte im Laufe seiner mehr als dreißig Jahre bei der Polizei mit vielen Kolleginnen und Kollegen zusammengearbeitet, aber es gab nicht viele, die er weniger gemocht hatte als Kommissarin Wilder. Vielleicht niemanden, wenn er ehrlich sein sollte. Zum Glück war sie nicht seine Chefin, nur übergeordnet auf Grund ihres Dienstgrads.

Wilder war einige Wochen vor Weihnachten von Linzhuisen nach Maardam gekommen, es war ihre vierte Versetzung, seit sie vor acht Jahren zur Kommissarin befördert worden war, und das Risiko, dass sie beabsichtigte, bis zu ihrer Pensionierung zu bleiben – die schätzungsweise drei oder vier Jahre in der Zukunft lag –, war offensichtlich. Sie war mürrisch, kräftig gebaut und von sich selbst überzeugt. Außerdem hielt sie nichts von Männern; verstand sie ihren eigenen Worten zufolge nicht, was insbesondere für Polizisten galt.

Zur Kommissarin war sie befördert worden, weil sie einen Entführungsfall aufgeklärt hatte. Das Entführungsopfer war die achtjährige Tochter eines Ministers in der Regierung gewesen, und da es Wilder durch einen reinen Zufall gelungen war, das Mädchen zu finden und zu ihren Eltern zurückzubringen, winkte hinter der nächsten Ecke natürlich die Belohnung. *Every good girl deserves a favor.*

»Waren wir vielleicht ein bisschen voreilig?«, schlug Jung vor, als die Operation Kohler anscheinend ein Fehlschlag gewesen war und Kohler in einem Einsatzwagen auf dem Weg zur Vernehmung saß – in Begleitung einer beträchtlichen Anzahl bewaffneter Männer. »Zu Anna Kowalski hat er uns jedenfalls nicht geführt.«

Kommissarin Wilder stierte ihn von der anderen Seite des Schreibtischs an und murmelte etwas schwer Verständliches.

»Wie geht es Jaensen?«, fragte Jung.

»Wer zum Teufel ist Jaensen?«, erkundigte sich Wilder.

»Der Beamte, den Kohler k.o. geschlagen hat«, sagte Jung.

Wilder schnaubte. »Es ist mir egal, wie die heißen. Sie hatten den klaren Befehl, Kohler zu folgen, ohne entdeckt zu werden. Diese verdammten Schafsköpfe.«

»Kohler ist nicht irgendwer«, erwiderte Jung. »Und er wollte ins Kino, nicht zu einer eingesperrten Frau.«

»Du kannst Kaffee holen gehen«, sagte Wilder. »Ich übernehme die Vernehmung.«

»Vergiss nicht, dass ich das Protokoll lesen möchte«, sagte Jung und stand auf.

»Ich bestimme hier, was du liest oder nicht liest«, entgegnete Wilder.

»Nein, damit liegst du gründlich schief«, sagte Jung und schloss die Tür hinter sich, um ihre nächste Erwiderung nicht mehr hören zu müssen.

Trotz der Meinungsverschiedenheiten gelang es ihm, eine Stunde später die Aufnahme des Gesprächs zu bekommen. Sie war lediglich dreizehn Minuten lang, und es ließ sich problemlos feststellen, dass Eugen Kohler nicht das Geringste mit dem Verschwinden von Anna Kowalski zu tun hatte.

Zwar hatte er am Samstagabend an dem Tisch im Café *Intrigo* gesessen, den er reserviert hatte, aber sein Gast, eine Frau, mit der er seit einem Jahr eine Beziehung hatte, war nicht aufgetaucht, weil sie sich um ihren fünfjährigen Sohn kümmern musste. Der Vater des Sohns hatte einen Verkehrsunfall gehabt; nichts Schlimmes, nur ein gebrochener Arm, aber er war nicht in der Lage gewesen, den Jungen wie verabredet bei sich zu haben. Kohler hatte den Stand der Dinge erfahren, als er gerade im *Intrigo* Platz genommen hatte, und beschlossen, ein Bier zu trinken, wenn er schon einmal da war.

Und warum hatte er das nicht dem Personal gesagt, hatte Wilder von ihm wissen wollen.

Ich bin niemand, der überflüssige Informationen verbreitet, hatte Kohler geantwortet.

So viel dazu, dachte Jung und gähnte. Wenn Anna Kowalski überhaupt einen heimlichen Bewunderer hatte, dann hatte er sich jedenfalls nicht die Mühe gemacht, einen Tisch zu reservieren. Zumindest nicht an diesem Abend in dieser

Gaststätte. Er sah, dass es schon nach Mitternacht war, und beschloss heimzufahren.

In der Straßenbahn ein paar Minuten später fiel ihm ein, dass er noch die Liste der möglichen Bewunderer hatte, die er am Nachmittag von Annas Schwägerin Mirjam bekommen hatte.

Er zog das Blatt aus der Innentasche und studierte die fünf Namen. Überlegte, ob er die Liste Kommissarin Wilder gegenüber erwähnt hatte, und stellte fest, dass er es wahrscheinlich nicht getan hatte. Aber mit dem, was Kohler zu überflüssigen Informationen gesagt hatte, lag er nicht ganz falsch. Der Einsatz gegen ihn – orchestriert von Wilder – hatte etwa zehn Männer erfordert; wenn sie sich für die mutmaßlichen Bewunderer die gleiche Taktik vorstellte, kam man vermutlich auf fünfzig Beamte.

Es gab auch noch andere Fälle für die Kriminalpolizei.

Zum Beispiel den Mord an Wilma Verhoven. Eine völlig andere Geschichte.

Oder dieselbe?

Es gibt eine ganze Menge, was wir nicht wissen, dachte Inspektor Jung, als er an der Haltestelle am Klejne Markt, fünfzig Meter von seiner Wohnung, aus der Straßenbahn stieg.

Aber immerhin haben wir 4:1 gewonnen. Laut Rooth das Spiel des Jahrzehnts. Man hätte es sich denken können.

Montag

Am Montagmorgen rief Mirjam Kowalski in der Bank an und meldete sich krank. Dass man ins Polizeipräsidium kommen sollte, musste man ja nicht an die große Glocke hängen, und als sie gegen neun Uhr ihr Fahrrad aus der Garage holte, dachte sie, wenn das noch einen oder zwei Tage so weiterginge, würde sie tatsächlich krank werden.

Im Kopf. Es gab eine Grenze, an der einen die Kräfte verließen, an der man einfach zusammenbrach, und diese Grenze war nicht mehr weit entfernt. Sie betete, dass es ihr wenigstens erspart blieb, mit dieser rundlichen Polizistin zu sprechen – die sie am Vortag kurz getroffen und die sie an eine sadistische Lagerkommandantin aus einem alten Kriegsfilm erinnert hatte. Während sie im Gegenwind an Zwille vorbeiradelte, fragte sie sich, an welchen Film sie dachte, es musste ja etwas gewesen sein, was sie gesehen hatte, aber sie war viel zu müde und verwirrt, um die Antwort zu finden.

Was nun wirklich keine Rolle spielte. Das Einzige, was das tat – eine Rolle spielen –, war, dass ihre Schwägerin wohlbehalten gefunden wurde.

Glücklicherweise nahm Inspektor Jung sich ihrer an. Als sie in seinem Büro Platz genommen hatten, begann er mit einer überraschenden Frage.

»Ich möchte mich einer Sache vergewissern. Wie schätzen Sie die Möglichkeit ein, dass Anna sich freiwillig fernhält?

Zum Beispiel, weil sie beschlossen hat, mit ihrem unbekannten Bewunderer irgendwohin abzuhauen und eine Weile einfach ihre Ruhe haben will?«

Sie dachte kurz nach, ehe sie entschieden den Kopf schüttelte. »Nein, das kann ich mir beim besten Willen nicht vorstellen«, sagte sie. »Wenn es so wäre, hätte sie mir davon erzählt. Sie hatte sich mir doch anvertraut, und wenn sie solche Pläne geschmiedet hätte, hätte ich es erfahren.«

Jung nickte. »Ich möchte mir in dem Punkt sicher sein, bevor wir neue Maßnahmen ergreifen. Sie sollten auch wissen, dass der Mann, der im *Intrigo* gewartet hat, nichts mit Anna zu tun hat.«

»Sind Sie ... ist das wahr?«

»Absolut«, antwortete Jung. »Er hat auf eine andere gewartet. Aber Sie sind sicher, dass es wirklich das *Intrigo* war, wo sie sich treffen wollten?«

»Auf jeden Fall. Aber dann hatte er dort gar keinen Tisch reserviert?«

»Wahrscheinlich nicht.«

Sie spürte, wie die Tränen sich hinter ihrer Stirn stauten.

»Dann hatte er also wieder vor, sie hereinzulegen?«

Inspektor Jung breitete die Hände aus. »Wer weiß? Ich muss Ihnen noch eine unangenehme Frage stellen. Könnte es sein, dass Ihre Schwägerin sich das Ganze nur ausgedacht hat? Entschuldigen Sie, dass ich das frage, aber wir müssen alle Möglichkeiten ausschließen, ehe wir weitermachen.«

Mirjam drängte die Tränen zurück und versuchte, klar zu denken. »Nein«, sagte sie. »Das wäre wirklich äußerst seltsam. Wenn Anna das alles erfunden hat, muss sie einen Schlag bekommen haben.«

»Etwas Vergleichbares ist noch nie passiert?«

»Nein, Anna leidet nicht an Mythomanie.«

»Ich verstehe«, sagte Jung. »Wir gehen also davon aus, dass der heimliche Bewunderer tatsächlich existiert und auf irgendeine Weise mit Annas Verschwinden zu tun hat. Wir wollen uns als Nächstes die Personen näher anschauen, die Sie erwähnt haben ... die Anna als denkbare Kandidaten vorgeschlagen hat.«

Er zog die Liste heraus und betrachtete sie eine Weile.

»Wir haben es also mit fünf Männern zu tun. Drei an ihrem Arbeitsplatz, dem Erasmusgymnasium, und zwei aus ihrem Bekanntenkreis. Kennen Sie die beiden, die nicht an der Schule arbeiten? Verkehren Sie und Anna sozusagen in denselben Kreisen?«

Mirjam nickte. »Arnold Czernik und Klaus Freydenbach. Ja, ich kenne beide.«

»Ausgezeichnet«, sagte Jung. »Wir haben es so aufgeteilt, dass ich mir mit Ihrer Hilfe diese beiden Personen etwas genauer anschauen werde. Kommissarin Wilder, ich glaube, Sie sind ihr gestern kurz begegnet, übernimmt die Schule ... mit Hilfe einiger Kollegen. Die Schule ist natürlich komplizierter als Czernik und Freydenbach. Ich denke, das können Sie nachvollziehen?«

Sie dachte nach und sagte, das könne sie.

»In Ordnung. Könnten Sie mir ein wenig über die beiden Herren erzählen?«, bat Jung sie und zog einen Notizblock heraus. »In groben Zügen und vielleicht können Sie ja auch darauf eingehen, wer in Ihren Augen am wahrscheinlichsten ist, in ... na ja, in der Rolle, um die es hier geht.«

Natürlich hatte sie sich darüber Gedanken gemacht. Und war nicht von der Stelle gekommen; eines der Probleme war, dass sie Arnold Czernik sehr gut und seit langer Zeit kannte, seit mindestens fünfzehn Jahren, während Klaus Freydenbach eine neuere Bekanntschaft war. Er war auf der Bildfläche erschienen, weil er mit einer Freundin Annas liiert gewesen war, aber obwohl die Beziehung seit zwei Jahren beendet war, tauchte er gern bei verschiedenen Anlässen auf. Es waren vor allem Herbert und vielleicht auch Robert, die ihn schätzten. Sie nahm an, dass seine männliche Intelligenz die beiden beeindruckte. Sicher, er konnte auch charmant und nett sein, aber zumindest Mirjam dachte, dass immer irgendwelche persönlichen Absichten dahintersteckten. Etwas *Kaltes*. Sie versuchte, es Inspektor Jung zu erklären, ohne allzu negativ zu klingen, aber es war offensichtlich, dass sie nicht viel von Klaus Freydenbach hielt.

»Sie mögen ihn nicht, stimmt's?«, fragte er.

»Ja, das stimmt ehrlich gesagt.«

»Und was denken Sie über ihn als heimlichen Bewunderer?«

Mirjam zuckte mit den Schultern.

»Keine Ahnung. Wenn es einer von diesen fünf sein muss, ist es sicher nicht unmöglich. Aber ich weiß, dass Anna ihn auch nicht mag. Ehrlich gesagt würde sie sich ein wenig fürchten, wenn sich herausstellen sollte, dass er es ist.«

»Aber dem Gedanken an einen Bewunderer stand sie generell positiv gegenüber, als Sie mit ihr gesprochen haben?«

»Auf jeden Fall. Die Beziehung zu Herbert ist ziemlich tot … könnte man sagen.«

»Ich verstehe. Wissen Sie, ob Klaus Freydenbach in einer neuen Beziehung lebt?«

»Jedenfalls in keiner, von der ich weiß.«

Jung machte sich einen Moment schweigend Notizen und bat sie anschließend, ihm von Arnold Czernik zu erzählen.

Das tat sie und verhehlte dabei nicht, dass sie ihn mochte. Sympathisch, warmherzig und freundlich, aber er war seit der

Schulzeit mit derselben Frau zusammen (Sylvi, die sie ebenfalls mochte), so dass es recht natürlich wäre, wenn die beiden sich ein wenig leid wären. Erst recht, da sie auch in derselben Anwaltskanzlei arbeiteten.

»Kinder?«, fragte Jung.

»Zwei. Im Teenageralter.«

Und dann gab sie wieder, was Anna ihr von Silvester erzählt hatte. Seine Hand auf ihrem Oberschenkel.

»Hm«, sagte Jung. »Verzeihen Sie die Indiskretion, aber wissen Sie, wie Anna reagiert hat?«

Mirjam merkte, dass sie rot wurde. »Sie war wohl nicht völlig abgeneigt.«

Jung verzog hastig den Mund. »Das heißt, wenn Sie wählen dürften, würden Sie sich für Arnold Czernik entscheiden?«

»Es ist sehr seltsam, darüber zu reden ...«, Mirjam zögerte einen Augenblick, »... aber ja, das würde ich. Und ich bin mir sehr sicher, dass Anna genauso denkt.«

»Heißt das auch, dass er ein wahrscheinlicherer Kandidat ist?«

Sie dachte längere Zeit nach, ehe sie den Kopf schüttelte.

»Nein, das tut es wohl nicht.«

Inspektor Jung stellte weiter Fragen, aber im Grunde war bereits alles Wesentliche gesagt. Sie dachte, dass diese ganze Situation ein Traum – oder besser gesagt ein Albtraum – hätte sein müssen. Es kam ihr so vor, als hätte ihre Lieblingsschwägerin ihren Mann mit fünf verschiedenen Männern betrogen, und als säße sie selbst nun da und versuchte herauszufinden, wer von ihnen sie entführt hatte. Und wenn sie ehrlich sein sollte, glaubte sie nicht, dass Czernik und Freydenbach dafür in Frage kamen. Wenn es jemand aus dem Quintett war, das Anna ihr genannt hatte, erschien es ihr wesentlich wahrscheinlicher, dass er im Erasmusgymnasium zu finden war. Sie hatte zwar keine Ahnung, wer sie waren, die Männer in dem Trio, aber trotzdem. Liebe am Arbeitsplatz – oder zumindest hastig aufflammende Liebschaften – war eher die Regel als die Ausnahme. Sie hatte selbst ein, zwei Vorstöße dieser Art in ihrer Bank erlebt, aber niemals angebissen und die Sache durchgezogen.

Wie auch immer, nach insgesamt einer Stunde mit Fragen, Antworten und Spekulationen erklärte Inspektor Jung, das genüge ihm. Mirjam Kowalski verließ das Polizeipräsidium mit dem Gefühl, dass sie eigentlich nichts erreicht hatten. Ihre Schwägerin war seit fast drei Tagen verschwunden. Es erschien immer wahrscheinlicher, dass ihr etwas Furchtbares zugestoßen war. Vielleicht war es auch immer unwahrscheinlicher, dass sie noch am Leben war?

Während diese beiden Gedanken zwischen ihren Schläfen pulsierten, schloss sie ihr Fahrrad auf und begann zu weinen.

Im Erasmusgymnasium

Operation B. (wie in Bewunderer) im Erasmusgymnasium wurde von Kommissarin Ilse Wilder orchestriert.

Der grundlegende Gedanke war Einfachheit, Konsequenz und eine gewisse Desinformation. Insgesamt wurden zwölf Personen ausgewählt, die an der Schule aktiv waren – sieben Lehrer, der Rektor, ein Psychologe, eine Sekretärin sowie zwei Schüler –, um befragt zu werden. Zu diesem Dutzend gehörten die drei Verdächtigen: der Psychologe Benedict Maertens, die Lehrer Max Lehrer und Rickard Huygens. Die übrigen neun waren aus zwei Gründen Teil der Gruppe; zum einen, damit keiner in dem aktuellen Trio Unrat witterte und sich angeprangert fühlte, zum anderen, weil die Polizei natürlich interessiert war, Tipps zu bekommen.

Um das Ergebnis der Interviews bearbeiten zu können (die alle aufgenommen wurden, um später der Reihe nach verschriftlicht zu werden), hatte Wilder gemeinsam mit ihrer engsten Mitarbeiterin, Polizeianwärterin Birke (eine neu angestellte junge Frau, die Wilder aus Linzhuisen mitgebracht hatte und die schlau genug war, sich nie zu widersetzen), eine Batterie von Fragen zusammengestellt, die allen in der Gruppe gestellt werden sollten. Insgesamt fünfzehn Fragen, ergänzt um eine einleitende Information dazu, worum es bei dem Ganzen ging.

Die Information, die vor jedem Gespräch wortgetreu vorgelesen wurde, war kurz und präzise.

Ihre Mitarbeiterin Anna Kowalski ist seit Freitagabend verschwunden, und die Polizei hat Grund zu der Annahme, dass sie das Opfer eines Verbrechens geworden ist. Es gibt Indizien, die darauf hindeuten, dass jemand in der Schule über Informationen verfügt, was mit Anna geschehen ist. Alles, was Sie sagen, wird streng vertraulich behandelt, Ihre Anonymität ist garantiert. Sie dürfen mit niemandem darüber reden, was während des Gesprächs mit der Polizei gesagt wurde. Sollten Sie das tun oder falsche Angaben machen, werden Sie dafür zur Rechenschaft gezogen.

Der Einsatz fand am Dienstagvormittag statt und dauerte drei Stunden. Vier Polizisten nahmen teil, und Wilder befragte persönlich zwei aus dem verdächtigen Trio, Lehrer und Huygens, während sich ein Inspektor Kellermann um den Psychologen Maertens kümmerte.

Am Nachmittag saßen Kommissarin Wilder sowie die Inspektoren Kellermann und Jung in ihren jeweiligen Büros und hörten sich die Aufnahmen an. Mit besonderem Augenmerk darauf, was die drei mutmaßlichen Bewunderer Anna Kowalskis zu sagen hatten, und um fünf kam man zwecks Analyse bei der Kommissarin zusammen.

»Ich habe mir eine Meinung gebildet«, sagte Wilder einleitend. »Aber ich behalte sie vorerst für mich, bis ich eure Einschätzungen gehört habe.«

Jung warf einen Blick auf Kellermann, der mit gefalteten Händen dasaß und zu Boden sah. Wenigstens sind wir zwei gegen eine, dachte Jung.

»Du zuerst, Kellermann«, sagte Wilder und lehnte sich so zurück, dass ihr Schreibtischstuhl knackte.

»Hrrm, ja«, sagte Kellermann, ohne den Blick zu heben. »Ich bräuchte etwas mehr Zeit, um darüber nachzudenken.

Am liebsten würde ich mir die Bänder noch einmal anhören.«

»Während unser Opfer ein weiteres Mal vergewaltigt und ermordet wird?«, fragte Wilder. »Hast du dir das so vorgestellt? Zeit ist in der momentanen Lage Mangelware. Hier muss gehandelt werden, können wir uns darauf einigen?«

Jung, der mit Mühe und Not dazu gekommen war, sich sieben Bänder anzuhören, die drei Kandidaten jeweils zweimal, schüttelte den Kopf.

»Ich verstehe nicht, was wir im Moment tun könnten«, erklärte er. »Ich muss mir noch fünf Gespräche anhören und glaube nicht, dass ein paar Stunden mehr oder weniger eine Rolle spielen.«

»Jemanden umzubringen ist eine Frage von Minuten«, entgegnete Wilder. »Wenn es hochkommt. Aber du bist nicht der Meinung, dass einer deiner beiden Kandidaten aus ihrem Bekanntenkreis unser Mann ist?«

Jung breitete die Hände aus. »Ich habe noch keinem von ihnen auf den Zahn gefühlt. Es lässt sich unmöglich einschätzen. Wir sind uns …«

Er verstummte, aber Kommissarin Wilder trieb ihn an.

»Wir sind uns …? Raus mit der Sprache!«

»Wir sind uns ja nicht einmal sicher, dass es einen heimlichen Bewunderer gibt. Und definitiv nicht sicher, dass er unter den fünf zu finden ist.«

Die Kommissarin wirkte gereizt. »Und was schlägt der Herr Inspektor vor? Sollen wir warten, bis wir eine Leiche finden? Darf ich dich daran erinnern, was mit Wilma Verhoven geschehen ist?«

Ich will nicht, dass sie mit irgendetwas recht hat, dachte Jung. Aber leider hat sie das wohl.

»Sie waren Nachbarinnen«, warf Kellermann ein. »Das

muss nicht heißen, dass die beiden Fälle zusammengehören.«

»Mit dem Verdacht kommt man weit«, stellte Wilder fest. »Und mit dem Verdacht, dass es einen sogenannten Bewunderer am Erasmusgymnasium gibt, kommt man auch ziemlich weit. Und, könnt ihr versuchen, irgendetwas zu liefern, statt dazusitzen und zu zaudern wie nervöse Jungfrauen?«

Jung zuckte zusammen, und ihm lag auf der Zunge, wenn es eine Jungfrau in diesem Raum gäbe, dann sei es mit Sicherheit der Betonklotz hinter dem Schreibtisch und nicht einer der angesprochenen Inspektoren.

Oder etwas in der Art. Sein langjähriger und routinierter Kampf gegen diverse Spielarten der Einfalt sorgte jedoch dafür, dass er seine Zunge im Zaum hielt. Stattdessen übernahm Kellermann den Staffelstab.

»Ich wundere mich über die Art der Kommissarin, zu argumentieren und sich auszudrücken. Ich würde gern das eine oder andere besprechen, was mit diesem Fall zu tun hat, aber nicht unter solchen Umständen. Ich schlage vor, dass wir erfahren, wofür die Frau Kommissarin sich bereits entschieden hat ... wenn wir einfachen Inspektoren überhaupt noch etwas mit dem Fall zu tun haben sollen?«

Oje, dachte Jung. Jetzt ist die Kacke am Dampfen. Aber zu seiner Verwunderung reagierte Wilder nicht heftig. Möglicherweise verzog sie sogar den Mund, was sie aber unverzüglich zu überspielen versuchte, indem sie in ihre hohle Hand hustete. Sie ließ den Blick einige Sekunden zwischen Jung und Kellermann hin und her wandern, ehe sie einen Schluck Wasser trank und sich räusperte.

»Okay. Danke für die klaren Worte, Kellermann. Ich folge deinem Vorschlag und präsentiere meine Lösung. Der Bewunderer befindet sich am Erasmusgymnasium und heißt Max Lehrer.«

»Hm«, sagte Kellermann.

»Und warum?«, sagte Jung und versuchte, auf die Schnelle das Gespräch zwischen Lehrer und Wilder zu rekapitulieren, das er sich gerade angehört hatte. »Ich kann mich nicht erinnern, dass er etwas Kompromittierendes gesagt hätte.«

»Das ist der Nachteil daran, wenn man sie nicht vor Augen hat«, erwiderte Wilder. »Ich glaube, wenn wir dazu gekommen wären, die Gespräche nicht nur aufzunehmen, sondern auch zu filmen, würden die Herren mir zustimmen. Der Typ ist vernarrt und schockiert. Außerdem tippte die Schülerin, mit der ich gesprochen habe, auf ihn.«

»Was?«, platzte Kellermann heraus. »Du hast eine Schülerin gebeten, darüber zu spekulieren?«

Wilder erwiderte nichts.

»Ich kann mich nicht erinnern, dass diese Frage auf dem Formular stand«, fuhr Kellermann fort. »Und auf dem Band habe ich nichts dergleichen gehört.«

»Improvisation«, erklärte Wilder. »Ich habe eine Frage *off the record* gestellt, als wir fertig waren und sie sich nicht mehr in Acht nahm. Das funktioniert fast immer. Jedenfalls werde ich Lehrer in einer Stunde zu einer gründlichen Vernehmung herbestellen ...«, sie sah auf die Uhr, »... ich muss nur vorher noch einen Happen essen. Möchte einer der Herren dabei sein? Es könnte lehrreich werden.«

Jung fragte sich, ob man ihr beim Essen zusehen sollte oder wenn sie den Mann vernahm. Er warf einen Blick auf Kellermann, der vorzog, seine Schuhe zu betrachten.

»Setz du dich dazu«, sagte Jung. »Ich muss ein paar Dinge erledigen.«

Inspektor Kellermann seufzte und nickte.

Sie trafen sich um halb zehn im Pub *Vlissingen*. Kellermann kam direkt aus dem Präsidium, Jung war zwischendurch zu Hause gewesen und hatte mit seiner Frau und seinen beiden Teenagern zu Abend gegessen. Beide Inspektoren waren durchnässt vom anhaltenden Regen.

»Mistwetter«, sagte Kellermann.

»Wie immer«, sagte Jung. »Und?«

»Erst ein Bier«, antwortete Kellermann.

»Ich hol uns eins«, sagte Jung. »Du siehst ganz schön kaputt aus.«

»Das liegt daran, dass ich kaputt bin«, sagte Kellermann.

Sie fanden einen ruhigen Tisch und setzten sich.

»Und?«, wiederholte Jung.

»Sie ist auf dem Holzweg«, antwortete Kellermann und trank einen großen Schluck. »Aber ich bin mir nicht sicher, ob sie das kapiert.«

»Das habe ich mir gleich gedacht«, meinte Jung. »Bist du dir sicher?«

»Absolut. Es stimmt schon, dass der Typ ein bisschen in Anna Kowalski verliebt ist. Aber er ist kein heimlicher Bewunderer. Unsere liebe Kommissarin ist anscheinend nie verliebt gewesen.«

»Oder hat nie einen Bewunderer gehabt«, ergänzte Jung. »Dann sind wir also keinen Schritt weitergekommen?«

Kellermann schwieg einen Moment. »Es gibt ein kleines Detail, aber ich weiß nicht, vermutlich ist es irrelevant.«

»Raus mit der Sprache«, zitierte Jung.

»So funktioniert das nicht«, sagte Kellermann. »Aber wir könnten erst unser Bier genießen und anschließend ins Präsidium zurückgehen. Damit du es verstehst, musst du dir etwas anhören.«

»Die Bänder?«, fragte Jung.

»Nur eins«, antwortete Kellermann. »Aber es ist wirklich nur eine Idee.«

»Das habe ich schon verstanden«, sagte Jung. »Jetzt trinken wir aus und machen uns auf den Weg.«

Die Brüder

»Was zum Teufel sagst du da?«, fragte Herbert Kowalski.

Robert Kowalski spürte die Scham in sich aufsteigen. Er verstand eigentlich nicht, warum, aber es ließ sich nicht ändern. Dass es nicht seine Scham war, schien keine Rolle zu spielen.

»Ja, das hat sie behauptet. Wie gesagt … eine Art Bewunderer.«

»Anna? Meine Frau?«

»Ja.«

Sie befanden sich im Büro. Herbert saß am großen Schreibtisch, Robert an einem etwas kleineren. Es war halb vier am Dienstagnachmittag, und Robert hatte so lange gezögert, es zu erzählen, wie es nur ging. Bis gerade eben, bevor sein Bruder zu einem Termin mit den Wirtschaftsprüfern aufbrechen würde.

»Ich muss in fünf Minuten los«, sagte Herbert. »Wie lange weißt du schon davon?«

Robert wand sich. »Sie hat es mir heute Morgen erzählt … ich meine Mirjam.«

»Und du hast den ganzen Tag nichts gesagt?«

Robert antwortete nicht.

»Ein heimlicher Bewunderer?«

»Das hat sie gesagt.«

Herbert machte Anstalten aufzustehen, setzte sich aber wieder. Öffnete den Mund und schloss ihn. Als würde ihm etwas klar, dachte Robert. Als würde er eins und eins zusammenzählen und plötzlich begreifen, was dabei herauskam.

»Hat das etwas zu tun mit …?«

Robert versuchte, in ein und derselben Bewegung zu nicken und den Kopf zu schütteln.

»Vielleicht … das lässt sich eigentlich nicht sagen. Mit was, übrigens?«

Das war eine ungeheuer dämliche Erwiderung. Herbert betrachtete seinen Bruder für einen unangenehm langen Moment. Er hatte die Oberlippe hochgezogen, und plötzlich erinnerte sich Robert an diesen Gesichtsausdruck aus ihrer Kindheit. Vielleicht war es sogar seine erste Erinnerung. Der unzufriedene ältere Bruder.

»Damit, dass sie verschwunden ist, natürlich. Ist sie mit diesem Dreckskerl abgehauen? Hat deine Frau dir vielleicht auch das erzählt?«

»Nein … nein, das hat sie ganz sicher nicht. Mirjam hat keine Ahnung, was passiert ist oder wo Anna sein könnte.«

Es verstrichen einige stille Sekunden.

»Und das andere?«

»Welches andere?«

»Wilma Verhoven natürlich.«

»Herbert, ich weiß es nicht. Woher soll ich das wissen? Wie ist es denn gelaufen mit …?«

»Mit was?«

»Na ja … mit dieser DNA-Sache?«

Endlich seufzte Herbert und wurde ein wenig lockerer. Die Schultern sanken herab, er sah aus dem Fenster. Robert seufzte auch, vorsichtig und lautlos, und dachte an etwas, das er irgendwo gelesen hatte, dass Wut und Angst im Grunde das Gleiche waren. Oder jedenfalls, wütend und traurig zu werden, die beiden Gefühle speisten sich aus derselben

Quelle. Sein Bruder wurde so schnell wütend, er selbst wurde in Situationen, in denen Herbert die Wut packte, ängstlich und traurig.

»Ich meine, die Polizei hat doch sicher das Ergebnis bekommen?«, fuhr er fort, weil sein Bruder nichts sagte. »Du bist in der Mittagspause da gewesen, nicht?«

Herbert nickte. »Es sieht so aus, als wäre ich entlastet.«

»Gott sei Dank.«

»Ja. Offenbar gab es eine Menge DNA in der Wohnung. Und ziemlich viele Namen in ihrem Notizbuch.«

»Notizbuch?«

»Sie haben es nicht offen ausgesprochen, aber ich habe es zufällig gehört, als sie sich darüber unterhalten haben. Zwei von den Bullen, meine ich. Sie hat alle ihre Typen aufgeschrieben.«

»Was?«

»Alle, mit denen sie im Bett war, hat sie in das Buch eingetragen.«

»Aber … ich meine, auch mich?«

Herbert zuckte mit den Schultern. »Ich nehme es an. Kann gut sein, dass sie sich bei dir melden, es schadet nicht, wenn du dich schon einmal darauf vorbereitest. Ja, ich muss los. Aber danke, dass du mir das von Anna erzählt hast … verflucht. Ein Bewunderer-Arschloch.«

Robert bekam kein Wort heraus, und sein Bruder eilte aus dem Zimmer.

Nachts im Präsidium

Trotz des Regens konnte Jung es nicht lassen, auf dem Bürgersteig stehen zu bleiben und zu zählen, wie viele Fenster im Präsidium erleuchtet waren. Es war eine Angewohnheit, vielleicht sogar ein Tick, und an diesem Abend lautete das Ergebnis achtundzwanzig. Mit anderen Worten ein Drittel, da die Gesamtzahl der Fenster zur Keymerstraat zweiundsiebzig war.

Um Viertel nach zehn an einem gewöhnlichen Abend in der Woche, man konnte also mit einer gewissen Berechtigung behaupten, dass die Polizei auch während des dunklen Teils des Tages ihre schützende Hand über ihre Mitbürger hielt. Kellermann stellte die gleiche Überlegung an.

»Das Haus, das niemals schläft«, sagte er.

»Wenn ich in meinem nächsten Leben ein Haus werde, will ich kein Polizeipräsidium sein«, sagte Jung. »Mein Zimmer oder deins?«

»Meins«, antwortete Kellermann. »Da liegt das Band.«

Sie grüßten Willmott am Empfang und nahmen den Aufzug in die vierte Etage. Holten sich in der Kantine einen Kaffee und setzten sich in Kellermanns Büro, wo die Lampe des Fleißes bereits brannte, weil er vergessen hatte, sie auszuschalten. Was Jungs Analyse natürlich etwas relativierte.

»Also gut«, sagte Kellermann, als er die richtige Aufnahme gefunden hatte. »Bist du bereit?«

Jung nickte.

»Wir können uns das Ganze ja erst einmal anhören, dann sehen wir, ob du verstehst, worauf ich hinauswill. Oder wollen wir gleich dahin springen, wo des Pudels Kern ist?«

»Das Ganze, bitte«, sagte Jung. »Die Nacht ist noch jung.«

Kellermann lachte auf. »Es sind nur zweiundzwanzig Minuten. Du darfst nicht einschlafen.«

»Versprochen«, sagte Jung, und Kellermann startete die Aufnahme.

Als Jung begriff, wer die obligatorischen Fragen beantwortete, dachte er, dass Kellermann sich wahrscheinlich doch irrte. Er hatte ja auch betont, dass es nur so eine Idee sei … aber wenn man hier schon einmal saß, konnte man genauso gut versuchen, seine grauen Zellen anzustrengen. Er trank einen Schluck Kaffee und schloss die Augen. Nicht, weil er vorhatte wegzudösen, sondern weil man besser zuhörte, wenn man sie schloss.

»Und?«, sagte Kellermann, als die zweiundzwanzig Minuten vorbei waren. »Was sagst du?«

Jung seufzte. »Ich habe es verpasst«, gestand er. »Du musst mir ein bisschen auf die Sprünge helfen.«

Kellermann verzog den Mund und suchte auf dem Band.

»Es ist schon spät. Dir sei verziehen. Jetzt fangen wir hier an und hören zwei Minuten.«

»Okay«, sagte Jung, richtete sich auf und konzentrierte sich.

Frage: Lassen Sie uns annehmen, dass tatsächlich ein Bewunderer existiert, er männlichen Geschlechts ist und hier an der Schule zu finden ist, nach welcher Art von Mensch sollten wir dann Ihrer Meinung nach suchen?

Antwort: Ich verstehe die Frage nicht. Doch, das tue ich, aber nicht, warum Sie sie stellen.

Frage: Könnten Sie sie dennoch zu beantworten?

Antwort (nach drei Sekunden Pause): Ich finde es verantwortungslos von der Polizei, mich zu bitten, darüber Spekulationen anzustellen. Ich habe keine Ahnung, wer hinter Anna her war, und ich glaube ganz und gar nicht, dass er hier zu finden ist. Wenn Sie den Verdacht hegen, dass ihr etwas Ernstes zugestoßen ist, sollten Sie lieber in der Straftäterkartei suchen. Männer, die Frauen verletzen, geben sich selten mit einem einzigen Mal zufrieden.

Frage: Wissen Sie, ob Anna eine Beziehung zu jemandem an der Schule hatte oder hat?

Antwort: Nein. Aber unmöglich ist es natürlich nicht. Ich arbeite hier ja erst seit ein paar Monaten.

Frage: Finden Sie, dass Anna in der letzten Zeit wie immer gewesen ist?

Antwort: Mir ist nichts Besonderes aufgefallen.

Frage: Was denken Sie, was ist das für eine Sorte Mensch, die versucht, auf diese Weise Frauen anzulocken?

Antwort: Vielleicht hat er zu viel Zeit, aber ich weiß es natürlich nicht.

Frage: Besuchen Sie des Öfteren ein Restaurant namens *Intrigo*?

Antwort: Da bin ich noch nie gewesen.

Frage: Finden Sie Anna Kowalski attraktiv?

Antwort: Ja, das will ich nicht leugnen. Aber das bedeutet nicht, dass ich ein Verhältnis mit ihr haben möchte.

Frage: Sind Sie letzten Mittwoch in der Oper gewesen?

Antwort: Nein, bin ich nicht.

Frage: Wissen Sie, wo die Gepäckschließfächer im Hauptbahnhof zu finden sind?

Antwort: Keine Ahnung. Wie gesagt, ich bin erst vor Kurzem hergezogen.

Frage: Wilma Verhoven, ist sie Ihnen bekannt?

Antwort: Nur aus den Medien. Sie war Annas Nachbarin und wurde vor zwei Wochen ermordet.

Frage: Sind Sie in den letzten Monaten einmal in einem Pub namens *Mephisto* gewesen?

Antwort: *Mephisto* … warum fragen Sie das? Nein, bin ich nicht.

Frage: Wissen Sie, wo Anna Kowalski wohnt?

Antwort: Nein, das weiß ich nicht.

Frage: Aber stand die Adresse nicht in der Zeitung, als Wilma Verhoven ermordet wurde?

Antwort: Das ist möglich, aber ich habe nicht darauf geachtet.

Kellermann schaltete das Band ab. Jung wartete auf ein neues »Und?«, aber der Kollege schwieg lieber.

Jung schüttelte den Kopf. »Tut mir leid. Ich bin zu alt, und es ist zu spät.«

Kellermann lachte kurz, wurde dann aber ernst. Strich sich mit der Hand über die Bartstoppeln, eine zögernde Bewegung, ehe er sich entschied. Er suchte erneut.

»Das hier.«

Frage: Sind Sie in den letzten Monaten einmal in einem Pub namens *Mephisto* gewesen?

Antwort: *Mephisto* … warum fragen Sie das? Nein, bin ich nicht.

»Das ist eine neue Frage«, sagte Jung. »Die stammte nicht aus Wilders Arsenal.«

»Stimmt«, sagte Kellermann. »Ich habe sie spontan eingeworfen. Aber achte auf seine Antwort. Er will wissen, warum ich das frage, bevor er mit Nein antwortet. Und er erkennt, dass das ein Fehler war.«

Sie hörten es sich noch einmal an.

»Hm«, sagte Jung. »Ja, das könnte stimmen ... es hört sich an, als würde er bereuen, dass er gefragt hat. Er versucht, es zu überspielen. Aber was hat das zu bedeuten?«

Kellermann atmete tief durch. »Es bedeutet, dass er die Frage irrelevant findet. Die anderen Fragen, zur Oper, zum *Intrigo*, zum Hauptbahnhof, die akzeptiert er, weil er weiß, dass sie relevant sind. Aber woher will er das wissen?«

Jung konnte beinahe hören, wie in seinem Kopf der Groschen fiel.

»Ja, verdammt«, sagte er. »Und er begreift sofort, dass es ein ... wie heißt das?«

»Ein Freud'scher Versprecher ist«, beendete Kellermann den Satz. »Genau. Und er kapiert auch, dass ich es merke ... oder, dass ich es *fast* merke ... und daraufhin beeilt er sich zu erklären, dass er nicht im *Mephisto* gewesen ist.«

Sie hörten es sich noch einmal an.

Mephisto ... warum fragen Sie das? Nein, bin ich nicht.

»Hol mich der Teufel«, sagte Jung. »Er ist es.«

»Glaubst du?«

»Du etwa nicht?«

»Doch.«

Jung schwieg drei Sekunden. Dann verzog er den Mund zu einem Grinsen. »Das muss ...«

»Ja?«

»... der mit Abstand kleinste Hinweis sein, den ich jemals erlebt habe. Aber du hast vollkommen recht. Phänomenal!«

»Danke«, sagte Kellermann. »Auch ein blindes Huhn findet mal ein Korn.«

»Ja, solange es nicht taub ist … das hätte hier nicht funktioniert. Wollen wir Kommissarin Wilder anrufen und wecken?«

Kellermann sah auf die Uhr. »Es ist erst Viertel vor zwölf. Vielleicht ist sie noch nicht eingeschlafen. Ich finde, wir warten noch eine Stunde. Wenn wir doch nur …«

»Ich habe zwei Bier in meinem Büro«, erklärte Jung.

»Ja, wenn das so ist«, sagte Kellermann.

»Und eine Tüte Chips.«

»Mitternachtssouper für zwei«, sagte Kellermann.

Der Bewunderer

Zehn Jahre lang war er der Liebhaber seiner Mutter gewesen.

Es begann, als er zwölf war, und endete abrupt, als er zweiundzwanzig war. Aber als er zur Welt kam, war sie noch eine Jugendliche gewesen, so dass er häufig dachte, dass der Altersunterschied letztlich gar nicht so groß gewesen war.

Er dachte zudem häufig, dass er einen Vater gebraucht hätte. Wenn einer da gewesen wäre, hätte alles anders ausgesehen. Ein Vater hätte ihn gelehrt, Frauen nicht zu hassen, oder es maßvoll zu tun, alle außer einer – und sie dann nicht mehr als all die anderen zu hassen. Als sie endlich verschwand, über dieses Brückengeländer auf der Autobahn zwischen Malbork und Sarbinowo, nahm sein Leben eine Wende, in der sein Kampf zwischen Gehirn, Herz und Fleisch alle möglichen irren Choreografien hätte bekommen können. Aber so oder so: ein Krieg ohne Sieg oder Sieger.

Und als das Fleisch zum ersten Mal das seine verlangt, im zweiten Semester an der Universität von Aarlach, begreift er nicht, wie es enden muss, ehe es zu spät ist. Sie heißt Marlies, und er erwürgt sie mit bloßen Händen und begräbt sie in Flussnähe in einem Wald bei Kerranshede. Er weint, betet zu einem taubstummen Gott und verspricht, dass es nie wieder geschehen und er den Rest seines Lebens damit verbringen werde, Buße zu tun.

So schlecht kennt man also sein Fleisch. Buße tut er schon, und diese Buße heißt Enthaltsamkeit. Aber sie wird schwächer und verblasst wie eine Wanderung über immer dünneres Eis, so schleppt er sich durch die Jahre, die Tage, die Stunden. Und das Fleisch steigt aus der Tiefe herauf. Nummer zwei heißt Karen, sie ist eine Klientin, er hat sie lange im Auge gehabt. Sie ihn auch, das zeigt sich mit wünschenswerter Deutlichkeit, als sie sich ihm hingibt wie die älteste und unschuldigste Hure der Welt. Er erschlägt sie mit einem Feuerhaken, in gewisser Weise klassisch. Fährt die ganze Nacht und begräbt sie im selben Wald wie die vorige, allerdings mit Abstand zu ihr.

Dann zieht er um. Übt seinen Beruf in unbekannten Städten aus, auch in anderen Ländern, und bei Nummer vier und fünf, inzwischen zählt er seine Mutter zur Summe hinzu, geht er anders vor. Er verlängert den Prozess, findet einen schmerzerfüllten und gesteigerten Genuss darin, zu planen und das Vorspiel in die Länge zu ziehen, er weiß jetzt, dass das Irre ihn niemals verlassen wird. Es wird weitergehen, sein Leben wird diesem Muster folgen, und er bekämpft es nicht mehr. Aber er lernt zu warten. Singt das Lob der Langsamkeit.

Nach Nummer sechs, im Herbst seines fünfunddreißigsten Jahres, zieht er noch einmal um. Landet in Maardam, bekommt eine Stelle an einer Schule, dort wimmelt es von Frauen.

Er wohnt weit unten in Zwille, dort hat er seinen Wohnsitz, aber ab Januar ist er Untermieter einer kleinen Wohnung im Mindersteeg, einer parallel zur Falckstraat verlaufenden Gasse. Auf eine Annonce hin und nur für ein paar Monate; der eigentliche Mieter arbeitet im Frühjahr an einem Projekt in Mailand. Es ist reiner Zufall, dass er dort landet, und er gibt nicht seinen richtigen Namen an. Er weiß, was kommen wird.

Er stellt seine Kamera auf und ist schockiert, dass er schon an den ersten Tagen belohnt wird. Gegenüber, auf der anderen Seite des Hofs, wohnen zwei Frauen, beide jung, die eine hat keine Vorhänge vor ihren Fenstern. Die andere fotografiert er nur einmal, und als er sie anschließend erkennt, ist es, als würde er die Kontrolle verlieren. Tagsüber hält sie sich in seiner Schule auf. Das ist unerhört. Ein Regisseur aus der Hölle ist erwacht.

Er kann sich nicht entscheiden. Das stimuliert und erschreckt ihn. Er setzt ein Spiel in Gang, bei dem der Zufall oder das Schicksal – oder die Frauen selbst – entscheiden darf. Die Spannung steigt, der Ausgang ist lange ungewiss.

Es werden dann doch beide, hinterher begreift er, dass dies notwendig war. Die Ungewissheit war nur eine Schimäre. Und als um sechs Uhr morgens an einem Morgen im März ein Quartett von Polizisten in Zwille zu ihm kommt, begreift er darüber hinaus, dass es vorbei ist. Er hat acht Menschen auf dem Gewissen. Das letzte Opfer liegt noch in einen Teppich gerollt auf dem Balkon. Drüben, wo es passiert ist. Wo noch die Kamera steht.

»Benedict Maertens«, sagt einer der Polizisten. »Wir möchten, dass Sie uns für eine Vernehmung ins Polizeipräsidium begleiten.«

»Vollkommen richtig, ich war es«, sagt er und lächelt sein freundliches, aber leicht rätselhaftes Psychologenlächeln. »Sorgen Sie dafür, dass ich nie mehr rauskomme. Niemals.«

Buße

Das Letzte, was den Menschen verlässt,
ist nicht die Hoffnung, es ist die Wehmut.

Mordechai Binden (1812–1891)

ER

Auf dem Weg zur Haltestelle hat er noch den Geruch von sonnenwarmem Pferd in der Nase.

Er kann nicht bestimmen, wann die Wahrnehmung zur Erinnerung wird, und denkt, dass es vielleicht nicht entscheidend ist, es zu wissen, aber an irgendeinem Punkt geschieht es natürlich. Es ist wie mit dem Leben, alles, was geschehen ist, wird gelagert und ist weiter da, wie vergessene Marmeladengläser in einem Erdkeller. Mit Datum versehen, aber längst ungenießbar. So könnte man es sehen.

Und im Grunde gibt es nur eine Erinnerung. Eine einzige. Die Nacht der Nächte.

Die Pferde sind nicht eingeplant gewesen. Aber ein Bauer in der näheren Umgebung starb, und zwei Islandpferde blieben unversorgt zurück. Ein anderer Bauer fragte ihn, ob er sie nicht übernehmen könne. Er habe doch Weidefläche, und sie seien ja noch nicht besonders alt. Ein braunes und ein schwarzes.

Das ist jetzt fünf Jahre her. Die Zeit ist vergangen. Fast ein Jahrzehnt, seit er das Haus kaufte und in die Gegend kam. Im Herbst wird er fünfundsechzig, und nach einer Reihe von Herbsten wird er seine Tage genau hier beschließen. Daran besteht kein Zweifel.

In dem Haus mit den vier Apfelbäumen am Hügel und

Wald. Ein alter Stall, in dem die Islandpferde im Winter Heu kauen können, und ein Bach, der niemals versiegt oder zufriert. Strom und fließendes Wasser. Es hätte schlimmer kommen können.

Der Bus ist pünktlich. Das ist er eigentlich immer, außer im Winter manchmal, wenn es geschneit hat. Aber der Schnee schafft es nur selten bis in diesen Teil des Landes, und wenn er es doch einmal tut, ist er meistens innerhalb weniger Stunden wieder weg.

Acht Fahrgäste, er selbst nicht eingerechnet. Bis auf einen kennt er alle. Fünf sind Schüler zu Beginn der Pubertät. Drei Jungen ganz hinten, halb schlafend mit ins Gesicht gezogenen Kappen und Mützen. Zwei Mädchen weiter vorn mit Handys in den Händen. Die beiden anderen Bekannten sind Erwachsene, ein mürrischer Mann in seinem Alter in schwerer Arbeitskleidung, eine gepflegte, halb so alte Frau. Könnte eine Lehrerin oder Büroangestellte sein.

Unbekannt ist ihm ein siebzehn, achtzehn Jahre altes Mädchen. Sie ist zu jung, um die Richtige zu sein, aber da ist etwas an ihren glatten, dunklen Haaren und der dünnen, hellbraunen Lederjacke, was eine Ahnung in ihm weckt, aber Ahnungen müssen mit Vorsicht behandelt werden. So viel Verstand hat er schon, zu dämpfen und zu ignorieren, die meisten Zeichen haben nichts zu bedeuten.

Sie sitzt da und liest ein Buch, er nimmt an, dass sie auch in die Schule geht. Wenn das zutrifft, dann ins Gymnasium, sie wirkt älter als die anderen. Er setzt sich zwei Reihen hinter sie. Sein üblicher Platz.

Es sind vier Haltestellen, bis man in Lindenberg ist. Möglicherweise gibt es mehr, aber nur an diesen steigen Leute zu. Vor ein paar Jahren begann er, den Morgenbus zu nehmen, zweimal in der Woche. Am Montag und Donnerstag oder Freitag, er kennt also den Ablauf. Exakt eine halbe Stunde bis zum Busbahnhof, die Abweichung beträgt selten mehr als eine Minute.

Bis dahin sind in der Regel zwischen fünfzehn und zwanzig Fahrgäste im Bus, und an denen, die später zusteigen als er selbst, hat er kein Interesse. Noch ein paar Schüler, noch ein paar, die zur Arbeit müssen. Er grüßt keinen von ihnen und begegnet selten dem Blick eines anderen. Wenn er sich einmal auf seinem Platz niedergelassen hat, schaut er die meiste Zeit auf die Landschaft hinaus, durch die sie fahren. So auch an diesem Tag. Wald. Einzelne, verstreut liegende Höfe, zwei kleine Ortschaften: Wieden und Lindenshede. Eine verfallene Mühle und ein alter Fußballplatz, auf dem inzwischen meterhohes Gras und Unkraut wachsen, er versetzt ihm jedes Mal einen Stich von Trauer.

Die gesamte Strecke zwischen Lembork und Lindenberg ist gut fünfzig Kilometer lang, seine eigene Haltestelle liegt ein Drittel von Lembork entfernt. Keiner außer ihm steigt dort jemals ein oder aus, vielleicht wird der Halt allein seinetwegen beibehalten. Manchmal fühlt er sich verantwortlich. Wenn er nicht mehr da ist, wird man die Haltestelle aufgeben, es wäre nur natürlich.

Der Fahrer ist immer derselbe, ein hagerer Mann mit einer geheimnisvollen Ausstrahlung. Er erinnert einen ziemlich an den Schauspieler Anthony Perkins, allerdings älter, als er in *Psycho* war.

In Lembork ist er nie gewesen oder auch nur von seiner Haltestelle aus in diese Richtung gefahren. Deshalb sind die Fahrgäste, die dort wohnen, interessanter. Sie haben etwas, das ihm unbekannt ist. Sie stammen von Höfen, die er nie gesehen hat, und haben unbekannte Schicksale und leben unter unerforschten Umständen.

Die beiden Erwachsenen, die fünf Jugendlichen. Heute eine sechste Jugendliche. Er fragt sich, ob sie wiederkommen wird. Oder ob sie ein Enkelkind ist, das einen alten Großvater besucht hat, und nun auf dem Weg nach Lindenberg ist, um von dort den Zug nach Hause zu nehmen. Nach Maardam oder Aarlach. Oder zu einem anderen Ort auf der Welt.

Das wird sich zeigen. Es ist nur eine Frage der Zeit. Vermutlich ist sie am Donnerstag schon verschwunden. Oder am Freitag, das kommt ganz auf das Wetter an und darauf, wie er sich fühlt. Hat die schwere Traurigkeit ihn schon am Mittwochabend übermannt, geht es am Donnerstag mit dem Bus nach Lindenberg. Das bedeutet, ein längeres Wochenende, und der Sonntag kann dann hart sein. Manchmal denkt er, dass das Leben so viel leichter wäre, wenn die Woche nur sechs statt sieben Tagen umfassen würde.

Aber es ist, wie es ist. Es gibt so viel, woran man nichts ändern kann.

Er wartet, bis die meisten ausgestiegen sind. Es ist Viertel nach acht, sie haben es eilig zu ihren Schulen und Arbeitsplätzen. Er selbst hat es nicht eilig, schon viele Jahre nicht mehr, ebenso wenig wie die Islandpferde. Die Geschäfte öffnen erst um neun, und ihm ist eher daran gelegen, den Aufenthalt in der Stadt in die Länge zu ziehen, als sich abzuhetzen.

Die Sonne steht bereits hoch über dem Platz, er überquert ihn auf dem Weg zum Kiosk und kauft eine Zeitung. Nimmt sie mit in das Café gegenüber der Kirche; als er es betritt, wirft er einen Blick über die Schulter und sieht das Mädchen in der hellen Lederjacke in einer der Gassen verschwinden, die zum Fluss hinabführen. Da unten liegt ein Gymnasium, und er vermutet, dass sie doch keine kurze Besucherin ist. Dass sie in diese Gegend gezogen ist und er sie wiedersehen wird. Oder nicht.

Er bestellt wie üblich einen Kaffee und ein Käsebrot. Einer der drei Fenstertische zum Platz hin, die dünne Lokalzeitung liegt aufgeschlagen vor ihm. Zwei andere Menschen im Raum, er erkennt den einen. Ein blinder, ehemaliger Pfarrer; er erinnert sich nicht, wie er an diese Information gelangt ist, und vielleicht irrt er sich auch.

Der Kaffee schmeckt gut, und die Nachrichten sind wie immer. In einer Flüchtlingsunterkunft hat es gebrannt, Lindenbergs Fußballmannschaft hat einen neuen Trainer bekommen, und draußen in der Welt hat der Markt Probleme. Er löst das Kreuzworträtsel auf der letzten Seite und holt sich noch einen Kaffee, und als er wieder auf den Platz hinaustritt, schlagen die Kirchenglocken neun.

Lindenberg ist eine kleine Stadt, aber dennoch die größte der Provinz. Bevor er sein früheres Leben hinter sich ließ und hierherzog, war er niemals hier gewesen. Er kam in ein anonymes Provinzkaff, und der Eindruck hat sich in den Jahren, die seither vergangen sind, nicht verändert. Vierzigtausend Einwohner, hat er irgendwo gelesen. Rathaus, Polizeipräsidium, ein Krankenhaus für gängige Gebrechen, ein Bahnhof und ein kleiner Flugplatz. Ein Gymnasium, eine Fußballmannschaft, eine Kartonfabrik.

Nicht zu vergessen ein Stadthotel vom Ende des neunzehnten Jahrhunderts sowie diverse Einrichtungen, wie man sie von einer Provinzhauptstadt erwartet. Apotheke, Touristen-Information und ein gut sortiertes Eisenwarengeschäft.

Er fängt mit dem Eisenwarengeschäft an. Das Halten von Pferden erfordert Zäune, und Zäune müssen instand gehalten werden. Was er benötigt, findet er innerhalb von zehn Minuten, eine Weile denkt er an diesen guten Geruch und beschließt, sich den Besuch beim Friseur zu sparen. Er heißt Sokorsky und ist so fürchterlich geschwätzig, dass er sich seit mehr als einem halben Jahr nicht mehr die Haare hat schneiden lassen.

Früher besaß er die Fähigkeit, sich mit Leuten zu unterhalten. Über Politik, Sport und andere Nichtigkeiten. Aber sie ist verschwunden. Es gibt viel, was ihm auf gleiche Weise abhandengekommen ist. Fertigkeiten, die er einst besaß, die aber die Umstellung nicht überstanden haben. Er vermisst sie ähnlich, wie man einen verlorenen Zahn vermisst. Sie lassen sich irgendwie nicht zurückholen.

So viel dazu. Er verlässt *Huiverts & Söhne. Eisenwaren & Diverses* und geht zum Fluss hinunter. Setzt sich auf eine Bank in der Sonne und denkt zurück.

Stellt fest.

So kam es mit dem Leben und allem. Es hätte anders laufen können, aber am Ende landet man an einem Ort. Nach der Nacht der Nächte; eine Endhaltestelle, an der diese verfluchte Jagd nach Erfolg, wohlverdientem Glück, den Freuden der Zweisamkeit oder was immer es sein mag, die Decke über sich zieht und sich dunkler Friede einschleicht. Oder Gleichgültigkeit, auch gut. Oder Trauer.

Aber wo der Geruch eines sonnenwarmen Pferds endlich seine rechtmäßige Bedeutung bekommt. Zum Beispiel. Wo ein Schmetterling ein Schmetterling und Regen Regen ist.

Er denkt, dass er trotzdem noch eine Ambition hat. Wenn der Mensch das Lebewesen ist, das von der Erde hervorgebracht wurde, um ihre eigene Schönheit betrachten zu können, dann will er dieser Mensch sein. Das verantwortungsvolle Joch tragen.

Die Choreografie des Vogelschwarms, Ameisenstraßen, die Wiederkehr des Grases, der bemooste Stein und die Farbe des Himmels vor dem Unwetter.

Vielleicht auch etwas tun, das von Bedeutung ist.

Ja, vielleicht auch etwas tun.

Er schaut auf die Uhr. Viertel vor zehn. Eine Stunde in der Bibliothek, dann Einkaufen für drei Tage, danach mit dem Bus um halb eins zurück. Der nächste geht erst um halb vier, vielleicht an einem anderen Tag, aber diesmal nicht.

Er lässt zwei Jogger in roten Trainingsanzügen vorbeiziehen, danach verlässt er seine Bank am Fluss. Wenn Gedanken, vor allem die scharfsinnigen und dennoch sublimen, die Fähigkeit besäßen, aus dem Arsch zu strömen, könnten sie vielleicht im Holz bewahrt werden, um anschließend in die andere Richtung im nächsten armen Menschen fortgepflanzt zu werden, der sich hier mit seinen läppischen Sorgen und Unzulänglichkeiten niederließ.

Warum nicht? Evidenzbasiert wäre es ohnehin nicht.

Er zuckt mit den Schultern, empfindet eine kurze, allumfassende Freude und beschleunigt seine Schritte.

Als er in das Haus einzog, behielt er das meiste darin. Auch die kleinen Aquarelle, die ringsum an den Wänden hingen. Genau wie den gestickten Wandschmuck über dem Küchentisch:

Richtet euch nicht nach dem Wesen dieses Zeitalters.

Als er die Pferde übernahm, hatte ihn irgendwann Werner besucht, der vermittelnde Bauer, der ihm erzählte, Mauritz habe alle Bilder gemalt und Lydia den Wandschmuck gestickt. Sie war gläubig gewesen und zu jeder passenden oder unpassenden Zeit in die Kirche gelaufen; Mauritz war zu Hause geblieben und hatte gemalt.

Sie waren im Abstand weniger Monate gestorben. Keine Kinder, nur das Haus, dreißig Gemälde und ein Wandschmuck. Auch etwas Vieh natürlich. Vierundachtzig und zweiundachtzig, in seiner Jugend sei Mauritz ein Meister am Akkordeon gewesen, aber als Lydia auf der Bildfläche auftauchte, hatte er aufgehört.

Werner zufolge war damit alles gesagt. Zwei Leben bei einer Tasse Kaffee.

Er betrachtet den Wandschmuck an diesem Morgen, wie er es an dreitausend anderen Morgen getan hat. Denkt, dass er auch heute zutreffend ist. Er will zu keiner anderen Botschaft Stellung beziehen, zu keiner überaus vernünftigen Ermahnung zu diesem und jenem. Ihm ist nicht bekannt, was das

Wesen dieses Zeitalters ist, aber das ist auch nicht wichtig. Er soll sich ja ohnehin nicht danach richten.

Er schaltet das Radio ein und hört die Nachrichten und den Wetterbericht. Schaltet es aus und denkt eine Weile an das Mädchen in der hellen Lederjacke. Irgendetwas spricht dafür, dass sie wichtig ist. Dass sie es ist, die die Rolle im Unvollendeten hat. In dem Schlummernden, aber noch Ungeschriebenen. Vielleicht ist das aber auch nur etwas, was er sich wünscht, gerade am frühen Nachmittag überkommt ihn häufig eine Sehnsucht nach Ereignissen. Sogar nach dem, was, wie er glaubt, in Aussicht gestellt wurde. Diffus und sentimental, gelegentlich dennoch intensiv.

Er geht hinaus, um nach den Pferden zu sehen. Es ist ein schöner Frühlingstag, Vogelgesang in Hülle und Fülle, der Kirschbaum und die Schlehdornsträucher blühen.

Sie stehen schon am Stall und warten. Eigentlich heißen sie Faukur und Reyr, aber er nennt sie Schwarz und Braun. Er glaubt nicht, dass ihnen etwas an Namen liegt, aber an seiner Gegenwart liegt ihnen etwas. Sie bekommen zwar Kraftfutter und Luzerne in zwei Trögen von ihm, aber wenn sie gefressen haben, bleiben sie gerne stehen und lassen sich von ihm striegeln und hören ihm zu, wenn er Gespräche mit ihnen führt.

Fragen und Antworten. Guten Morgen, Braun. Wie ist die Nacht gewesen? Guten Morgen, Schwarz. Irgendwelche Zecken heute? Grast ihr gerne hier bei mir? Wie viele Jahre bleiben uns noch? Wäre es nicht das Einfachste, wenn wir drei zusammen das Zeitliche segnen würden? Wie wird das Wetter, Schwarz?

Ihre Antworten bestehen aus einfachen Kopfbewegungen und Blicken. Er mistet eine Weile den Stall aus und leert die Schubkarre auf eine Ladefläche. Sie ist gerade einmal halbvoll, er kann also noch damit warten, Werner anzurufen, um sie leeren zu lassen. Wie es aussieht, fast bis Mittsommer.

Anschließend ein Spaziergang am Bach entlang. Nach zwei Kilometern fließt er in einen breiteren Bach. Unberührte Natur auf dem ganzen Weg, größtenteils Laubwald und Sumpfwiesen, es ist ein Vormittagsspaziergang von passender Länge. Eine gute Stunde hin und zurück, unendlich oft ist er hier gegangen. Kennt jede Biegung und Wurzel.

Gegen elf zurück im Haus. Kaffee und zwei Stunden Arbeit am Computer. Er hat kein Internet, aber das braucht er auch nicht. *Richtet euch nicht …*

Er übersetzt, darum geht es. Ein dreizehnhundert Seiten langes Werk des vergessenen deutschen Philosophen Mordechai Binden aus dem neunzehnten Jahrhundert: *Das Konträre zur Zeit*. Er ist im dritten Jahr und bis Seite achthundertvierzig gekommen. Vieles deutet darauf hin, dass es seine letzte Arbeit überhaupt sein wird. Der Verlag ist großzügig, was vor allem an der Spende eines späten Nachfahren des Philosophen liegt; er braucht sich keine Sorgen um die Finanzen zu machen und empfindet angesichts dieser Tatsache Demut.

… die Methode, die wir zuvor erfolgreich angewandt haben, um den Begriff Moment *zu definieren, werden wir in der Folge anwenden können, um die Begriffe* Zustand, Vergangenheit *und* Buße *analysieren zu können. Folglich ist in der Methode ein Element von Pluralität eingeschlossen, ohne welches …*

Er hebt den Blick vom Bildschirm und betrachtet den Apfelbaum vor dem Fenster. Es ist einer der drei, die Früchte tragen. Er blüht am schönsten, aber die Äpfel schmecken nicht besonders; er lässt sie meistens auf die Erde fallen, lässt sie von den Pferden fressen und schaufelt die letzten im Oktober fort. Die der beiden anderen pflückt er vor dem Winter; wenn er sie in der Dunkelheit des Erdkellers lagert, schmecken sie bis weit ins Frühjahr hinein. Der vierte Baum lebt zwar noch, aber ohne zu blühen und Früchte zu tragen. Er ist sich nicht einmal sicher, dass es ein Apfelbaum ist.

Er denkt darüber nach, warum die schönsten Blüten die schlechtesten Früchte hervorbringen. Ein paar Tage sind sie noch da, vielleicht eine Woche, und es ist eine immer wiederkehrende Frage. Darüber hinaus überlegt er, was das über das Leben und dessen Bedingungen in einem weiteren Sinn aussagt. Vielleicht gar nichts, aber der Mensch ist immer damit beschäftigt, Zeichen zu deuten. Zu vergleichen und sich Gedanken zu machen, Dinge, die einem Pferd niemals in den Sinn kämen.

Und dann ist sie plötzlich wieder in seinem Schädel. Das Mädchen im Bus in ihrer dünnen Lederjacke. Und warum? Erinnert sie ihn? An sie? Wird auch sie Interpretationen und Vergleichen ausgesetzt werden? Einst besaß er selbst eine Lederjacke, ebenfalls braun, aber etwas dunkler, lief einen Großteil des Jahres darin herum, vielleicht jahrelang. Er rauchte Pfeife, ließ sich seinen ersten Bart stehen und verlor seine Unschuld. Er dürfte im gleichen Alter gewesen sein wie das Mädchen, vielleicht geht es nur darum.

Aber dieser Strang zurück ist interessant. Zu einer Zeit, die unter dem Vergessenen und Verdrängten, aber nicht ganz Geschlossenen liegt. Die länger zurückliegt als die Nacht der Nächte. Als gäbe es unter der obersten Farbschicht in einem von Mauritz' Aquarellen eine Schicht, die noch nicht erstarrt ist.

Das ist ein schlechtes Bild. Es besteht ein Unterschied zwischen Aquarellen und Ölgemälden.

Er seufzt und kehrt zum *Konträren der Zeit* zurück. Aber obwohl es erst halb eins ist, hat er sich entschieden.

Schon morgen der Bus.

Am Donnerstag, es lässt sich nicht aufschieben. Ihn würde die große Unruhe erfassen.

An diesem Morgen regnet es. Ein milder Frühlingsregen, der mit Sicherheit sowohl der Pferdekoppel als auch der Apfelblüte guttun wird. Er ist früh dran und muss fast zehn Minuten in dem windschiefen Wartehäuschen aus verwittertem Holz stehen. Man hat ihm und seinen Vorgängern nicht nur eine Haltestelle gegönnt, sondern auch ein Dach über dem Kopf. Wenngleich der Unterstand mindestens ein halbes Jahrhundert auf dem Buckel hat, vielleicht nahmen Mauritz und Lydia regelmäßig den Bus in die Stadt. Vielleicht hatte man ihnen zuliebe irgendwann beschlossen, gerade hier eine Haltestelle einzurichten, für sie, die das Haus und den Stall bauten, ihr Leben lang das Land bestellten und hier wohnten. Es gibt nur zwei andere Anwesen in der Nähe, Werners und John-Henrys – dem bis zu seinem Tod die Islandpferde gehörten –, aber weder Werner noch das junge Paar, das in John-Henrys Haus gezogen ist, fährt jemals Bus.

Als er einsteigt, ist er angespannt. Anthony Perkins nickt ihm zu, ohne eine Miene zu verziehen, als er seine Karte zeigt, und erst, als er sie eingesteckt hat, wirft er einen Blick in den Bus.

Da sitzt sie.

Auf demselben Platz wie am Montag. Wie leicht die Menschen sich etwas angewöhnen. Sie liest wieder in einem Buch.

Vielleicht in einem Lehrbuch, vielleicht im selben. Im Vorbeigehen wagt er einen kurzen Blick. Sie schaut auf, begegnet seinem Blick für den Bruchteil einer Sekunde und wendet sich erneut ihrem Buch zu. Er lässt sich zwei Sitze hinter ihr nieder, auf seinem angestammten Platz. Denkt, dass es ein Donnerstag im April ist, ein Tag wie jeder andere im Leben. Und trotzdem.

Trotzdem.

Er sieht ihren Nacken und den oberen Teil der lederbekleideten Schulterpartie während der gesamten Fahrt nach Lindenberg. Die dunklen Haare und ansatzweise ein gelbes Halstuch. Vor fast fünfzig Jahren fuhr er selbst mit dem Bus zum Gymnasium, und plötzlich ist er sich sicher, dass es in jenem Bus ein ähnliches Mädchen gab. Eventuell ohne Lederjacke, aber dunkelhaarig, immer allein auf ihrem Platz, immer mit einem Buch im Schoß. Vermutlich nur für eine kürzere Zeitspanne, zwei Monate oder ein Halbjahr. Er weiß nichts über sie, wusste es damals auch nicht. Nicht, wie sie hieß, wo sie wohnte, wer sie war. Sie war da und verschwand. Er denkt, dass es so abläuft. Bei Bäumen, Haltestellen und Pferden. Menschen und Trugbildern.

Drei junge Frauen in drei Zeiten. S., die mittlere, die Achse des Schmerzes. Sie fuhr selten oder nie mit dem Bus.

In Lindenberg nimmt sie denselben Weg zum Fluss hinunter wie beim letzten Mal. Weiterhin allein, ein kleiner Rucksack über einer Schulter. Sein Blick und seine Gedanken lassen sie los und widmen sich dem eigenen Leben.

Zeitung, Kaffee und Käsebrot im Kirchencafé, es hat einen anderen Namen, der ihm aber nicht gefällt. Es ist besser, es mit dem alten Sakralbau zu verbinden. Aus dem zwölften Jahrhundert, wenn ihn nicht alles täuscht. Während er dort sitzt, hört es auf zu regnen, die Nachrichten in der Zeitung berühren ihn nicht.

Anschließend ein Spaziergang durch die Stadt mit dem Fluss als Ziel; er kommt ganz in der Nähe der Schule zu ihm hinunter. Das Waller'sche Gymnasium, ein alter, imposanter Backsteinbau in drei Etagen mit zwei flacheren Gebäudeflügeln neueren Datums. Es scheint Pause zu sein. Auf dem umzäunten Schulhof wimmelt es von Jugendlichen, aber er sieht sie nirgendwo. Kann auch nicht stehen bleiben und nach ihr Ausschau halten, das könnte Fragen aufwerfen. Er geht recht zügig vorbei, passiert zwei Gruppen von Rauchern auf dem Bürgersteig und biegt wieder in Richtung Platz ab. Es ist erst elf Uhr, er dreht noch eine lange Runde durch die Stadt, bevor er bei *Hornimans Lebensmittelladen* für drei Tage einkauft und um halb eins in den Bus steigt.

Er hat einen Fahrplan mitgenommen. Als er wieder zu Hause ist und die Lebensmittel in Kühl- und Vorratsschrank verstaut hat, setzt er sich an den Küchentisch und studiert die verschiedenen Haltestellen. Die ganze Strecke zwischen Lindenberg und Lembork umfasst zweiundfünfzig Kilometer. Es gibt zehn reguläre Haltestellen, seine eigene heißt Moorby, was zugleich der Name seines kleinen Anwesens ist. In Richtung Lembork gibt es drei Stopps: Simmring, Heldemark und Moerkerland. Wahrscheinlich kleine Dörfer oder auch nur Höfe, und an einer dieser Haltestellen steigt sie also jeden Morgen in den Bus. Oder in Lembork selbst, dem Ort, an dem die Buslinie endet. Über diesen Ort weiß er, dass es dort ein Gefängnis gibt, das als eines der ältesten im Land gilt, sowie, dass dort zur Zeit der Pest im vierzehnten Jahrhundert eine katholische Heilige lebte. Sie hieß Stanislava und wurde fünfhundert Jahre nach ihrem Tod kanonisiert.

Und dann entscheidet er sich für eine Reise in diese Richtung. Vielleicht gibt es ja in Lembork ein Café und andere nützliche Einrichtungen.

Er findet die Pferde unten am Bach, hinter einem blühenden Schlehdorngestrüpp. Fünf Tage in der Woche gibt er ihnen morgens Kraftfutter, aber wenn er zum Einkaufen nach Lindenberg fährt, bekommen sie es stattdessen am Nachmittag. Das können sie offenbar nicht lernen, weder Braun noch Schwarz. Oder akzeptieren. Es kommt ihm immer so vor, als versteckten sie sich vor ihm, wenn er später als üblich zu ihnen hinausgeht. Vorwurfsvoll, was man daran merkt, wie sie ihn in Empfang nehmen. Aber sie übertreiben es auch nicht.

Wie üblich bittet er sie um Entschuldigung, und sie sind nicht nachtragend. Sie folgen ihm gemächlichen Schritts zurück zum Stall, und wenn sie gefressen haben und gestriegelt wurden, verläuft das Gespräch mit ihnen ungefähr wie immer. Das Mädchen im Bus erwähnt er allerdings nicht. Es ist zu früh, er will sich nicht dem Risiko aussetzen, dass sie ihn kritisieren. Augen, die sich verdüstern, Köpfe, die weggedreht werden.

Beim Übersetzen kommt er an diesem Nachmittag nur schleppend voran. Manche von Mordechai Bindens Sätzen ziehen sich über eine halbe Seite hin, und trotz der Menge von Wörtern fehlen finite Verbformen. Manchmal versteht er nicht, was der Autor meint, und hegt den Verdacht, wenn er ihn von den Toten zum Leben erwecken könnte, würde der Philosoph auch keine Ahnung haben. Dennoch blitzt hier und da etwas auf, Beobachtungen, die so scharfsinnig sind, dass Wittgenstein oder Russell sie fast ein Jahrhundert später formuliert haben könnten.

Heute fehlt ihm jedoch die nötige Ruhe, um sich länger als eine halbe Stunde der Arbeit zu widmen. Das ist ungewöhnlich, er hat das Gefühl, dass die Routine, die sich in so vielen Jahren eingespielt hat, nicht mehr funktioniert. Er legt eine ganze Weile Patience, die *Große Harfe*, bis sie zweimal hintereinander aufgeht. Liest zerstreut Verse aus *Der Prediger Salomo* und aus *Die Sprüche Salomos*, aber erst als er sich zehn Zentiliter Whisky einverleibt hat, fällt die diffuse Unruhe von ihm ab, die ihn begleitet hat, seit er sich um halb eins in Lindenberg in den Bus gesetzt hat.

Morgen?, fragt er sich, als er ins Bett gegangen ist. Wird das, was sich abspielt, schon am nächsten Tag weitergehen?

Aber er beherrscht sich. Drei warme Tage vergehen. Die Apfelbäume blühen, er spaziert am Bach entlang, bis zum Zusammenfluss der beiden Gewässer und noch weiter, fast bis zur Grenze. Er übersetzt mehr als zwei Seiten und ist ruhig. Die Fliegen sind gekommen, er reibt die Köpfe der Islandpferde mit Teerliniment ein, um ihnen Linderung zu verschaffen. Mistet gründlich aus und bringt die Hängematte an.

Schreibt einen langen Brief an S. und legt ihn zu den Akten. Denkt über den Montag nach, spürt eine milde, aber deutliche Erregung. Geht am Sonntagabend früh zu Bett und schläft trotz allem die ganze Nacht durch.

Das Wetter ist am Montagmorgen weiter schön. Er ist früh aufgestanden und hat die Islandpferde schon um halb sieben gefüttert, weil er davon ausgeht, den ganzen Tag fort zu sein.

Der Bus ist pünktlich, sie hat ihre Lederjacke ausgezogen und auf den Sitz neben sich gelegt. Das Buch im Schoß, ein schlichtes, weißes T-Shirt, man sieht, dass sie darunter keinen BH trägt. Sie begegnet ganz kurz seinem Blick und nickt zum Zeichen, dass sie ihn erkennt. Er denkt, dass sie einen Ernst ausstrahlt, der nicht zu ihrem Alter passt, nickt ihr ebenfalls zu und setzt sich auf seinen üblichen Platz. Die restlichen Fahrgäste sind dieselben wie immer, abgesehen davon, dass einer der drei Jungen ganz hinten fehlt. Die beiden Mädchen schräg hinter ihm hören Musik über ihre leckenden Kopfhörer, der mürrische Arbeiter schläft mit offenem Mund an ein Fenster gelehnt, und die adrette Frau studiert ihr Handy. Er denkt, dass es interessant wäre, wenn jemand den Bus kapern und sie alle, einschließlich Anthony Perkins, als Geiseln nähme. Sie zwingen würde, sich eingesperrt, unter schwierigen Umständen, Gesellschaft zu leisten. Welche Rolle würde jeder Einzelne von ihnen für sich finden? Wer würde zum Anführer, wer unter dem Druck gebrochen werden? Wie würde er selbst sich verhalten?

Es ist kein neuer Gedanke, aber er widmet ihm dennoch einige Zeit, bis zur nächsten Haltestelle, an der zwei neue Personen einsteigen. Noch ein Schüler sowie ein Mann, der auf dem Weg zum Busbahnhof in Lindenberg immer mit ausgeklügelter Langsamkeit eine Banane isst.

Als er mit Kaffee, Käsebrötchen und Lokalzeitung im Kirchencafé sitzt, weiß er, dass ein langer Tag vor ihm liegt. Aber es ist eine bewusste Strategie. Zurück wird er den Bus um halb vier nehmen, weil das aller Voraussicht nach die Fahrt ist, mit der die Schüler vom Land heimkehren. Der letzte Bus nach Lembork geht um halb sieben, was bedeuten muss, dass der Bus, und eventuell auch Anthony Perkins, dort übernachten. Aber vielleicht werden die späteren Fahrten von einem anderen Fahrer übernommen; wenn man die gesetzlich vorgeschriebenen Arbeitszeiten bedenkt, erscheint dies wahrscheinlich.

Natürlich hätte er sich auch entscheiden können, um vier Uhr nachmittags an seiner Haltestelle zuzusteigen, aber diese Alternative hätte ihm nicht behagt. Es blieb unklar, warum, aber da er alle Zeit der Welt hat, seiner Intuition zu folgen, muss er nicht nach einem besseren Motiv suchen. Er hat dies sorgsam überdacht, gleichzeitig sieht er ein, dass es in einem größeren Zusammenhang bedeutungslos ist. Allerdings lebt er schon viele Jahre nicht mehr in größeren Zusammenhängen. Möglicherweise überhaupt keinen Zusammenhängen, abgesehen von den Pferden, der repetitiven Natur und dem immer toteren deutschen Philosophen.

Und der Nacht der Nächte.

Er liest gründlich die Zeitung, holt sich noch einen Kaffee und kauft sich eine Madeleine. Macht anschließend einen Spaziergang am Fluss entlang und erneut am Gymnasium vorbei. Isst in einer einfachen Gaststätte namens *Harry's* zu Mittag, verbringt zwei Stunden in der Bibliothek, und irgendwann ist es halb vier.

Es sitzen annähernd zwanzig Menschen im Bus, aber er ist früh da gewesen und hat seinen üblichen Platz bekommen.

Sie steigt in letzter Minute ein und setzt sich weit vorne hin. Zum Glück, er will sie ja im Auge behalten können, ohne sich dafür umdrehen zu müssen. Die weiche Lederjacke und der Rucksack auf dem leeren Platz neben ihr. Dunkles Haar auf weißem T-Shirt, er kann nicht sehen, ob sie ein Buch im Schoß hat oder nicht.

Ihre Einsamkeit sticht einem förmlich ins Auge und nimmt zu, je mehr sich der Bus entlang der Strecke leert. Nach seiner Haltestelle sind nur die üblichen Fahrgäste übrig, abgesehen von dem Jungen, der am Morgen nicht dabei war, und dem mürrischen Arbeiter. Insgesamt sieben: Er und sie, vier Jugendliche, die adrette Dame. Mit Anthony Perkins acht.

Er hat sich die drei Haltestellen vor Lembork eingeprägt. Simmring, Heldemark und Moerkerland. Es stellt sich heraus, dass Simmring aus einer kleinen Traube von Häusern beidseits der Straße und einer abseits gelegenen Kirche besteht.

Offene Landschaft. Einer der Jungen und eines der Mädchen steigen aus und begeben sich in dieselbe Richtung, und er entdeckt, dass die beiden sich ziemlich ähnlich sehen, und nimmt an, dass sie Geschwister sind. Der Junge vermutlich zwei oder drei Jahre älter als sie. In Heldemark, mit einer ähnlichen Häuseransammlung, aber ohne Kirche, verlässt der letzte Junge den Bus. Zurück bleiben das dreizehn-, vierzehnjährige Mädchen, die adrette Dame, er selbst und *sie*. Unabhängig davon, was geschieht, hat er vor, bis Lembork zu fahren und mit dem Bus eine halbe Stunde später zurückzukehren. Er verspürt eine gewisse Nervosität, als wäre er auf einer gescheiterten Mission, bei einer irgendwie zwielichtigen Aktivität, redet sich aber ein, dass er in Wahrheit nur Bus fährt. Damit legt sich seine Unruhe.

Als Perkins bei dem Halt abbremst, der Moerkerland sein muss, sieht er außer dem Wartehäuschen kein einziges Gebäude. Aber hier steigt sie aus, sie allein und anscheinend mitten im Niemandsland. Wald in alle Richtungen, das einzige Zeichen von Zivilisation ist eine schmale Straße, die sich zu einem flachen Hügelkamm hochschlängelt und nach dreißig, vierzig Metern zwischen den Bäumen verschwindet. Diese Straße geht sie dann auch hinauf, die Jacke trotz der Wärme angezogen und den leichten Rucksack in der Hand. Als sie einige Schritte weit gekommen ist, kurz bevor er sie aus den Augen verliert, tut sie etwas, das er merkwürdig findet. Sie hält inne und bleibt vollkommen still auf dem blassen Kies stehen. Durch das Busfenster beobachtet er, wie sich ihre Schultern einige Male heben und senken, und er begreift, was sie da macht.

Sie atmet tief durch. Als wollte sie sich wappnen.

Dann wird sie von Fichten verdeckt, als der Bus in eine Kurve fährt.

Das Bild bleibt haften. Es bedeutet etwas. Es ist eine Pflicht, es zu deuten, und die Antwort liegt auf der Hand.

Sie geht diesen Weg gegen ihren Willen.

In Moerkerland will sie nicht sein.

Er überdenkt seine Schlussfolgerung während der verbleibenden Kilometer nach Lembork und überlegt, dass sie eine Forderung an ihn richtet. Er kann die Dinge nicht einfach laufen lassen. Die Rolle des Beobachters ist auf einmal unzureichend.

Vielleicht verfälscht er seine Beweggründe aber auch; er hätte das Mädchen unter keinen Umständen ziehen lassen können. Selbst wenn sie mit leichten Schritten gegangen wäre oder an der Haltestelle in Empfang genommen und umarmt worden wäre. Es ist, wie es ist.

Er steigt an einem winzigen, schräg abfallenden Platz in Lembork aus. Er, die anderen Fahrgäste, Anthony Perkins. Perkins schließt den Bus ab und geht quer über den Platz zu einem flachen Holzgebäude. Lässt die Schlüssel durch einen Briefeinwurf in einer grünen Tür fallen und verschwindet in einer Gasse. Zumindest darf man wohl annehmen, dass es die Busschlüssel sind und sein Arbeitstag somit beendet ist.

Er schaut sich um. Lembork scheint ein Ort zu sein, dessen Bebauung hauptsächlich an einer langen Straße liegt. Sie verläuft auf einem Plateau auf halber Höhe eines Tals. Er weiß, dass es auf dieser Seite der Grenze keine weiteren Orte mehr gibt, auch keinen Grenzübergang. Lembork ist in jeder Hinsicht ein Endpunkt. Auf der unteren Seite des Platzes befinden sich eine flache Holzkirche, eine Tankstelle und etwas, das eine Brauerei sein könnte. Ein Gefängnis sieht er nicht, auch keine Heilige.

Ihm steht eine halbe Stunde zur Verfügung, ehe der Bus zurückfährt, und weil er kein Café entdecken kann, lässt er sich auf einer Bank vor der Kirche nieder. Sitzt dort, betrachtet die wenigen Menschen, die sich über den Platz bewegen, und denkt, dass sie alle eine gewisse Düsternis in sich zu tragen scheinen, man erkennt es an ihren hochgezogenen Schultern und gesenkten Blicken. Er fragt sich, ob sie sich nach dem Wesen dieses Zeitalters richten, oder ob sie, wie er selbst, mit dem Gegenteil beschäftigt sind. Beschließt, auf der Bank sitzen zu bleiben, bis es Zeit wird, zum Bus zurückzugehen. Ihm ist klar, dass er zurückkehren wird, und wenn an diesem vorerst noch konturlosen Platz etwas erforscht werden muss, wird er Zeit haben, es zu tun.

Aber jetzt, während er dort sitzt, sind ihre tiefen Atemzüge, wie sie sich wappnete, ihr Widerwille, die schmale Straße in Moerkerlands Wald hinaufzugehen, wichtig. Das Bild ist auf eine Weise fordernd, mit der er nicht richtig umzugehen weiß. Noch nicht, aber es eilt auch nicht. Wie gesagt, wenn die Zeit gekommen ist, wird er wissen, was seine nächsten Schritte sein werden.

Der neue Busfahrer hat keinerlei Ähnlichkeit mit Anthony Perkins, was vor allem daran liegt, dass es eine Frau ist. Kraftvoll und mit blonden Zöpfen, obwohl sie mindestens fünfzig sein muss. Als er ihr seine Karte zeigt, schenkt sie ihm ein freimütiges Lächeln und lässt eine Bemerkung darüber fallen, dass es bald Sommer wird.

Er nickt zustimmend, kommentiert ihre Worte jedoch nicht. Er lässt sich auf seinem Platz nieder, und als sie den Bus anlässt und losfährt, wird ihm bewusst, dass er der einzige Fahrgast ist.

Sie fahren an Moerkerland vorbei, als existierte es nicht.

Der Fahrplan muss die Sache entscheiden.

Wenn er um ein Uhr in Moorby einsteigt, kann er um Viertel nach an ihrer Haltestelle aussteigen. Daraufhin stehen ihm eine Stunde und zwanzig Minuten zur Verfügung, ehe er mit dem Bus heimkehrt, der um halb drei in Lembork abfährt.

Er überlegt, ob Anthony Perkins ein Problem ist. Dem Fahrer wird die ungewöhnliche Reise mit Sicherheit auffallen, nicht zuletzt, weil der Bus in beide Richtungen fast leer sein dürfte. Er ist kein unbekannter Fahrgast, und es würde natürlich sowieso auffallen, egal, um wen es sich handelte, wenn er einen gut einstündigen Aufenthalt in Moerkerland einlegte. Das würde keinem ganz normalen Menschen an einem ganz normalen Nachmittag unter der Woche in den Sinn kommen.

Er beschließt, diese Komplikation zu ignorieren. Eine Lösung wäre, hin und zurück das Fahrrad zu nehmen, aber er besitzt kein funktionierendes Rad. Die Entfernung zwischen den beiden Haltestellen beträgt laut Fahrplan elf Kilometer. Zu Fuß würde er einen halben Tag benötigen. Vielleicht wird es in einer späteren Phase notwendig sein, den Bus zu vermeiden, er denkt, dass sich dies noch herausstellen wird. Fürs Erste ist in dieser Angelegenheit das meiste noch unbestimmt, und es gibt selten einen Grund, ein Problem zu lösen, bevor es auftaucht.

Zwei Tage vergehen. Er übersetzt eine Seite, pflanzt acht Tomatenpflanzen und pflückt unzählige Zecken aus dem Fell der Islandpferde. Empfindet keine Sorge, nur so etwas wie grimmige Erwartung, und als er am Donnerstag zur Haltestelle geht, merkt er, dass ihm eine Textzeile aus einem alten Lied von Leonard Cohen durch den Kopf geht.

And by all that I have done wrong …
make it all up to thee

Es fehlen vermutlich ein paar Worte, vielleicht auch eine ganze Zeile, denn als er versucht zu singen, findet er die Melodie nicht. Aber das macht nichts, er versteht die Botschaft und denkt, auch wenn die Welt nicht auf die Art funktioniert, so tut es der Kopf. Das Bewusstsein. Kleine, diskrete Signale tauchen auf, für die es meistens einen Grund gibt.

Der Bus enthält Perkins sowie zwei unbekannte ältere Damen, eine von ihnen sitzt auf seinem Platz. Er erwägt für einen Moment, sie zu bitten, sich woandershin zu setzen, lässt den Gedanken jedoch fallen. Stattdessen nimmt er ganz hinten Platz und hält die fünfzehn Minuten bis Moerkerland durch. Eigentlich ist es gar nicht so schwer.

Er steigt aus und lässt den Bus verschwinden, ehe er die schmale Straße durch den Wald hinaufläuft. Gemächlichen Schrittes; es hängt ein Hauch von Kühle in der Luft, erst recht, als er in den Schatten der hohen Bäume gekommen ist. Fast ausschließlich Fichten. Es sind keine Vögel zu hören, gar keine Geräusche. Auch in seinem Kopf keine Gedanken, aber die Gewissheit, dass er das Richtige tut. Dass es einen Sinn hat, wenn er hier geht. *By all that I have done wrong.*

Nach zehn Minuten öffnet sich die Landschaft vorübergehend. Er ist zu einem flachen Plateau hinaufgekommen, auf dem ein Hof liegt. Oder zumindest etwas, das einmal ein Bauernhof gewesen ist. Ein Wohnhaus, eine Scheune, zwei kleinere Schuppen. Ein paar Hektar, auf denen man den Wald gerodet und früher sicher etwas angebaut hat. Vor zehn, fünfzehn Jahren vielleicht, denn inzwischen ist das Land halb von jungen Birken und kleinen Fichten überwuchert. Auf dem Hof zwischen den Gebäuden sieht man eine Reihe alter Autos, einige Haufen zugeschnittenes, aber noch nicht gespaltenes Brennholz sowie einiges Gerümpel. Das einzige Leben, das sich wahrnehmen lässt, ist eine Gruppe von Hühnern, die in der Nähe eines Brennnesselgestrüpps am Giebel der Scheune umherstreunt und pickt.

Er bleibt auf Distanz und betrachtet das Ganze. Steht neben der Straße im Schutz zweier üppiger, junger Fichten. Er will nicht gesehen werden, es wäre ein Fehler, wenn ihn jemand entdecken würde, und ihm geht durch den Kopf, dass es glücklicherweise keinen Hund gibt. Ein Hofhund hätte auf seine Anwesenheit reagiert, er ist überzeugt, dass sich im Wohnhaus Menschen aufhalten, aber nichts deutet darauf hin, dass er willkommen ist. Als er den Blick hebt, sieht er einen Raubvogel über dem Wald kreisen und gleichzeitig tritt ein Mann aus der Scheune. Offenbar in seinem Alter. Schwerfällig und plump. Arbeitsanzug, Gummistiefel. Eine Kappe auf langen, grauen und strähnigen Haaren. Der Mann bleibt stehen und zündet sich eine Zigarette an. Spuckt zweimal aus. Sieht sich um, entdeckt den Raubvogel und folgt ihm eine Weile mit den Augen. Schlendert leicht hinkend über den Hof und ins Wohnhaus.

Das ist alles. Die Straße führt nicht an dem Hof vorbei. Sie wohnt hier, so muss es sein.

Make it all up to thee.

Am Abend liegt er auf der Küchenbank und denkt über den Hunger nach Ereignissen nach, über dessen plötzliche und unerwartete Kraft. Überlegt, ob es sich lohnen könnte, die Frage in einem neuen Brief an S. aufzugreifen, lässt es aber. Vielleicht kann er es am Wochenende machen, am Samstag oder Sonntag. Am nächsten Morgen muss er jedenfalls den Bus nach Lindenberg nehmen, weil es Freitag ist. Plötzlich hat er das Gefühl, dass sein Dasein voller Aufgaben und praktischer Betätigungen ist; es ist sicher ein Zustand, der vorübergehen wird, aber die Ausflüge nach Lembork und Moerkerland haben etwas in Gang gesetzt.

In dieser Nacht träumt er von der Nacht der Nächte. Seit dem letzten Mal sind mehrere Monate vergangen, der Gedanke, dass die Träume sich mit der Zeit davonschleichen, scheint zuzutreffen. Der Traum stimmt im Großen und Ganzen mit dem überein, was wirklich geschah, beunruhigend ist allein, dass M. Blut an den Händen hat. Er begreift nicht, warum; wenn er seinen nächsten Brief schreibt, darf er nicht vergessen, dieses Detail zu erwähnen.

Er erwacht schon gegen halb sechs, vielleicht unmittelbar nach dem Traum. Weil er nicht wieder einschlafen kann, steht er auf und schafft noch die Islandpferde. Trotz des frühen Morgens sind sie sonnenwarm, und auf seinem Gang zur Haltestelle hat er wieder ihren Duft in der Nase. Er denkt, dass er ein Meer von Trost mitbringt, dieser gute, ursprüngliche Geruch, den es seit Tausenden und Abertausenden von Jahren gibt, den die meisten Menschen von heute jedoch nie gerochen haben. Die Leute, die sich nach dem Wesen dieses Zeitalters richten.

Aber er ist mit einem Geruchssinn ausgestattet worden, und das ist mit Absicht geschehen. Das ist der Schluss, zu dem er kommt, und mit unerwarteter Zuversicht steigt er in den Bus und zeigt Anthony Perkins seine Karte.

Aber es ist etwas passiert.

Zunächst glaubt er, dass sie es nicht ist, und bildet sich ein, ein anderes, unbekanntes Mädchen hätte ihren Platz eingenommen. Das stimmt natürlich nicht. Es ist dasselbe Mädchen, aber in neuer Gestalt. Eine dunkle Sonnenbrille, so groß, dass sie den größten Teil des Gesichts verdeckt, aber dennoch nicht genug. Bei Weitem nicht genug. Ihre Unterlippe ist aufgeplatzt und geschwollen, und es verläuft eine dunkelrote Schramme auf der einen Wange schräg zum Hals hinab. Vielleicht begegnet sie durch die schwarzen Gläser seinem Blick, vielleicht hebt sie ihre bandagierte Hand ein wenig, aber das sind unsichere Beobachtungen. Er ist kurz davor, neben ihr stehen zu bleiben und etwas zu sagen, aber seine langjährige Stummheit steht ihm im Weg. Er nickt nicht einmal, geht nur vorbei und setzt sich auf seinen Platz. Nimmt keine Notiz von den übrigen Fahrgästen; was ihn betrifft, haben sie jede Bedeutung verloren.

Ihr Nacken und die dunklen Haare sehen aus wie immer, aber die Schultern wirken zusammengepresst und verängstigt. Eine oder zwei Haltestellen später merkt er, dass er zittert und seine Hände so fest zu Fäusten geballt sind, dass sie schmerzen. Der Körper ist also ein zuverlässigerer Beobachter als der Gedanke, das ist keine neue Erkenntnis.

Als sich der Bus auf dem Platz in Lindenberg leert, fällt ihm sofort auf, dass sie in die falsche Richtung geht. Statt den üblichen Weg zum Fluss zu nehmen, geht sie schräg zur Kirche. Außerdem fällt ihm auf, dass sie ein wenig hinkt. Nicht viel, aber man sieht es, sie bewegt sich so bedächtig wie eine alte Frau. Es ist offensichtlich, dass sie Schmerzen hat, nicht nur in der verbundenen Hand und im Gesicht, sondern auch an anderen Stellen.

Was ist mit dir passiert?, fragt er sich. Was ist dir zugestoßen?

Er folgt ihr in sicherer Entfernung.

An Café, Kirche und Friedhof vorbei. Eine breite Straße hinauf, die J.-D.-Salinger-Allee heißt. Er ist hier auch früher schon gegangen und hat sich immer gefragt, was der amerikanische Schriftsteller mit dieser abgelegenen europäischen Stadt zu tun hat. Das ließe sich natürlich herausfinden, aber in diesem wie in vielen anderen Fällen findet er es gut, es nicht zu wissen. Wissen ist der Todfeind der schlummernden Möglichkeiten.

Sie bleibt an einer Ampel stehen und wartet auf Grün. Er unterdrückt den Impuls, zu ihr zu gehen und anzubieten, sie zu stützen. Es würde mehrere unterschiedliche Möglichkeiten zunichtemachen; ein Beobachter muss es sich gut überlegen, bevor er die Grenze überschreitet.

Andererseits wird seine Rolle als Beobachter bald vorüber sein.

Als sie auf die gegenüberliegende Seite der Allee gewechselt hat, begreift er, wohin sie unterwegs ist. Einige hundert Meter den Anstieg hinauf liegt das Krankenhaus. Er hat es nie besucht, ist auf seinen regelmäßigen Spaziergängen durch die Stadt lediglich daran vorbeigekommen. Es ist ein schönes, altes Gebäude, vielleicht das schönste in ganz Lindenberg.

Dunkle Backsteine, hohe Fenster mit Sprossen, zwei Turmgebäude und Aussicht auf den Ort. Vermutlich spätes neunzehntes Jahrhundert, aber auch in diesem Punkt schwebt er in Ungewissheit.

Von seinem Aussichtspunkt auf der anderen Seite der Gemejntestraat aus sieht er sie durch einen Eingang mit der Aufschrift *Notfallambulanz* gehen. Er bleibt stehen und denkt eine Weile nach. Es gibt hier oben keinen natürlichen Ort, an dem er auf sie warten kann. Außerdem könnte es Stunden dauern. Er versucht einzuschätzen, wie wahrscheinlich es ist, dass sie zur Schule geht, sobald sie im Krankenhaus fertig ist, und denkt, dass dies kaum vorherzusagen ist, möglicherweise weiß sie nicht einmal selbst, was sie tun wird. Einigermaßen sicher erscheint ihm nur, dass sie irgendwann im Laufe des Tages den Bus zurück nach Moerkerland nehmen wird. Oder?

Oder? Wiederholt er stumm für sich und geht zum Platz zurück. Was sagt einem, dass sie nicht einfach verschwindet? Vor zwei Wochen tauchte sie auf, zog aus unbekannten Gründen auf den einsam gelegenen Hof Moerkerland, fuhr mit dem Bus zur Schule in der Stadt, und jetzt ist etwas passiert. Er denkt, dass er vom allerersten Moment an Zeichen gesehen hat. Ihren Ernst und ihre ausgeprägte Einsamkeit. Die weiche Lederjacke und das schlichte T-Shirt, durch das er an einem Morgen ihre Brustwarzen sehen konnte. Sie ist ein fremder Vogel mit einem Schicksal, das in dieser Gegend nicht daheim ist.

Das vielleicht nirgendwo daheim ist, das sind Schicksale nicht immer. Fast fünfzig Jahre jünger als er selbst ist sie, aber mit dem Stigma der Wurzellosen, das für jemanden, der sieht, so sichtbar ist, wie es für den Blinden unsichtbar ist. Und es gibt einen Punkt in einem vierdimensionalen Koordinatensystem, in dem sie sich begegnen oder einander nahekommen.

Autonome Himmelskörper ohne Ziel und Sinn, aber mit einer Essenz, entwickelt aus einer Richtung und einer Geschwindigkeit. Jeder mit seiner Richtung, jeder mit seiner Geschwindigkeit. Das ist alles, und man braucht es nicht zu forcieren. Es kommt ohnehin.

Und S…

Gehen ihm diese Gedanken tatsächlich in diesem Moment durch den Kopf? Das lässt sich bezweifeln; mit Sicherheit früher, aber an diesem Tag erwachen sie nur für einen Augenblick und schlafen wieder ein. In seinem Fall von Geschwindigkeit zu sprechen, ist auch eine Übertreibung, fast schon eine Irreführung. Er erreicht den Platz und steuert nach kurzem Zögern das Kirchencafé an. Es ist Viertel nach neun, sie wird unter keinen Umständen mit dem Bus um halb zehn nach Moerkerland zurückfahren. Der nächste geht um halb eins, einfach abwarten.

Warten kann er gut. Das haben ihn die Islandpferde gelehrt.

Seine Schlussfolgerung, dass sie an diesem Tag nicht vorhat, in die Schule zu gehen, ist vollkommen richtig. Als er auf einer Bank unter einer der Ulmen auf dem Platz sitzt, sieht er sie in den Bus um halb eins steigen. Die Lederjacke, die dunklen Haare, das leichte Hinken, das so gar nicht zu ihrer Jugend passt. Heute kein kleiner Rucksack, das fällt ihm erst jetzt auf.

Er hat es nicht eilig, bis zur Abfahrt ist noch reichlich Zeit, er wartet bis zwei Minuten vor halb.

Vier Personen plus Perkins. Er, sie, ein Mann Mitte zwanzig mit einem großen Kopfhörer, eine Frau mit Lebensmitteltüten.

Sie sitzt, wo sie immer sitzt. Er weiß nicht, was sie im Krankenhaus gemacht haben, sie sieht noch genauso aus wie am

Morgen. Die Brille, die Lippe, die Schramme. Ein besserer Verband um die Hand. Er nickt ihr zu, sie nickt zurück. Mittlerweile sind sie mehr oder weniger Bekannte. Er nimmt zwei Sitze hinter ihr Platz. Perkins lässt den Motor an, und man fährt aus Lindenberg hinaus.

Die Frau mit den Tüten steigt in Lindenshede aus. Eine Mutter mit einem kleinen Kind steigt an derselben Haltestelle ein. Ansonsten geschieht bis Moerkerland nichts. Sie hat auf den Halteknopf gedrückt, Perkins bremst ab, sie steht mit etwas Mühe auf. Beschließt, durch die hintere Tür auszusteigen, obwohl der Abstand zur vorderen kürzer ist. Sie kommt an ihm vorbei, und als sie das tut, sagt sie etwas. Es ist unmöglich zu verstehen, was sie sagt, es ist eher ein optischer Eindruck: Ihre Lippen, die unversehrte und die aufgeplatzte, bewegen sich, und ein Wort fällt heraus.

Oder bildet er sich das ein? Er dreht sich um, und seine Augen folgen ihr. Er entdeckt, dass auf der schmalen Straße zu dem Hof im Wald ein Fahrzeug steht. Ein rostiger, alter Pickup, dessen Motor zu laufen scheint, und daneben lungert ein junger Mann. Jeans, aufgeknöpftes, kariertes Hemd über einem weißen T-Shirt, eine umgekehrt aufgesetzte Baseballkappe. Zigarette im Mundwinkel.

Er packt ihren Arm, aber nicht, um sie zu stützen. Um sie schneller ins Auto zu bekommen. Gereizt. Gnadenlos.

Perkins schließt die Tür, und man setzt die Fahrt nach Lembork fort.

Weil er in Lindenberg nicht eingekauft hat, erledigt er das in Lembork. Er findet einen kleinen Laden üblichen Zuschnitts, ist aber unkonzentriert und nimmt kaum wahr, welche Waren er in den Korb legt. Als er aus dem Geschäft kommt, bleibt ihm noch eine Stunde. Normalerweise würde ihn das nicht weiter stören, aber jetzt tut es das. Es kribbelt im Körper, er sehnt sich nach seinen Islandpferden und seinem deutschen Philosophen. Er denkt, dass er niemals mit dem Bus in diese Richtung hätte fahren sollen. Es war ein Fehler, und er ahnte es schon beim ersten Mal. Nicht so verhängnisvoll wie die Nacht der Nächte, natürlich nicht, aber schlimm genug. Aber ein notwendiger Fehler, ein *Muss*. Er setzt sich wieder auf eine Bank auf dem Friedhof, aber ihm fehlt die nötige Ruhe, um sitzen zu bleiben. Stattdessen läuft er herum und liest Namen und Jahreszahlen auf Grabsteinen, bis es schließlich Zeit wird, zum Bus zurückzugehen.

Er weiß, dass es zu spät ist, um einen Rückzieher zu machen. Wenn tatsächlich ein Wort über ihre Lippen kam, fragt er sich, welches es war.

Hilfe?

Vielleicht.

Oder vielleicht nur *Aua*, weil es irgendwo wehtat.

Am Abend schreibt er einen Brief an S… Zwei Seiten lang; er beendet ihn mit einem Zitat, das er vor langer Zeit gelesen, dessen Urheber er jedoch vergessen hat.

Wir verwüsten unsere Leben, nicht weil wir es wollen, sondern weil sie so verwendet werden sollen.

Wo bist du?, fügt er hinzu.

Er stopft ihn zu den anderen in die Schublade. Er hat sie lange nicht mehr gezählt, schätzt aber, dass es annähernd hundert sind, und überlegt einen Augenblick, ob er sie eines Tages an ein unbekanntes Ziel schicken wird, verschiebt die Frage jedoch wie üblich in die Zukunft.

Der Schlaf will sich nicht einstellen. Er übersetzt eine halbe Seite, aber die Wörter und Formulierungen erscheinen ihm sperrig, sogar sperriger als die des Autors. Er zündet ein Feuer im Kamin an. Lässt die Luke offen stehen und starrt bis weit nach Mitternacht in die Flammen. Trinkt die letzten Tropfen Whisky, ruft sich in Erinnerung, dass er neue Flaschen kaufen muss, wenn er das nächste Mal nach Lindenberg fährt.

Mit anderen Worten am Montag, es muss am Montag sein.

Samstag und Sonntag schleppen sich mit der Geschwindigkeit einer Landhebung dahin. Die Apfelbäume stehen in voller Blüte, die Islandpferde riechen nach Sommer, und der Kuckuck ruft im Osten. Er überlegt, ob es sich lohnen würde, sich einer Lobotomie zu unterziehen, wenn es Lobotomiemaschinen für den Hausgebrauch gäbe, kommt aber zu keiner Antwort. Stattdessen geht er zweimal den ganzen Weg bis zur Flussmündung hinunter und schwimmt in dem kalten, schwarzen Wasser. Schwierig ist es nicht, durch die Tage und Monate zu kommen, schwierig sind die Minuten und Stunden. Das weiß jeder Selbstmörder, der den Namen verdient hat. Sowohl am Samstag- als auch am Sonntagabend betrinkt er sich mit altem, vergessenem Schlehenlikör, den er zum Glück im Erdkeller findet. Er schmeckt nach süßer Fuchspisse, aber man bekommt ihn hinunter.

Dann ist es Montag. Der Likör hat ihm Kopfschmerzen und eine gewisse Übelkeit beschert, und als er den gewohnten Hang zur Landstraße hinunterläuft, spürt er ganz deutlich, dass er aufwärts geht.

Als der Bus kommt, sitzt sie nicht auf ihrem Platz.

Auch auf keinem anderen. Ihn überkommt eine plötzliche Atemnot. Ihre Abwesenheit ist größer als das Gegenwärtige. Sie ist ein Erdrutsch und ein schwarzes Loch, das Einzige, was er wahrnimmt, ist das, was er nicht mit seinen Sinnen aufnimmt. Mordechai Binden und später Sartre haben darüber geschrieben. Mehr als fünfzehn Jahre sind vergangen, seit er am Erasmusgymnasium Philosophie unterrichtet hat, trotzdem kann eine solche Reflexion auftauchen, wenn die Immunabwehr nicht intakt ist. Er verdrängt Binden und Sartre, sinkt auf seinen Platz, und Perkins fährt los, ehe er wieder zu sich gekommen ist und aussteigen kann.

Aber was hätte er damit gewonnen, wenn er ausgestiegen wäre? Wahrscheinlich nichts; ein Kippschalter in seinem Schädel wird umgelegt und aktiviert eine Reihe von Handlungsneuronen. Oder was immer geschieht, wenn der staubtrockene Teil des Gehirns das Kommando über ein angeschossenes Herz übernimmt. Was ist passiert?, fragt er sich. Wo ist sie? Was tun?

Was tun, was tun? Hat sie einen früheren Bus genommen? Nein, es gibt keinen früheren Bus. Hat sie vor, einen späteren zu nehmen? Letztlich nicht völlig ausgeschlossen; einer der Lehrer könnte erkrankt sein, man hat keine Vertretung gefunden, zwei Freistunden sind entstanden. Sie nimmt den nächsten Bus, in Lindenberg kommt sie dann an um ... er erinnert sich nicht genau, aber es müsste gegen zwölf sein. Einfach abwarten.

Abwarten und die Alternativen analysieren. Und vielleicht ...

»Verzeihung?«

Die adrette Dame hat ihn angesprochen.

»Ich habe nur gefragt, ob es Ihnen gut geht. Sie wirken ein wenig ...«

»Danke. Ich war nur etwas unterzuckert. Es geht schon wieder.«

»Ich verstehe.«

Er fragt sich, was sie versteht. Es ist das erste Mal in fünf Jahren, dass er ihre Stimme hört. Wirklich alles ist dabei, sich zu verändern. Lederjackenmädchen verschwinden, stumme Frauen sprechen, und was ihn selbst angeht, so ist er auf dem besten Weg, die Kontrolle zu verlieren. Er schließt die Augen und beschließt, sie erst wieder zu öffnen, sobald sie die Haltestelle in Lindenberg erreicht haben. Einfach dazusitzen und sich vorzustellen, dass er ein isländisches Pferd im Sonnenschein ist.

Gesagt, getan. Ruhig und sicher steigt er aus dem Bus.

Er kauft seine Zeitung und setzt sich an einen der Fenstertische im Kirchencafé, als wäre es ein Tag wie jeder andere.

Richtet euch nicht nach dem Wesen dieses Zeitalters. Make it all up to thee. Die Richtlinien für die kommenden Tage, sie muss er jetzt ausarbeiten. Das und nichts anderes. Der nächste Besuch in Moerkerland steht an, ein delikates Vorhaben, bei dem es darauf ankommt, sich keinen Fehltritt zu leisten. Er geht seine Erinnerungsbilder durch: der verfallene Hof. Der hinkende Marsch des alten Mannes über den Hof. Die verlassenen Autos. Der Jüngling mit dem Pick-up unten an der Haltestelle. Die Zigarette in seinem Mundwinkel. Der Griff um ihren Arm. Gnadenlos.

Als der Kaffee getrunken und die Zeitung durchgeblättert, aber ungelesen ist, verlässt er das Café. Er weiß nicht mehr genau, wo er das Fahrradgeschäft gesehen hat, findet es aber nach einigem Herumirren. Er kauft eine Reihe von Schläuchen in unterschiedlichen Größen sowie Flickzeug und eine Pumpe. In einem der Schuppen daheim stehen drei Räder. Sie haben bessere Tage gesehen und sind platt und seit Jahren nicht mehr benutzt worden, vielleicht sogar seit Jahrzehnten, aber völlig unbenutzbar dürften sie dennoch nicht sein. Das Projekt liegt im Rahmen des Möglichen.

Danach ein einstündiger Rundgang auf vertrauten Straßen und am Fluss entlang, anschließend ein kleiner Lebensmitteleinkauf und zurück zum Platz.

Der Bus aus Lembork kommt etwa zehn nach zwölf. Sechs Fahrgäste steigen aus, sie ist nicht dabei. Er muss warten, während Anthony Perkins eine Tasse Kaffee trinkt, dann nimmt er seinen üblichen Platz ein.

Wieder daheim läuft es besser als erwartet. Er ist nicht praktisch veranlagt, aber eines der Räder hält auch nach fünf Stunden noch die Luft. Die Mäntel sehen passabel aus, die Kette ist geölt. Gegen acht Uhr abends unternimmt er eine

Probefahrt zur Straße hinunter und zurück, seit er hierhergekommen ist, hat er nicht mehr auf einem Fahrrad gesessen, aber das Ganze verläuft zur vollen Zufriedenheit. Er macht Feuer im Kamin und gönnt sich ein Glas frisch eingekauften Whisky. Fängt keinen neuen Brief an und übersetzt nichts. Geht früh ins Bett und schläft problemlos ein.

Am Morgen fällt leichter Nieselregen, der verschwindet, während er sich um die Pferde kümmert. Er bittet sie, den Tag über an ihn zu denken, weil er zu einem heiklen Auftrag aufbrechen will. Braun schnaubt dazu, Schwarz sieht verständnisvoller aus. So ist es häufig. Braun neigt manchmal zu Oberflächlichkeit, während Schwarz ernst und reflektierend ist. Ein Pferd, auf das Verlass ist und das er mit ins Grab nähme, wenn dort Platz für sie beide wäre.

Eine Komplikation besteht darin, dass er nicht weiß, ob sie an diesem Morgen mit dem Bus nach Lindenberg fährt oder nicht. Außerdem gibt es keine gute Methode, dies herauszufinden; dass er an seiner Haltestelle steht und Ausschau hält, vielleicht in den Bus steigt und anschließend wieder aussteigt, falls sie nicht auf ihrem Platz sitzen sollte, erscheint ihm künstlich und riskant. Vor allem, wenn man bedenkt, was noch kommen könnte, ist es für ihn von Vorteil, in keiner Hinsicht aufzufallen. Nicht mit ihr in Verbindung gebracht zu werden; er redet sich ein, dass sein Verhalten bisher wohl kaum verdächtig gewesen sein kann – abgesehen von dem einen Mal: dass er an der Haltestelle Moerkerland einmal aus- und danach wieder eingestiegen ist. Aber das lässt sich nicht ändern, und sollte jemand auf die Idee kommen, ihn danach zu fragen, wird er sagen müssen, es sei ein Irrtum gewesen. Dass er eingenickt sei und versehentlich die falsche Haltestelle gewählt habe.

Um halb neun bricht er auf. Den Zeitpunkt hat er so gewählt, dass ihm erspart bleibt, dem Bus zwischen Moorby und Moerkerland zu begegnen oder von ihm überholt zu werden. Jemand wie Perkins würde ihn identifizieren können, vielleicht auch der eine oder andere Fahrgast. Als zusätzliche Vorsichtsmaßnahme setzt er eine Sonnenbrille und eine Schirmmütze auf. Denkt, dass dies zumindest nicht schaden kann. Ein altes Hemd, das er viele Jahre nicht getragen hat. Es ist ein schöner Morgen, voller Vogelgezwitscher, das jedoch weniger wird, je näher er Moerkerland kommt.

Nicht mehr als zwölf Fahrzeuge, sechs in jede Richtung, während der guten halben Stunde, die es dauert. Es ist ein wahrlich abgelegener Teil des Landes, fast schon unzivilisiert, aber das ist nichts Neues. Er erreicht das Wartehäuschen in Moerkerland, stellt sein Fahrrad dahinter ab und wischt sich den Schweiß von der Stirn. Schaut sich um und geht die schmale Kiesstraße durch den Wald hinauf.

Spürt zunehmende Nervosität, aber auch Entschlossenheit. Die Sonne verschwindet hinter den Wolken.

Er wählt seine Position mit Bedacht. Legt sich unter den niedrigsten Ästen einer üppigen Fichte auf den Bauch. Um dorthin zu gelangen, ist er in einem weiten Halbkreis durch den Wald gelaufen, und befindet sich nun in einem Hinterhalt. Kein Weg oder Pfad führt in diese Richtung, das ist beruhigend. Warum sollte hier jemand etwas erledigen oder auch nur in diese Richtung schauen? Er holt sein Fernglas heraus, es sind dreißig, vierzig Meter bis zum Wohnhaus, in der Vergrößerung kommt es einem vor wie drei oder vier.

Leider gibt es bei dem Wohnhaus nicht viel mehr zu beobachten als die Fassade, und die sieht aus, wie alte Holzfassaden alter Häuser eben aussehen. Ähnlich wie seine eigene. Senkrechte Latten, die irgendwann vor langer Zeit einmal rot gestrichen wurden. Zwei Fenster, durch die er nicht hineinsehen kann, weil in den Zimmern kein Licht brennt, in dem einen tauchen einmal schemenhaft zwei Gestalten auf, eine nach der anderen, beide sind Männer. Der junge und der alte. Das Haus hat eine obere Etage, aber deren Fenster liegen an den Giebelseiten und sind außerhalb seines Blickfelds.

Darüber hinaus kann er die Rückseite der Scheune und einen hohen Holzgiebel mit einem kleinen, dreieckigen Fenster direkt unter dem First sehen. Auf diesen Giebel richtet sich schon bald seine Aufmerksamkeit.

Dafür gibt es einen Grund. Das Erste, was ihm dort ins Auge fällt, ist ein Hakenkreuz. Es sieht relativ frisch aus, stammt definitiv nicht aus dem Krieg. Schwarz mit weißen Rändern. Es sitzt weit oben, knapp unter dem Fenster, jemand muss auf einem Gerüst oder einer Leiter gestanden und es dorthin gepinselt haben.

Weiter unten an der Wand hängt eine Sammlung Plakate. Er greift zum Fernglas, betrachtet sie und liest die Botschaften.

Stoppt die Rassenmischung!
Alle Macht dem Volk! Flüchtlinge – geht nach Hause!
White Power!
Sprengt die Judengesellschaft!
Der Kampf beginnt heute, morgen ist es zu spät!
Unser Land gehört uns!
Ein Land, ein Volk!

Geballte Fäuste. Fackeln. Diverse Symbole aus alter Mythologie. Er ist sich nicht sicher, woher sie stammen, aber ihre Rolle in diesem Zusammenhang ist offensichtlich. Zurück zum Ursprung. Zurück zu Gesetz und Ordnung und Ariertum. Er legt das Fernglas ab und atmet mehrmals tief durch. Auch die Plakate stammen nicht aus den dreißiger und vierziger Jahren. Nur die Botschaften.

Sie kommt unerwartet, diese Wende in der Entwicklung. Oder doch nicht? Er weiß nicht wirklich, was er erwartet hat, vielleicht gar nichts, es ist ihm nur darum gegangen, zu handeln oder nicht zu handeln. Und jetzt ist er hier gelandet. *In der Zwickmühle der Konsequenz,* wie Klimke schreibt. Oder ist das von Brentano? Dem mit den vielen Vornamen. Egal, in der momentanen Lage werden keine treffenden Worte benötigt, sondern die Wahl des Wegs. Und dann kommt er nicht mehr dazu, mehr zu denken, denn jetzt sieht er eine Bewegung auf dem Hof. Vom Haus zum Pick-up, der neben einem der halb verfallenen Schuppen parkt.

Erst der ältere Mann. Dann der Junge und sie. Der gleiche harte Griff um ihren Oberarm. Heute trägt sie keine Lederjacke. Stattdessen einen verschlissenen, roten Pullover. Ebenso verschlissene Jeans, und durch das Fernglas sieht er ein kleines Drama, das sich in Großaufnahme abspielt. Sie will sich nicht in den Pick-up setzen. Der Alte sitzt bereits am Steuer, der Junge packt ihren Arm mit beiden Händen und zerrt sie zur offenen Beifahrertür. Sie leistet Widerstand. Er stößt sie, so dass sie gegen das Auto kracht. Das tut offensichtlich weh, sie fällt auf die Knie und hält sich die Schulter. Durch das Fernglas kann er ganz deutlich ihr Gesicht sehen, sie schaut zu ihrem Peiniger hoch und sagt etwas zu ihm. Mit finsteren Augen. Ihr Peiniger reagiert, in dem er ihr eine kräftige Ohrfeige versetzt und sie auf die Füße hochzieht. Sie in den Wagen bugsiert. Sein Blick folgt ihr, und sie sitzt eingeklemmt zwischen dem Alten und dem Jungen auf dem Vordersitz. Eine Rückbank gibt es nicht. Der Alte lässt den Motor an, der mehrmals aufheult, und dann holpert das Auto über den unebenen Hof davon.

Nachdem das Motorengeräusch verklungen ist, bleibt er noch eine ganze Weile unter seiner Fichte liegen. Ein Raubvogel fliegt flach über den Hof. Wahrscheinlich ein Habicht. Er kennt sich mit Vögeln nicht aus, ist in einer Stadt aufgewachsen, in der es nur Dohlen gab. Seit er in diese Gegend gezogen ist, hat er versucht zu lernen, woran man die eine oder andere Art erkennt, aber ihm fehlt die nötige Begeisterung.

Habicht oder Mäusebussard, es ist ihm egal. Er verlässt sein Versteck und begibt sich vorsichtig zu dem Hof. Er geht davon aus, dass es keine weiteren Menschen im Haus gibt, aber das ist natürlich ungewiss. Der Alte könnte beispielsweise eine Frau haben. Eine Frau, die die Mutter des Jünglings sein könnte und nun in der Küche steht und kocht. Oder Brot backt. Oder am Tisch sitzt, raucht und ihr Horoskop liest.

Er dreht eine vorsichtige Runde um das Haus. Alle Fenster sind geschlossen, hinter keinem ist Leben zu sehen. Er zögert einen Moment, geht dann die kurze Steintreppe hinauf und versucht, die Tür zu öffnen. Abgeschlossen.

Er kehrt auf den Hof zurück. Sieht sich um. Ignoriert vier alte Autos – zwei von ihnen völlig verrostet mit hochgewachsenem Vorjahresgras auf allen Seiten – und entscheidet sich für die Scheune. Sie hat zwei Tore, ein größeres als Einfahrt für Fahrzeuge und ein kleineres. Er entscheidet sich für das kleinere. Drückt die Klinke hinunter. Offen.

Er gelangt in einen dunklen und engen Raum voller Gerümpel. Der Geruch von Schimmel und Öl. Ein Durchgang zu einer größeren Halle, offen bis zum First hinauf und unterteilt in kleinere Verschläge. Durch eine Reihe kleiner, schmutziger Fenster wird graues Licht hereingesiebt. Er wählt einen der Verschläge, in dem es eine breite Arbeitsplatte mit Gerätschaften gibt, die er zunächst nicht identifizieren kann. Bei denen er nicht auf Anhieb versteht, um was es sich handelt. Technische Gegenstände, die ziemlich neu aussehen. Elektrische Kabel, die von unterschiedlichen Aggregaten aus in schwarze Kästen führen. Autobatterien. Halb durchsichtige Behälter mit Flüssigkeit. Auf einem Regal über der Arbeitsplatte entdeckt er etwas vollkommen anderes und leicht Verständliches: Handgranaten. Drei Kästen, vier Stück in jedem. Er kommt zu dem Schluss, dass es bei den übrigen Dingen, die ihm nichts sagen, um Bomben geht. Die allem Anschein nach gerade hergestellt werden.

Er geht zum nächsten Verschlag. Säcke mit Dünger. Er erinnert sich, dass er davon gelesen hat. Dass man ihn zur Herstellung von Sprengstoff benutzen kann. Auch hier gibt es eine Arbeitsfläche, und als er eine schwarze Plastikdecke anhebt, findet er zwei automatische Waffen. Er starrt sie eine Weile an, dann fällt sein Blick auf einen kleinen Stapel Plakate. Er blättert darin und findet die Appelle, die er bereits draußen an der Wand gesehen hat. In einem Karton außerdem ein Bündel Drucksachen, verziert mit plump gezeichneten Fackeln, geballten Fäusten und Hakenkreuzen.

Der Kampf beginnt jetzt! Rasse gegen Rasse! Weiße Freiheit!

Er denkt, dass es reicht. Er hat genug gesehen. Er verlässt die Scheune und begibt sich die Straße hinab durch den Wald. Sieht kein Lebewesen, außer dem Raubvogel, der für einige Momente träge über den Baumwipfeln segelnd auftaucht.

Er holt sein Rad hinter dem Wartehäuschen hervor, tritt in die Pedale, lässt Moerkerland hinter sich.

In der folgenden Woche nimmt er morgens dreimal den Bus nach Lindenberg. Sie sitzt an keinem dieser Tage auf ihrem Platz. Auch auf keinem anderen.

Es ist die Woche der Entscheidung. Nicht zu handeln ist auch eine Handlung. Er sucht erfolglos nach Kompromissen. Ab und zu denkt er, dass er eine Schachfigur ist; es ist eine natürliche Entschuldigung, ein Weg, sich der Verantwortung zu entledigen – aber auch etwas anderes. Er redet sich ein, dass wir ohnehin niemals freie Agenten unseres Lebens sind.

Ähnliche Dinge dieser Art. Und dann wird die Entscheidung getroffen.

Er ergreift Maßnahmen. Verbringt mehrere Stunden in der Bibliothek und informiert sich. Kauft diverse notwendige Dinge ein. Denkt, dass es wichtig ist, Zeit verstreichen zu lassen. Allzu oft denkt man, dass es eilt. Er kann der Befürchtung nicht entgehen, dass es diesmal tatsächlich so ist, verdrängt seine Sorge aber. Gleichzeitig bekommen die täglichen Aktivitäten eine willkommene Schärfe; die Spaziergänge entlang des Bachs, die Gespräche mit den Islandpferden, das Übersetzen. Als stünde alles vor einer Entscheidung. Er schreibt zwei Briefe an S. und ist der Meinung, dass er neue wesentliche Dinge findet, die er noch dazu in Worten ausdrücken kann. Zum Beispiel:

… es gibt ein umgekehrtes Déjà-vu, womit gemeint ist, dass wir etwas wiederentdecken, was noch nicht eingetroffen ist, eine Art Echo oder Ringe auf Wasser, die von außen nach innen verlaufen, so ging es deiner Mutter und mir oft miteinander, aber das war nicht der Grund dafür, dass es so kam, wie es kam, was geschah, war ein Schuss in den Rücken von einem Unbekannten, wir erinnerten uns und lernten aus den Fehlern, noch bevor sie begangen worden waren, trauerten, bevor um etwas getrauert werden musste, es half uns wenig …

Zu schwer?, fragt er sich. Vielleicht, aber mittlerweile ist sie ja eine gestandene Frau. Es sind so viele Jahre vergangen, sie ist in der Lage, wichtige Dinge zu verstehen, selbst wenn sie unklar sind. Möglicherweise hat er bei Mordechai Binden über das umgekehrte Déjà-vu gelesen, aber vermutlich ist es eher so, dass er es noch tun wird. Und auf ähnliche Weise verhält es sich mit dem Mädchen, das er vor fast fünfzig Jahren im Bus sah. Dorther stammt der jetzige Zwang zu handeln.

Die Prophezeiung. Der vorhergesagte Lichtstrahl in der Nacht der Nächte.

Er ist sich nicht sicher, ob er versteht, was diese Argumentation bedeutet. In der einen Sekunde scheint sie glasklar zu sein, in der nächsten hat sie sich eingetrübt. Das spielt jetzt keine so große Rolle, er weiß, dass die Erde rund ist, aber es würde ihm schwerfallen, seine Islandpferde davon zu überzeugen.

Zu den wichtigsten Einkäufen, die er in diesen Tagen tätigt, gehören drei topografische Landkarten. So viele sind nötig, um das Terrain zwischen Moorby und Moerkerland abzudecken. Maßstab 1:10 000, Äquidistanz fünf Meter. Er studiert sie eingehend auf dem Küchentisch und zeichnet mit Bleistift den Weg durch den Wald ein, der ihm am einfachsten erscheint. Er will jeglicher Bebauung aus dem Weg gehen, und solange er sich von der Landstraße fernhält, ist das kein Problem. So gibt es beispielsweise eine Stromtrasse, der er ein gutes Stück des Wegs folgen kann. Mehrere kleine Wasserläufe und zwei kleinere Seen. Er wird sich nicht verlaufen. Hin und zurück knapp zwanzig Kilometer. Mehr als sechs, sieben Stunden wird er nicht brauchen. Plus die Zeit vor Ort, die sich allerdings nicht berechnen lässt. Kaffee, Wasser, Obst und Brote im Rucksack. Man könnte es fast als einen Tagesausflug betrachten. Im Notfall und falls er die Dunkelheit nicht vermeiden können sollte, muss er auf dem Heimweg im Wald übernachten. Aber auch das ist kein Problem, um diese Jahreszeit sinkt die Temperatur nicht unter zehn Grad.

Eine weitere Radtour hat er von Anfang an ausgeschlossen. Er will von niemandem beobachtet werden. Weder von einem Fernfahrer noch von einem Bauer auf einem Traktor. Komplikationen werden mit Sicherheit auftauchen, aber ihnen soll nicht gleich Tür und Tor geöffnet werden.

Am Sonntag erkundet er die Strecke. Folgt sorgsam seiner eingezeichneten Linie auf den Karten, die er zu einer einzigen größeren ausgeschnitten und zusammengeklebt hat.

Ein paar kleinere Abweichungen, wo er das Terrain falsch gelesen hat. Sümpfe und undurchdringlicher Wald mit dichtem Unterholz. Er hält inne, sobald er den Hof zum ersten Mal erblickt. Bleibt stehen und betrachtet ihn einige Minuten; er kommt von einer langgestreckten Anhöhe, sieht die kleine Ansammlung von Gebäuden aus der Ferne zwischen den Bäumen. Er liegt da unten, erwartet ihn und wird nicht verschwinden.

Dann macht er kehrt und geht denselben Weg zurück.

Knapp sieben Stunden. Ungefähr so lange, wie er geschätzt hat, inklusive zweier kurzer Kaffeepausen. Er ist keinem einzigen Menschen begegnet. Nur zwei Hasen, einem Fuchs, Kriebelmücken und diversen Vögeln. Auf der ganzen Strecke Wald und der eine oder andere Kahlschlag. Einzelne Wirtschaftswege. Er denkt, dass es ein vergessener Teil der Welt ist.

Die Waffe ist ein altes Jagdgewehr. Es heißt *Beringer 67B* und war Teil des Inventars. Irgendwann hat er probehalber zweimal damit geschossen, aber niemals gejagt oder etwas getötet. Es wird mit zwei Patronen geladen; er hat zwei volle Schachteln, aber das könnte trotzdem kritisch werden. Er möchte in keine Situation geraten, in der er nachladen muss. Zwei Zielscheiben, zwei Schüsse, so sieht die Gleichung aus.

Er ist kein schlechter Schütze, gewann sogar eine Medaille, als er in seiner Jugend oben in Karlitze seinen Militärdienst ableistete. Aber das ist lange her, und im Laufe der Woche, bevor die Zeit reif ist, um zur Tat zu schreiten, übt er jeden Tag. Geht mit seinem Gewehr in den Wald und schießt gezielt auf Steine und Baumstämme. Alles zwischen zehn und zwanzig Meter weit entfernt, er geht davon aus, dass diese Distanz am wahrscheinlichsten ist. Geht außerdem davon aus, dass Zielscheibe Nummer zwei schwieriger sein wird, weil die Erkenntnis, dass Nummer eins gefallen ist, eingesickert sein muss. Ganz unabhängig von der Lage.

Von Zeit zu Zeit erfassen ihn Zweifel. Sie kommen wie Diebe in der Nacht, bereiten ihm aber keine Probleme. Keine anhaltenden. Das Leben würde ihm aus den Händen gerissen werden, wenn er es jetzt unterließe zu handeln. Zweifel wohnen in den Herzen von Narren, diese simple Wahrheit bringt ihn jedes Mal von Neuem auf Kurs.

Eine andere Sorge gilt ihr. Er spricht mit den Islandpferden über sie, vor allem mit Schwarz, dem klügeren der beiden. Tief in seinem Auge, wie auf dem Grund eines Brunnens, liegt die Antwort. Ohne dass die Frage gestellt worden ist, liegt sie dort auf die gleiche Weise wie das umgekehrte Déjà-vu. Er empfindet eine gewisse Befriedigung, als er dieses Verhältnis versteht, und Schwarz bestätigt mit einem höflichen Kopfnicken. Er singt ein altes, estnisches Wiegenlied für die beiden Pferde, es sind Worte, deren Bedeutung er nicht kennt, aber vielleicht seine Zuhörer. Er hat es auch früher schon gesungen, steht mit dem Rücken zu ihnen, während sie ihre Köpfe auf seinen Schultern ruhen lassen, Braun zur Linken, Schwarz zur Rechten. Immer auf die gleiche Art, und sie atmen in einem Rhythmus, der aus den fischreichen Gewässern stammt, von denen die Vulkaninsel umgeben ist, auf der sie einst geboren wurden. Wenn er die Augen schließt, kann er diesen Zusammenhang ganz deutlich sehen, und seine Sorge um sie legt sich.

Er entscheidet sich für einen Donnerstag und glaubt zu wissen, warum. Werner Klimke schreibt irgendwo, dass alle guten Erzählungen an einem Wochentag beginnen, und wenn sie dies nicht tun, hätten sie es tun sollen. Nun passt sein Vorhaben vielleicht nicht zum Anfang einer Erzählung, oder zu Erzählungen generell. Aber seit er Klimkes Behauptung damals vor dreißig oder vierzig Jahren las, hat sie eine suggestive Wirkung auf ihn ausgeübt, und er weiß, sollte er irgendwann auf die Idee kommen, einen Roman zu schreiben, würde er so und nicht anders beginnen. *Es war ein Donnerstag in meiner Jugend.*

Als er am Mittwochabend ins Bett gegangen ist, sind es denn auch drei Sentenzen, die einander in seinem Kopf umschlingen. In schlangengleichen Bewegungen, wie eine Möbiusschleife oder vielleicht drei Schleifen, und er kann nicht entscheiden, ob es eine Bedeutung hat oder eher daran liegt, dass er ein halbes Wasserglas Whisky getrunken hat.

Richtet euch nicht nach dem Wesen dieses Zeitalters
Make it all up to thee
Es war ein Donnerstag in meiner Jugend.

Er schläft jedenfalls ein, schläft tief und traumlos und erwacht um fünf Uhr zu Vogelgezwitscher.

Steht auf, sieht nach den Islandpferden, und macht sich mit Rucksack, Karte und Waffe auf den Weg.

Er wandert mit leichten Schritten und rastet an einem der kleinen Seen. Während er dort sitzt, wird ihm bewusst, dass es der letzte Tag in seinem Leben sein könnte. Und dass seine Sinne deshalb besonders offen sein und die Welt mit aller Kraft in ihn hineinfließen sollte.

Aber die Kriebelmücken finden ihn dort, wo er sitzt, eine kleine Wolke, die höchst bewusst ihre Position verschoben hat, und seine Ambition ist dahin. Er trinkt den letzten Schluck Kaffee und wirft den letzten Bissen seines Brots ins Wasser. Er kehrt zu den leichten Schritten zurück, und die Kriebelmücken kommen nicht hinterher. So sehen die Bedingungen aus, denkt er. Was juckt, gehört auch zum Weltall.

Nach gut drei Stunden ist er da. Er setzt sich auf einen Stein oben auf der Anhöhe. Atmet auf, trinkt Kaffee und Wasser und betrachtet das unter ihm liegende Anwesen. Die Natur ist auf einem guten Weg, sich zurückzuholen, was sie einst verlor. Vor hundert Jahren plus minus ein, zwei Jahrzehnten. Unterholz, Unkraut und selbst ausgesäte Kiefern, er denkt, dass es so ruhig weitergehen darf. Es dauert, bis Gebäude verfallen, was vor allem für die Grundmauern und Kamine gilt, aber es wäre das Beste, wenn hier nie wieder jemand einziehen würde. Wenn er fertig ist. Vielleicht sollte er das Ganze auch anzünden, aber der Gedanke an einen Waldbrand erstickt solche Pläne im Keim. Es reicht, die Leute wegzuschaffen, und er hofft, dass es sich nur um zwei handelt. Den Alten und den Jungen. Wenn die beiden Vater und Sohn sind, hat es irgendwann eine Ehefrau und Mutter gegeben. Möge sie vor langer Zeit entkommen sein.

Er verlässt seinen Stein und macht sich vorsichtig auf den Weg zur Scheune hinunter. Verspürt große Entschlossenheit. Seine einzige Befürchtung ist, dass niemand da sein könnte.

Seine Sorge ist unberechtigt. Kaum hat er seine Position im Brennnesselmeer hinter der Scheune eingenommen, als er auch schon Stimmen hört. Sie kommen aus dem Gebäude, und genau genommen handelt es sich nur um eine Stimme. Das begreift er nach einer Weile; der junge Mann spricht in sein Handy.

Dort, wo er steht, gibt es ein kleines Fenster, kaum mehr als eine Luke. Aber es ist durch Sprossen in vier kleine Scheiben unterteilt, und in zwei von ihnen fehlt das Glas. Er entsichert das Gewehr, schleicht sich an und lugt hinein.

Der junge Mann steht mit dem Rücken zu ihm in zwei Metern Entfernung. Das Handy in der einen Hand am Ohr, in der anderen eine Zigarette. Besser konnte es gar nicht kommen.

»In zwei Monaten, es wird so gemacht, wie wir gesagt haben«, erklärt der junge Mann. »Und nicht ein verdammtes Wort zu Vargas.« Er beendet das Gespräch, bleibt aber mit dem Handy in der Hand stehen.

Er fragt sich, wer dieser Vargas ist. Mit Sicherheit aus dem gleichen Holz geschnitzt. Sendet einen Gedanken an eine höhere Macht, legt an und schießt. Trifft den Hinterkopf. Es knallt scharf, von dem Kopf bleibt nicht viel übrig. Körper, Handy und Zigarette fallen zu Boden. Er kehrt zu den Nesseln zurück. Geht in die Hocke und wartet.

Es dauert. Er kniet im Schutz der Nesseln und spürt, dass die Feuchtigkeit der Erde durch den Hosenstoff dringt. Er hat eine neue Patrone in den Gewehrlauf gedrückt und versucht, sein Gehör zu schärfen. Aber auf dem Hof sind keine Schritte, aus der Scheune keine Rufe zu hören, nur ein schwaches Rauschen vom Wald und ein Vogel, der in der Ferne ruft. Das ist seltsam, vielleicht unheilschwanger. Der Schuss muss noch in mehreren hundert Metern Entfernung zu hören gewesen sein.

Der alte Mann könnte taub sein, aber das Mädchen?

Ist sie nicht da?

Ist der junge Mann allein auf dem Hof gewesen?

Er denkt über unterschiedliche Szenarien und unterschiedliche Fortsetzungen nach. Früher oder später muss er seinen Schutz im Nesselmeer verlassen, und was der richtige Moment dafür ist, lässt sich schwer beurteilen.

Gleiches gilt für den richtigen Weg. Am schlimmsten wäre es, wenn der Alte irgendwo mit einer Waffe säße und auf ihn wartete. Er versucht einzuschätzen, wie groß die Wahrscheinlichkeit dafür ist, kommt aber zu keiner Antwort und beschließt, weitere zehn Minuten zu warten, ehe er weitermacht.

Als die Uhr heruntergetickt ist, ist lediglich die Sonne hinter den Wolken verschwunden. Er steht auf und schleicht sich erneut zu der Fensterluke. Schaut hinein und stellt fest, dass der Körper liegt, wo er liegt. Die Reste dessen, was einmal ein Kopf gewesen war, ruhen in einer Blutlache. Das Handy liegt, wo es gelandet ist, von der Zigarette ist nichts zu sehen. Offensichtlich ist keiner da gewesen und hat entdeckt, was passiert ist.

Er biegt um die Ecke des Gebäudes, kann aber erst an der nächsten Ecke des Giebels den Hof und das Haus in Augenschein nehmen. Es sind keine Lebenszeichen auszumachen. Die Fenster im Haus sind sorgfältig geschlossen. Genau wie die Tür. Er geht etwas näher heran, indem er geduckt zu einem der ausrangierten Fahrzeuge läuft, einem alten Kastenwagen ohne Hecktüren und mit zersplitterter Windschutzscheibe. Dahinter sucht er Deckung. Bis zum Haus sind es jetzt weniger als zehn Meter, aber für die Fortsetzung hat er keinen richtigen Plan. Langsam schwant ihm, dass es keine anderen Menschen auf dem Hof gibt als ihn selbst und den toten jungen Mann, und während er noch versucht, diesen Gedanken zu bewerten, nimmt er plötzlich ein Motorengeräusch wahr.

Es kommt näher. Ein Auto ist auf dem Weg durch den Wald, er wirft einen Blick auf den Hof und erkennt, dass der Pick-up nicht da ist. Wahrscheinlich ist das der Wagen, der sich nun nähert.

Mit dem Alten und dem Mädchen?

Vielleicht. Abwarten.

Der Pick-up bleibt vor der Scheune stehen. Der Alte lässt den Motor ein paarmal aufheulen, ehe er ihn ausschaltet und aussteigt.

Mühsam drückt er den Rücken durch, ehe er zwei Plastiktüten heraushebt und auf das Haus zuhinkt.

Kein Mädchen.

Er zögert zwei Sekunden. Dann schießt er.

Er trifft nicht so gut wie bei seinem ersten Schuss. Der Alte fällt nach vorn, ohne die Tüten loszulassen. Landet auf dem Bauch, schafft es aber, sich umzudrehen.

Er geht zu ihm und schießt noch einmal. In die Brust aus zwei Metern Entfernung. Ihn überkommt heftige Übelkeit, und er muss sich abwenden, um sich nicht zu übergeben. In seinem ganzen Leben hat er drei Menschen getötet. Den ersten vor unendlich langer Zeit und ohne wirkliche Absicht.

Die beiden letzten innerhalb einer einzigen Stunde.

Er empfindet es nicht als eine Wiederkunft. Moerkerland hat zwar etwas mit dem zu tun, was gewesen ist, aber nicht so. Er kontrolliert, dass der Alte tatsächlich den Geist aufgegeben hat, lädt eine neue Patrone nach und geht zum Wohnhaus. Die kurze Steintreppe hoch und zur Tür. Sie ist offen, aber er tritt nicht ein. Noch nicht.

Zunächst eine Runde um das Haus. Er bewegt sich dicht an den Wänden entlang und lugt durch sechs Fenster hinein. Der Reihe nach; unaufgeräumte Zimmer, die Küche ist am schlimmsten. Stapel schmutzigen Geschirrs, Flaschen, Bierdosen, schwarze Plastiksäcke mit unbekanntem Inhalt. Zusammengeklaubte Möbel aus allen sieben Ecken der Welt und in einem Schlafzimmer ein schiefes und deplatziertes Himmelbett. Gardinen nur vor diesem Fenster, außerdem ein dunkelblaues, halb heruntergezogenes Rollo.

In der oberen Etage lediglich zwei Fenster, eins an jedem Giebel. Er löst sich rückwärts von der Wand, dreht eine Runde, um sie inspizieren zu können. Beide sind verdunkelt, er kann nicht einmal ansatzweise erkennen, was sich dahinter verbirgt. Eins ist vergittert.

Wo ist sie?

Ist sie im Haus, oder ist ihr die Flucht gelungen?

Ist sein Einsatz sinnlos gewesen?

Ihn übermannen Zweifel, und es gibt nur einen Weg, sie zu ersticken. Er kehrt zur Haustür zurück und geht hinein. Bleibt unmittelbar dahinter stehen und lauscht.

Totenstille. Die Gerüche sind umso deutlicher. Eingefressener Schmutz. Alter Zigarettenrauch. Müll und Essensreste. Mitten im Küchentisch, in einer dicken lackierten Holzscheibe, steckt ein hineingerammtes Messer. Keine Plakate von der Art, wie er sie in der Scheune an den Wänden gesehen hat, wohl aber ein verglastes und gerahmtes Schwarzweißfoto vom Führer persönlich, der zu einer Menschenmenge spricht.

Nach einem hastigen Rundgang im Erdgeschoss ist er wieder im Flur. Bleibt am Fußende der Treppe stehen und versucht, die Ohren zu spitzen. Immer noch kein Laut. Stufe für Stufe steigt er die Treppe hinauf. Vierzehn Stück, mehrere quietschen unter seinem Gewicht. Er gelangt in einen neuen, kleinen Flur. Zwielicht, nur etwas graues Licht, das durch ein schmales und schmutziges Dachfenster hereinfällt. Zwei Giebelzimmer, zwei geschlossene Türen.

Als er die Klinke der einen Tür herunterdrückt, hört er gleichzeitig ein Geräusch. Unklar, was für eines, aber es kommt nicht aus dem Zimmer, vor dem er steht. Möglicherweise aus dem anderen, ein kurzer, rauer Laut, als würde etwas über den Boden gezogen oder geschleift. Doch das ist nur eine Vermutung. Ebenso gut hätte es von einem anderen Ort im Haus oder von draußen kommen können, und ebenso gut hätte es sich um etwas anderes handeln können.

Er geht auf leisen Sohlen die fünf Schritte durch den Raum. Legt das Ohr an die Tür, hält den Atem an und lauscht.

Wartet und wartet.

Still und ruhig wie ein Islandpferd.

Wartet und ahnt.

Er weiß nicht, wie viel Zeit vergeht, aber plötzlich nimmt er neue Geräusche wahr.

Ein paar Schritte. Ein Knarren.

In dem Zimmer hält sich jemand auf. Sie oder jemand anderes. Er drückt die Klinke herunter.

Abgeschlossen.

Zusätzlich ein Stahlbalken mit einem Vorhängeschloss.

Er hält das Gewehr fester gepackt.

SIE

Mitten in ihrer Angst taucht ein lebensspendender Gedanke auf.

Wenn ich sterbe, wird keiner die Wahrheit erfahren.

Während die Minuten weiterticken und nichts passiert, hat sie Zeit, diesen Gedanken abzuwägen. Sie findet ihn vollkommen korrekt. Keiner würde begreifen, wer sie eigentlich war und warum sie sich zu diesem Zeitpunkt an diesem gottverlassenen Ort aufgehalten hat.

So ist es. So wird es kommen, wenn sie heute stirbt.

In den Wochen, nachdem sie es erfahren hatte, las sie alles über den Fall. Verbrachte in Schule und Bibliothek Stunden damit, im Internet alte Zeitungsausschnitte durchzusehen. Kopierte alle möglichen Artikel und Spekulationen und hätte sich gewünscht, es wäre um einen Film oder ein Buch gegangen. Aber so war es nicht; zu Hause lag ihre Mutter und starb, und sie wagte es nicht zu riskieren, erwischt zu werden. So sehr hatte ihre Mutter sie im Griff, außerdem hatte sie es versprochen.

Es gibt ein Geheimnis. Wenn du es wissen willst, musst du mir versprechen, dich niemals damit zu befassen. Nicht herumzuschnüffeln, es zu vergessen, das sollst du tun. Lass es auf sich beruhen, es ist zu deinem Besten. Was geschah, war Gottes Wille.

Als die Mutter es ihr erzählt hatte, lautete ihr erster Gedanke: Ich hätte es nicht wissen wollen. Es gibt Wahrheiten und Geheimnisse, die man tatsächlich mit ins Grab nehmen sollte.

Und im Grab war ihre Mutter gelandet. Nachdem sie sich die Geschichte von der Seele geredet hatte, war sie ein paar Wochen später gestorben. Mit zweiundsechzig, aufgefressen vom Krebs. Wie der Vater zwei Jahre zuvor, wenn auch von einem anderen Krebs.

Sie selbst war siebzehn gewesen. War zu Tante Carla gezogen, das Winterhalbjahr fing gerade an, und es war die einfachste Lösung. Bald würde sie ohnehin reif genug sein, um auf eigenen Beinen zu stehen. Und selbst wenn sie nicht reif dafür war, würde sie dazu gezwungen sein. Auf jeden Fall. Ihre Mutter und die Tante hatten sich niemals nahegestanden.

An diesem Tag, als der Gedanke an ihren eigenen Tod so gegenwärtig ist, sind seither nicht mehr als neun Monate vergangen. Manchmal fühlen sie sich an wie neun Jahre.

Über den Fall war damals viel geschrieben worden. Sie musste kein Detektiv sein, um zu erfahren, was sie wissen wollte.

Wollte?

Nein, wirklich nicht. Aber der Zwang war stärker als der Wille.

Es passierte in Behrensee. Das Ehepaar hieß Kopler, Zygmunt und Sofie. Anfang vierzig waren sie, als es geschah. Nicht die besten Kinder Gottes, keiner der beiden, das konnte man in und zwischen den Zeilen lesen. Drogenabhängige auf dem Weg der Besserung, und als es sich ereignete, hatten sie einen festen Wohnsitz, Gelegenheitsjobs und einen fünfjährigen Sohn – Johnny.

Johnny hatte die Hälfte seines kurzen Lebens in einem Kinderheim verbracht, aber die Eltern hatten das Sorgerecht für ihn zurückerhalten. Man war der Meinung gewesen, dass sie ihre Drogensucht hinter sich gelassen hatten und im Großen und Ganzen in nahezu geordneten Verhältnissen lebten. Die Sozialbehörden behielten sie allerdings im Auge. Die Nachbarn auch.

Im Januar des Jahres 2000, nur ein paar Tage nach dem Beginn des neuen Jahrtausends, brachte Sofie ein Mädchen zur Welt, Millie, das zweite Kind des Ehepaars und Johnnys Schwester. Ein knappes Jahr später, Mitte November, verschwand sie.

Die Umstände waren zunächst unklar. Als es passierte, hatte Vater Zygmunt sich um das Mädchen gekümmert. Den ersten Informationen zufolge hatte er im Einkaufszentrum *Max-Marckt* eingekauft und seine Tochter im Auto gelassen. Er war allerhöchstens zehn Minuten weg gewesen, und als er zum Parkplatz zurückkehrte, war sie fort. Als er Millie verließ, hatte sie in ihrem Kindersitz gesessen und geschlafen. Das Auto, ein alter Ford Mondeo, war nicht abgeschlossen gewesen, weil es irgendwelche Probleme mit dem Schloss gab.

Jeder hätte die Beifahrertür öffnen, den einfachen Sicherheitsgurt aufdrücken und sich das Mädchen schnappen können. Es war später Nachmittag und ziemlich dunkel auf dem schlecht beleuchteten Parkplatz.

Das war die erste Version. Die Polizei wurde auf der Stelle eingeschaltet und leitete umfassende Ermittlungen ein. Man sprach mit zahlreichen Menschen, sowohl mit denkbaren Zeugen, die sich zum aktuellen Zeitpunkt entweder im oder vor dem Einkaufszentrum befunden hatten, als auch mit

Bekannten des Ehepaars Kopler. Man suchte, auch mit Hilfe verschiedener ehrenamtlicher Organisationen, in allen Ecken und Winkeln nach dem verschwundenen Mädchen, blieb aber erfolglos. Anfangs gab es noch den Verdacht, es könne sich um einen Fall von Kidnapping handeln, so dass der Täter früher oder später Geld verlangen würde, um die kleine Millie unversehrt zurückzugeben. Angesichts des finanziellen Status der Eltern, und als keine Lösegeldforderung auftauchte, wurde diese Theorie jedoch aufgegeben. Blieben zwei Hauptspuren: Man hatte es entweder mit jemandem zu tun, der aus irgendeinem Grund ein Kind haben wollte, oder der Täter war ein Irrer, den man nicht mit rationalen Motiven oder Beweggründen in Verbindung bringen konnte.

Es gab eine dritte Spur, die von der Polizei jedoch niemals öffentlich gemacht wurde: dass Zygmunt Kopler schlicht und ergreifend gelogen hatte. Zum Beispiel, weil das Kind aus irgendeinem gravierenden Grund zu Hause gestorben war und man dies vertuschen wollte. Vielleicht hatte man die Leiche des Mädchens in einem Wald begraben oder ins Meer geworfen. Diese Theorie erfreute sich schon bald großer Popularität in den Medien, erst recht, als Zygmunt Kopler zwei Wochen nach dem behaupteten Verschwinden des Kindes seine Geschichte änderte.

Der Umschwung erfolgte mehr oder weniger notgedrungen, da sich herausstellte, dass kein einziger Zeuge den Vater des Kindes in dem Zeitraum, den er für seinen Aufenthalt im Einkaufszentrum angegeben hatte, dort gesehen hatte, weder Kunden noch Personal. Dagegen war er etwas später an dem besagten Nachmittag im Pub *Der grüne Jäger* in einem ganz anderen Teil der Stadt beobachtet worden, und als dieser Umstand zu offensichtlich wurde, tischte er einfach eine neue Geschichte auf. Das Auto mit der schlafenden Tochter hatte er auf einer Straße unweit von besagtem Pub geparkt, und von dort sei sie verschwunden.

Die Geschichte über den Parkplatz vor dem Einkaufszentrum hatte er sich aus den Fingern gesaugt, weil er sich schämte. Ein Vater, der sein Kind in einem unabgeschlossenen Auto zurücklässt, während er in einer Kneipe sitzt und Bier trinkt, ist kein guter Vater, das begriff sogar Zygmunt Kopler.

Neue Vernehmungen wurden durchgeführt und neue Zeugenaussagen aufgenommen. Allerdings brachte nichts davon die Ermittlungen weiter. Das Ehepaar stand weiter unter Verdacht, bei Polizei und Öffentlichkeit, aber da Wochen und Monate vergingen, sah man sich gezwungen, den Fall zu den Akten zu legen. Zumindest was Polizei und Staatsanwaltschaft betraf. Das Mädchen Millie war und blieb verschwunden. Die Ermittlungen dazu, was mit ihr geschehen war, wurden zwar nicht völlig eingestellt, aber die Hoffnung, eine Lösung zu finden, wurde kleiner, je mehr Zeit verging. Ein Cold Case, wie man so sagte.

Nach ein paar Jahren verließ das Ehepaar Kopler die Stadt, und am siebten Jahrestag von Millies Verschwinden nahm ihre Mutter sich in einer Drogenklinik in Oosterdingen das Leben. Es gab keine Informationen darüber, was mit dem Vater und seinem Sohn Johnny passiert war.

Als sie zu ihrer Tante gezogen war und ein Monat des Winterhalbjahrs vorbei war, gelang es ihr über eine Klassenkameradin, Kontakt zu einem Kriminalinspektor aufzunehmen, der damals an den Ermittlungen beteiligt war. Sie behauptete, sie arbeite an einem Schulaufsatz über den Fall, und bat ihn um ein Interview, und obwohl Inspektor Jung, so sein Name, anfangs ablehnend reagierte, war er schließlich bereit, sich mit ihr zu treffen. Sie unterhielten sich zwei Stunden lang in einem Café, aber etwas Neues, das über die Dinge hinausging, die sie schon aus den Zeitungen wusste, kam im Grunde nicht heraus.

Das hatte sie auch gar nicht erwartet. Es gab nämlich eine andere Geschichte.

Das Dorf Graachtenholz lag ungefähr zwanzig Kilometer von Behrensee entfernt. Die Einwohnerzahl lag bei etwa hundert Seelen, größtenteils Landwirte, und zu diesen gehörte auch das Ehepaar Widmar und Elsie Randers. Sie hatten jung geheiratet und waren in den väterlichen Hof Randershejm gezogen, nachdem Widmars Vater Baudewijn Anfang der achtziger Jahre gestorben war. Mutter Margarete starb zwei Jahre später, und seither lebten Widmar und Elsie allein auf dem Hof.

Es handelte sich um keinen größeren Hof, aber er war rentabel und seit vier Generationen in Familienbesitz. Schwerpunkt war der Getreideanbau, aber man hielt auch einen kleinen Bestand an Kühen und Schafen, von dem man sich Mitte der neunziger Jahre jedoch trennen sollte.

Ihr Problem war, dass sie keine Kinder bekamen. Elsie wurde zwar regelmäßig schwanger, aber eine Fehlgeburt folgte der anderen. Sie sprachen darüber, ein Kind zu adoptieren, aber da sowohl die Eizellen als auch die Spermien in Ordnung zu sein schienen, versuchten sie es weiter.

Die Belohnung kam spät. Als Elsie gerade fünfundvierzig geworden war, brachte sie ein Mädchen zur Welt, das den Namen Sara trug. Das Mädchen wurde einen Monat vor der Jahrtausendwende geboren, drei Wochen früher als ausgerechnet, und wog nicht mehr als 2 200 Gramm. Das Baby war schwach, aber völlig gesund und entwickelte sich anfangs völlig normal. Die Sorge der Eltern um die kleine Tochter war jedoch groß, vor allem die der Mutter. Sie trug eine große Angst in sich, dass das Mädchen es nicht schaffen würde, sich ans Leben zu klammern, dass sie sterben würde, wie all ihre ungeborenen Geschwister es getan hatten. Nachts lag Elsie häufig wach und lauschte dem Atem des Säuglings, und bei der kleinsten Unregelmäßigkeit nahm sie das Mädchen hoch oder weckte ihren Mann, um ihn um das eine oder andere zu bitten, damit sie nicht allein war mit ihrer Vorahnung, dass der Tod vor der Tür stand.

Das Paar hatte nur wenige Bekannte oder Verwandte. Man lebte recht isoliert auf seinem Hof, und die einzigen Menschen, mit denen man Worte wechselte, waren Nachbarn im Dorf, denen man zufällig begegnete, aber man ging niemals aus oder empfing Gäste bei sich. Im ersten halben Jahr war einige Male eine Gemeindeschwester vorbeigekommen und hatte nach Sara gesehen, das war alles. Trotz ihrer Sorge um das Kind, wollte Mutter Elsie keinen Kontakt zu Ärzten oder Pflegepersonal. Die relative Isolierung, in der man vor der Geburt des Mädchens gelebt hatte, nahm zu; eine Isolierung, die zum Teil mit dem speziellen Gottesglauben zusammenhing, dem man in der Familie anhing – insbesondere Elsie, die dominierende Persönlichkeit auf dem Hof. In ihrer Jugend war sie Mitglied von *Das reine Leben* gewesen, einer sektenähnlichen Gemeinde, die sie zwar verlassen hatte, als sie nach Randershejm kam, mit der sie aber immer noch in Verbindung stand. Ehemann Widmar war immer schweigsam und ein wenig nachgiebig gewesen, und ihre jeweiligen Charakterzüge verstärkten sich im Laufe der Jahre. Erst recht, nachdem ihnen die Gnade eines Kindes erwiesen worden war.

Sie macht eine Pause in der Geschichtsschreibung ihres Gedankenstroms. Wünscht sich, sie wüsste mehr über diese entschwundene Zeit auf Hof Randershejm und wäre so viele Jahre später nicht ausschließlich darauf angewiesen, zu puzzeln und zu raten. Dennoch musste es so oder so ähnlich gewesen sein. Auf diese Weise hatte die verkümmerte Familie halbwegs funktioniert. Eine fixierte, schwer zu besänftigende Frau mit einem sehr eigenen Glauben; ein zusammengestauchter, unselbständiger Mann.

Und ein Kind. Ein neugeborenes kleines Mädchen ohne eigenen Willen oder besonders viel Lebenskraft. Trotzdem der Nabel der Welt auf dem isolierten Hof.

Eine Geschichte, die niemals geschrieben werden wird, wenn sie es nicht tut.

Und wenn sie heute stirbt, wird es dazu nicht kommen. Also.

Es ist unklar, was genau eines Nachts Mitte November geschah, als Sara fast ein Jahr alt war. Außer Frage steht jedoch, dass das Mädchen starb.

Da sie niemals untersucht wurde, lässt sich über die Todesursache nichts sagen. Es gibt keine Papiere, keine Dokumentation. Der einzigen existierenden Zeugenaussage zufolge soll Elsie Randers kurz nach Mitternacht aufgewacht sein und gemerkt haben, dass ihre Tochter nicht mehr atmete. Was sich in den folgenden Stunden abspielte, welche Worte und Beschlüsse zwischen den Eheleuten gewechselt wurden, bleibt verborgen, aber irgendwann vor dem Morgengrauen gingen die beiden gemeinsam zu einem nahe gelegenen Waldgebiet, wo sie ihr kleines Mädchen sechs Fuß unter der Erde beerdigten. Widmar hob die Grube aus und schaufelte sie wieder zu. Elsie betete zu ihrem Gott, und was danach geschah, stand im

Einklang mit den Anweisungen, die sie in dieser dunkelsten aller Nächte als Antwort auf ihre Gebete erhalten hatte.

In der Woche nach dem Tod des Mädchens nahm Widmar jeden Tag das Auto, fuhr nach Behrensee und suchte, aber erst am siebten Tag war seine Suche von Erfolg gekrönt. Den Informationen zufolge wusste seine Frau außerdem, dass es genau an diesem Tag geschehen würde, aber die vergebliche Suche in den ersten sechs Tagen war Teil des höheren Plans gewesen. Alles hat seinen Preis, nichts geschieht ohne Mühsal.

Der siebte Tag war allerdings kein Sonntag, sondern ein Freitag, und als Widmar an einem der Kanäle in Behrensee entlangfuhr, kam er an einem Auto mit einem kleinen Kind auf der Rückbank vorbei. Es stand in der Nähe von etwas, das offenbar eine Kneipe war. Das Kind schien ungefähr ein Jahr alt zu sein und war allein im Wagen. Widmar parkte etwas weiter die Straße hinauf, ging auf dem Bürgersteig zurück und schaute zu dem Kind hinein; er fand, dass es wie ein Mädchen aussah, das schlief, aber aufwachte, als er die unverschlossene Autotür öffnete. Laut dem, was er später seiner Frau gegenüber behauptete, hatte das Baby ihn angelächelt, und er hatte begriffen, dass er das richtige gefunden hatte. Er klickte den einfachen Gurt auf, hob das Mädchen mitsamt Decke heraus, schloss die Tür und kehrte zu seinem eigenen Auto zurück. Legte das Kind in einen vorbereiteten Korb auf dem Beifahrersitz und fuhr davon. Die ganze Operation hatte höchstens eine Minute gedauert, und eine halbe Stunde später war er mit seiner neuen Tochter zurück auf Hof Randershejm.

So, denkt sie. So ist es ihr erzählt worden, und so hat es sich vermutlich abgespielt. Es gibt keinen Grund, daran zu zweifeln. Im Alter von knapp elf Monaten war sie zu ihrem neuen Zuhause, ihrem neuen Leben, ihrer neuen Identität gekommen. Widmar Randers fuhr sie an einem späten Abend im November dorthin, und kein Mensch auf der Welt konnte etwas anderes glauben, als dass dieses Mädchen mit dem Namen Sara Veronica Randers dasselbe kleine Individuum war, das sie immer gewesen war.

Sie wächst auf dem Hof auf, geht erst drei Jahre in die Dorfschule und anschließend sechs Jahre in Kolderdam, der nächstgelegenen Ortschaft mit ein paar tausend Einwohnern. In ihrem letzten Schulhalbjahr dort stirbt ihr Vater Widmar an Krebs, und während sie auf das Gymnasium in Behrensee geht, ist auch für Mutter Elsie die Zeit gekommen, diesen Weg zu gehen.

Doch bevor sie ihr irdisches Dasein verlässt, erzählt sie. An ein paar langen Abenden sitzt Sara an ihrer Bettkante und nimmt alles in sich auf. Über Gottes verborgenen Sinn und dass einem diese Welt nicht als Maßstab dienen sollte.

Die sterbende Mutter erzählt ihr auch, dass sie den Hof verkauft hat und Sara für ihr letztes Jahr auf dem Gymnasium zu ihrer Tante nach Maardam ziehen soll. Darauf habe man sich geeinigt, es sei die beste Lösung.

Sie zieht in Tante Carlas Sechszimmerwohnung im Zentrum von Maardam. Ihr Zimmer hat eine Tapete mit Blumenmuster, einen französischen Balkon und Aussicht auf einen Park. Sie bekommt ein eigenes Badezimmer und kann kommen und gehen, wann sie will. Geld aus dem Verkauf des Hofs wartet auf der Bank, und ihr ist versprochen worden, dass sie nach dem Abitur bleiben darf, wenn sie möchte. Die Tante ist nicht unfreundlich, aber förmlich und distanziert. Die Privatsphäre ist ihr heilig; sie ist über siebzig, geht aber nach wie vor zweimal in der Woche ins Theater und in Konzerte. Witwe und kinderlos. Jeden Donnerstagabend Bridge mit

Freundinnen. Sie sehen nicht viel voneinander, die Tante und ihre Nichte.

Sie hat Schlafprobleme. Liegt oft bis weit nach Mitternacht wach und fragt sich, wer sie ist. Schließlich ist Carla nicht ihre richtige Tante, und manchmal kommt es ihr vor, als wären ihre Gedanken und ihr Bewusstsein in einem anderen Körper zu Hause. Dass es an einem anderen Ort auf der Welt ein Mädchen gibt, das eigentlich sie ist. Gleichzeitig weiß sie natürlich, dass dieses Mädchen nicht auf der Erde herumläuft, sondern in dieser beerdigt liegt.

Nach zwei unruhigen Monaten beschließt sie herauszufinden, was aus ihren richtigen Verwandten geworden ist. Dem Vater, der Mutter, dem Bruder.

Es ist einfacher als gedacht. In der modernen Welt mangelt es nicht an Dokumentation. Die Mutter ist tot. Vater und Bruder leben zusammen auf einem Hof in der Region Sorbinowo; ein paar Kilometer außerhalb des kleinen Ortes Lembork nahe der Grenze. Sie findet eine Adresse und schreibt einen Brief.

Drei Wochen später kommt die Antwort. Der Vater schreibt und teilt ihr mit, sie sei herzlich willkommen, sie zu besuchen. Er sei über ihren Brief »mächtig überrascht«, aber auch »mächtig froh« gewesen. Sie bekommt die Mailadresse ihres Bruders, sie wechselt ein paar Mails mit ihm und beschließt mit der Zeit, dass sie die beiden besuchen und eine Zeitlang bei ihnen wohnen wird. Es gibt ein Gymnasium in der Stadt Lindenberg fünfunddreißig Kilometer entfernt, und nach Verhandlungen zwischen zwei Rektoren wird beschlossen, dass sie die letzten Monate vor dem Abitur dort zur Schule gehen kann. Sie ist ohnehin noch nicht dazu gekommen, am Erasmusgymnasium in Maardam Wurzeln zu schlagen oder Freunde zu finden.

Tante Carla teilt sie mit, dass sie bis zum Sommer fort sein wird, und an einem Sonntag im April nimmt sie im Maardamer Hauptbahnhof den Zug nach Osten.

Es läuft schief. Sie ahnt es sofort, als sie in Lindenberg aus dem Zug steigt, lässt es aber nicht an sich heran.

Der junge Mann, ihr fünf Jahre älterer Bruder Johnny, wartet an die Wand des Bahnhofsgebäudes gelehnt auf sie. Er trägt eine zerschlissene Jeans, ein weißes T-Shirt und hat eine Zigarette im Mundwinkel. Vielleicht versucht er auszusehen wie James Dean, aber irgendetwas sagt ihr, dass er noch nie von James Dean gehört hat.

Sie begrüßen sich kurz und ohne Körperkontakt, setzen sich in seinen Pick-up, der vor dem Bahnhof steht, und verlassen Lindenberg. Sie denkt, dass er vermutlich schüchtern und ein wenig gehemmt ist. Sie schluckt ihre Sorge hinunter.

Der Hof, zu dem sie nach einer Weile kommen, heißt Moerkerland, und sie findet den Namen passend. Es ist ein düsterer Ort, in allen Himmelsrichtungen umgeben von Wald. Ihr Vater, der sich ihr wie erwartet als Zygmunt vorstellt, ist alt und genauso wortkarg wie sein Sohn. Sie essen, ein Fleischauflauf, der eigenartig schmeckt, wechseln nicht viele Worte, außer dass es mächtig seltsam sei, dass sie nach all den Jahren aufgetaucht sei. Sie könnten kaum glauben, dass es wahr sei. Verhält es sich wirklich so, wie sie behauptet? Sie hat alles schon in ihrem Brief und den Mails erklärt, wiederholt es aber noch einmal. Sie hören ihr mit skeptischen Mienen zu.

Nach dem Essen zeigt der Bruder ihr das Zimmer, in dem sie wohnen soll. Es ist eines der beiden Giebelzimmer in der oberen Etage, es ist klein, hat Dachschrägen und enthält außer einem Bett, einem kleinen Tisch und einem freistehenden Kleiderschrank keine weiteren Möbel.

Sie denkt, dass sie dennoch an ihrem Entschluss festhalten muss, aber in der ersten Nacht findet sie kaum Schlaf.

Johnny hat gesagt, er könne sie am ersten Tag zur Schule fahren, aber mit dem Auto stimmt etwas nicht, deshalb muss sie den Bus nehmen. Er hält an einer Haltestelle an der Landstraße, es dauert nur zehn Minuten, dorthin zu gehen, ihr Bruder begleitet sie die halbe Strecke. Sie findet es seltsam, dass das Auto kaputt ist, schließlich sind sie am Vortag damit gefahren.

Aber sie denkt nicht weiter darüber nach. Fährt mit dem Bus nach Lindenberg, findet das Gymnasium und wird ordnungsgemäß in einer Abschlussklasse registriert. Unangenehme Gefühle wirbeln durch ihr Inneres, aber sie beschließt, ihnen zu widerstehen. Sie konzentriert sich auf die Schule, und als sie im Bus nach Moerkerland und Lembork sitzt, findet sie, dass sie sich ganz gut zusammengerissen hat. Die sieben oder acht Wochen, die vor ihr liegen, werden nicht ohne Komplikationen ablaufen, aber sie wird es schaffen.

Als sie nach ihrem ersten Schultag in Lindenberg zurück in Moerkerland ist, entdeckt sie ein Foto von Adolf Hitler. Es hängt im Wohnzimmer an der Wand; im ersten Moment will sie sofort aufbrechen, aber daraus wird nichts. Sie beschließt, so zu tun, als hätte sie es nicht gesehen.

Eine Woche vergeht. Sie fährt mit dem Bus nach Lindenberg und zurück und sitzt in den Schulstunden; weil nur noch wenig Unterrichtszeit bleibt, ist es eher eine Formsache. Sie wird die Noten bekommen, die sie in Behrensee und Maardam hatte, das Einzige, was sie noch tun muss, ist, ihre Examensarbeit abzugeben, an der sie seit Januar schreibt. Ein Aufsatz über die Schriftstellerin Virginia Woolf. An den Abenden arbeitet sie in ihrem Zimmer auf dem Hof Moerkerland daran. Sie sieht seltsam wenig von ihrem Vater und dem

Bruder. Sie bereiten keine Mahlzeiten zu – der Fleischauflauf war offenbar eine Ausnahme –, das Einzige, was es zu essen gibt, sind Bratwürste oder Tiefkühlpizzen. Zygmunt teilt ihr mit, dass sie sich aus Kühlschrank und Vorratsschrank bedienen soll. Sie begnügt sich mit belegten Broten zum Frühstück und zum Abendessen. Bringt aus Lindenberg Getränke und Obst mit.

Zygmunt und Johnny trinken keine Getränke wie Saft oder Limonade. Sie trinken Bier. Sie begreift, dass die beiden sich abends besaufen, denn über die Paletten mit Bierdosen hinaus gibt es ein gut gefülltes Lager mit Wodka und Wein in Dreiliterboxen. Außerdem rauchen sie, an den Abenden dringt der Zigarettengeruch durch den Fußboden in ihr Zimmer, genau wie das Geräusch des Fernsehers. Da unten sitzen sie und wechseln nicht viele Worte miteinander. Sie ist zunehmend dankbar, dass sie als Kleinkind entführt wurde. Wie hätte ihr Leben ausgesehen, wenn sie in dieser Umgebung aufgewachsen wäre?

Trotzdem bleibt sie. Sie harrt aus, vielleicht wartet sie auf eine Gelegenheit, um eine Art Gespräch zustande zu bringen. Zum Beispiel über ihre Mutter. Darauf, dass wenigstens ihr Bruder die Initiative ergreift, schließlich ist er nur fünf Jahre älter als sie.

Die Gelegenheit kommt. Neun oder zehn Tage sind vergangen. Als sie eines Abends an ihrem Aufsatz arbeitet, klopft Johnny an die Tür. Sie macht auf und sieht, dass er ein wenig betrunken ist und nach Alkohol und Zigarettenrauch riecht, sein Blick ist anders als sonst. Er hat ein Ziel und ein Anliegen. Sie lässt ihn herein. Weil es keinen anderen Sitzplatz gibt als das Bett, bleiben sie stehen.

Er räuspert sich.

»Wer bist du eigentlich?«

»Was?«, sagt sie. »Wie meinst du das?«

»Ich glaube dir nicht, dass du meine Schwester bist.«

Sie wankt kurz. Kann seine Botschaft nicht verarbeiten.

»Du lügst uns an«, fährt er fort. »Der Alte glaubt auch nicht, dass du bist, was du zu sein behauptest.«

Sie weiß nicht, woher sie die Kraft nimmt, und schafft es nicht mehr, sie aufzuhalten. Sie verpasst ihm eine schallende Ohrfeige, so dass er fast das Gleichgewicht verliert. Es ist das erste Mal in ihrem Leben, dass sie einen anderen Menschen schlägt.

Sie kommt nicht dazu, überrascht zu sein, ehe er zurückschlägt. Eine Faust mitten ins Gesicht, und sie fällt nach hinten. Im Fallen dreht sie sich ein wenig und kratzt sich die Wange an etwas auf, das aus einem der Bettpfosten ragt. Sie schlägt auf dem Boden auf und beginnt zu bluten. Auch Hüfte und Hand haben etwas abbekommen, aber sie verliert nicht das Bewusstsein. So hart hat er dann doch nicht zugeschlagen, es war wahrscheinlich nur ein Reflex. Sie setzt sich auf und hält die Hand auf die Wunde. Merkt, dass auch ihre Lippe blutet.

»Verdammt«, sagt er. »Du blutest. Ich gehe einen Lappen holen.«

Nicht ein Pflaster oder einen Verband. Einen Lappen.

Er lässt sie allein. Sie setzt sich aufs Bett. Spürt, dass es unter dem Auge pocht, aber es ist wichtiger, das Blut zu stoppen, das von Wange und Lippe läuft. Nach einer Minute ist er mit einem Küchenhandtuch und einer Rolle Haushaltspapier zurück.

»Du hast zuerst geschlagen«, sagt er. »Du bist selber schuld.«

»Das war wegen dem, was du gesagt hast«, erwidert sie,

nimmt das Handtuch und presst es auf die Wunde. »Ich glaube, ich brauche auch etwas Wasser.«

Er murmelt etwas und verlässt sie erneut. Trotz der Umstände ist sie seltsam ruhig. Fast so, als käme es darauf an, eine Prüfung zu bestehen. Eine Herausforderung, die sie meistern muss, um weitermachen zu können. Sie versteht, dass sie Angst haben sollte, aber die Angst packt sie irgendwie nicht. Vor einem Bruder braucht man sich nicht zu fürchten.

Er kommt mit einem Eimer Wasser zurück. Stellt ihn auf dem Fußboden ab und scheint zu zögern, was er als Nächstes tun soll. Sie taucht das Handtuch in den Eimer und beginnt, ihr Gesicht zu kühlen.

»Jedenfalls glaube ich, dass du eine Schwindlerin bist«, sagt er und kehrt ihr den Rücken zu. »Mein Alter sagt, dass du hier bist, um uns auszuspionieren.«

Auszuspionieren? Sie versteht nicht, was er meint, und bevor sie ihn fragen kann, ist er gegangen. Er schließt die Tür hinter sich, und sie hört, dass er im Flur davor stehen bleibt und sich eine Zigarette anzündet, ehe er die knarrende Treppe hinuntersteigt.

Und daraufhin fragt sie sich endlich, ob es wirklich so klug ist, in diesem Haus zu bleiben. Sie kann wohl kaum verlangen, noch einmal das Gymnasium wechseln zu dürfen, aber es sollte möglich sein, für den verbleibenden Monat ein Zimmer in Lindenberg zu mieten. Es ist völlig unklar, wie ihr Leben weitergehen wird, aber daran ist sie gewöhnt, hat sie sich im Laufe des letzten Jahres gewöhnen müssen.

Noch zwei Tage, beschließt sie und merkt, dass die Schmerzen in Hand und Hüfte zunehmen. Das kommt vom Sturz, nicht von seinem Schlag.

Im Bus am nächsten Morgen geht es ihr hundsmiserabel. Es ist ihr gelungen, um das Handgelenk einen provisorischen Verband anzulegen, und statt zur Schule zu gehen, ruft sie im Sekretariat an und meldet sich krank. Sie findet den Weg zum Krankenhaus von Lindenberg, wo ihr schließlich eine freundliche Krankenschwester hilft. Bei ihrem zugeschwollenen Auge, der Wange, der Hand. Sie tischt ihr eine Geschichte von einem Welpen und einer Treppe auf, kann aber nicht erkennen, ob ihr geglaubt wird oder nicht. Wahrscheinlich nicht.

Sie nimmt einen früheren Bus zurück. Kurz bevor sie an der Haltestelle unterhalb von Moerkerland aussteigt, bekommt sie Blickkontakt zu einem der anderen Fahrgäste; sie hat ihn auch früher schon im Bus gesehen, er scheint über sechzig zu sein und sitzt immer allein auf seinem Platz. Als sie an ihm vorbeikommt, sieht er sie ernst an, und für Sekundenbruchteile bildet sie sich ein, dass er etwas sagen möchte. Dass sie ihm aufgefallen ist und er verstanden hat, dass etwas nicht in Ordnung ist.

Doch der Augenblick vergeht, sie steigt aus dem Bus und stellt erstaunt fest, dass ihr Bruder sie neben dem Pick-up erwartet. Er ist offensichtlich verärgert und bugsiert sie in den Wagen, man merkt deutlich, dass er mit seinem Vater gesprochen hat und die beiden zu einem Schluss gekommen sind. Auf der kurzen Fahrt zum Hof spricht er kein Wort. Das tut sie auch nicht.

Am Abend wird sie vergewaltigt. Erst vom Vater, dann vom Sohn. Der eine hält sie fest, während der andere es macht. Das Ganze dauert sicher nicht länger als eine Viertelstunde, aber ihr Leben zerbricht. Sie weiß, dass sie nie wieder ganz sein wird, niemals.

Nach der Vergewaltigung schließen die beiden sie in ihrem Zimmer ein. Das Fenster ist mit einem dicken Eisengitter versehen worden, und die Tür hat einen Stahlbügel bekommen, der von außen mit einem Vorhängeschloss verriegelt wird.

Sie bekommt einen Nachttopf, ein Bier und ein belegtes Brot. Sie haben ihr das Handy abgenommen. Sie macht die ganze Nacht kein Auge zu. Liegt wie ein Embryo zusammengekauert und mit Schmerzen im Unterleib auf dem Bett. Sie werden nur langsam schwächer, und sie empfindet paradoxe Dankbarkeit dafür, dass sie da sind. Der körperliche Schmerz verdrängt den psychischen, und als der Morgen graut, ist sie noch bei Verstand. Vielleicht nicht völlig, aber zeit- und teilweise.

Sie ist eingesperrt. Das Gitter vor dem Fenster lässt sich nicht verrücken. Nicht ohne Werkzeug, nicht von innen. Auch bei der Tür hat sie keine Chance. Am Morgen bekommt sie Wasser, Kaffee und zwei Brote. Der Nachttopf wird geleert. Sie kommen immer zu zweit, ihr Vater hält mit einem dicken Armierungseisen in der Hand Wache an der Tür, während ihr Bruder ein Tablett abstellt und den Nachttopf in einen Eimer entleert.

Am Abend eine kalt gewordene Pizza, mehr Wasser, eine Rolle Kekse, die Leerung des Nachttopfs und etwas Obst. So sehen die ersten Tage nach der Vergewaltigung aus. Sie fragt sich, was die beiden mit ihr vorhaben. Sie noch ein paarmal vergewaltigen, ehe sie sie umbringen und im Wald verscharren? Haben sie in der Schule angerufen und erklärt, sie sei nach Maardam zurückgereist? Werden ihre Angaben überprüft? Interessiert sich ihre Tante Carla dafür, was mit ihr passiert? Bis zum letzten Schultag ist es noch ein Monat, so lange kann man sie wahrscheinlich in Moerkerland gefangen halten, ehe jemand reagiert. Die beiden haben genügend Zeit, sie noch ziemlich oft zu vergewaltigen.

Ein Monat besteht aus dreißig Tagen. Ein Tag aus vierundzwanzig Stunden. Eine Stunde aus sechzig Minuten. Eine Minute kann unerträglich lang sein.

Das halte ich nicht aus, denkt sie. Ich muss irgendwie von hier verschwinden Auf irgendeine Weise muss ich Tatkraft finden.

Aber sie findet keine. Das Gitter ist von außen angebracht. Die stabile Tür geht nach außen auf und ist abgeschlossen. Hinzu kommt der Stahlbalken. Sie ist so gut wie allein im Haus, wenn sie Lärm macht, hören die beiden es.

Am Morgen des vierten Gefängnistages bekommt sie einen Bottich Wasser, eine Seife und ein Handtuch. Sie fragt sich, ob die beiden wollen, dass sie vor der nächsten Vergewaltigung sauber ist, wäscht sich aber trotzdem. Ihr Unterleib ist wund, die Schamlippen ertragen kaum eine Berührung.

Am Abend bekommt sie dann aber nur die übliche Pizza, Wasser und eine Tüte Äpfel. Sie betet, und die beiden kommen auch in dieser Nacht nicht. Sie dankt Gott, aber nach und nach wird ihr klar, wenn die beiden sich wieder an ihr vergehen, wird sie den Verstand verlieren. Die letzten Reste davon.

Zeit vergeht. Stunden und Tage. Ihre Gedanken beschäftigen sich mehr und mehr mit der Frage, wie sie es anstellen soll, sich das Leben zu nehmen. Ihr unregelmäßiger Schlaf ist voller makabrer Träume. Sie sitzt auf dem Nachttopf und kaut auf ihrem Herz und ihrem Gehirn herum. Sie verschluckt ihre Zunge und fährt in einem Pick-up zur Hölle, wo Horden schmutziger, nackter Männer mit erigierten Penissen stehen und darauf warten, sie vergewaltigen zu dürfen.

Und mehr in dieser Art.

Jetzt ist der dreizehnte Tag. Vielleicht auch der vierzehnte, sie hat den Überblick verloren.

Es sind Schüsse gefallen. Draußen auf dem Hof, wenn sie sich nicht verhört hat. Ungefähr eine Stunde zwischen dem ersten und den anderen. Sie weiß nicht, wer geschossen hat oder warum. Durch das Fenster hat sie Aussicht auf den Wald, sie kann weder etwas vom Hof noch von der Scheune sehen.

Und dann, ein wenig später: Schritte auf der Treppe. Nach einer Pause bewegen sie sich zu ihrem Zimmer.

Dann Stille. Jemand steht dort, auf der anderen Seite der geschlossenen und verriegelten Tür. Sie steht auf ihrer Seite dicht davor. Lauscht intensiv, hört aber nichts. Keine Schritte, keine Bewegung, keine Atemzüge.

Sie hat Todesangst. Es passiert nichts, aber mitten in ihrer Angst findet sie zu dem lebensspendenden Gedanken zurück. Wenn sie jetzt stirbt, wird keiner die Wahrheit erfahren. Keiner wird begreifen, wer sie war und warum sie sich an diesem gottverlassenen Ort befunden hat.

So ist es. So wird es sein, wenn sie heute stirbt.

Sie sieht sich nach einer Waffe um. Der Gedanke daran ist ihr auch schon vorher gekommen, und das Einzige, was sie zur Hand hat, ist auch an diesem Tag die Kleiderstange im Schrank. Ein halbmeterlanges Metallrohr, nicht besonders schwer, aber nach einem Schlag auf die richtige Stelle könnte ein Gegner vielleicht ohnmächtig werden. Und ihr die Chance geben, weitere Schläge auszuteilen, so viele wie nötig.

So viele wie nötig.

Sie hat sie schon heruntergehoben. Das Rohr liegt neben dem Schrank auf dem Boden, versteckt unter einem Haufen schmutziger Kleider. Vorsichtig tapst sie hin und hebt sie auf. Kehrt zur Tür zurück. Lauscht und wartet.

Minuten später ein paar vertraute Laute. Das Vorhängeschloss wird geöffnet. Der schwere Bügel aus Stahl abgehoben.

Der Vater oder der Sohn? Nicht beide, da ist sie sich sicher.

Oder jemand anderes?

Freund oder Feind?

Feind. Es gibt keine Freunde an diesem Ort.

Sie bewegt sich neben die Tür. Presst sich an die Wand und hält das Rohr fester gepackt. Wartet darauf, dass der Schlüssel im Schloss gedreht wird und der Feind das Zimmer betritt.

ER – FRÜHER

Man ahnt es nie.

Woran denkt er in diesen Stunden, bevor es passiert?

An das Leben als solches?

An den Sommer, der bald vorbei ist?

An das kleine Steinhaus an der Adria, das sie am Morgen verlassen haben?

An M. und S.? Sie, die neben ihm auf dem Beifahrersitz ist, und sie, die auf der Rückbank schläft?

An die Zukunft? Die Wohnung in der Armastenstraat in Maardam, in die sie in wenigen Wochen einziehen wollen? Die schöne, helle Wohnung, in der sie den Rest ihres Lebens verbringen möchten? Er und M… S. wird in zwei Wochen vierzehn, in ein paar Jahren wird sie natürlich ausziehen. Aber vorerst sind sie noch zu dritt.

Ja, daran denkt er, während er durch die Nacht fährt.

Und daran, dass er glücklich ist, dass sie eine glückliche Familie sind. Er ist einundfünfzig Jahre alt und wünscht sich nichts anderes vom Leben, als dass es so weitergehen darf, wie es ist. Er, M. und S.

Kann man vermissen, was man bereits hat?

Das kann man, er kann sogar Freudentränen darüber vergießen, was ihm gegeben wurde. Sicher denkt er auch an die Worte, mit denen er seine Schüler zu segnen pflegt, wenn sich ihre Wege trennen.

It was.
It will never be again.
Remember.

Der Schlüssel zum Dasein, sagt er ihnen immer, nicht mehr und nicht weniger. Die Summe aller Philosophie. Danke für die Zeit, die gewesen ist, passt gut auf euch auf.

Er wirft einen Blick auf die Tankanzeige, bald muss er sich darum kümmern. Wirft einen weiteren Blick auf die Uhr. Zehn vor eins. Die Nacht steht dunkel um sie herum, es ist nicht viel Verkehr auf der Autobahn. M. schläft neben ihm mit ruhigen Atemzügen, S. unter der Decke auf der Rückbank. Nur eine Haarsträhne lugt heraus, leuchtet kurz im Licht eines entgegenkommenden Wagens.

Ein Schild taucht auf. Zwei Kilometer bis zur nächsten Tankstelle.

Ausgezeichnet, denkt er bestimmt in dem Moment. Eine Tasse Kaffee und dazu eine Butterbrezel. Bis zum Morgengrauen sind es noch ein paar Stunden.

Es ist die Nacht der Nächte, und noch ist nichts passiert.

Um zwanzig nach drei ist immer noch nichts von der Dämmerung zu sehen, aber M. erwacht von dem Regen, der plötzlich auf das Autodach trommelt. Legt eine Hand auf seinen Arm.

»Wie geht es dir?«

»Mir geht es gut.«

»Bist du müde? Soll ich dich ablösen?«

»Ach was, ich habe einen Kaffee getrunken. Schlaf weiter, es wird bald hell.«

Sie richtet sich auf dem Sitz auf.

»Ich liebe dich.«

»Danke. Ich liebe dich auch.«

Sie dreht den Kopf und schaut auf die Rückbank.

»Wo ist S.?«

Er weiß noch nicht, dass diese simple Frage ihn alle folgenden Tage, Monate und Jahre begleiten wird. *Wo ist S.?*

Und wenn er sie denkt, hört er jedes Mal M.s Stimme, als sie die drei Worte zum allerersten Mal ausspricht.

»Wie meinst du das?«

Sagt er. Denn er weiß doch, dass sie da hinten unter ihrer Decke liegt. So wie sie dort gelegen hat, seit sie die Pizzeria in Lugano verlassen haben und in der Dunkelheit nach Norden aufgebrochen sind. Oder zumindest seit dem Gotthard-Tunnel.

»Wo ist sie?«

M.s Stimme voller Sorge. Er dreht hastig den Kopf. Fährt langsamer und schaltet das Licht im Auto an.

Eine Decke. Zwei Kissen. Ihre Stofftasche. Der Kassettenrekorder und der Kopfhörer. Eine leere Wasserflasche und eine ebenso leere Tüte Chips. Aber keine S.

»Soll das ein Witz sein? Sag mir, dass ihr euch einen Witz mit mir erlaubt?«

Aber wie sollte das gehen? Es gibt keinen zusätzlichen Platz im Auto. Der Kofferraum ist randvoll mit Gepäck und Souvenirs nach drei Wochen in Kroatien. S. befindet sich nicht im Auto.

Es ist fast halb vier Uhr nachts auf einer Autobahn irgendwo in Deutschland, und sie sind nur zu zweit. Er spürt eine plötzliche Atemnot, und M. starrt ihn an, als wäre er ein Unhold.

»Wo ist sie?«

Jetzt mit Panik in der Stimme. Er bremst und lenkt auf die Standspur. Traut sich nicht zu halten, ein Sattelschlepper könnte von hinten angedonnert kommen.

»Sie muss …«

Praktisch sofort begreift er, was passiert ist.

»Was muss sie?«

»Sie muss ausgestiegen sein, als ich getankt habe. Vielleicht musste sie auf die Toilette. Ich ...«

»Ja?«

»Ich dachte, sie läge da.«

»Du hast gedacht, dass sie da liegt?«

»Ich habe nicht so genau hingesehen. Warum sollte sie das Auto verlassen?«

»Wie lange ist es her, dass du getankt hast?«

»Ich weiß nicht ... zwei Stunden vielleicht?«

»Zwei Stunden!«

Schreit M. Dann dringt ein Laut aus ihr heraus, den er nie zuvor gehört hat. Ein Urlaut. Er denkt, dass so ein Gorillaweibchen klingen muss, wenn es ein Junges verloren hat.

Denkt er diesen Gedanken damals schon?

Vielleicht, vielleicht auch nicht. Es ist nicht wichtig. Wichtig ist dagegen, sofort umzukehren und eine Dreizehnjährige zu finden, die bald vierzehn wird. Die auf einer von Deutschlands tausend Tankstellen entlang der Autobahn in der Nacht zurückgelassen wurde.

»Fahr zurück. Wir müssen sie finden. Wenn wir sie nicht finden ...«

Sie beendet den Satz nicht. Es ist nicht nötig. Auf einmal klingt sie eiskalt.

»Natürlich finden wir sie. Sobald eine Abfahrt kommt, kehren wir um.«

Es dauert eine Million Minuten, ehe die nächste Abfahrt kommt. M. spricht kein Wort. Er auch nicht. Nicht, bis sie es geschafft haben, auf der anderen Seite aufzufahren und wieder auf dem Weg nach Süden sind.

»Wie hieß die Tankstelle?«

»Das weiß ich nicht.«

»Willst du damit sagen, dass du nicht einmal zu der richtigen verfluchten Tankstelle zurückfindest?«

Er antwortet nicht.

»Alle verfluchten Tankstellen sehen gleich aus. Noch dazu im Dunkeln. Wie zum Teufel sollen wir deiner Meinung nach die richtige finden? Du musst doch verdammt nochmal ...«

»Fluch hier nicht herum. Ich tue, was ich kann.«

»Ich fluche, so viel ich will. Wenn wir sie nicht finden ...«

»Natürlich finden wir sie.«

Es ist Viertel nach sechs, als sie die richtige Tankstelle finden. Jedenfalls wahrscheinlich die richtige. Er meint, den Laden wiederzuerkennen, in dem er einen Kaffee und eine Brezel gekauft hat. Das Personal ist allerdings nicht dasselbe. Die neue Schicht hat gerade begonnen, die Mitarbeiter der Nachtschicht sind nach Hause gefahren.

Der rotgesichtige Mann an der Kasse ist unfreundlich. Er meint, man müsse auf seine Kinder aufpassen. Ein Kunde hilft ihnen, die Polizei zu rufen. Sie taucht eine halbe Stunde später auf. Er sitzt auf der Rückbank des Streifenwagens und erklärt, was passiert ist. M. läuft auf dem Gelände herum und sucht. Sie ruft nach S., er begreift, dass sie am Rande eines Nervenzusammenbruchs ist. Er begreift auch, dass ihre fünfundzwanzig Jahre dauernde Beziehung gerade am Kippen ist.

Ist ihm das da schon klar?

Dass alles zu Asche geworden ist. Wenn sie nicht ...

»Hat das Mädchen ein Handy?«, fragt einer der Polizeibeamten.

Nein, S. hat kein Handy. Aber an ihrem vierzehnten Geburtstag, den sie in zwei Wochen feiert, soll sie eins bekommen. So ist es geplant gewesen.

So ist es geplant gewesen.

»Schade«, sagt der Polizist.

Sie verbringen einen halben Tag an der Tankstelle. Dann fahren sie in eine nahe gelegene Ortschaft. Sprechen mit zwei weiteren Polizisten und nehmen sich ein Zimmer in einem billigen Hotel. M. liegt auf dem Bett und ruft Freunde in Maardam an. Weint und flucht und treibt in der Trauer, die noch keine Tatsache ist. Er geht hinaus und kauft Whisky und Zigaretten. Seit anderthalb Tagen hat er nicht mehr geschlafen. Er hat den Eindruck, dass die Gebäude in der Ortschaft sich bewegen und findet nur mit Mühe zum Hotel zurück.

Sie reden kaum miteinander.

Drei Tage später sind sie daheim in Maardam. Nichts ist geschehen. S. ist verschwunden. Sie verschwand um ein Uhr nachts an dieser Tankstelle. In der Nacht der Nächte.

Möglicherweise auch an einer anderen Tankstelle, wenn er sich doch geirrt hat. Er wagt es nicht, M. gegenüber zu erwähnen, dass er sich nicht völlig sicher ist. Er hat Benzin, Kaffee und Brezel in bar bezahlt und den Bon weggeworfen.

M. erklärt, sie wolle nicht mehr leben. *Habe nicht die Absicht* weiterzuleben. Wenn nicht ...

Er glaubt ihr aufs Wort. Sieht, dass sie meint, was sie sagt. Sie kennen sich schon so lange. Sie werden beide krankgeschrieben.

Sie ziehen nicht in die Wohnung in der Armastenstraat um. Im November fängt er wieder an zu arbeiten. Er ist nicht mehr er selbst, die Schüler sehen es, die Kollegen auch. M. kehrt nicht auf ihre Stelle im Sozialamt zurück.

Sie macht eine Therapie. Er macht eine Therapie. Sie machen eine Paartherapie. Sie sind Fremde füreinander. Dass sie fünfundzwanzig Jahre im selben Bett geschlafen haben, heißt nichts. Bald schlafen sie nicht mehr im gemeinsamen Bett, haben nur noch eine gemeinsame Adresse.

Nach einem Jahr ist S. nach wie vor verschwunden. Er verbringt eine Reihe verstreuter Nachmittage im Polizeipräsidium von Maardam, wo er lange Gespräche mit einem Kriminalinspektor Jung führt. Dieser ist freundlich und zuvorkommend, aber das hilft nicht. Trotz umfassender Ermittlungen weiß keiner, was mit dem Mädchen passiert ist. Man kann nur raten.

Er versucht, sich davon abzuhalten zu raten.

Sie befinden sich auf einer abschüssigen Fläche. Einer immer abschüssigeren.

Am zweiten Jahrestag der Nacht der Nächte nimmt M. sich das Leben. Sie wirft sich auf der Keymerstraat im Zentrum von Maardam vor eine Straßenbahn. Sie wird im Familiengrab in Linzhuisen beerdigt, wo schon Mutter, Vater und Bruder ruhen.

Er wird wieder krankgeschrieben. Während schlafloser Nächte denkt er darüber nach, M. Gesellschaft zu leisten, bekommt nach ein paar Monaten über einen Bekannten bei einem großen Verlag jedoch einen Übersetzungsauftrag. Mit der Zeit mehrere, die Arbeit schenkt ihm eine Art Fokus, und er verdient damit so viel, dass er davon leben kann. Er kehrt nicht in die Schule zurück. Es ist für alle das Beste, sein Vertrauensvorschuss ist aufgebraucht.

Er hat keinen Kontakt zu Freunden oder Bekannten, auch das ist für alle das Beste. Er richtet sich nicht nach dem Wesen dieses Zeitalters. Er beginnt, Briefe an S. zu schreiben, die er in einer kleinen Schatulle verwahrt, die er einmal in einem französischen Dorf gekauft hat, als sie vier oder fünf war. Manchmal liest er laut, was er geschrieben hat, und bildet sich ein, dass seine Worte dadurch ankommen. Allerdings erhält er nie eine Bestätigung dafür, dass es so ist.

Am dritten Jahrestag der Nacht der Nächte hat er seine gesamte Habe verkauft und Maardam für immer verlassen. Er zieht in das kleine Anwesen Moorby in der Nähe der Stadt Lindenberg in der südöstlichen Provinz des Landes. Eine entvölkerte und stillstehende, waldreiche Region.

So, wie sich alles entwickelt hat, passt das zu ihm.

ER UND SIE

An einem Nagel neben der Tür hängen zwei Schlüssel. Es liegt auf der Hand, wofür sie sind. Das schwere Vorhängeschloss, das den Stahlbügel an seinem Platz hält. Das normale Türschloss.

Er öffnet das Vorhängeschloss und hebt den Bügel ab. Macht eine Pause und lauscht. Es ist nichts zu hören, das Haus hält den Atem an. Er dreht den Schlüssel im Türschloss. Tritt zwei Schritte zurück und wartet. Überlegt.

Denkt, dass es doch besser ist, sich zu erkennen zu geben. Nicht einfach hineinzustürmen.

»Hallo?«

Keine Antwort.

»Ich bin dein Freund. Kannst du mir antworten?«

Keine Antwort. Er beschließt, dass sie es ist.

Wie kann er das beschließen? Er weiß es nicht, weiß nur, dass er eine von zwei Alternativen wählen muss. Die gute statt der schlechten.

»Wenn du die Tür aufmachst und herauskommst, kannst du sehen, dass ich dein Freund bin.«

Keine Reaktion.

»Ich fahre immer mit demselben Bus wie du …«

Die Klinke wird vorsichtig heruntergedrückt. Die Tür zehn Zentimeter geöffnet. Dann noch zehn Zentimeter. Schließlich schaut sie heraus.

Sie ist es.

Jedenfalls glaubt er das. Sie sieht zehn Jahre älter aus. Ein Dunst von Schmutz umgibt sie. Er sieht, dass sie sich nur mit Mühe auf den Beinen hält. Ihr Blick ist eher nach innen als nach außen gerichtet, und sie umklammert ein Metallrohr, das sie in der Hand hält. Er hält noch immer das Gewehr. Für eine Sekunde bekommt er Angst, dass etwas schiefgehen könnte. Dass alles ein weiteres Mal vergebens sein wird.

Obwohl er schon so weit gekommen ist. Er schluckt und sucht nach Worten.

»Erkennst du mich?«

Sie sieht ihn an und nickt. Lässt das Metallrohr auf den Boden fallen. Fällt selbst auf die Knie. Als fehlte ihr die Kraft, noch länger aufrecht zu stehen. Er geht neben ihr auf die Knie. Berührt behutsam mit dem Rücken der Hand ihren Oberarm.

Verletzt, denkt er. Ein Küken, das aus dem Nest gefallen ist.

Aber am Leben.

Make it all up to thee.

Einige Zeit später sitzen sie in dem Pick-up. Ihre Sachen liegen auf der Ladefläche. Er ist seit zehn Jahren nicht mehr Auto gefahren, aber es gelingt ihm problemlos, den Wagen anzulassen.

Sie haben einiges besprochen. Sie weiß, dass er ihren Vater und Bruder getötet hat, aber es ist ihr erspart geblieben, die Leichen zu sehen. Der Bruder liegt noch in der Scheune, den Vater hat er ein Stück in den Wald geschleift. Er hat nicht versucht, ihn zu verbergen, ihn nur weggeschafft.

Er hat ihr erklärt, dass er nicht gewusst habe, dass sie miteinander verwandt sind. Er habe nur gewusst, dass die beiden sie gequält hätten. Sie hat ihm erzählt, sie sei von beiden vergewaltigt worden. Es sei ihr egal, ob er sie getötet hat.

Und dass sie nicht wisse, wer sie sei oder was sie aus ihrem Leben machen solle.

Er sagt, dass er sich gern ein paar Tage um sie kümmern könne und sie sich um nichts Sorgen machen müsse. Sie werde seine Pferde kennenlernen.

Pferde?

Ja.

Sie nickt, und sie fahren los.

Er erklärt ihr, dass man dem Pferd nicht in die *Augen* sieht. Man sieht dem Pferd ins *Auge*. Von der Seite, entweder in das eine oder in das andere. Wenn man frontal und nahe vor ihm steht, kann das Pferd einen nicht deutlich erkennen.

Faukurs Auge enthält gleichzeitig eine Frage und eine Antwort. Aber sie hängen nicht zusammen, das versteht sie sofort.

Die Antwort ist das gleiche Versprechen, das er ihr gegeben hat. *Mach dir keine Sorgen. Sorge wohnt in den Herzen von Narren.*

Die Frage ist undeutlicher. Vielleicht enthält sie die Skepsis aller Tiere über die Schöpfung, sie ist tief und unausgesprochen und verlangt nach keiner Antwort. Sie denkt, dass man sich mit einem anderen Menschen niemals wie ein Teil des Weltalls fühlen kann. Mit einem Tier, mit der Ruhe und dem freundlichen Fremden in Faukurs Auge, tut man dies sofort. Wenn man nur will und sich selbst die Chance dazu gibt.

Wie rücklings unter dem Sternenhimmel liegen.

Sie sprechen darüber. Er sagt, es liege an den Wörtern. Die Wörter und die Sprache seien im Weg. Das Auge des Pferds und die Sterne sind wortlos. Die ganze Schöpfung abgesehen vom Menschen ist ohne Worte.

»Aber du arbeitest als Übersetzer?«

»Ja, soweit ich denn arbeite.«

»Du und ich unterhalten uns doch.«

»Ich weiß. Es gibt vieles an der Sprache, was ich nicht verstehe.«

Darüber lacht sie. Er denkt, dass er sie zum Lachen bringt, ist nicht das Schlechteste.

Sie verbringen eine gewisse Zeit zusammen. Gehen ihre Leben durch, sein langes, ihr kurzes. Was sie mit dem Rest anstellen wollen.

»Du wirst hierbleiben?«

»Ja. Das ist meine Endhaltestelle.«

»Ich werde wegfahren.«

»Natürlich.«

»Aber ich warte noch ein paar Tage.«

»Das ist gut so.«

Eines Tages nehmen sie den Bus nach Lindenberg. Gehen einkaufen und lesen Zeitungen in der Bibliothek. Es gibt keine einzige Zeile über einen Mord in Moerkerland. Sie nehmen an, dass man die Leichen noch nicht gefunden hat. Niemand hatte einen Grund, zu dem Hof zu fahren. Es wäre das Beste, wenn die Natur den ganzen Ort zurückerobern, ihn verschlucken dürfte.

Sie setzt sich nicht mit der Schule in Verbindung. Ruft nicht ihre Tante Carla an.

In der letzten Maiwoche gehen sie sämtliche Briefe durch, die er an S. geschrieben hat. Die Abende sind warm, sie sitzen unter den Apfelbäumen und lesen sie sich gegenseitig vor. Sie sagt, dass sie nicht alles verstehe, was er schreibe, er erwidert, das tue er auch nicht. Es gebe vieles, was man nicht verstehe, vor allem über sich selbst.

Auch darüber lacht sie.

Am Ende stellt sie die Frage.

»Glaubst du, sie lebt?«

Er zögert mit seiner Antwort. Möchte, dass sie diese wirklich annimmt.

»Ich weiß, dass sie tot ist. Aber ich glaube, dass sie lebt.«

Er sieht, dass sie lange nachdenkt. Dann nickt sie und sagt.

»So ist es. Genau so ist es. Danke, dass du meinen Weg gekreuzt hast.«

»Danke, dass du meinen gekreuzt hast.«

An einem Morgen ein paar Tage später verlässt sie ihn. Er begleitet sie zur Haltestelle. Sie haben beide den Duft von sonnenwarmem Pferd in den Nasenlöchern.

Ein Fremder klopft an deine Tür

Judith, 2019

Die Zeit, dachte sie.

Was gab es über die Zeit zu sagen, was nicht schon gesagt wurde?

Wahrscheinlich nichts, aber an diesem Morgen wurde ihr schlagartig bewusst, dass sie verschlossen oder offen sein konnte.

Das heißt, für Ereignisse, so war es doch, oder? Manchmal vergingen Wochen, Monate und Jahre, ohne dass im Leben eines Menschen etwas Bedeutsames geschah. Und dann, an nur einem Tag oder in ein paar Stunden, öffnete sich eine Tür, und das eine und das andere und ein Drittes trafen ein, was danach den Rest des Lebens beeinflusste.

Die Folgen der Türöffnung, könnte man sagen. Etwas, das einen an all den anderen Tagen nicht losließ und ins Grübeln brachte. In der *toten Zeit*, während der man Müll trennte, die Kalender gewechselt wurden und die Haut ihre Straffheit verlor.

Was Judith Miller betraf, konnte man behaupten, dass seit dem letzten Öffnen der Tür achtzehn Jahre vergangen waren. Es ließ sich trefflich darüber streiten, ob es möglich war, so zu rechnen, aber in diesem Moment empfand sie es so. Wie lautete noch diese alte Weisheit? *Die Jahre müssen sühnen, was der Augenblick verbrach*?

Obwohl der Augenblick auch etwas Gutes haben konnte.

Zumindest in der Rückschau. *Besser das bereuen, was man tat, als das, was man niemals wagte.*

Sie schüttelte den Kopf. Die Gedanken über die Zeit waren verwirrend, unzusammenhängend, in ihrem Gehirn sah es nicht so aus wie sonst, was vermutlich an der Todesanzeige und den Phänomenen lag, die sie so gerne umschreiben und in Worte kleiden wollte. *Türöffnung? Verdichtung? Wahl des Wegs?*

Aber egal. Es spielte keine Rolle, welche prätentiösen Bezeichnungen man benutzte. Jedenfalls war es ein schöner Herbstmorgen Ende September. Genauer gesagt ein Donnerstag, und ihr einziger freier Vormittag in der Woche. Sie saß mit Kaffee und Zeitung an ihrem Küchentisch. Nora war gerade zur Schule gegangen, und vor ihr lagen vier goldene Stunden, ehe sie sich auf ihr Rad setzen und zur Arbeit fahren musste. Genügend Zeit, um zu entscheiden, was sie tun sollte.

Wenn man vier Stunden genügend Zeit nennen konnte? Im Vergleich zu dem, was möglicherweise auf dem Spiel stand.

Sie blinzelte in den Sonnenschein, der zum Küchenfenster hereinströmte. Dachte, dass ein langer Spaziergang durch den Keymerpark und am Flussufer entlang eine Alternative sein könnte, verwarf sie aber. Der Sommer war gut gewesen, ihr Bedarf an Sonne war gedeckt worden, und ein langes Bad, bei dem ihr Kopf auf der Gummiente auf dem Wannenrand ruhte, konnte sie sich selbst einfach nicht verwehren. Sie spürte es im Körper, er wollte Ruhe, keine Anstrengung. Mit fünfundzwanzig wäre sie mit Sicherheit aus dem Haus gegangen, aber leider war sie keine fünfundzwanzig mehr. Sie war gerade fünfundvierzig geworden. Nora würde in ein paar Wochen ihren achtzehnten Geburtstag feiern, das war ein Aspekt des Timings der Ereignisse. Vielleicht der wichtigste.

Zufrieden mit ihrer Entscheidung für die Badewanne, trank sie einen Schluck Kaffee und las noch einmal die Todesanzeige.

Felix Sandor. Geboren 1958, gestorben 2019.

Sechzehn Jahre älter als sie. Er war nur einundsechzig geworden.

Aber er war ein Halunke gewesen, und ein halbes Leben hinter Gittern hatte es sicher nicht besser gemacht.

Kein einziger Name von Trauernden. Zwei Zeilen aus einem bekannten Kirchenlied. Sie fragte sich, wer die Anzeige aufgegeben hatte. Vielleicht gehörte es zu den Aufgaben der Anstaltsleitung, sich um solche Dinge zu kümmern. Oder er hatte selbst dafür gesorgt, ehe er sich aus dem Staub machte. Damit sie es erfuhr.

Letztlich war sie nicht unvorbereitet. Sein Brief war im Frühjahr gekommen, vor ziemlich genau einem halben Jahr. Eine knappe Seite mit einleitenden Anweisungen und Erklärungen.

Und mit Warnungen. Jokovic und Frenkel lebten noch und waren seit ein paar Jahren wieder auf freiem Fuß. Mit ihnen war nicht zu spaßen. Sie fragte sich, wo sie sich im Moment befanden, an diesem fast schon naiv schönen Septembertag. In Maardam oder anderswo? Im Inland oder im Ausland? Dass Sandor, ihr Anführer und Hassobjekt, tot war, hatten sie jedenfalls mit Sicherheit erfahren. Sowie, dass dies möglicherweise eine Veränderung der Lage bedeutete. Eine andere Art von Türöffnung.

Sie faltete die Zeitung zusammen, verließ die Küche und ließ das Badewasser ein.

Was tun?

Natürlich auf die weiteren Informationen warten, die in den nächsten Tagen kommen müssten; dass er dieses Detail vernachlässigt haben sollte, erschien ihr so gut wie ausgeschlossen. Und dann?

Dann?

Als sie mit geschlossenen Augen in die heiße Wanne sank, konnte sie innerlich seine heisere Stimme hören. Als sie ihn das eine Mal im *Großen Grau* in Würgau besucht hatte.

Mindestens eine Million, hatte er gesagt. Wahrscheinlich etwas mehr. Die könnten du und Nora doch sicher gut gebrauchen, nicht wahr, liebe Judith?

Eine Million Euro.

Sie öffnete die Augen und wandte sich in Gedanken ihrer Tochter zu.

Nora war immer ein pflegeleichtes Kind gewesen. Schon als Neugeborene, in jener verschneiten Woche im Gemejnte Hospitaal, und als Baby in der Minderstraat hatte sie stets zufrieden mit sich und ihrer Umgebung gewirkt. Dem Ort auf Erden, an dem unsichtbare und unbegreifliche Kräfte sie aus einer Laune heraus platziert hatten. Sie schlief nachts gut, sie aß, rülpste und kackte, wie sie sollte, und war fast nie traurig oder anstrengend. Niemals krank, abgesehen von seltenen, schnell vorübergehenden Erkältungen, und mit einem frühen Lächeln, das selbst einen Sterbenden zum Lachen hätte bringen können.

In dieser ersten Zeit dachte Judith oft, dass es zu gut war, um wahr sein zu können. Sie war eine frischgebackene alleinstehende Mutter, Kindsvater unbekannt (wobei sie trotz Nachfragen blieb), und musste noch zwei Semester studieren, um Gymnasiallehrerin zu werden – die sie erfolgreich absolvierte, während sie stillte, Windeln wechselte und Kinderlieder sang. Ihre Mutter, Noras Großmutter, eilte ihr gelegentlich zu Hilfe, aber da sie und Großvater Erich in Oostwerdingen wohnten, mehr als vierhundert Kilometer von Maardam entfernt, und weil ein Enkelkind, dessen Vater unbekannt war, mit wenig Wohlwollen betrachtet wurde, blieben ihre Einsätze eher sporadisch. Die beiden älteren Schwestern Judiths hatten oben im Norden ordentliche Familien, und Nora war das sechste in der Reihe der Enkelkinder.

Aber Judith lernte von ihrer Tochter und verzichtete darauf, sich zu beklagen. Das Leben funktionierte trotzdem, und in dem Herbst, als Nora zwei wurde, kam sie in die Kita Rosenknospe, zwei Häuserblocks von der Minderstraat entfernt, während ihre Mutter Judith zur selben Zeit ihre erste Lehrerstelle antrat, eine Dreiviertelstelle in Englisch und Französisch am Erasmusgymnasium in der Baaderstraat.

Es dauerte ein weiteres Jahr, bis Nora wissen wollte, warum sie keinen Papa hatte. Oder keine zweite Mama, wie zwei der Mädchen in der Rosenknospe sie hatten; auch in Maardam waren moderne Zeiten eingezogen.

Judith versuchte zu erklären, sie und der fragliche Papa hätten beschlossen, dass sie nicht zusammenleben würden, weil sie so unterschiedlich waren, und dass er mittlerweile weit entfernt auf der anderen Seite mehrerer großer Meere lebte. Es war eine Erklärung, die sie sich vorher zurechtgelegt hatte, und mit der Vorstellung präsentierte, dass sie poetisch klang und von einem Kinderohr gut aufgenommen werden müsste. Das Gleiche zu behaupten wie bei den Behörden, war jedenfalls undenkbar. *Kindsvater unbekannt*, was nützte eine solche Information einem kleinen, wohlgeratenen Mädchen?

Ihre Annahme erwies sich als richtig, und Nora gab sich mit diesen Umständen ihrer Geburt lange zufrieden. Ihr Papa wohnte am anderen Ufer der sieben Weltmeere, so war das eben.

Aber mit der Zeit wurden natürlich Präzisierungen verlangt.

Wie heißt er, wollte Nora wissen.

Warum kommt er uns nie besuchen?

Können wir nicht zu ihm fahren?

Die beiden letzten Fragen parierte Judith mit diversen bemühten Antworten. Dass es zu weit und zu teuer sei, dass er eine andere Familie habe, um die er sich kümmern müsse, aber eines schönen Tages sicher trotzdem kommen werde ... oder dass irgendwann in der Zukunft der umgekehrte Fall eintreten könne, aber nicht jetzt, weil ... nun, weil für eine teure Reise kein Geld da sei, die Mama arbeiten gehen müsse und so weiter.

Was den Namen von Noras Vater anging, war es allerdings schwieriger, vage zu bleiben, deshalb tischte sie Marten auf – der erste Junge, in den sie mit zwölf, dreizehn Jahren wirklich verliebt gewesen war, und ein Name, den sie mit Sicherheit nicht vergessen würde.

Marten? Mein Papa heißt Marten?

Ja.

Wie sieht er aus? Hast du ein Foto von ihm?

Er ist groß und hat dunkle Haare und liebe Augen. Aber ein Foto habe ich leider nicht.

Diese Lügen, glatte oder nicht so glatte, erfüllten ihren Zweck bis zu Noras neuntem Geburtstag. Oder genau genommen bis eine Woche vorher, als Judith sich erkundigte, was Nora sich zum Geburtstag wünschte.

Dass du mir die Wahrheit über meinen Papa sagst, lautete die Antwort.

Klar und präzise. Nachdem sie einige Sekunden überlegt hatte, während sie ihrer Tochter in die ernsten Augen sah, gab sie nach und gestand, sie habe nicht die ganze Wahrheit gesagt. Weil sie geglaubt habe, es sei besser so.

Wie hatte sie nur glauben können, dass es so besser sei?

Judith hatte geantwortet, das wisse sie nicht genau, aber dass sie vorhabe zu erzählen, wie es sich wirklich verhielt, wenn Nora ein wenig älter sei.

Mama, ich werde neun. Also, wer ist er?

Wenn sie sich an dieses Gespräch erinnerte, dachte sie immer, dass es zum ersten Mal einen richtigen Konflikt zwischen ihnen gegeben hatte. Die Tochter verlangte, es zu erfahren, die Mutter verweigerte die Antwort.

Es hatte sowohl Zeit (mindestens eine Stunde) als auch harte Worte (Flüche von der Tochter, scharfe Zurechtweisungen von der Mutter) gekostet, aber mit einer Art Abmachung geendet. Es gab starke und schwerwiegende Gründe dafür, Nora vorzuenthalten, wer ihr Vater war, das musste das Mädchen bitte akzeptieren. Allerdings nicht für immer und ewig, denn am Tag ihrer Volljährigkeit, an ihrem achtzehnten Geburtstag, würde sie die Wahrheit erfahren.

Die Wahrheit, die ganze Wahrheit und nichts als die Wahrheit? (Nora war mitten in einer Phase, in der sie alte amerikanische Gerichtsfilme schaute.)

Sustained, hatte Judith geantwortet und daraufhin erfahren, dass dies als Antwort zwar okay, in diesem Zusammenhang aber nicht ganz korrekt war.

Sie lehnte den Kopf an die Gummiente. Sie war weich und gelb und bei ihnen, seit Nora vier oder fünf war. Jetzt war ihre Tochter fast achtzehn. Der Zeitpunkt, an dem die Wahrheit über ihren Vater enthüllt werden sollte, lag nur einen guten Monat entfernt. Andere Lösungen fehlten.

Nachdem sie sich geeinigt hatten, war die Frage nicht mehr oft zur Sprache gekommen, aber Judith wusste, dass ihre Tochter sich damit beschäftigte. Natürlich, ein Kind will wissen, woher es kommt. In Noras Fall ein Wunsch, der mit gewissen Befürchtungen verbunden sein musste; dass ihre Mutter nicht beabsichtigte, ihr eine freudige Überraschung zu präsentieren, war offensichtlich. Was aus irgendeinem Grund geheim gehalten wurde, war mit Sicherheit auf der dunklen Seite beheimatet.

So hatte Nora sich einmal ausgedrückt, als sie vor ein paar Jahren über die Sache sprachen. Ich glaube, dass mein Vater sich auf der dunklen Seite befindet, hatte sie gesagt.

Aber das spielt keine Rolle, hatte sie hinzugefügt, nichts zu wissen, ist noch dunkler.

Jetzt, in der Badewanne, während das Wasser nach und nach seine gesegnete Wärme verlor, erinnerte sich Judith nicht mehr, was sie erwidert hatte. Wahrscheinlich nicht besonders viel. Vielleicht hatte sie vage zustimmend genickt, ohne die Sache weiter zu kommentieren. Oder etwas Unverbindliches gemurmelt. Jedenfalls, dachte sie und zog den Stopfen aus der Badewanne, jedenfalls kam Felix Sandors Tod zur rechten Zeit. Ein toter Vater ließ sich nicht zu einem Gespräch aufsuchen; weder in einem Gefängnis noch anderswo.

Ja, unbestreitbar ein Vorteil, stellte sie fest. Vermutlich war es auch ein Vorteil, dass ihr noch etwas Zeit blieb, einige andere Dinge zu entscheiden, bevor es Zeit für den Augenblick der Wahrheit wurde.

Zum Beispiel für die Beerdigung, war sie nicht das, was als Nächstes anstand? Laut Todesanzeige sollte die schlichte Zeremonie in einer Woche stattfinden. In Würgau, wo sonst?

Sollte sie hinfahren oder war es besser, ihr fernzubleiben?

Würde sie in den nächsten Tagen Anweisungen erhalten? Die er dann wohl zu Papier gebracht hatte, als er spürte, dass das Ende nah war. Das war schwer zu wissen, aber es war die vorsichtige Interpretation, zu der sie anhand seiner Briefe im Frühjahr gekommen war.

Und eine Million war trotz allem eine Million. Wenn sie ihre Karten gut ausspielte, würde sie für den Rest ihres Lebens nicht mehr arbeiten müssen. Jedenfalls nicht Vollzeit.

Die Karten gut ausspielen? Sie erkannte, dass sie noch nie ein Kartenspiel besessen hatte, stieg aus der Wanne und fragte sich, was das für ein unbekanntes Gefühl war, das seit Neuestem in ihr rumorte. Möglicherweise handelte es sich um Angst, aber solange man das Unangenehme nicht in Worte kleidet, hält man es leichter auf Distanz.

Eine fünfundvierzigjährige Englisch- und Französischlehrerin nimmt sich nicht zwei Tage frei, um zur Beerdigung eines Knastbruders zu fahren.

Ebenso wenig teilt sie der Schulleitung mit, dass ihre inniglich geliebte Tante Paula das Zeitliche gesegnet hat.

Oder kauft sich eine blonde Perücke, ein himmelblaues Halstuch und eine dunkle Sonnenbrille, die das halbe Gesicht verdeckt.

Oder erklärt ihrer Tochter, dass sie für zwei Tage zu einer Fortbildung in Linzhuisen fährt und dort übernachten wird.

Dennoch waren es genau diese Maßnahmen, die Judith Miller in den Tagen ergriff, bis sie sich am frühen Donnerstagmorgen im Hauptbahnhof von Maardam mit einem nachlässig gepackten Koffer und einem Kopf, der vor Schlafmangel surrte, in den Zug setzte.

Aber es war, wie es war, und in ihrer marokkanischen Handtasche, einem Weihnachtsgeschenk von Nora, verwahrte sie zwei Briefe eines nicht genannten, aber zugleich sehr vertrauten Absenders. Der letzte war am Montag gekommen, und sie hatte sich die Frage nicht verkneifen können, wie man es anstellte, einen Brief aufzugeben, wenn man schon seit einer Woche tot war. Aber dafür gab es sicher Methoden.

Die Anweisungen waren einerseits klar, andererseits aber auch unklar. Sie hatte sich alles siebenmal durchgelesen und zunächst vorgehabt, es noch einmal zu tun, als der Zug sich endlich in Bewegung setzte. Aber dann kam eine junge Frau und setzte sich auf den Platz ihr gegenüber, und diese kleine Störung veranlasste sie, den Brief in die Tasche zurückzustecken. Sie sah aus dem Fenster und begann stattdessen, über ihre Arbeit nachzudenken.

Sie arbeitete im siebzehnten Jahr am Erasmusgymnasium – gehörte aber noch immer zur jüngeren Hälfte des Kollegiums. Und zwar deutlich; die Mehrzahl der vielköpfigen Lehrerschaft war über fünfzig, und nach jedem Schuljahr gab es eine Handvoll, die ihren Abschied nahm und in Pension ging. Oder *ins Ziel kam*, wie Rektor Wunderlich diese Leistung gern bezeichnete.

Nach vierzig Jahren am Lehrerpult. *Mon Dieu*, dachte Judith. *My God.*

Sie hatte ihre Arbeit als Gymnasiallehrerin immer gemocht, aber wenn sie einen vorsichtigen Blick in die Zukunft warf – und gleichzeitig aus den Augenwinkeln ihre älteren Kollegen betrachtete –, beschlichen sie Zweifel. War das wirklich die Fortsetzung ihres Lebens? Wollte sie vor einer Gruppe schöner junger Menschen stehen und passé simple und Konditionalsätze erklären, wenn sie eine ergraute Dreiundsechzigjährige war? In Pension gehen als eine ehrenwerte, aber abgearbeitete, alte Sprachjungfer, die sich entschieden hatte, bei ihren Leisten zu bleiben, weil sie sich niemals dazu hatte aufraffen können, nach etwas Besserem zu suchen?

Das mit der alten Jungfer hatte an sich nichts mit ihrer Arbeit an der Schule zu tun, nicht unbedingt. Aber nachdem sie Nora bekommen hatte, war ihr Liebesleben wenn schon nicht zu einer Wüste, so doch zu einer Tundra vertrocknet. In den letzten achtzehn Jahren hatte sie eine einzige kurze Beziehung gehabt. Sie hatte sich über einige Monate hingezogen, als Nora acht war; noch dazu in größter Heimlichkeit und Scham, weil der beteiligte Mann, ein Kollege aus der Schule, glücklich mit einer umtriebigen Frau verheiratet war und vier Kinder und einen Hundezwinger hatte. Ansonsten lagen ihre sexuellen Erfahrungen weit zurück und fielen in die Phase, die in früheren Zeiten unter der Bezeichnung Sturm und Drang lief und die für Judith an einem Januarabend in ihrem achtundzwanzigsten Lebensjahr ein definitives Ende fand, als ein Fremder kam und an ihre Tür klopfte.

So viel dazu, das Leben schrieb seine eigenen Regeln, und in ein paar Jahren würde die Zeit gekommen sein, die Bekanntschaft des düsteren Gegenpols zum Sturm und Drang zu machen: der Wechseljahre.

Sie seufzte, betrachtete die zwanzig Jahre jüngere Frau, die ihr gegenübersaß, und fragte sich, was ihr in diesem Moment wohl durch den Kopf ging. Sie schien intensiv über irgendetwas nachzudenken, über irgendein Problem, ihre Stirn wies eine wenig kleidsame, vertikale Falte auf, die blassblauen Augen blinzelten in sich gekehrt, und für eine Sekunde lag Judith auf der Zunge, sie zu fragen, ob sie ihr irgendwie behilflich sein könne.

Aber sie unterließ es. Natürlich; es war ja gar nicht die junge Frau, die einen guten Rat benötigte, sondern sie selbst. Das Problem war nur, dass es niemanden gab, den sie um Rat fragen konnte; sie stand zweifellos vor einer entscheidenden Wahl des weiteren Wegs, aber auch vor einer solchen ereignisverdichteten Entscheidungssituation, in der sie selbst und kein anderer die Verantwortung auf ihren schmalen, leicht abfallenden Schultern trug. Die rechte etwas mehr als die linke.

So war die Lage, daran ließ sich nichts ändern.

Aber *alea iacta est*, dachte die Sprachlehrerin in ihr. Der Würfel ist gefallen, sonst würde sie ja wohl kaum in diesem Zug sitzen und ihr Blick zwischen der bekümmerten Mitreisenden und den altbekannten Maardamer Vorstädten, die vor dem verschmierten Fenster vorbeisausten, hin und her wandern. Hatte sie dadurch, dass sie den ersten Schritt gemacht hatte, nicht auch entschieden, alle anderen zu tun?

Vielleicht auch nicht. Es gab nach wie vor genügend Spielraum, um abzubrechen, wie man so sagte; gegen eine solche Entwicklung sprach jedoch immer mehr, dass der Gedanke an eine Million Euro – der sich mit Nachdruck in ihrem Bewusstsein festgesetzt hatte, als sie vor einer Woche die Todesanzeige im *Neuwe Blatt* gelesen hatte – sie einfach nicht losließ. Im Gegenteil, mit jedem Tag, der seither vergangen war, hatte er praktisch alle alltäglichen Gedanken und Probleme verdrängt, und im tiefsten Inneren wusste sie vermutlich, dass sie die Sache bis zum Ende durchziehen würde.

Ich bin in einer vollkommen einmaligen Situation, dachte sie, als der Zug kurz vor dem ersten Halt abbremste (Haasenberck, bekannt für seine aktuelle Fußballmannschaft sowie für ein Kloster aus dem zehnten Jahrhundert), es gibt kein Wissen und keine Erfahrung, auf die ich zurückgreifen kann. Wie bei einer … ja, ähnlich wie bei einer wahnsinnigen und alles verschlingenden Liebe.

Und im Übrigen, erkannte sie in einem Moment verschwommenen Scharfblicks, wenn ich zwischen der Liebe und einer Million Euro wählen müsste, würde ich die Million nehmen. Ohne groß zu zögern und mit dem Recht, das mir mein Alter gibt.

Sie merkte, dass dieser Gedanke ein dämliches Grinsen auf ihr Gesicht klebte, so dass sie sich auf die Zunge biss und den Brief aus der Handtasche zog.

Als sie am verwaisten Bahnhof von Würgau aus dem Zug stieg, blieben ihr noch vier Stunden bis zur Beerdigung. Sie fand den Weg zum Hotel *Mireille*, wo sie auf den Namen Vera Krause ein Zimmer für eine Nacht reserviert hatte, checkte ein, bezahlte im Voraus in bar und duschte.

Der Ort für das Begräbnis von Felix Sandor, die Kapelle der Stille auf dem städtischen Friedhof, lag nur ein paar hundert Meter vom Hotel entfernt, und sie begab sich vor Beginn der Zeremonie zu einer kurzen Erkundungstour dorthin.

Der Friedhof sah aus, wie Friedhöfe meistens aussahen. Alte Ulmen, alte Gräber, geharkte Wege und zwei kleinere, weiß getünchte Gebäude, von denen das eine erwartungsgemäß Kapelle der Stille hieß, was sich einem kleinen Metallschild an der Wand neben dem Eingang entnehmen ließ. Sie hatte ihre blonde Perücke aufgezogen und sich das neue Halstuch umgebunden, auf die Sonnenbrille jedoch verzichtet, weil es schwierig war, mit ihr etwas im Schummerlicht unter dem dichten Laub der Ulmen zu sehen. Bis zur festgesetzten Uhrzeit war es noch eine Stunde, die Kapelle schien abgeschlossen zu sein, und es waren keine anderen Menschen zu sehen. Außer einer älteren Frau, die soeben die Blumen auf einem Grab mit einem schlichten schwarzen Stein austauschte: alte rote Nelken gegen neue rote Nelken, soweit sie es sehen konnte, als sie an ihr vorbeiging.

Sie verließ den Friedhof, entdeckte einen halben Häuserblock entfernt ein kleines Café, trat ein und setzte sich. Es war genauso menschenleer, und sie überkam das Gefühl, dass Würgau generell unter einem Mangel an Menschen litt. Vielleicht saßen ja alle in dem Gefängnis, das in dem Ruf stand, eines der besten und ausbruchssichersten im ganzen Land zu sein. Oder arbeiteten dort.

Sie bestellte eine Tasse Tee und ein Käsebrot und zog die alten Aufnahmen von Jokovich und Frenkel heraus – die sie aus einer Zeitung ausgeschnitten hatte, als der Raubüberfall in den Schlagzeilen war. Mittlerweile waren die Aufnahmen fast zwanzig Jahre alt, und sie fragte sich, ob es möglich war, einen von ihnen nach so langer Zeit zu erkennen. Auf den Fotografien waren beide um die dreißig und sahen ungefähr so aus, wie man es von zwei relativ jungen Schwerverbrechern erwartete. Jokovic dunkelhaarig mit einem länglich düsteren Pferdegesicht, kalten Augen und einem Dreitagebart. Frenkel heller, rasierter Schädel, Unterbiss und mit drei Ziffern, 1-4-7 oder eventuell auch 1-4-1 weit oben auf die Stirn tätowiert.

Haare konnten wachsen, dachte Judith, und Tattoos lassen sich entfernen. Sollten zwei Personen männlichen Geschlechts im richtigen Alter auf der Beerdigung auftauchen, standen die Chancen gut, dass es sich um diese beiden Herren handelte. Das war der Grund dafür, dass sie selbst eine Blondine mit einem Halstuch geworden war, das sie normalerweise niemals tragen würde. Aus diesem Grund hatte sie eine idiotische Brille gekauft, und aus diesem Grund musste sie bei ihrem Rückzug zum Hotel sehr sorgsam sein.

Aber sie war nicht wegen Jokovic oder Frenkel hier. Es ging um den Pfarrer, den Mann, der den Trauergottesdienst abhalten würde, auf ihn musste sie zugehen, um den letzten erforderlichen Wegweiser zu einer Million Euro zu erhalten.

So hatte es in dem Brief vom Montag gestanden. *Unter allen Menschen auf der Erde gibt es einen, der mein volles Vertrauen genießt. Er wird dafür sorgen, dass ich unter die Erde komme und du die richtige Stelle findest. Sein Name ist Jochen Maasbrügger, er ist Gefängnisseelsorger und hässlich wie die Nacht, aber wenn du weitermachen willst, musst du dich auf ihn verlassen.*

Sie konnte die Formulierung auswendig. Also ein hässlicher Gefängnispfarrer, der wahrscheinlich keine Ahnung hatte, worum es bei dem Ganzen ging, aber das Puzzleteil oder die Puzzleteile besaß, die ihr noch fehlten. Man konnte über Felix Sandor sagen, was man wollte, aber er wusste, was er tat, und überließ auch bei den Details nichts dem Zufall.

Andererseits war er aus sehr guten Gründen ins Gefängnis gekommen, irgendetwas musste also schiefgegangen sein – aber das war ein Gedanke, mit dem sie sich nur ungern ohne Not beschäftigte. Und bis jetzt, rief sie sich in Erinnerung, bis zu diesem Punkt, in dem, was letzten Endes als *die Grauzone* bezeichnet werden musste, befand sie sich auf der richtigen Seite der Grenze. Nichts von dem, was sie bisher unternommen hatte, war auch nur im Mindesten illegal gewesen. Hatte nicht jeder das Recht, eine Zugreise zu machen, im Hotel zu übernachten und auf eine Beerdigung zu gehen? Nicht wahr, so viel dazu.

Sie sah, dass die angegebene Uhrzeit näher rückte, zupfte das Halstuch zurecht und verließ das Café.

Es war eine höchst mittelmäßige Zeremonie. Außer Judith waren der hässliche Geistliche, eine Art Beerdigungsassistent (ein glatzköpfiger Mann von schwer zu schätzendem Alter, der um die einhundertfünfzig Kilo zu wiegen schien) sowie eine unbekannte, ältere Frau in einem dunkelblauen Mantel und mit vollen grauen Haaren in einem halbmeterlangen Zopf anwesend. Der Sarg und der Pfarrer standen in der kleinen Kapelle ganz vorn, die anderen drei saßen auf harten Holzbänken in gebührendem Abstand voneinander und von dem Verstorbenen.

Schwere Orgelmusik aus unsichtbaren Lautsprechern leitete die Zeremonie ein und beendete sie; dazwischen sprach der große, buckelige Geistliche knapp zehn Minuten – in einer Sprache, die Judith nicht identifizieren konnte, wenngleich sie nach einer Weile beschloss, dass es Ungarisch sein musste. In erster Linie, weil es logisch erschien, da Felix Sandor in Budapest geboren und aufgewachsen war. So viel hatte er ihr in der sehr kurzen Zeit ihrer Bekanntschaft immerhin über sein Leben anvertraut. Und nicht viel mehr.

Auf dem weißen Sarg lag ein schlichter Blumenkranz, und als der Pfarrer fertig war, ging die alte Frau nach vorn und ergänzte ihn um eine rote Rose, die leicht verwelkt aussah. Dieses Detail hatte Judith völlig vergessen, und da niemand etwas hinzuzufügen hatte, bedeutete der Geistliche dem versammelten Trio, oder zumindest den beiden Damen, dass es für sie an der Zeit war, sich zu entfernen.

Was sie begleitet von der schwermütigen Orgel auch taten. Die alte Frau verschwand gemächlichen Schrittes und leicht hinkend die geharkten Kieswege hinab, während Judith vor dem Eingang verweilte und zögerlich darauf wartete, dass der Pfarrer herauskam.

Es dauerte einige Minuten, und zunächst erschien der Schwergewichtler vom Bestattungsinstitut (oder wohin er im Alltagsleben gehören mochte). Er schnäuzte sich lautstark in ein mitgebrachtes Taschentuch, nickte Judith mürrisch zu und nahm anschließend denselben Weg wie die Frau mit dem Zopf. Schon bald wurde er vom Dunkel der Dämmerung unter den Ulmen verschluckt, wo die Dohlen, der Geräuschkulisse nach zu urteilen, dabei waren, sich vor der nahenden Nacht zu versammeln. Judith schauderte, merkte, dass sie fror, und spielte für einen kurzen Moment mit dem Gedanken, einfach in ihr Hotel zurückzukehren und das ganze Unterfangen abzubrechen.

Dann kam jedoch der Geistliche heraus. Jochen Maasbrügger. Er blieb stehen, schloss die Tür hinter sich und betrachtete sie ernst durch seine dicke Brille. Strich sich mit Daumen und Zeigefinger über seine fleischige Nase und schien sie zu taxieren. Aus der Nähe war er tatsächlich ungewöhnlich hässlich, und Judith stellte von Vorurteilen getrieben fest, dass er wesentlich besser in ein Gefängnis passte als in eine Kirche.

»Der Prediger Salomo, sieben zwanzig«, sagte er.

»Denn es ist kein Mensch so gerecht auf Erden, dass er nur Gutes tue und nicht sündige«, antwortete Judith.

Das war die vereinbarte Losung, und sobald sie die auswendig gelernten Worte ausgesprochen hatte, steckte der

Pfarrer die Hand durch einen Schlitz in seinem schwarzen Kaftan und fischte einen Umschlag heraus. Dieser war hellbraun und von üblicher Größe, und er betrachtete ihn einige Augenblicke – als würde er etwas abwägen, dachte Judith, als gäbe es noch irgendwelche Zweifel in dieser ernsten Angelegenheit –, ehe er mit den Schultern zuckte und ihn ihr übergab.

Viel Glück, murmelte er, kaum hörbar. Drückte einen schwarzen Hut auf seine wirren, graumelierten Haare, rückte die Brille gerade und verließ sie.

Sie blieb mit dem Umschlag in der Hand stehen, bis er in der Dunkelheit verschwunden war wie zuvor die alte Dame und der Schwergewichtler. Sie lauschte den Dohlen und dachte, dass sie der einsamste Mensch auf der Welt war.

Zurück in ihrem einfachen Zimmer im Hotel *Mireille* legte sich Judith Miller zunächst ausgestreckt auf das sparsam bemessene Bett und starrte gut zwanzig Minuten an die Decke. Es war fast dunkel im Raum, aber durch einen Spalt zwischen den Vorhängen am Fenster warf eine Straßenlaterne schiefes, gelbliches Licht herein. Der Geruch von altem, erkaltetem Zigarettenrauch und irgendeinem Putzmittel rangen träge um die Vorherrschaft in der eingeschlossenen Luft, und aus einem Nachbarzimmer drang das Geräusch eines Fernsehers. Allem Anschein nach lag dort eine andere verlorene Existenz und schaute eine Quizsendung. Es war halb sieben in der Stadt Würgau, die mehr als tausend Jahre auf dem Buckel hatte, auf ihrer langen Reise durch die Jahrhunderte jedoch recht viel von ihrem Esprit verloren zu haben schien.

Wie bin ich hier nur gelandet?, dachte Judith und ballte die Hände zu Fäusten, um nicht in Tränen auszubrechen. Wo sind meine Tatkraft und meine Entschlossenheit abgeblieben?

Sie hatte den Umschlag noch nicht geöffnet. Er lag zusammen mit ihrem Handy, der blonden Perücke und einer Bibel des Gideonbunds auf dem Nachttisch. Noch ein Brief also; zusammen mit den beiden, die sie bereits in ihrer Handtasche trug, bildete er den Weg zu ihrem neuen, sorgenfreien Dasein. Zu ihrer und Noras Zukunft. So war es doch, nicht? War das nicht der springende Punkt an dem Ganzen? Daran, dass sie in einem fremden Hotelzimmer in einer fremden, menschenleeren Stadt lag und gegen Zweifel und ihre Zerbrechlichkeit kämpfte. Warum sie sich den Inhalt des Umschlags nicht sofort angesehen hatte, konnte sie sich nicht wirklich erklären. Vielleicht hatte es mit der Situation zu tun. Den Umständen. Der dumpfen, leicht bedrohlichen Stimmung während der Trauerfeier in der Kapelle auf dem Friedhof. Den anwesenden Menschen: der alten Frau, dem Schwergewichtler und dem hässlichen Pfarrer – den sie nun, im Nachhinein, als regelrecht abstoßend wahrnahm. Ein Trio wie aus einem Horrorfilm.

Und an der Einsamkeit. Wenn ich an diesem Abend verschwände, würde keiner jemals verstehen, was passiert ist, dachte sie plötzlich und griff nach ihrem Handy. Sie musste wenigstens Nora erzählen, wo sie sich wirklich aufhielt – dass sie Linzhuisen und Würgau verwechselt hatte. Natürlich kein Wort über den wahren Grund, es ging immer noch um eine Fortbildung, aber es erschien ihr wichtig, dass ihrer Tochter bekannt war, wo … wo man nach ihrer Leiche suchen musste, falls ihr etwas zustoßen sollte.

Sie erreichte nur die Mailbox und hinterließ keine Nachricht. Das war nicht nötig; wenn Nora sah, dass sie angerufen hatte, würde sie sich melden. Für einen kurzen Moment überlegte sie, ob sie sich auch bei einer ihrer Schwestern oder den Eltern melden sollte, schließlich wohnte keiner von ihnen mehr als eine gute Stunde mit dem Auto von Würgau entfernt, aber es blieb bei dem Gedanken. Wenn man eine richtige Familie gewesen wäre, mit einem guten Verhältnis und starker Verbundenheit untereinander, wäre es die natürlichste Sache der Welt gewesen, sich bei ihnen zu melden, aber Judith hatte vor langer Zeit beschlossen, dass es nicht so war. Eher traf das genaue Gegenteil zu. Ihre Familie war eine Scheißfamilie par excellence, bevölkert von egozentrischen Kleinbürgern voller Vorurteile, mit ihr selbst in der Rolle des unschuldig angeprangerten schwarzen Schafs. Es gab keinen Grund, diese Auffassung zu revidieren, nur weil man in einem kleinen, ungemütlichen Hotelzimmer lag und sich elend fühlte. Nicht den geringsten.

Sie legte das Handy weg und griff nach dem braunen Umschlag. Tastete ihn vorsichtig ab, empfand aber weiterhin einen starken Widerwillen, ihn zu öffnen. Als würde es bedeuten, auch noch die letzte Brücke hinter sich abzubrechen, wenn sie es tat. Dass der Würfel dann noch mehr gefallen wäre, was eine höchst unlogische Art sein musste, die Sache zu betrachten. Natürlich wäre es möglich, den Inhalt noch zu verbrennen, nachdem sie ihn erfasst hatte – zusammen mit den anderen Briefen, den Hinweisen, die sie bereits besaß, womit das Ganze aus der Welt geschafft wäre.

Oder nicht? Sie würde zu ihrem Job als Lehrerin am Erasmusgymnasium zurückkehren können und französische Verbformen und englische Satzverkürzungen durchkauen, bis sie in Rente ging – und musste sich nie mehr Gedanken über eine Million Euro mehr oder weniger machen.

Ich kann ihn nur nicht hier und jetzt öffnen, entschied sie und stopfte den Brief resolut in ihre Handtasche. Sie spürte, wie sie von plötzlicher Müdigkeit übermannt wurde, und obwohl es erst ein paar Minuten nach sieben war, riss sie sich die

Kleider vom Leib, zog die Vorhänge ordentlich zu und legte sich ins Bett.

Zwölf Stunden Schlaf, dachte sie. Danach Frühstück und mit dem Zug zurück nach Maardam. Man sollte keine Entscheidungen treffen, wenn man nicht in Form ist.

Und während sie sich noch in dem unangenehmen Grenzland zwischen Wachen und Schlafen befand, in dem die Zeit zuweilen offen und gleichzeitig geschlossen zu sein scheint, tauchte dieser verregnete Abend in ihrem Bewusstsein auf. Es geschah nicht zum ersten Mal, bei Weitem nicht. Fast zwei Jahrzehnte waren vergangen, manchmal fühlte es sich an wie nur wenige Tage.

Nora, 2019

Mama hat irgendwas.

Ich glaube, es fing letzte Woche an. Vielleicht auch schon früher, im Sommer, aber aufgefallen ist es mir erst jetzt. Es geht nicht um deutliche Zeichen, aber ich habe mein ganzes Leben mit ihr verbracht, fast achtzehn Jahre, und da unsere Familie nur aus uns beiden besteht, habe ich einen ziemlich guten Radar entwickelt.

Fühlt sie sich wohl auf der Arbeit? Ist sie traurig oder fröhlich? Ist sie bei mir oder denkt sie an etwas anderes, während wir uns unterhalten? Macht sie sich Sorgen um mich? Um etwas anderes? Gibt es etwas, was sie gern ansprechen würde, ohne sich zu trauen? Es gibt jede Menge kleiner Signale, die man beobachten kann, wenn man nur ein bisschen achtgibt.

Und das tue ich vielleicht nicht immer. Was natürlich daran liegt, wie mein eigenes Leben von Zeit zu Zeit aussieht. Schließlich bin ich erst siebzehn, die Pubertät habe ich zwar hinter mir, aber Hormone hat man natürlich in Hülle und Fülle. PMS und Schulaufgaben und unerwiderte Liebe, von all dem gibt es mehr als genug. Aber im Großen und Ganzen und im Vergleich zu gewissen anderen in meinem Alter, möchte ich behaupten, dass ich ein ziemlich strukturierter Mensch bin.

Das dürfte ich von meiner Mutter geerbt haben. Sie ist der strukturierteste Mensch, den ich kenne. Vielleicht liegt es daran, dass sie in meiner Kindheit ganz allein die Verantwortung für mich tragen musste, jedenfalls deutet sie das an, wenn wir darüber sprechen. Über die Bedeutung von Ordnung, wie wichtig es ist, die Dinge im Griff zu haben – und sich selbst. Nicht die ganze Zeit in einer Pfütze oder einem See aus Gefühlen zu schwimmen. *Impulskontrolle* ist ein Wort, das sie gern benutzt, meine Mama. Denke erst, handle dann. Das klingt einfach, wenn man es sagt, aber alle, die schon etwas länger gelebt haben, wissen natürlich, dass es wesentlich schwieriger ist, als es scheint.

Jedenfalls kann man mich als ein relativ problemloses Mädchen betrachten. Ich rauche nicht und nehme keine Drogen. Ich treffe mich nicht mit einem Haufen zwielichtiger Gestalten. Ich habe zweimal Sex gehabt, ich weiß also, was es damit auf sich hat. Meine besten Freunde – eigentlich nur zwei: Carol und Dieter – kenne ich, seit ich zehn war. Ich sollte vielleicht noch Marion hinzufügen, die erst vor einem Jahr in unsere Klasse gekommen ist, die ich mag und mit der ich immer häufiger etwas mache … ja, natürlich gehört Marion auch zu denen, die mir sehr nahestehen.

Und Mama natürlich. Viele, die in meinem Alter oder etwas jünger sind, gehen ja auf Distanz zu ihren Eltern – um ihre Unabhängigkeit zu verdeutlichen und so weiter –, aber das ist bei mir nie der Fall gewesen. Ich glaube, es hängt mit der Privatsphäre zusammen, damit, dass Mama schon als ich klein war, darauf achtete, nicht die Grenze zu überschreiten. Mich ein eigenes Leben führen und ein selbständiges Individuum werden zu lassen. Die Verantwortung für mein Handeln zu übernehmen und all so etwas.

Das mag ein bisschen privilegiert erscheinen, wenn man es so aufschreibt, und tatsächlich haben Mama und ich uns nie wirklich gestritten. Carol und Marion beneiden mich darum, das weiß ich, aber manchmal denke ich, das Einzige, was ich in meiner Kindheit und Jugend nicht gelernt habe, ist, Konflikte auszutragen. Weil wir niemals welche hatten.

Nicht einmal, wenn es um das Geheimnis geht.

Um die ganz große Frage. Um meinen Vater.

Vielleicht gibt es irgendwo in meinem Inneren einen Konflikt, aber Mama und ich haben eine Abmachung, die ich akzeptiere. Ein wenig unter Protest vielleicht, aber ich weiß, dass sie nicht nachgibt. Außerdem gibt es eine Antwort auf die Frage, die ich erfahren werde.

Noch dazu recht bald, denn am einunddreißigsten Oktober werde ich achtzehn, und dann ist es so weit. Dann soll es enthüllt werden.

Also, wer er war. Er, der dafür sorgte, dass ich zur Welt kam und die wurde, die ich jetzt bin. Er, dessen Gene ein unausweichlicher Teil von mir und das eine Puzzleteil von zweien sind. In der Geburtsurkunde steht *Kindsvater unbekannt*, aber Mama erzählte mir, sobald ich alt genug war (zehn oder elf, ich erinnere mich nicht mehr genau), dass sie selbstverständlich wisse, wer er war, es aber gute Gründe gegeben habe, den Behörden diese Information vorzuenthalten – und mir, bevor ich etwas erwachsener geworden sei.

Und warum?, wollte ich natürlich wissen. Warum kann ich nicht genauso gut sofort erfahren, wer er ist – oder war?

Sie wiederholte, dass es einen *entscheidenden Grund* für ihren Entschluss gebe – und dass ich mich bis auf Weiteres mit dieser Erklärung begnügen müsse.

Sowie, dass es gut wäre, mit meinen Schulkameraden nicht darüber zu sprechen. Es sei besser, sich an die alte Version zu halten: dass mein Vater in den USA lebe – Cleveland, Ohio, falls es präzisiert werden müsse – und dass er eine neue Frau und mindestens vier Kinder habe. Und dass ich keinen

Kontakt zu ihm hätte, das ist heutzutage ja nichts Besonderes. Bei fast der Hälfte meiner Klassenkameraden sind die Eltern geschieden, und keiner findet es auch nur ansatzweise seltsam, dass ein Vater von der Bühne abgetreten ist. Sozusagen.

Deshalb respektiere ich unsere Abmachung und den Stand der Dinge. Aber ich denke über das Thema nach, das gebe ich zu, und alles andere wäre wohl auch seltsam. Jeder will doch wissen, woher er oder sie kommt, welches Erbe und welche Voraussetzungen man aus der vorherigen Generation in sich trägt. Auch wenn ich persönlich glaube, dass das Milieu, in dem man aufwächst, um Längen wichtiger ist als die genetische Seite.

Natürlich nur, wenn man nicht zufällig einen total Irren zum Vater hat. Einen Psycho, der irgendwo eingesperrt sitzt oder sitzen sollte. Der meine Mama vielleicht vergewaltigt hat.

Und je länger ich darüber nachdenke, desto mehr geht es vielleicht leider in diese Richtung. Meine Mutter hat gesagt, er befinde sich *auf der dunklen Seite*, und dass ich mir ja nichts anderes einbilden solle; beispielsweise, dass er irgendein Superpromi oder ein Mitglied eines Königshauses ist. Sie ist auch weder von ihm noch von anderer Seite unter Druck gesetzt worden, ihr Motiv dafür, es mir nicht zu erzählen, ist einzig und allein ihre Entscheidung gewesen. Ganz und gar und ohne Zweifel.

Also um mich zu schützen. Um mich die Wahrheit erst wissen zu lassen, wenn ich reif genug bin, sie zu verstehen. *Den düsteren Bescheid.* In letzter Zeit habe ich überlegt, dass es besser sein könnte, es niemals zu erfahren. Aber sobald der Gedanke in meinem Kopf auftaucht, verwerfe ich ihn gleich wieder. Du verdammter Feigling, sage ich dann zu mir selbst.

Wer immer er ist, er ist in deinem ganzen Leben abwesend gewesen, und das wird er auch in Zukunft sein. Ob er will oder nicht. Übrigens ist er vielleicht längst tot und begraben.

Mama gegenüber erwähne ich diese leisen Zweifel nie. Natürlich nicht; in einem Monat beginnt für uns eine neue Zeit. *Kindsvater unbekannt* wird nicht mehr gültig sein.

Doch, in der Geburtsurkunde und anderen offiziellen Zusammenhängen. Aber nicht in unserem innersten Kreis.

Aber das mit Mama, damit hatte ich ja angefangen. Dass sie in letzter Zeit nicht sie selbst gewesen ist. Wie ich erwähnt oder zumindest angedeutet habe, ist sie keine Frau, die groß über ihre Probleme und Grübeleien spricht. Jedenfalls nicht mit mir, aber ich glaube, für andere gilt das Gleiche. Sie sagt häufig, Privates solle privat sein, und sie ist eine knallharte Gegnerin des ganzen Gelabers und der naiven Offenherzigkeit, die in sozialen Medien herrscht. Lange Zeit achtete sie darauf, dass meine Zeit vor diversen Bildschirmen streng reguliert war, und wenn es ein Thema gibt, über das wir endlos diskutieren können, dann sind es die Gefahren, die mit dem Surfen im Internet verbunden sind. Mama befürchtet, dass meine Generation in der Hinsicht eine verlorene Generation ist, und wenn sie bestimmen dürfte, würde sie den ganzen Mist wahrscheinlich abschalten.

Ehrlich gesagt bin ich manchmal ganz ihrer Meinung, sage ihr das aber nie.

Aber jetzt bedrückt sie etwas anderes. Ich bin mit Sicherheit die Einzige, die es merkt; ihre Arbeit am Erasmusgymnasium erledigt sie garantiert, wie es sein muss, ich weiß, dass sie eine gute und beliebte Lehrerin ist, und sie würde niemals zulassen, dass ihr Unterricht unter Problemen im Privatleben leidet.

Zu Hause ist sie dagegen zerstreut und geistesabwesend, und das ist sie sonst nicht. Vor ein paar Tagen hatte sie völlig vergessen, etwas zum Essen einzukaufen, und am selben Tag, glaube ich, fragte sie mich, wie die Arbeit in Geschichte gelaufen sei, obwohl wir uns am Vorabend darüber unterhalten hatten. Wir hatten sogar ein paar Dinge über den Vietnamkrieg gegoogelt, weil sowohl sie als auch ich glaubten, dass meine Antwort vollkommen richtig war und ich nicht die Punktzahl bekommen hatte, die mir eigentlich zugestanden hätte. Damit lagen wir natürlich falsch, aber dass sie es geschafft hat, es über Nacht zu vergessen, ist wirklich seltsam.

Es gibt auch noch andere Kleinigkeiten, zum Beispiel einen Brief, den sie bekommen hat, aber dass etwas nicht stimmt, sehe ich allein schon, wenn ich ihre Körperhaltung, ihren Gesichtsausdruck und ihre Art, sich zu bewegen, beobachte.

Ich habe sie nicht darauf angesprochen, was ich vielleicht tun sollte, aber so wie sie meine Privatsphäre respektiert, respektiere ich auch ihre. Wenn sie reden will, höre ich ihr zu, das weiß sie.

Außerdem glaube ich allmählich, dass es etwas mit meinem Vater zu tun hat. Ich weiß nicht, wie der Gedanke zum ersten Mal in meinem Kopf aufgetaucht ist, aber als er erst einmal da war, blieb er. Die Unruhe meiner Mutter in der letzten Zeit hängt mit ihm zusammen. Mit ihm, der so unaussprechlich war, dass sie beschloss, offiziell »Kindsvater unbekannt« anzugeben, und dessen Identität ich in ein paar Wochen erfahren werde.

Aber es geht nicht nur darum, dass ihr davor graut, es mir zu sagen; da bin ich mir ziemlich sicher. Es geht auch noch um etwas anderes.

Warum kann ich sie nicht einfach zur Rede stellen? Was hindert mich daran, sie ganz offen zu fragen: Mama, ich sehe, dass dich etwas bedrückt, und ich glaube, es hat etwas mit meinem Vater zu tun. Habe ich recht oder täusche ich mich?

Aber es geht nicht. Ich kann es einfach nicht.

Obwohl ich heute Morgen, bevor sie ging, kurz davor war. Wir saßen am Frühstückstisch, und für einige Sekunden, während sie wie immer auf ihren Kaffee blies, damit er kühler wurde, sah ich, dass etwas nicht stimmte. Eine Konferenz in Linzhuisen, darum geht es. Zwei Tage, sie kommt morgen zurück. Vielleicht kam mir der Gedanke, dass sie log. Eine Fortbildung für Sprachlehrer? Das klingt erst einmal nicht abwegig, aber sie hat mir erst vorgestern, also am Dienstag, erzählt, dass ich zwei Tage allein klarkommen muss. Das hat sie doch sicher seit längerer Zeit gewusst, und im Vorausplanen ist sie eigentlich schon etwas besser.

Da war etwas daran, wie sie vermied, mich anzusehen, und vielleicht hätte sie mir erzählt, was los ist, wenn ich sie offen darauf angesprochen hätte. Ich weiß nicht, es war nur ein kurzer Moment, und dann war es zu spät. Ich meine, ich hatte das *Gefühl*, dass es zu spät war, und wollte nicht, dass es peinlich wird. Denn vielleicht ist es ja so, dass sie es begreift. Begreift, dass ich begreife; dass es ihr nicht gelingt zu verbergen, dass sie etwas bedrückt.

Und dann schämt sie sich dafür, dass sie mich nicht einweiht. Dass sie in gewisser Weise lügt.

Vielleicht, weil sie lügen *muss*. Also, ich habe keine Ahnung, warum, aber wenn ich darüber nachdenke, finde ich nur eine Antwort: Es muss irgendwie um meinen Vater gehen. Er ist gewissermaßen das Startfeld.

Gleich kommt Carol und übernachtet hier. Ich habe wahnsinnige Lust, mit ihr über die Sache zu reden. Sie weiß von meinem geheimen Vater, aber es wäre schön, mit ihr über meine düsteren Ahnungen zu reden.

Aber das ist ja auch ein Problem: dass ich eigentlich nicht weiß, was ich mir einbilde. Überhaupt dürfte es besser sein, so langsam an etwas anderes zu denken; zum Beispiel an die Mathearbeit morgen. Ich hasse Mathe.

Und Carol muss warten, bis ich achtzehn bin, das ist für alle Beteiligten sicher das Beste.

Judith, 2001–2002

Kurz nach Mittag hatte es angefangen zu regnen und den ganzen Nachmittag und Abend pausenlos weitergeschüttet Nicht besonders kräftig oder fies, eher in der Art eines sanften, aber anhaltenden Sommerregens, obwohl es Januar war. Nach ihrem langen Morgenspaziergang durch den Wald bis zum Felsen hinauf hatte sie den ganzen Tag vor dem Kamin gesessen und gelernt. Es war ein unterrichtsfreier Freitag, die Klausur in Phonetik und Linguistik war für Montag der kommenden Woche angesetzt, und sie hatte sich vorgenommen, das Wochenende auf diese Weise zu verbringen. Allein in ihrem abgelegenen Haus mit den Büchern und Vorlesungsnotizen, ohne jeden Kontakt zur Außenwelt. Möglicherweise keine optimale Lernmethode, aber sie hatte bisher immer funktioniert.

Es war auch nicht optimal, dass sie fast dreißig sein würde, wenn sie die Universität als frischgebackene Lehrerin verließ, aber so hatte es sich ergeben. Unnötig viele Jahre waren an Gelegenheitsjobs und junge Männer verschwendet worden, die es nicht wert gewesen waren. Den Letzten in der Reihe (wenn sie nur die zählte, mit denen sie unter einem Dach zusammengelebt hatte, waren es tatsächlich nicht mehr als zwei gewesen) hatte sie vor einem guten halben Jahr verlassen, als klar wurde, dass ihm ihr Studium missfiel. Vor allem als Vorbereitung auf einen Beruf, der trotz allem als ein wenig intellektuell verstanden werden musste; Robert sah zwar gut aus und war nett – sowie ein hervorragender Handballspieler –, hatte seit seiner Schulzeit aber kein einziges Buch mehr gelesen. Er könne sich auch nicht erinnern, jemals eine Lehrerin gehabt zu haben, die es wert gewesen wäre, sie im Gedächtnis zu behalten, und wenn Judith sich nun also ein Leben am Lehrerpult vorstelle, dann … ja, dann habe er dabei irgendwie kein gutes Gefühl.

Judith hatte ihn darauf hingewiesen, dass sie bereits drei Jahre ihrer fünfjährigen Ausbildung absolviert habe und er seine Meinung vielleicht ein wenig früher hätte kundtun können.

Woraufhin Robert ihr sein charmantes, leicht schiefes Lächeln geschenkt und gesagt hatte, er sei sich ziemlich sicher gewesen, dass sie es abbrechen würde. Das täte sie sonst ja auch immer.

Woraufhin sie fünf Sekunden nachgedacht und anschließend erklärt hatte, dass ihre Beziehung soeben zu Ende gegangen sei.

In den ersten Wochen nach der Trennung von Robert hatte sie bei einer Kommilitonin namens Roseanna auf der Couch geschlafen, und es war besagte Roseanna gewesen, die sie eines Tages auf einen kleinen Zettel am Schwarzen Brett im Studentencafé *Hubertus* aufmerksam gemacht hatte.

Kleines Haus, für Pendler geeignet. Mitten in der Natur, niedrige Miete.

Sie hatte die angegebene Nummer angerufen und war zwei Tage später eingezogen. Wie sich herausstellte, bedeutete »Mitten in der Natur« eher »Mitten im Wald«, aber die isolierte Lage – einen Kilometer von der nächstgelegenen Zivilisation entfernt, dem Dorf Leytershülle – bekümmerte Judith nicht im Geringsten. Das Haus war winterfest, hatte Strom, fließendes Wasser und einen gewissen Charme. Mit dem Auto war man in einer Dreiviertelstunde im Zentrum von Maardam, der Besitzer war ein Bauer im Dorf und der Vormieter ein Universitätslektor, der kurzfristig ein begehrtes Vikariat in Edinburgh bekommen hatte. Judith konnte mit Sicherheit davon ausgehen, bis zum Ende ihres Studiums dort wohnen zu können. Möbel und Hausrat, die sie benutzen wollte, konnte sie sich leihen, den Rest brachte der Bauer weg.

Man weiß nicht, ob man sich in der Einsamkeit wohlfühlt, bis man in ihr gelandet ist. Das hatte sie irgendwo gelesen, und schon nach wenigen Wochen wusste sie, dass sie das tat. Sie fühlte sich wohl. Die Stille und die Ruhe. Das leise Rauschen und die Anspruchslosigkeit des umliegenden Waldes. Dass sie sich nicht mit einer Menge Geschehnissen und Menschen auseinandersetzen musste, sich nicht hier anpassen und da anpassen musste; sie hatte eigentlich seit jeher ein gewisses Vertrauen in ihre eigenen Fähigkeiten besessen, aber erst jetzt erhielt sie die Bestätigung dafür, dass sie tatsächlich gut auf eigene Faust zurechtkam. Im Gegensatz zu dem, was zum Beispiel ihre Mutter und ihre älteren Schwestern meinten.

Wie auch immer; sie fand rasch ihren Rhythmus. An vier oder fünf Tagen in der Woche nach Maardam und zurück. Ihr alter Volvo, der ihr seit fast zehn Jahren gehörte, war so zuverlässig wie eh und je. Vorlesungen zwischen zehn und zwei, jede vierte Woche ein Praktikum in einer Schule. Freitags Großeinkauf, lange, ruhige Wochenenden mit Büchern, Lernen, dem einen oder anderen Film. Ausnahmsweise, vielleicht einmal im Monat, Besuch von guten Freunden. Zum Beispiel von Roseanna. Zum Beispiel von Max, den sie seit zwanzig Jahren kannte und der schwul war; deshalb mochte sie seine fröhliche Gesellschaft, und deshalb konnte sie ihn ohne Komplikationen bei sich übernachten lassen.

An diesem Freitag hatte Max angerufen und ihr erzählt, er habe vielleicht einen neuen Partner und könne wahrscheinlich nicht vorbeikommen und ihr bei der muckenden Waschmaschine helfen, wie er es versprochen hatte. Sie hatte völlig vergessen, dass sie darüber gesprochen hatten, aber kein Aufhebens darum gemacht und ihm viel Glück gewünscht.

Um sieben Uhr beschloss sie, dass dies reichen musste. Die Segmente in ihrem Gehirn, die tagsüber aufnahmebereit gewesen waren für französische Phonetik und englische Unregelmäßigkeiten platzten fast vor halbverdautem Wissen; sie räumte Bücher und Notizen weg, stellte fest, dass es nach wie vor regnete, mittlerweile stärker, und zündete ein neues Feuer im Kamin an.

Dann überlegte sie, ob sie sich Nudeln kochen oder sich mit etwas Brot, Käse und Wein begnügen sollte, und entschied sich für Letzteres. Sie öffnete eine Flasche Côtes-du-Rhône und dachte, dass sie darauf achten musste, es bei zwei Gläsern zu belassen – angesichts des Plans, am nächsten Tag weiterzulernen. Wegen eines Katers durch eine Prüfung zu rasseln, gehörte vielleicht zur Jugend dazu, war für eine seriöse Siebenundzwanzigjährige jedoch keine Alternative.

Sie trank das erste Glas zu einem Viertel Baguette, mehreren Käsestücken und etwas Obst in der Küche. Kehrte mit Glas Nummer zwei zu ihrem Sessel vor dem Kamin zurück und schaltete das Kulturradio ein. In den folgenden Jahren, vermutlich für den Rest ihres Lebens, dachte sie an diese Stunde zurück, bevor es passierte. Bevor ihr Leben eine ganz neue und völlig unerwartete Richtung einschlug.

Warum hatte sie das Radio eingeschaltet?

Warum hatte sie den Kultursender gewählt?

Warum war ausgerechnet dieses Programm ausgerechnet an diesem Freitagabend gesendet worden?

Ein Spiel gelangweilter Götter? Es fiel nicht weiter schwer, diese Erklärung zu akzeptieren.

Es ging um Xenophobie. Um Fremdenfeindlichkeit und die Angst vor dem, was nicht schon bekannt war. Eine Podiumsdiskussion mit drei Teilnehmern: Ein politischer Journalist, ein Schriftsteller und ein Moralphilosoph – ergänzt um eine Moderatorin – diskutierten über diese beunruhigende Tendenz in der Gesellschaft. Denn alle vier waren sich einig, dass die zunehmende Neigung der Menschen, alles abzulehnen und sich von allem zu distanzieren, was ihnen nicht in ausreichendem Maße glich, eine immer größere Gefahr bildete. Was auf eine oder mehrere Arten *anders* war. Will sagen, *Menschen,* die anders waren. Was waren die Ursachen dafür und welche Wege gab es, um dem Phänomen entgegenzuwirken, das – wie zumindest der politische Journalist meinte – die klassische Ouvertüre zu allen Kriegen darstellte? Die eingebildete Bedrohung durch das Fremde.

Judith trank einen Schluck Wein und lauschte interessiert. Lauschte auch dem Regen, der im Laufe des Abends immer heftiger geworden war und jetzt zusätzlich von einem immer stürmischeren Wind verstärkt wurde. Weil die Sendung so interessant war, gönnte sie sich ein weiteres Glas Wein und versuchte gleichzeitig, in ihrer eigenen Seele auszuloten, wie es bei ihr selbst aussah. Litt auch sie an Xenophobie, wie es dem Moralphilosophen im Radio zufolge bei so gut wie allen Menschen der Fall war? Dass dies in unserer Natur liege – natürlich in unterschiedlichem Ausmaß und abhängig von den Umständen –, und ungefähr an diesem Punkt griff die Moderatorin, eine routinierte Rundfunkjournalistin mit schön modulierender Altstimme, die alte Frage auf, wie wir reagieren, wenn ein Fremder an unsere Tür klopft.

Und nun, exakt in diesem Moment, um halb zehn an einem Unwetterabend Ende Januar, hatten die merkwürdigsten Sekunden in Judith Millers Leben ihren Auftritt. Lange Zeit danach konnte sie mühelos die Stimme der Radiofrau vor ihrem inneren Ohr heraufbeschwören, als diese ihre Frage wiederholte, um sie von den drei Gästen des Podiums beantworten zu lassen, *Was tun Sie also, wenn ein Fremder an Ihre Tür klopft und um Hilfe bittet?*

Es klopfte dreimal, und zwar genau in der kurzen Pause, nachdem die Frage gestellt worden war. Bevor der Moralphilosoph mittels eines kurzen Räusperns zu erkennen gab, dass er sich aufgefordert fühlte, sie zu beantworten.

Jeder, dachte Judith vierundzwanzig Stunden später, zumindest jeder, der drei Gläser Wein intus hatte, hätte es so aufgefasst, dass das Klopfen Bestandteil der Sendung im Radio war. Eine simple klangliche Illustration zu der Fragestellung, die formuliert worden war. Erst als es sich mitten in den Ausführungen des Philosophen wiederholte, auch jetzt drei Mal, wurde ihr klar, dass das nicht stimmte. Das Klopfen kam nicht aus dem Lautsprecher, es kam aus der Wirklichkeit. Jemand stand vor ihrer Tür und hatte ein Anliegen.

Das war der Moment, in dem der Strom ausfiel. Das Radio verstummte, und es wurde stockfinster im Raum.

Das passierte nicht zum ersten Mal während des halben Jahrs, in dem sie in dem Haus gewohnt hatte. Sie wusste, dass es am Wetter lag; irgendein Baum war auf irgendeine Leitung gefallen. Meistens dauerte es ein, zwei Stunden, bis die Störung behoben war. Vom Kaminfeuer war nur ein fahler werdendes Glutbett zurückgeblieben, nur mit Mühe erkennbar hinter dem rußigen Glas. Aber in der Küche hatte sie einen üppigen Vorrat an Kerzen, und auf fünfzig Quadratmetern kann man sich nicht verlaufen.

Zu den Seltsamkeiten dieses Abends, dachte sie hinterher, gehörte, dass sie kein bisschen ängstlich oder erschrocken war. Es war nicht ihre Art, sich unnötig Sorgen zu machen, aber sie saß immerhin in einem dunklen Haus ohne Strom mitten im Wald, und jemand stand vor ihrer Tür. Der Wind peitschte den schweren Regen gegen die Fenster, in der Dunkelheit war das Gehör ihr einziger funktionierender Sinn, und als das Klopfen zum dritten Mal ertönte, jetzt viermal, erweckte es den Eindruck, aus einem Sarg zu kommen.

Woher kam ein solcher Gedanke? Sie schüttelte den Kopf, tastete mit der Hand nach ihrem Weinglas, fand es und trank die letzten Tropfen. Stand auf und rief nach einer unschlüssigen Sekunde:

»Herein! Die Tür ist offen!«

Im schwach flackernden Licht der Kerze sah er aus wie Jesus von Nazareth. Das war ihr erster Gedanke, dass es tatsächlich der Erlöser persönlich war, der gemäß seiner alten Verheißung endlich wieder auf die Erde herabgestiegen war. Er sagte nichts, stand nur mit tropfnassen Haaren und Bart in der Türöffnung, während er sich mit einer Hand am Türpfosten abstützte, um … nun, um sich schlichtweg auf den Beinen zu halten. Mit dem Wein als leichtsinnigem Verbündeten dachte sie, dass es den Anschein hatte, als wäre er eben erst vom Kreuz herabgestiegen, und als wären keine zweitausend Jahre vergangen, und dass er eigentlich in etwas besserer Verfassung sein sollte, wenn er beabsichtigte, die Menschheit zu retten.

Er atmete schwer, sagte nichts, behielt sie aber mit einem Blick im Auge, der eine Art wortlose Bestätigung von ihr zu suchen schien. Sie wölbte die Hand um die Kerze, damit die Flamme nicht erlosch, und fragte sich, ob sie nicht in Wahrheit träumte. Oder eher in ihrem Sessel vor dem Radio eingeschlafen war, wobei der Traum nur einen völlig natürlichen Kommentar zu dem bildete, was sie gerade gehört hatte. Dass der Erlöser bei seiner Rückkehr ausgerechnet sie auserwählt hatte, war jedenfalls gleichbedeutend mit einem ausgestreckten Mittelfinger für ihre Eltern und Schwestern. Sie hatte *Das reine Leben*, die frömmelnde Gemeinde der anderen, bereits als Jugendliche verlassen, ohne ihren privaten Glauben ganz aufzugeben, und das war der Weg, den sie eingeschlagen hatte – ein Weg, der ihr eigener war und dazu geführt hatte, dass ihre Familie und sie nicht mehr im selben Lager lebten. Vielleicht beteten die anderen noch für sie, dass sie sich eines Besseren besinnen möge, vielleicht hatten sie sie aufgegeben.

Hinterher konnte sie unmöglich sagen, wie lange sie so standen und einander ansahen, sie in ihrem leicht angetrunkenen Zustand mit Gedanken, die blitzschnell durch den Kopf schwirrten, und dieser kräftig gebaute, aber völlig erschöpfte Mann. Vielleicht nur ein paar Sekunden, vielleicht eine halbe Minute.

»Darf ich hereinkommen?«, fragte er schließlich. »Darf ich diese Nacht hier schlafen?«

Seine Stimme war dunkel und heiser. Wie aus einer tiefen Grube im Wald heraufgeholt, dachte sie, und dieses Bild sollte sie nie mehr verlassen. Von Erde war er gekommen, dieser Fremde, und diese grundlegende Vorstellung reichte aus, um sie nicken zu lassen und ihm mit einer Geste zu bedeuten, einzutreten.

Er sank schwer auf einen Küchenstuhl, den sie für ihn herauszog, sie zündete zwei weitere Kerzen an und betrachtete ihn. Die langen, dunklen Haare hingen in nassen Strähnen herab, die in seinem Gesicht klebten, seine schwarze Windjacke war schmutzig und zerrissen, auf dem Fußboden bildeten sich trübe Pfützen um seine lehmigen Stiefel, und als er seine Hände hob und sie wie eine Bürde auf der Tischplatte ablegte, sah sie, dass er mit ihnen vermutlich in der Erde gegraben hatte. Er saß eine ganze Weile da, auf seine großen, zitternden Hände starrend, ehe er den Blick hob und tief durchatmete.

»Danke.«

Sie erwiderte nichts. Wusste nicht, was sie sagen sollte. Ihr Blick fiel auf die Weinflasche auf der Spüle, und sie goss den Rest in ein Trinkglas. Schob es ihm hin, er zögerte eine Sekunde, ehe er es anhob und in einem Zug leerte.

Er schauderte und schien nachzudenken. Sie wartete.

»Ich bin auf der Flucht. Ich muss nur schlafen. Ich verlasse dich, sobald es morgen früh hell ist.«

Sie nickte und wies ihn an, sich auszuziehen.

»Ich weiß nicht, ob ich die Sachen trocken bekomme. Aber ich hänge sie über dem Kamin auf, du kannst in meinem Bett schlafen.«

Er warf ihr einen erstaunten Blick zu und strich sich die Haare aus dem Gesicht.

»Ich schlafe auf der Couch. Du kannst auch duschen, ich glaube, es ist genug heißes Wasser im Boiler.«

Er betrachtete sie einige Sekunden ernst.

»Danke. Ich verspreche, dich niemals zu vergessen.«

Kurz darauf lag er in ihrem Bett. Der Strom war noch nicht wieder da, aber es war ihm gelungen, in ihrer einfachen Dusche halbwegs sauber zu werden. Sie hatte ihn eingeseift, abgeduscht und abgetrocknet. Er war wegen seiner Nacktheit nicht verlegen gewesen. Sie auch nicht; sie dachte, dass es war, als kümmerte man sich um ein Kind, ein großes, aber verletztes und in Not geratenes Kind.

Sie machte ein neues Feuer im Kamin und hängte seine Kleider auf die Leine, die sie sonst für ihre eigene Wäsche benutzte. Stopfte Zeitungspapier in seine Stiefel und stellte sie zum Trocknen auf, putzte die Küche, legte sich schließlich auf die Couch und schlief praktisch sofort ein.

Zwei Stunden später erwachte sie, es gab immer noch keinen Strom, und für einige Momente verstand sie nicht, warum sie nicht in ihrem Bett lag.

Dann erinnerte sie sich wieder. Oder *glaubte sich zu erinnern*, und um sicher zu sein, tapste sie zum Schlafzimmer und sah nach. Als sie sich zu ihm legte, erschien es ihr wie die natürlichste Sache der Welt.

Als sie von Stimmen und Türehämmern geweckt wurden, war es halb neun. Es regnete nicht mehr, und der Strom funktionierte wieder.

Was nicht funktionierte, war ihr Gehirn, aber es blieb keine Zeit, etwas zu klären. Keine Zeit, einander zu erzählen, wer sie waren und was sie normalerweise machten. Als die vier uniformierten Polizisten plötzlich mit gezogenen Waffen am Fußende des Betts standen, war ihr erster Gedanke, dass sie ihren Slip finden musste. Sie dachte, dass er bestimmt auf dem Boden lag, aber als sie die Hand ausstreckte, um nach ihm zu tasten, brüllte einer der Polizisten, wenn sie auch nur die kleinste Bewegung machten, werde es das Letzte sein, was sie in diesem Leben täten.

Danach riss einer der anderen die Decke weg und entblößte ihre nackten Körper, und sie begriff, dass ihr nichts anderes übrigblieb, als die Zähne zusammenzubeißen und sich zu bedecken, so gut es ging.

Eine Viertelstunde später saß sie auf die Rückbank eines Streifenwagens gezwängt, angezogen, aber immer noch ohne zu wissen, worum es ging oder mit wem sie die Nacht verbracht hatte. Als sie zaghaft versuchte, sich bei einem der Beamten, die sie umgaben, danach zu erkundigen, erhielt sie nur die Antwort, sie solle still sein.

Erst ein paar Stunden später, in einem Vernehmungszimmer im Präsidium von Maardam, erfuhr sie, dass der Fremde, der an ihre Tür geklopft hatte, Felix Sandor hieß und am Vortag auf der Flucht nach einem Raubüberfall auf einen Geldtransport zwei Polizisten niedergeschossen hatte. Der eine war tot, der andere lag im Gemejnte Hospitaal im Koma.

Sie musste anderthalb Tage in Untersuchungshaft verbringen, bis ein griesgrämiger Kommissar namens Reinhart beschloss, ihre Geschichte zu glauben und sie freizulassen. Es lag auf der Hand, dass sie weder mit dem Überfall auf den Geldtransport noch mit den Schüssen irgendetwas zu tun hatte – oder mit dem Polizistenmörder, bis er vor ihrer Tür gestanden hatte. Dass sie mit ihm nackt unter einer Decke lag, als die Polizei auftauchte, war zwar eine Tatsache, über die man diskutieren konnte, aber Geschlechtsverkehr mit einem Fremden war letztlich kein Verbrechen.

Die Klausur in Linguistik und Phonetik, die sie auf Grund unerwarteter Umstände verpasst hatte, bestand sie stattdessen sechs Wochen später – Mitte März –, und das war auch der Zeitpunkt, zu dem sie mit Gewissheit feststellen konnte, dass sie schwanger war.

Der zweite der niedergeschossenen Polizisten kam nie mehr zu Bewusstsein. Er starb eine Woche, nachdem ihn zwei Schüsse getroffen hatten, einer in den Kopf, einer in den Bauch, und Ende April wurde Felix Sandor für diesen Doppelmord zu einer lebenslänglichen Haftstrafe verurteilt. Darüber hinaus wurde er wie seine beiden Komplizen Zoltan Jokovic und Leo Frenkel für den bewaffneten Raubüberfall auf einen Geldtransport verurteilt. Jokovic und Frenkel kamen mit jeweils zwölf Jahren Haft davon – bewaffneter Raubüberfall, illegaler Waffenbesitz und versuchter Mord –, und um zukünftige Komplikationen zu vermeiden, wurde das Trio nach dem Urteil auf drei verschiedene Justizvollzugsanstalten verteilt. Sandor landete in Würgau, Jokovic in Marienhaafe, Frenkel in Halle.

Die prophezeiten Komplikationen basierten aus dem Blickwinkel von Polizei und rechtschaffener Allgemeinheit auf einem entscheidenden Detail, nämlich der Frage, was mit der Beute passiert war, einer Kiste mit Goldbarren, deren Wert zwar fluktuierte, aber auf gut eine Million Euro geschätzt wurde. Ein Quartett jüngerer Polizisten, zwei Männer und zwei Frauen, verbrachte fünf Tage damit, auf der Jagd nach dem Gold Judiths Haus und die nähere Umgebung zu durchsuchen. Sie baten um Entschuldigung für ihr Eindringen, aber Befehl sei Befehl, und das Ergebnis der Operation fiel so negativ aus wie erwartet. Judith lud sie zu Kaffee und selbst gebackenem Kuchen ein, und am letzten Abend gingen sie im besten Einvernehmen auseinander.

Als sie ihren Besuch in der Anstalt von Würgau abstattete, hatte sie sich sorgfältig mit der ganzen Geschichte beschäftigt, und auch wenn sie ziemlich sicher war, dass sie nicht mehr unter Verdacht stand, war sie so vorausschauend gewesen, die Identität zu wechseln. Die Sache lief glatter, als sie es sich vorgestellt hatte; sie gab sich als Felix Sandors Halbschwester Anna Sandor aus, wohnhaft in Hamburg, und buchte ordnungsgemäß einen Besuchstermin, aber als sie Zugang zum Gefängnis bekommen sollte, stellte sich heraus, dass ihr Ausweis nicht in der Handtasche war. Der abgebrühte Wächter schüttelte den Kopf über Frauen und ihre Handtaschen im Allgemeinen, war aber nicht unempfänglich für ihren erheblichen Charme und ließ sie hinein.

Sie saßen sich durch eine Panzerglasscheibe getrennt gegenüber und sprachen durch ein schmales, halbmeterbreites Gitter. Vorgebeugt, die Köpfe dicht zusammengesteckt, dennoch getrennt und unberührbar. Sie war unsicher gewesen, ob er sie überhaupt wiedererkennen würde, schließlich waren sie sich nur einmal begegnet, in der Dunkelheit während eines Stromausfalls, und dass sie sein Kind zur Welt gebracht hatte, empfand sie in erster Linie als … ja, wie gesagt, als das Ergebnis eines Spiels der Götter in einer Nacht, in der ihnen langweilig gewesen war und sie nicht schlafen konnten.

»Ich hatte vergessen, dass ich eine Schwester habe«, sagte er. »Aber ich freue mich, dich zu sehen.«

»Halbschwester«, erinnerte sie ihn.

»Reicht völlig«, erwiderte er.

Sie fragte ihn, ob sie abgehört würden, und er schüttelte den Kopf.

»Nicht, solange wir uns nicht anschreien.«

»Du erinnerst dich an mich?«

»Natürlich erinnere ich mich an dich.«

»Danke.«

Sie schwiegen eine Weile und betrachteten einander. Sie bemerkte, dass er schön war. Abgekämpft und abgemagert, trotzdem irgendwie kraftvoll; die langen Haare und der Bart waren weg, der Schädel war rasiert, sie wusste nicht, ob man das bei allen Insassen machte oder ob es seine Entscheidung gewesen war. Sein Blick war ernst, fragend und leicht flatternd, sie dachte, dass er zu gleichen Teilen aus Trauer und Ehrlichkeit bestand. Vielleicht wurde man so, wenn man wusste, dass man den Rest seines Lebens hinter Gittern verbringen würde? Ehrlich und traurig. Welchen Grund gab es, sich zu verstellen? Rollen zu spielen? Sie fragte sich, wie alt er war. Mindestens fünfzehn Jahre älter als sie selbst, vielleicht sogar zwanzig. Aber auch diese Frage war bedeutungslos.

»Wir haben ein gemeinsames Kind«, sagte sie. »Deshalb bin ich gekommen.«

»Ein Kind?«

»Ja.«

Etwas in seinem Blick veränderte sich. Er lehnte sich noch näher zu dem Gitter vor.

»Die Nacht?«

»Ja.«

»Sicher?«

»Natürlich bin ich sicher. Sie heißt Nora und ist fast ein Jahr alt. Hast du noch mehr Kinder?«

Er schüttelte den Kopf. »Ich hatte einen Sohn, aber er ist gestorben. Seine Mutter ist auch tot.«

Es lag ihr auf der Zunge, ihn nach den näheren Umständen zu fragen, aber sie hielt sich zurück. Erkannte, dass sie es nicht wissen wollte. Nichts aus seinem Leben interessierte sie, das Band, das es zwischen ihnen gab, war Nora. Sonst nichts.

»Ich wollte, dass du es weißt«, sagte sie. »Aber ich glaube nicht, dass ich wiederkomme.«

»Du hättest früher kommen können.«

Sie lachte auf. »Es fiel mir nicht ganz leicht, mich zu entscheiden.«

»So, so.« Er seufzte schwer und lehnte sich zurück. »Ich bin ein schlechter Mensch, und ich glaube ...«

»Ja?«

»Ich glaube nicht, dass ich ein guter Vater wäre.«

»Du wirst keine Chance bekommen, das zu überprüfen. Ich werde keinem sagen, wer der Vater ist.«

»Ich verstehe. Nicht einmal ...?«

Sie zögerte, nicht, weil sie es musste, sondern weil es passend erschien.

»Ich werde sehen, was ich tue. Vielleicht, wenn sie älter ist.«

Er seufzte erneut, und sie schwiegen eine Weile. Er sah auf seine Hände, die gefaltet auf der abgewetzten, vollgekritzelten Tischplatte lagen, und sie fragte sich, ob es jetzt vorbei war. Ob nichts mehr gesagt werden würde. Doch dann hob er, mit etwas Mühe, wie es schien, den Blick.

»Wie heißt du? Ich weiß nicht einmal, wie du heißt.«

»Judith. Judith Miller.«

»Kannst du mir deine Adresse geben? Ich würde dir gerne schreiben.«

Er holte einen stumpfen Bleistift und einen Zettel aus der Brusttasche seiner grauen Jacke. Sie nannte ihm die Adresse, und als er sie notiert hatte, beugte er sich erneut dicht zum

Gitter vor und winkte sie näher heran. Begegnete sekundenlang ihrem Blick, ehe er kaum hörbar flüsterte.

»Das Gold. Es soll dir gehören, das verspreche ich dir.«

Anschließend stand er auf und gab dem Wächter, der hinter einer Glasscheibe in ihrem Rücken saß, ein Zeichen. Von irgendwoher ertönte ein Surren, und ein anderer Wächter trat heraus und holte ihn ab.

Sie blieb sitzen, bis er durch eine schwere Stahltür verschwunden war, und spürte auf einmal, dass sie weinen wollte.

Frenkel, 2001–2019

Wenn es etwas gab, was ihn das Leben gelehrt hatte, dann zu warten.

Er hatte das nicht aus Kindheit und Jugend mitgenommen, es hatte sich erst später ergeben, und es war nicht freiwillig geschehen. Eigentlich war er ein ungeduldiger Mensch, aber wenn man sich hinter Schloss und Riegel befindet, ohne andere tägliche Zerstreuungen als Mahlzeiten, Zigaretten und miserable Fernsehfilme, ist die beste Lösung, sich darauf einzulassen. Man zählt die Tage, Stunden und Minuten, hat es aber nicht eilig. Wer sich in einem Gefängnis stressen lässt, verliert früher oder später den Verstand – den wenigen, den man hat und auf den man gut achtgeben sollte, wenn man in der Freiheit zurechtkommen will, sobald man wieder draußen ist.

Leo Frenkel hatte viel zu viele Jahre seines Lebens in Anstalten verbracht. Nach zwei Bewährungsstrafen als Jugendlicher kam er mit einundzwanzig zum ersten Mal ins Gefängnis. Autodiebstahl, Drogendelikte, Körperverletzung und Einschüchterungen von Zeugen brachten ihm acht Monate in der Justizvollzugsanstalt von Saaren ein, und noch vor seinem dreißigsten Geburtstag hatte er es auf insgesamt dreieinhalb Jahre gebracht.

Die wirkliche Trainingsphase in der Kunst des Vegetierens begann allerdings aus Anlass des großen Überfalls auf den

Geldtransport zwischen Aarlach und Maardam im Januar 2001. Der Coup war sorgsam geplant gewesen, die Beute hatte seine Erwartungen bei Weitem übertroffen, aber dann ging die Sache gründlich schief. Um eine recht kurze Geschichte noch kürzer zu machen. Wenn es etwas gab, wofür er dankbar sein konnte, dachte Leo während der folgenden zwölf Jahre in der Justizvollzugsanstalt Halle oft, dann wohl dafür, dass er die verfluchten Bullen nicht getötet hatte. Denn diese Entwicklung hätte sehr wohl das Ergebnis der Schießerei sein können; weder er noch Jokovic hatten sich zurückgehalten, aber ihr Boss, der verfluchte Felix Sandor, hatte am Ende getroffen – zweimal – und als Belohnung für seinen Einsatz lebenslänglich bekommen.

Zwölf Jahre waren zwar höllisch viel Zeit, aber eines Tages waren sie vorbei. Lebenslänglich war lebenslänglich, sich nur auf den Tod freuen zu können, war eine ziemlich trostlose Perspektive. Es rückte das Warten in ein sehr spezielles Licht, könnte man sagen.

Kurz nach Neujahr 2013 wurde er entlassen. Es war ein Tag mit peitschendem Regen und einem Wind, der Vögel dazu brachte, lieber auf der Erde zu bleiben, und die Bäume verzweifeln ließ. Er nahm den Zug nach Maardam, wo seine Mutter ihn auf dem Bahnsteig abholte. Sie hatte zwei Geschenke dabei: eine Flasche Kirschwein und eine Schachtel mit belgischen Pralinen. Es war ihre Lieblingsmahlzeit, wenn etwas gefeiert werden sollte. Leo wusste nicht zu sagen, welche der Zutaten er weniger mochte.

Aber er wahrte gute Miene zum bösen Spiel. Sie nahmen ein Taxi in ihre Wohnung in der Kupinskistraat, wo sie sein altes Kinderzimmer hergerichtet hatte, und sechs Jahre später wohnte er immer noch dort.

Es war mit einer gewissen Scham verbunden, bei seiner Mutter zu wohnen, aber er schluckte die Kröte. Versuchte sogar, eine sogenannte ehrliche Arbeit zu finden, aber mehr als ein paar Stunden in der Woche hinter der Theke in der Kneipe *Hellenheule* im selben Viertel kam dabei nie heraus. Trotz des ständigen Gemeckers und der Ermahnungen seiner Mutter; schließlich ging er auf die fünfzig zu, und sie war über siebzig und würde nicht ewig für ihn kochen und seine Kleider waschen.

Doch Leo Frenkel harrte aus. *Wartete.*

Verglichen mit dem Knast war es eine andere Art des Wartens. Genauso geduldfördernd wie das Herunterzählen der eingesperrten Monate und Tage, aber mit einem ganz anderen Fokus. Und gleichzeitig einem Fokus, der undeutlich war, er hatte einen Namen und einen Inhalt, aber der Weg und die Entfernung dorthin ließen sich schwer abschätzen. Sehr schwer abschätzen.

Der Name war Felix Sandor, der Inhalt war *Gold*. Genauer gesagt eine Kiste mit Goldbarren, diese verfluchte Kiste, die irgendwo versteckt lag und mindestens eine Million Euro wert war. Mehr Geld, als Leo Frenkel im Rest seines Lebens verprassen konnte.

Aber der Weg zu dieser goldenen Zukunft führte über Sandor, das stand außer Frage. An jenem Schmuddelwetterabend war Sandor mit der Kiste verschwunden, und es war ihm gelungen, sie zu verstecken, bevor die Polizei ihn am nächsten Morgen fasste. Er hatte einen ganzen Abend und eine ganze Nacht Zeit gehabt. Kein Wunder, dass die Bullen und Privatdetektive den Schatz nicht finden konnten, obwohl sie mit Sicherheit hunderte von denkbaren Orten abgesucht und durchwühlt hatten wie geile und ausgehungerte Wildschweine. Vermutlich jahrelang. Nach dem Coup hatte Leo in den Zeitungen immer wieder von der verschwundenen Beute gelesen, und wenn er das tat, war es jedesmal so, als würde in seinem Inneren eine Saite angeschlagen. Eine C-Dur-Saite, oder wie das hieß, sie hatte jedenfalls einen schönen und sehnsuchtsvollen Klang und erinnerte ihn daran, was da draußen lag und wartete. Vergraben in den Wäldern zwischen Kerran und Weid, wie man wohl annehmen durfte, wo sonst? Auch die Goldbarren beherrschten die Kunst des Wartens, und sie warteten auf ihn – Leo Engelbert Frenkel, der für diesen Schatz mit zwölf Jahren seines Lebens bezahlt hatte und dadurch der einzige rechtmäßige Besitzer war.

Erst recht, nachdem Jokovic sich vom Acker gemacht hatte.

Sie hatten das Ding zu dritt gedreht. Einer war tot, einer saß lebenslänglich im Gefängnis, keiner der beiden hatte etwas von dem Gold, aber Leo Frenkel rechnete damit, teuflisch große Freude daran zu haben – wenn er es schaffte, dass die Kiste in seine Hände fiel. Denn wer auf etwas Gutes wartet, wartet nie zu lang.

Er dachte oft an jenen Abend zurück, alles andere wäre wohl auch seltsam. Daran, dass der Überfall an sich super gelaufen war; im Großen und Ganzen wie geplant, sie hatten keine unnötige Gewalt anwenden, keinen einzigen Schuss abfeuern müssen, und als sie in ihrem Fluchtauto den Tatort verlassen hatten, war es ihnen schwergefallen, ihre Gefühle zu beherrschen. Selbst Sandor hatte lauthals gelacht und war mit irgendeinem verfluchten Lied auf Ungarisch herausgeplatzt, während Jokovic sich eine Zigarre anzündete und schwor, er werde sich eine Nacht mit Europas schönster Hure kaufen. Jokovic hatte ohnehin nicht alle Tassen im Schrank und als die Straße plötzlich, nach weniger als zehn Minuten Fahrt vom Tatort, von einem Haufen Bullenkarren abgesperrt wurde, hatte er als Erster das Feuer eröffnet.

Aber Sandor hatte getroffen, und Sandor war es gelungen, an der Absperrung vorbeizukommen. Noch dazu allein im Auto, weil Frenkel so bescheuert gewesen war, Jokovic auf die Straße hinaus zu folgen. Das bereute er am meisten. Wäre er bei Sandor geblieben, hätten sie das Gold zu zweit erbeutet, sie hätten es gemeinsam versteckt, und er hätte nicht so frustrierend arm sein müssen, als er nach den vielen Jahren in Halle herauskam.

Das ließ sich jedoch nicht mehr ändern, und der Gram wohnt in den Herzen von Narren. Letzteres hatte der quengelige Gefängnisgeistliche ihm wiederholt erklärt. Der Kluge richtet den Blick in die Zukunft. Er vergisst, was gewesen ist, und sieht zu, dass die Jahre, die ihm auf Erden noch bleiben, besser werden als die, die hinter ihm liegen.

Leo und der Mann im schwarzen Talar hatten mit Sicherheit nicht die gleiche Auffassung davon, wie diese Zukunft aussehen und gelebt werden sollte, aber egal. Damit, nicht dazusitzen und dieses und jenes zu bereuen, hatte er recht gehabt. Wirklich verdammt recht.

Auch Zoltan Jokovics endgültiges Schicksal war kein Grund, sich zu grämen. Im Gegenteil, es war ein Quell der Freude. Nachdem sie freigelassen worden waren, hatten er und Frenkel zweimal versucht, Sandor gemeinsam in Würgau im Gefängnis zu besuchen. Aus offensichtlichen Gründen, und die Anstaltsleitung hatte ihnen die Erlaubnis erteilt – aus ebenso offensichtlichen Gründen; wenn das Treffen zustande gekommen wäre, eines der Treffen, wäre es natürlich um das Gold gegangen, und in dem Punkt deckten sich die Interessen der alten Räuber ausnahmsweise mit denen der Behörden. In Anbetracht der Lage hätten mit Sicherheit oben und unten Mikrofone gesessen.

Aber Felix Sandor hatte sich geweigert. Er hatte kein Interesse daran, seine alten Komplizen zu treffen, und einen Gefangenen zu zwingen, Besucher zu empfangen, war schlicht unmöglich. Selbst für diesen Typ von Schwere Jungs gab es Gesetze und Verordnungen.

Und so saß er, wo er saß, der siebenfach verfluchte Sandor, und als der Besuchsantrag von Jokovic und Frenkel zum zweiten Mal abgelehnt worden war, im Mai 2019, hatten sie sich bei Jokovic in dessen kurzzeitiger Bleibe im Vorort Vlissingen getroffen – um sich in Ermangelung von etwas anderem eine Flasche Wodka und ein paar Biere zu teilen. Vielleicht auch, um zu planen. Sie lag im zehnten Stock, diese kleine, verrauchte Wohnung – die Jokovic zur Verfügung stand, während der Inhaber des Mietvertrags eine kürzere Strafe in einer kleineren Anstalt absaß –, und als er vom Balkon fiel und zu Tode kam, also Jokovic, war es Viertel nach zwei Uhr nachts. Frenkel lag seiner eigenen Aussage zufolge schlafend unter einer Decke auf der Couch, voll wie eine Haubitze. So einfach war das, und obwohl der Sturz auf die Erde an die zwei Sekunden gedauert haben dürfte, hatte kein Mensch etwas gesehen. Es war eine ungewöhnlich dunkle Frühlingsnacht gewesen, und die Leute hatten um diese späte Uhrzeit Besseres zu tun, als einen Balkon im Auge zu behalten. Zum Beispiel zu schlafen oder zu kopulieren.

Nachdem der Idiot Jokovic aus dem Spiel war, blieben noch zwei Spieler. Felix Sandor und Leo Frenkel. Im Pott lag unverändert gut eine Million Euro.

Frenkel hielt diese unumstößlichen Fakten fest, während er im schneidenden Wind von Jokovics Beerdigung nach Hause trottete. Es war ein grauer Nachmittag Ende Mai, und seit dem Überfall waren mehr als achtzehn Jahre vergangen. Bald würden die Goldbarren zwei Jahrzehnte darauf gewartet haben, dass jemand kam und sich ihrer annahm. Das war doch zum Kotzen, was für eine … wie hieß das … Kapitalvernichtung?

Mit *jemand* war Leo Frenkel gemeint, das war die einzige logische Möglichkeit, und so war es von Anfang an gedacht gewesen. Nicht, dass er an das Schicksal glauben würde, aber wenn seine zähe Wanderung durch das Jammertal irgendeinen Sinn haben sollte, musste er darin bestehen. Wenn man davon ausgehen durfte, dass er sich bis zu seinem Fünfundsiebzigsten auf den Beinen hielt, wäre es ja wohl kaum zu viel verlangt, dass das letzte Drittel seines Lebens sich etwas erfreulicher gestaltete als die ersten beiden. Oder? Wenn nicht, konnte er seiner Mutter genauso gut einen Abschiedsbrief schreiben und sich neben dem Schafskopf Jokovic auf dem zugigen Friedhof einbuddeln.

Er schob sich ins *Hellenheule*, aber nicht, um zu arbeiten, sondern um sich ein paar Gläser Bier und einen Genever einzuverleiben. Da es erst fünf war, gab es kaum Gäste, und er blieb in der hintersten Ecke sitzen, während er seinen Gedankenstrom weiterfließen ließ. Nicht, dass dieser Strom viel hergemacht hätte, denn das Einzige, was in seinem Kopf Platz fand, war der verdammte Bremsklotz Sandor. Das einzige Hindernis zwischen ihm und der Million.

Aber auch der Einzige, der wusste, wo sich das Gold befand.

Es konnte ja wohl kaum so sein, dass Sandor geredet hatte? Dass er einem anderen erzählt hatte, wo die Kiste vergraben lag … denn er musste sie doch vergraben haben? Und wahrscheinlich nicht auf einem Friedhof, das war vermutlich der einzige Punkt, in dem man sich sicher sein konnte.

Er hatte keine Verwandten, der verlorene Ungar; Leo Frenkel hatte alle Zeit der Welt gehabt, sich dessen zu vergewissern.

Keine Freunde, keine Exfrau, keine bekannten Kinder. Ein typischer Steppenwolf war er, einsam und starrköpfig, ohne das Bedürfnis nach anderen Menschen, man hätte fast auf die Idee kommen können, dass er sich dabei wohlfühlte, für den Rest seines Lebens eingesperrt zu sein.

Aber wie dachte er über die Goldbarren? Fand er es in Ordnung, dass sie für immer verschwunden sein würden, nachdem er selbst sich vom Acker gemacht hatte? Oder …?

Was jetzt, *oder*?, dachte Leo Frenkel gereizt. Was meine ich damit? Meine ich, dass es … dass es trotz allem jemand anderes gibt, der …?

Er kippte den Genever hinunter und spülte mit einem Schluck Bier nach.

Und wenn die Kiste längst ausgegraben worden war?

Und wenn sie es nicht war, was wohl als die wahrscheinlichere Alternative betrachtet werden musste, wie zum Teufel sollte er es dann anstellen, sie ins Visier zu bekommen? Felix Sandor zu erweichen und ein wenig entgegenkommender werden zu lassen?

Verflucht, dachte Leo Frenkel und erinnerte sich an einen Traum, den er in letzter Zeit mehrmals geträumt hatte. In dem Sandor und er sich allein in einem schummrigen und schallisolierten Raum aufhielten – Sandor gefesselt und wehrlos, Leo in Topform und ausgestattet mit einem ganzen Arsenal von Folterwerkzeugen. Mit Zangen, um Nägel und Zähne herauszuziehen, glühenden Eisen, um zu verbrennen, Messer und Peitschen und dem Teufel und seinem Zwillingsbruder … ja, es war eine wahre Freude. Aber nicht einmal in den Träumen machte Sandor das Maul auf und erzählte, er widerstand allen erdenklichen Qualen, und Leo fragte sich, im Traum und nach dem Aufwachen, was zum Henker mit diesem Typen nicht stimmte.

Ich muss mir einen Plan einfallen lassen, beschloss er, aber nach zwei weiteren Gläsern Bier und noch einem Genever gab er auf. Verließ das *Hellenheule*, ging nach Hause zu seiner Mutter, um zu Abend zu essen, und dachte, wenn es nicht anders ging, musste er eben auf ihn warten.

Auf den Plan.

Abwarten und Tee trinken, wie man so sagte. Seit vielen Jahren seine Paradedisziplin. Weder Rom noch die Hölle wurden an einem Tag erbaut.

Als Felix Sandor ein paar Monate später im Gefängnis von Würgau starb, hatte die Lage sich kaum verändert. Möglicherweise war Mutter Frenkel noch launischer geworden, so dass Leo inzwischen ernsthaft darüber nachdachte, sich eine eigene Wohnung zu besorgen, was allerdings leichter gesagt war als getan, es erforderte nämlich Bemühungen, und es erforderte Geld. Das Erste war nichts für ihn, das Zweite war ihm ausgegangen. Wenn einem etwas ausgehen kann, das man nie besessen hat.

Aber Sandors Tod bedeutete natürlich, dass die Situation sich auf einen Schlag verändert hatte. Leo Frenkel konnte sämtliche Folterwerkzeuge und Überredungsversuche vergessen. Die Spinne im Netz hatte das Handtuch geworfen, nun lautete die Frage, was sich in dem von ihr zurückgelassenen Netz befand … wenn man sich ein wenig elegant ausdrücken wollte. Ich wäre besser Dichter geworden, dachte Leo für einen verwirrten Moment, als er die Neuigkeit von dem verstorbenen Polizistenmörder im *Neuwe Blatt* gelesen hatte. Aber wenn man es recht bedachte, waren Dichter bestimmt genauso bettelarm wie er selbst. Wer zum Teufel las heutzutage noch Gedichte?

Er schüttelte den Kopf, um das Gedankenwirrwarr loszuwerden, und goss sich den letzten Schluck aus der Kaffeekanne ein. Er saß allein in der Küche, seine Mutter war zu einem ihrer Gelegenheitsjobs aufgebrochen – Putzen im Gasthaus *Madame Z* unten in Zwille, wenn er es richtig verstanden hatte –, so dass er Gott sei Dank allein am Küchentisch saß. Es blieb ihm erspart, dass die ungekrönte Königin der Unzufriedenheit mit ihren stummen oder ausgesprochenen Vorwürfen um ihn herumstrich. Im Übrigen gehörte es zu seiner üblichen Morgenstrategie, im Bett zu bleiben, bis sie die Wohnung verließ – um sich zumindest das simple Vergnügen zu gönnen, einen weiteren strebsamen Tag so beginnen zu dürfen, wie es sich für einen Gentleman gehörte: mit einer Tasse Kaffee und einer Zigarette in aller Ruhe.

An diesem Morgen schienen diese Zutaten im allerhöchsten Maße benötigt zu werden. Ruhe.

Vorzugsweise mit etwas Schärfe im Gehirnbüro.

Sandor tot. Was tun?

Nach einer guten Stunde, zwei oder drei Zigaretten sowie einem kleinen Schluck Kirschlikör – weil es keine einzige kleine Bierdose im Kühlschrank gab –, war ihm eine einzige Sache in den Sinn gekommen.

Die Beerdigung. Bei der könnte etwas passieren.

Anfangs sah er darin nur einen Strohhalm, aber je mehr er darüber nachdachte, desto dicker wurde dieser. Wenn überhaupt außer ihm selbst noch irgendein Spieler im Rennen war, erschien es doch höchst wahrscheinlich, dass er – oder sie – auftauchen würde, wenn Felix Sandor zu seiner letzten Ruhestätte geleitet wurde.

Und nach einer weiteren Stunde – noch ein paar Zigaretten, aber definitiv kein Kirschfusel mehr – hatte er herausgefunden, wo und wann es so weit sein würde. Der Friedhof von Würgau in drei Tagen. Die letzte Chance, dem nervigen ungarischen Prachtarsch einen letzten Gruß hinterherzuschicken und gleichzeitig die Äuglein offen zu halten.

Noch am selben Abend war es ihm gelungen, einen Hunderter von Mutter Frenkel zu schnorren – ungefähr das Doppelte von dem, was sie am Vormittag mit dem Wischmopp bei *Madame Z* verdient hatte, was sie nicht zu erwähnen versäumte –, und er begab sich zum Maardamer Hauptbahnhof, um eine Hin- und Rückfahrtkarte zu dem nördlich gelegenen Kaff Würgau zu kaufen. Nur bekannt für sein praktisch ausbruchssicheres Gefängnis, zumindest in Leo Frenkels Welt.

Drei Tage später war er vor Ort. Die Stadt Würgau sah aus wie erwartet, neblig düster und allgemein feindselig – und der Friedhof so, wie Friedhöfe nun einmal aussehen. Ähnlich wie ein Gefängnis ohne Dach. Die Mauern waren allerdings niedriger, kein Kunststück, von hier abzuhauen, stellte Leo Frenkel fest. Wenn man nicht zufällig tot war und sozusagen lebenslänglich lag.

Er war früh dort. Die Zeremonie war für vier Uhr in einer Kapelle der Stille angekündigt, und er fand problemlos den Weg. Bis zum Beginn blieb noch eine halbe Stunde, und die Türen standen einen Spaltbreit offen. Er ging jedoch nicht hinein und sah sich stattdessen nach einer geeigneten Position um. Es war nicht auszuschließen, dass sich der eine oder andere Kripobeamte mit gutem Gedächtnis am Ort des Geschehens befand, und er hatte keine Lust, sich für jeden sichtbar in der Nähe von Sandors Sarg zu zeigen. Dazu bestand keine Veranlassung, wichtig war, dass er sich einen Überblick darüber verschaffte, wer alles auftauchte, um so einen Hinweis darauf zu bekommen, was sich anbahnte. Wenn sich überhaupt etwas anbahnte, aber je mehr er darüber nachdachte, dass Sandor das Gold in einer verdammten Grube in einem verdammten Wald einfach liegen und verrotten lassen sollte, desto sicherer war er sich, dass das nicht stimmen konnte.

Nicht, dass Gold verrotten würde, aber trotzdem. Sandor war zwar ein Arschloch, aber kein kompletter Idiot gewesen.

Er entschied sich für einen kleinen, grünen Holzschuppen, der zehn bis fünfzehn Meter von der Kapelle entfernt stand. Die Tür war offen; es war Gott sei Dank keine Leichenhalle, nur ein Abstellraum für diverse Arbeitswerkzeuge. Wasserkannen, Harken und Spaten, zwei Schubkarren. Und als Krönung: ein kleines, quadratisches Fenster, durch das man den Eingang zur Kapelle überwachen konnte. Ausgezeichnet, stellte Leo Frenkel fest, trat ein, zündete sich eine Zigarette an und nahm Platz. Die Götter verstehen, worum es hier geht, und sind auf meiner Seite.

Es stellte sich heraus, dass es eine richtige kleine Scheißbeerdigung war. Als die Glocke in einer nahe gelegenen Kirche vier Uhr schlug, waren ebenso viele Personen durch die Tür zur Kapelle getreten. Erst zwei dunkel gekleidete Herren, die um Viertel vor eintrafen und von Leo schnell als der Pfarrer und eine Art Gehilfe identifiziert wurden. Danach kam eine große und leicht hinkende, alte Frau, und ein paar Minuten später traf eine jüngere Blondine mit einem himmelblauen Halstuch ein. Als die Kirchenglocken verklungen waren, steckte der Pfarreranhang den Kopf zur Tür hinaus, sah sich nach eventuellen Nachzüglern um und schloss sie.

Das war alles. Leo blieb im Schuppen und dachte nach. Wenn er den Pfarrer und seinen Kumpel ausschloss, hieß dies folglich, dass die Einzigen, die Felix Sandor vor seiner langen Reise hinterherwinkten – ein dämlicher Ausdruck, den seine Mutter immer benutzte, *die lange Reise* –, zwei Frauen waren; eine alte, eine junge. Oder vielleicht doch nicht so jung, es war schwer zu sagen, vermutlich war sie schon etwas über vierzig. Aber das spielte keine Rolle, wichtiger war die Frage, wer die beiden waren. Welches Anliegen sie hatten und in welcher Beziehung sie zu dem Verstorbenen gestanden hatten. Mussten sie ihn nicht in irgendeiner Funktion im Laufe seines Lebens gekannt haben? Es gab allerdings auch Hyänen, davon hatte er gehört, mehr oder weniger durchgeknallte Frauen, die auf jeder beliebigen Beerdigung auftauchen konnten, weil sie sich vielleicht an der Stimmung, dem Ernst und der Frömmelei aufgeilten, oder worum es ihnen sonst auch gehen mochte. Mein Gott, ich weiß wirklich nicht viel über Frauen, gestand Leo sich innerlich ein, und jetzt ... jetzt muss ich herausfinden, wie ich mit den beiden umgehen soll.

Umgehen? Was zum Teufel meinte er damit? Er betrachtete die Kapelle durch das schmutzige Fenster und zündete sich eine Zigarette an. Die Frage lautete wohl, ob eine der Frauen das begehrenswerte Gold im Visier hatte. Und wenn ja, welche. Die ältere oder die jüngere? Dass die beiden auf irgendeine Weise zusammengehörten, hielt er für weniger wahrscheinlich, dafür hätten sie gemeinsam ankommen müssen, und das hatten sie nicht getan.

Es blieb nicht viel Zeit für Überlegungen. Er hatte gerade seine zweite Zigarette in einem Blumentopf ausgedrückt, als die Türen zur Kapelle aufgingen und die ältere Frau heraustrat. Er nahm außerdem wahr, dass Orgelmusik ins Freie strömte, schwer und traurig und nicht dafür gedacht, irgendeinen Menschen zu erfreuen. Die Frau nahm den Weg, den sie gekommen war, und ging den breiten, geharkten Weg hinab, der zu einem der Tore in der Friedhofsmauer führte. Leo zögerte drei Sekunden, dann verließ er seinen Zufluchtsort im Schuppen und folgte ihr. Schließlich musste er sich entscheiden, und irgendetwas an ihrer langen, schiefen Gestalt, mit ihrem hinkenden Gang und dem grauen Zopf, erweckte einen

Verdacht in ihm. Ein Wiedererkennen sogar, aber unspezifisch wie eine böse Vorahnung oder Gase im Magen.

Als er das Tor fast erreicht hatte, warf er einen letzten Blick zur Kapelle zurück. Die blonde Frau war herausgetreten, kehrte ihm aber den Rücken zu und schien auf etwas zu warten. Ein letztes Wort mit dem Pfarrer oder so. Er zuckte mit den Schultern, überließ sie ihrem Schicksal und ging durch das Friedhofstor hinaus. Er sah gerade noch, dass sein Objekt um eine Straßenecke huschte, und eilte hinterher.

Er folgte ihr knapp fünf Minuten, ehe er sie verlor. Es war wie verhext. An einem Platz mit Kopfsteinpflaster, auf dem gerade ein Gemüsemarkt für diesen Tag abgebaut wurde, stieg sie in ein Taxi und verschwand über eine Brücke. Leo sah sich verzweifelt nach einem anderen Wagen um, aber obwohl dort offensichtlich ein Taxistand war, tauchte keines auf. Erst drei oder vier Minuten später, aber da war es natürlich zu spät. Vor berechtigter Wut trat er gegen einen Papierkorb, dessen Inhalt sich daraufhin auf den Bürgersteig ergoss; er spürte, dass in seinem Fuß etwas kaputtging, aber weil ihm ein paar grobe Stimmen von den Marktständen zuriefen, er solle verdammt nochmal dableiben und saubermachen, brachte er sich schleunigst in einer der schmalen Gassen in Sicherheit, die von dem Platz abgingen. Humpelte davon, so schnell ihm dies möglich war, ähnlich wie die Beute, die er gerade verloren hatte, in einer Richtung, die ihn hoffentlich zum Friedhof zurückführen würde.

Was sie auch tat, wenngleich mit gewissen Abweichungen, und als er endlich wieder die düstere Friedhofskapelle erblickte, und den noch düstereren Geräteschuppen, war das alles, was er wiedersah. Die Dämmerung hatte sich gründlich auf den Friedhof herabgesenkt, und das einzige Lebewesen, dem er begegnete, war eine schwarze Katze, die seinen Weg kreuzte und ihn anfauchte. Leo fauchte zurück und fluchte ausgiebig, ehe er zu seiner einfachen Pension gegenüber vom Bahnhof zurückhinkte und dachte, dass das Leben ein verfluchter Witz war.

Am folgenden Morgen, nach einer Nacht, in der sich der Schlaf angefühlt hatte wie eine Geschlechtskrankheit, der Fuß wehgetan und er geträumt hatte, er wäre lebendig begraben worden, zusammen mit seiner Mutter (die allerdings tot war und schon nach Verwesung roch), stieg er in den Zug zurück nach Maardam, und nach ungefähr einer Stunde Fahrt durch eine regnerische und grau verhangene Landschaft, versunken in seiner eigenen Hoffnungslosigkeit – und als er auf dem Weg zum Speisewagen war, um seine letzten sauer erworbenen Geldscheine auszugeben –, begriff er, dass die Götter noch ihre Hände über ihn hielten.

Auf einem einsamen Fensterplatz saß die blonde Frau mit dem himmelblauen Halstuch.

Judith, Freitag

Sie kam fast zur selben Zeit nach Hause wie Nora. Das Mädchen sah alles andere als fröhlich aus, und Judith hatte sofort einen Kloß im Hals und böse Vorahnungen. Es stellte sich jedoch heraus, dass Noras schlechte Laune nicht mit der fiktiven Sprachkonferenz in Linzhuisen zusammenhing (aus irgendeinem Grund hatte Nora sie am Vorabend nicht zurückgerufen), Ursache war vielmehr eine vierstündige Matheklausur, die nicht besonders gut gelaufen war.

»Die am sinnlosesten vergeudeten Stunden meines Lebens«, erklärte Nora, ehe sie sich in ihr Zimmer zurückzog.

Kurze Zeit später kam ihre Freundin Carol, die sich offenbar in der gleichen Verfassung befand. Sie grüßte genauso höflich und freundlich wie immer, aber bevor sie zu ihrer Leidensgenossin hineinging, meinte sie, wenn keiner auf die Idee gekommen wäre, diese elende Mathematik zu erfinden, wäre die Erde ein wesentlich angenehmerer Ort zum Leben gewesen.

Zwei Stunden später waren die beiden dennoch guter Dinge, frisch geschminkt und auf dem Sprung auszugehen. Ihren Worten zufolge zu ihrem Schulkameraden Ziggy, der Geburtstag feierte und dessen Vater im Kanalviertel ein kleines Restaurant besaß. Dort hatte er für die Feier zum achtzehnten Geburtstag seines Sohnes einen der Gasträume reserviert, was – das fanden sowohl Nora als auch Carol – die ultimative Methode sein würde, ihre Sorgen nach der missglückten Matheklausur zu ertränken.

Ertränken?, dachte Judith, behielt die Ermahnungen, die wie auf Knopfdruck in ihr hochsprudelten, jedoch für sich. Carol und Nora würden keine Mathematikprofessorinnen werden, aber Verantwortung übernehmen konnten sie. Sie wünschte ihnen einen netten Abend und versprach, sie am Samstagmorgen nicht zu früh zu wecken.

Für den Fall, dass Carol bei ihnen übernachten wollte.

Was zwar nicht hundertprozentig feststand, aber, wie sich herausstellte, zu mindestens neunzig Prozent. Um trotz allem ein paar Begriffe aus der verhassten Welt der Mathematik auszuleihen.

Als die Mädchen aufgebrochen waren, machte sie ein Feuer im offenen Kamin, schenkte sich ein großes Glas Rotwein ein und holte die drei Briefe heraus. Blieb mit ihnen vor sich eine Weile am Esstisch sitzen, während sie den Wein trank, goss sich ein weiteres Glas ein und schlitzte den dritten Umschlag auf, den Brief des Pfarrers. Schloss für einige Sekunden die Augen und merkte, dass sie irgendwo zwischen rechtem Ohr und Schläfe ihren Puls pochen hören konnte. Kein Wunder, dachte sie.

Es war eine Karte. Sonst nichts. Eine zusammengefaltete Karte mit zwei Kreuzen und einigen winzigen Worten in Druckbuchstaben am unteren Rand. Das Papier war dünn und abgegriffen, und es dauerte einen Moment, bis sie begriff, dass die Karte von Hand gezeichnet worden war. Sie war sehr sorgfältig ausgeführt, aber es war kein einziger Ortsname angegeben; nur Straßen und Pfade und schraffierte Flächen, eng zusammenliegende, parallele Linien, die, vermutete sie, Höhenunterschiede markierten, sowie eine kleine Zahl verstreuter, kleiner Vierecke, deren Bedeutung sich ihr nicht erschloss. Vielleicht irgendwelche Gebäude, aber genauso gut konnte es sich um etwas anderes handeln.

Die ganze Karte war mit Bleistift gezeichnet worden. Auch die Kreuze; das eine befand sich ziemlich genau in der Mitte, in einer der schraffierten Flächen, die möglicherweise Wald bedeuteten, und direkt neben einer leicht geschlängelten Linie, die schätzungsweise einen kleineren Wasserlauf darstellte. Das zweite Kreuz lag am linken Rand der Karte auf etwas, das wahrscheinlich eine Straße bezeichnete, die am unteren Rand begann und etwas oberhalb des Kreuzes nach links verschwand. Direkt links vom Kreuz gab es eines der kleinen Vierecke.

Der Text am unteren Rand der Karte lautete: *K=Kerran, M=Maardam. Die Straße umgekehrt.*

Sie trank einen großen Schluck Wein und dachte nach. War es wirklich nötig, die Anweisungen so kompliziert zu machen? Aber vielleicht funktionierte man so im Gefängnis. Man hatte alle Zeit der Welt, und wahrscheinlich hatte es Felix Sandor ein gewisses Vergnügen bereitet, das Ganze etwas zu mystifizieren. Andererseits gab es natürlich auch den Aspekt der Sicherheit; es ging ja nicht gerade um Peanuts, und seine Absichten ließen sich nicht in Frage stellen. Er wollte, dass die Beute aus dem großen Überfall auf den Geldtransport in die richtigen Hände gelangte. Also in ihre.

Sie griff nach den beiden anderen Briefen und las sie sich durch. Das hatte sie schon mehrere Male getan, aber erst jetzt mit der gezeichneten Karte mussten die Informationen vollständig sein. Oder? Die Informationen, die sie zu vierzig Goldbarren von jeweils fünfhundert Gramm Gewicht führen und ihr eigenes und Noras Leben für immer verändern sollten, waren nun vollständig, es kam bloß darauf an, sie zu verstehen.

Vor allem der erste Brief ließ sich mit der Karte kombinieren, der zweite enthielt im Grunde nur die Anweisungen, die sie anlässlich der Beerdigung befolgt und die dazu geführt hatten, dass der hässliche Pfarrer ihr die Karte ausgehändigt hatte.

Sie schob Brief Nummer zwei zur Seite und konzentrierte sich auf Nummer eins, der im Frühjahr gekommen war, und abgesehen von einem kurzen Text, in dem Felix Sandor unter anderem erklärt hatte, er stehe zu dem, *worüber wir gesprochen haben*, eine Reihe von Punkten enthielt, die ihr bisher wenig gesagt hatten. Außer, dass es sich um gewisse geografische Informationen handeln könnte. Besser gesagt, wohin man sich begeben sollte, wenn man zwanzig Kilo Gold finden wollte. Dass es um etwas anderes ging, erschien ihr bei genauerem Nachdenken einigermaßen abwegig.

261
K24
M36
L900
Mühle
H_2O

Eine Mühle war eine Mühle. H_2O war Wasser. Aber die ersten vier Punkte hatten sich bisher nicht dechiffrieren lassen, zumindest von ihr nicht. Aber anhand der kurzen Informationen auf der Karte wurde auf einmal alles in ein neues Licht gerückt. Sie musste nicht lange grübeln, bis sie glaubte, die Lösung gefunden zu haben.

Punkt eins war eine Straßennummer, aber verdreht. Die richtige Nummer lautete 162. Punkt zwei und drei mussten Entfernungsangaben in Kilometern sein, vierundzwanzig Kilometer bis K, also Kerran, sechsunddreißig Kilometer bis M, also Maardam. Punkt 4, L900, blieb weiter unverständlich, aber vielleicht würde sich das klären, wenn sie auf Landstraße 162 unterwegs war?

Sie trank einen Schluck Wein und spürte, wie ihre Erregung höchst spürbar anstieg. Sie holte Laptop, Notizblock und Stift. Öffnete das Kartenprogramm und begann zu suchen.

Eine gute Stunde später war sie fertig. So schien es ihr zumindest; Felix Sandors mehr oder weniger kryptische Angaben passten gut zu ihrem Interpretationsversuch. Nur L900 hing in der Luft, aber ihr Instinkt sagte ihr, dass sich auch dieses Puzzleteil einfügen lassen würde. Sie hatte alles in ihren Notizblock geschrieben, den sie normalerweise benutzte, um ihre Schulstunden zu planen, und als sie sich das Ganze noch einmal durchlas, konnte sie keine offensichtlichen Unklarheiten entdecken.

Landstraße 162 war eine mittelgroße Straße, die von Kieslingen, einem von Maardams kleineren Vororten, in nordwestliche Richtung verlief, bis sie schließlich in der Stadt Kerran endete. Insgesamt war sie sechzig Kilometer lang. Auf dieser Straße gab es einen Punkt, der vierundzwanzig Kilometer von Kerran und sechsunddreißig von Maardam entfernt lag. Es schien ihr eine höchst berechtigte Annahme zu sein, dass genau an dieser Stelle ein Straßenschild stand – das darüber informierte, wie viele Kilometer es zu den jeweiligen Orten waren. Wenn sie diesen Punkt fand, würde sie auch begreifen, wie die Fortsetzung aussah. Zum Beispiel L900.

Es fiel ihr nicht schwer, sich vorzustellen, wie Felix Sandor an jenem Unwetterabend im Januar vor achtzehn Jahren auf Straße 162 fuhr. Er musste seine Beute loswerden; er hatte es eilig, hatte seine beiden Komplizen verloren und zwei Polizisten niedergeschossen. Wahrscheinlich wusste er nicht, wie es enden würde, aber dass man ihn jagte, stand außer Frage. Er war eine andere Art von Beute, und Jäger gab es viele.

Irgendwo in der Nähe des Punkts auf der Straße hatte er die Tasche mit den vierzig Goldbarren deponiert, sie wahrscheinlich vergraben, und mit Hilfe der gezeichneten Karte sowie der Worte *Mühle* und *Wasser* und der Bezeichnung *L900* sollte es ihr möglich sein, die richtige Stelle zu finden.

Nicht wahr?

Yes box, dachte sie, so ist es. Auch wenn es einen Spielraum für Variationen gab, konnte sie keine entscheidenden Mängel in ihrer Argumentation erkennen.

Einige Zeit, nachdem Felix Sandor das Gold losgeworden war, hatte er an ihre Tür geklopft. Vielleicht zwei Stunden später, vielleicht auch etwas mehr – und anhand einer halbwegs genauen Messung auf der Karte stellte sie fest, dass die Entfernung zwischen Punkt K24/M36 und ihrem Haus im Wald in der Nähe des Dorfes Leytershülle ungefähr fünfzig Kilometer betrug. In Luftlinie und größtenteils schnurgerade Richtung Süden – aber wenn man bedachte, dass wahrscheinlich auf allen großen Verkehrsadern Straßensperren errichtet worden waren, hatte er sich mit Sicherheit für die kleineren und kurvigeren Nebenstraßen entschieden. In der Nähe ihres Hauses hatte er dann irgendwann das Auto stehen gelassen und war anschließend zu Fuß durch den Wald gegangen; wie weit und wie lange er gelaufen war, wusste sie nicht, und dass er ausgerechnet bei ihrem Haus angeklopft hatte, war natürlich nichts anderes als reiner Zufall gewesen. Sie wusste noch, wie furchtbar müde er gewesen war, vermutlich war er in dem Unwetter ziemlich lange zu Fuß unterwegs gewesen, ehe er ihr Haus gefunden hatte.

So ungefähr. So ungefähr musste es sich abgespielt haben.

Kein Wunder, dass alle an der falschen Stelle nach dem verschwundenen Gold gesucht hatten. Obwohl Felix Sandor sich wie eine Jagdbeute gefühlt haben musste, hatte er die Kühle und Geistesgegenwart besessen, das Gold an einem Ort zu verstecken, an dem keiner danach suchen würde. Um sich anschließend in gebührender Entfernung einfangen zu lassen.

Einfangen zu lassen? Nun, darüber ließe sich diskutieren, aber es war gekommen, wie es gekommen war, und was immer man von dem Ganzen hielt, an seinem Verstand war jedenfalls nichts auszusetzen gewesen. Sie durfte nicht vergessen, dieses Detail anzusprechen, wenn der Moment gekommen war, Nora von ihrem Vater zu erzählen.

Mörder: Ja, in der Hitze des Gefechts. Dummkopf: Nein.

Von wegen der Gene und so weiter.

Sie war ins Bett gegangen, aber noch wach, als die Mädchen kurz nach Mitternacht hereinpolterten. Sie klangen weder besonders laut noch besonders betrunken, und sie sandte einen Gedanken der Dankbarkeit an ihren Verstand und ihr gutes Urteilsvermögen. Vor allem Carol war die Zuverlässigkeit selbst, und Judith hoffte, dass ihre Tochter so klug sein würde, diese wertvolle Freundin niemals gegen etwas anderes einzutauschen. Oder *jemand* anderes.

Sie wartete ein paar Minuten, während sie den Aktivitäten der beiden im Badezimmer lauschte, und als sie hörte, dass sie die Tür zu Noras Zimmer hinter sich schlossen, stand sie auf, um zu pinkeln. Auf dem Rückweg von der Toilette warf sie einen Blick aus dem Fenster auf die Minderstraat hinaus. Bemerkte, dass es leise regnete und an der Bushaltestelle auf der anderen Straßenseite wartend ein rauchender Mann stand. Es war ein wenig seltsam, dass er ausgerechnet dort stand. Um diese späte Uhrzeit hielten da keine Busse mehr, weshalb sie annahm, dass es sich um einen angeheiterten Herrn handelte, der nicht in der Lage gewesen war, den Fahrplan korrekt zu lesen.

Aber das war nicht ihr Problem. Sie zuckte mit den Schultern und kehrte ins Bett zurück – aber in erster Linie zu ihren Überlegungen über die Zukunft und die Karte mit den zwei Kreuzen. Wie hatte er es angestellt, sie zu zeichnen? Eingesperrt in einem der ausbruchssichersten Gefängnisse des Landes.

Gute Frage. Sie begriff, dass der Schlaf auf sich warten lassen würde.

Nora, Samstag

»Das musst du mir noch einmal erklären.«

Carol gähnt und betrachtet mich mit gerunzelter Stirn. Außerdem sieht sie aus, als schiele sie ein wenig, das tut sie immer, wenn es etwas gibt, was sie nicht versteht. Das ist ehrlich gesagt ziemlich charmant, obwohl sie gestern nach der Matheklausur dachte, sie müsste zum Augenarzt.

»Da ist irgendetwas«, wiederhole ich. »Ich weiß es einfach.«

Wir liegen noch im Bett. Es ist nach zehn, aber es ist Samstag, und es regnet. Im Herbst regnet es fast immer in dieser Stadt. Carol seufzt.

»Ja, aber dann erzähl auch. Du kannst so etwas nicht einfach von dir geben und es dann nicht erklären. Ich finde deine Mutter schwer in Ordnung.«

»Natürlich ist sie in Ordnung«, sage ich. »Darum geht es nicht. Es geht darum, dass sie irgendetwas treibt, das sie mir verheimlicht. Und so ist sie sonst nicht. Das Einzige, was sie mir verheimlicht, ist … ja, du weißt schon.«

»Dein Vater. Ja, ich weiß«, sagt Carol. »Aber was ist gestern denn passiert?«

Ich denke drei Sekunden nach, dann erzähle ich es ihr.

»Es war nach dieser Scheißklausur. Als ich aus der Aula getaumelt bin und auf dem Heimweg war, ist mir eingefallen, dass ich vergessen hatte, meine Kontaktlinsen in der

Apotheke abzuholen. Ich war so fertig im Kopf, dass ich mich nicht dazu aufraffen konnte umzudrehen, deshalb habe ich im Erasmus angerufen, weil ich Mama bitten wollte, sie zu holen.«

»Du hast im Erasmusgymnasium angerufen?«

»Ja, wenn sie in der Schule ist, schaltet sie ihr Handy immer aus … um die Konzentration nicht zu verlieren, was das angeht, ist sie knallhart. Also habe ich mit einer Frau im Schulsekretariat gesprochen und sie gebeten, meiner Mutter auszurichten, dass sie mich bitte anruft, falls sie sie sehen sollte. Wir haben das schon ein paarmal so gemacht, und es hat eigentlich immer funktioniert. Allerdings hatte ich vergessen, dass Mama gestern bei einer Fortbildung war … diese verdammte Mathematik lässt einen … wie heißt das? … retardieren?«

»So heißt es«, bestätigt Carol. »Das Phänomen ist mir vertraut. Und was ist dann passiert?«

Ich zögere erneut kurz, ehe ich weiterspreche.

»Na ja, die Frau, mit der ich gesprochen habe, meinte natürlich, Mama sei nicht in der Schule. Weil sie sich freigenommen habe für eine Beerdigung.«

»Was? Aber hast du nicht eben gesagt, dass sie …«

»Exakt. Mir sagt sie, dass sie bei einer Fortbildung ist, der Schule erzählt sie, dass sie auf einer Beerdigung ist. Verstehst du das Problem?«

Carol sieht mich leicht schielend an und sagt, das tue sie. Anschließend liegen wir eine Weile schweigend da und jeder denkt für sich nach.

»Ein Mann«, sagt Carol dann. »Es ist nicht zufällig so, dass sie einen Typen kennengelernt hat?«

»Keine Ahnung. Wir haben tatsächlich einmal darüber gesprochen … also, rein theoretisch. Darüber, was passiert, wenn sie eine Beziehung mit jemandem anfangen möchte. Mein ganzes Leben hat es nur sie und mich gegeben, und ich würde es ihr wirklich gönnen … ja, jemanden zu treffen. Das ist kein Problem, sie müsste es nicht geheim halten.«

»Mein Stiefvater ist ein Idiot«, bemerkt Carol. »Aber für meinen Bruder ist es schlimmer, er ist ja erst vierzehn.«

»Ja, ich weiß«, sage ich. »Aber deshalb müssen ja nicht alle Stiefväter Idioten sein. Egal, ich glaube ohnehin nicht, dass es um so etwas geht. Sie würde es nicht vertuschen, wenn sie einen Mann kennengelernt hätte, dafür gibt es gar keinen Grund. Du meine Güte, ich bin doch erwachsen … zumindest fast.«

Carol nickt. »Und was ist es dann?«

»Es geht nicht um einen Stiefvater«, antworte ich. »Ich glaube, es geht um meinen richtigen … Vater?«

»Aha? Den du nie …«

»Genau. Den ich nie …«

»Von dem du nicht weißt, wer er ist?«

»Ja, von dem ich absolut nichts weiß.«

»Hm«, sagt Carol und versucht, ernst zu klingen und auszusehen, aber es gelingt ihr nicht besonders gut, und ich merke, dass sie die Sache spannend findet. Ich denke, dass ich ihr verzeihe, mir würde es bestimmt genauso gehen, wenn es nicht meine eigene Mutter und den Mann beträfe, der dafür gesorgt hat, dass ich das Licht der Welt erblicke … oder wie man es ausdrücken soll.

»Und warum?«, fragt Carol nach einigen stillen Sekunden. »Was bringt dich dazu, dir das einzubilden?«

»Ich bilde mir nichts ein«, antworte ich. »Aber ich kann dir leider nicht sagen, dass es genau hieran oder daran liegt. Am Anfang habe ich gedacht, es liegt nur daran, dass der Zeitpunkt näher rückt, aber ich …«

»Moment. Was für ein Zeitpunkt?«

»Mein achtzehnter Geburtstag … an dem sie mir erzählt, wer er ist.«

»Aha? Stimmt ja …«

»Aber das ist nicht alles. Da ist noch mehr. Ach ja, es gibt noch etwas. Es ist ein Brief gekommen.«

Ich habe nicht vorgehabt, das zu sagen, kann mich aber nicht mehr bremsen. »Wenn ich mich richtig erinnere, am Montag … vielleicht auch am Dienstag. Ich war als Erste zu Hause und habe die Post aufgehoben, die auf der Fußmatte lag, es war alles wie immer, und ich habe sie auf die Kommode im Flur gelegt. Dabei habe ich flüchtig gesehen, dass ein Umschlag mit handgeschriebener Adresse dabei war … also an Mama. Handgeschriebenes ist mittlerweile ja eher ungewöhnlich. In dem Moment habe ich mir nicht viel dabei gedacht, aber am Donnerstagmorgen … also vorgestern, ehe sie zu dem Kurs abgereist ist … oder zu der Beerdigung … habe ich gesehen, dass sie den Brief in ihre Tasche gesteckt hat. Und, na ja, mir ist das einfach verdächtig vorgekommen.«

Ich merke, dass das etwas dünn klingt, und Carol lässt es sich auch nicht nehmen, Einwände vorzubringen.

»Jetzt komme ich nicht ganz mit. Was soll das mit deinem Vater zu tun haben? Es könnte doch auch um diese Fortbildung gegangen sein … oder eine Beerdigung?«

»Ehrlich gesagt besteht ein verdammt großer Unterschied zwischen einer Fortbildung und einer Beerdigung.«

»Da gebe ich dir recht. Aber trotzdem gibt es doch nichts, was auf deinen geheimen Vater hindeutet, oder?«

Ich antworte nicht, weil ich nichts Vernünftiges erwidern kann.

»Weißt du wirklich nichts über ihn?«

»Kein bisschen.«

Carol seufzt und robbt aus dem Bett. »Okay, kapiere. Aber ich verstehe nicht, was du … oder wir … da machen sollen. Wenn du nicht einfach offen mit ihr reden willst.«

»Das will ich nicht, das weißt du. Es geht um … um Respekt. Respekt und Privatsphäre. Wenn sie mit mir reden könnte und wollte, hätte sie es schon getan. Wo willst du hin?«

»Pinkeln«, sagt Carol. »Das tue ich manchmal.«

»Du bist so verdammt konventionell«, sage ich und werfe mit einem Kissen nach ihr.

Wir lassen das Thema jedoch nicht fallen. Gegen elf haben wir uns in die Küche geschleppt, und während wir uns ein ordentliches Wochenendfrühstück mit Rührei und Speck und allem Möglichen machen, flüstern und tuscheln wir weiter darüber, was sich da zusammenbrauen könnte. Vor allem Carol liebt diese Formulierung: *Da braut sich etwas zusammen.*

Wir achten darauf, nicht zu laut zu sprechen, weil Mama noch zu Hause ist. Sie wird jeden Moment zu ihren Samstagseinkäufen aufbrechen, die zu ihrem Tagesablauf gehören; sie verbringt gern ein paar Stunden im Stadtzentrum, geht dort in den vielen kleinen Geschäften einkaufen, die es noch gibt, trotz der Bedrohung durch die fürchterlichen Einkaufszentren, die rund um die Stadt wie Pilze aus dem Boden schießen und von einem verlangen, dass man sich in sein Auto setzt und die Abgase ausspuckt, die man unter der Woche nicht ausstoßen konnte. Dass Mama noch immer ein Auto besitzt, ist seltsam, aber sie verteidigt sich immer damit, dass es ohnehin dreihundert Tage im Jahr herumsteht.

Gegen halb zwölf zieht sie los, nachdem sie Carol und mich umarmt und sich im Großen und Ganzen wie immer verhalten hat. Carol lässt es sich auch nicht nehmen, darauf hinzuweisen, als wir uns wieder an den Tisch gesetzt haben und normal reden können.

»Ich merke echt nichts«, sagt sie. »Deine Mutter ist ehrlich gesagt genau die Supermutter, die sie immer gewesen ist. Du hast zu viele schlechte Filme gesehen.«

»Du hast keinen Radar«, erwidere ich. »Was hat sie denn am Donnerstag und gestern getrieben? Was war das für ein Brief, der für sie gekommen ist? Du kannst nicht einfach die Augen vor den Fakten verschließen, oder glaubst du, du lebst im Weißen Haus?«

Carol denkt einen Moment nach.

»Dieser Brief, hm ... ist der gekommen, bevor sie dir von dem Kurs erzählt hat?«

»Am selben Tag, glaube ich. Aber der Brief kam zuerst und der Kurs danach ...«

»Ich verstehe. Dann könnte darin also etwas gestanden haben, was dazu geführt hat, dass sie wegfahren musste?«

Ich nicke.

»Am Dienstag?«

»Glaube ich. Oder am Montag.«

»Und sie ist Donnerstagmorgen abgereist?«

»Ja.«

Carol hebt eine Augenbraue, was wahrscheinlich ganz automatisch und immer dann geschieht, wenn sie sich etwas besonders Schlaues ausgedacht hat. Oder denkt, dass sie das getan hat.

»Es könnte interessant sein zu wissen, wann sie in der Schule gefragt hat, ob sie freibekommt«, sagt sie. »Wenn sie zwei Tage weg sein wollte, war es ja etwas spät, um Bescheid zu geben ... ich meine, wenn die Schule eine Vertretung für sie finden will. Aber ...«

»Aber?«

»Aber wir können ja schlecht im Erasmus anrufen und fragen, oder?«

»Vollkommen richtig«, antworte ich. »Das können wir nicht tun. Wir arbeiten nämlich nicht bei der Polizei.«

»Eher als Privatdetektive«, sagt Carol und kichert.

Das meint sie natürlich nicht ernst, aber sobald sie es gesagt hat, geht es mir irgendwie nicht mehr aus dem Kopf.

Nora Miller und Carol Winterbuick, Privatdetektivinnen.

»Du spinnst doch«, sage ich.

»Ich dachte, das willst du? Dass wir ein bisschen ermitteln?«

»Ich habe nie behauptet, dass ich klüger bin als du«, antworte ich.

»Haha«, sagt Carol.

Sie geht so gegen zwei und fährt mit der Straßenbahn nach Hause. Ich lege mich aufs Bett und überlege, wie ich den restlichen Tag verbringen soll. Ob ich etwas unternehmen, vielleicht Dieter oder Marion anrufen soll, um zu hören, wie ihre Pläne aussehen. Aber Marion habe ich gestern auf Ziggys Party getroffen, und aus irgendeinem Grund habe ich keine Lust, mit Dieter abzuhängen. Carol will zu Hause bei ihrer Familie bleiben, weil sie in den letzten Tagen fast die ganze Zeit bei uns gewesen ist, und zumindest ihre Mutter möchte bestimmt etwas mehr von ihr sehen.

Es läuft also darauf hinaus, dass ich zu Hause bleiben und eine Serie gucken werde, ich bin mitten in zwei, außerdem habe ich das Gefühl, Zeit zu brauchen, um mir alleine Gedanken über das Ganze zu machen. Außerdem ist das Wetter richtig übel, stürmisch und regnerisch, sich auch nur einen Schritt zur Tür hinauszubewegen, kommt einem vor wie eine unnütze Anstrengung.

Als mein Entscheidungsprozess für die nächsten Stunden meines Lebens ungefähr so weit vorangeschritten ist, kommt Mama vom Shoppen zurück. Sie stellt ihre Einkaufstüten im Flur ab und beklagt sich über das Wetter, aber kaum hat sie Mantel und Schuhe ausgezogen und die Kaffeemaschine eingeschaltet, als sie mir auch schon die nächste Lüge auftischt.

Ich bin mir schon nach wenigen Sekunden vollkommen sicher, dass es tatsächlich eine völlig aus der Luft gegriffene Lüge ist. Ich glaube, es liegt an ihrer Stimme oder eher an der Tonlage. Es klingt, als hätte sie ... ja, genau, als hätte sie geprobt, wie sie es sagt. Vielleicht liegt es auch an etwas anderem, aber ich glaube, dass man Menschen, mit denen man täglich spricht, leicht durchschauen kann. In einer Stimme gibt es so viele kleine Details, und wenn ein paar davon nicht stimmen, sich nicht wie üblich anhören, nimmt man das wahr, ob man will oder nicht.

»Ich bin in der Stadt einer Kollegin begegnet«, sagt sie jedenfalls. »Vera, ich glaube nicht, dass du weißt, wer das ist ... sie hat mich morgen nach Kerran eingeladen. Es ist etwas mit ihrem Sohn passiert, und sie braucht jemanden zum Reden. Es ist doch okay, wenn ich ein paar Stunden weg bin ... morgen Nachmittag, meine ich? Ich nehme das Auto, das ist am einfachsten.«

Ich antworte, natürlich, dass das völlig okay ist, und danach reden wir nicht mehr darüber. Aber wenn ich jetzt, ein paar Stunden später, in meinem Zimmer sitze und diese Zeilen schreibe, weiß ich, dass ich nicht mehr passiv bleiben kann. Ich muss herausfinden, was sie da treibt. Man hat nur eine Mama, das wird besonders deutlich, wenn man keinen Vater hat.

Ich brauche auch nicht lange, um einen Plan zu schmieden. Ich rufe Carol an.

»Meinst du, du kannst dir morgen Nachmittag euer Auto leihen?«, frage ich.

Carol ist schon im Februar achtzehn geworden und hat vor zwei Monaten den Führerschein gemacht.

»Was?«, sagt sie. »Warum?«

»Es geht um die Sache mit meiner Mutter«, antworte ich.

»Aha?«, sagt Carol. »Private Ermittlungen?«

Ich denke, dass es schön ist, wie schnell sie schaltet, und antworte ihr, dass es genau darum gehe.

»Ich muss fragen«, sagt sie. »Ich rufe dich in ein paar Minuten zurück.«

Das tut sie. Es spricht nichts dagegen, dass sie sich den Škoda ihrer Mutter leiht. Den BMW ihres Stiefvaters zu fahren, ist natürlich undenkbar, ich glaube nicht, dass sie in dieser polierten Schönheit jemals hinter dem Lenkrad gesessen hat.

Sie will natürlich mehr über die Lage erfahren, und ich erkläre, dass wir wahrscheinlich Richtung Kerran fahren werden, aber dass es genauso gut auch um etwas völlig anderes gehen könnte.

Als die erfahrene Privatschnüfflerin, die sie ist, gibt Carol sich mit dieser Information zufrieden.

Frenkel, Freitag – Samstag

Als er die Zigarette ausdrückte und die Bushaltestelle verließ, konnte er auf einen langen und erfolgreichen Tag zurückblicken. Es war nach Mitternacht, aber er war nicht müde; ihm war vielleicht etwas kalt, und er hatte einen steifen Rücken, aber davon starb man nicht. Seit er im Zug aus Würgau seine glückliche Entdeckung gemacht hatte, tickte in seinem Inneren vorsichtiger Optimismus. Es war nicht so, dass er sich bereits im Besitz der Goldbarren wähnte, aber mit dieser Frau stimmte etwas nicht. Das hatte ihm sein Bauchgefühl von Anfang an gesagt, und die Bestätigung dafür bekam er, als sie kurz vor der Ankunft in Maardam die Gestalt wechselte. Von blonden zu dunklen Haaren; sie ging einfach auf die Toilette und zog ihre Perücke ab. Von ihrem blauen Halstuch trennte sie sich auch, und warum sollte sie eine derart billige Verwandlungsnummer abziehen, wenn sie eine reine Weste hatte? Leo Frenkel war ein alter Hase und kannte seine Pappenheimer.

Auf ihrem Fußweg vom Bahnhof hatte er sie problemlos beschattet; zwar war er in Sorge gewesen, dass auch diese Beute in einem Taxi verschwinden könnte, aber das geschah nicht. Sie nahm den Weg schräg über den Grote plejn, folgte ein Stück der Langgraacht und bog anschließend in die Minderstraat, wo sie durch die Tür zu Hausnummer achtundzwanzig trat. Höchstwahrscheinlich befand sich dort ihre

Wohnung, konstatierte Leo Frenkel, zog sein Handy heraus und machte für alle Fälle ein Foto.

Zu diesem Zeitpunkt war es fast zwei Uhr, und er lief eine Zeitlang in dem Viertel herum, während er über seine weitere Strategie nachdachte. Irgendetwas sagte ihm, das, was passieren würde, würde bald passieren. Vielleicht nicht mehr an diesem Tag, aber vermutlich, bevor das Wochenende vorbei wäre. Es blieb unklar, warum es sich so anfühlte, aber es war sicher nicht der richtige Moment, um auf der faulen Haut zu liegen. Ein Problem war, dass er in dieser heiklen Angelegenheit allein arbeiten musste, aber wenn er es schaffte, die Aufgabe zu lösen, würde er die Beute andererseits auch mit niemandem teilen müssen. Es gab eine Vorder- und eine Kehrseite der Medaille, so war es immer, aber der Gedanke, nicht einen Haufen Knete an einen Komplizen abdrücken zu müssen, zum Beispiel an den toten Idioten Jokovic, wog schwerer als alles andere. Außerdem war er überzeugt, dass er das Ding schon schaukeln würde, wenn er die Details nicht vernachlässigte.

Das heißt, wenn es wirklich die richtige Frau war, und je länger er darüber nachdachte, desto mehr war er davon überzeugt … Zweifel wohnten wie gesagt in den Herzen von Narren, es klang allmählich wie eine fixe Idee, aber egal. Er hatte sich entschieden, und wer bei jeder Kreuzung grübelt, ob es hierhin oder dahin gehen soll, hat nie Erfolg.

Also, was tun?

Ihm war klar, dass er sie nicht rund um die Uhr überwachen konnte, aber auch, dass er versuchen musste einzuschätzen, wie der wahrscheinlichste Ablauf der Ereignisse aussehen würde. Als Erstes sollte er jedoch versuchen, die Identität der mysteriösen Frau zu klären. Oder wenigstens etwas mehr über sie zu erfahren.

Fürs Erste hinderte ihn nichts daran. Er musste nicht einmal das Schloss zu Nummer achtundzwanzig aufbrechen; während er sich auf dem Bürgersteig vor dem Haus befand, trat ein älterer Herr aus der Tür, ohne sie hinter sich zuzuziehen. Leo Frenkel schlüpfte hinein und entdeckte im Treppenhaus augenblicklich eine Tafel, auf der die Bewohner Etage für Etage verzeichnet standen. Es handelte sich um ein vierstöckiges Gebäude mit zwei Namen auf jedem Stockwerk, jedoch nur einem im Erdgeschoss: *Sznaczky*. Er fragte sich, ob man das aussprechen konnte, machte mit dem Handy ein weiteres Bild und trat wieder auf die Straße hinaus.

An der Ecke zu einer schmalen Straße, die Weiverstraat hieß, lag eine kleine Taverne und sah aus wie ein hervorragender Ort für ein Bier und eine Analyse, aber weil er momentan völlig abgebrannt war, musste er klein beigeben und zu seiner Mutter heimkehren.

Er verbrachte ein paar Stunden zu Hause, verdrückte etwas Aufgewärmtes, lieh sich eine kleinere Summe (nicht mehr als fünfundzwanzig Euro, seine Mutter wurde von Tag zu Tag knauseriger) und kehrte in die Minderstraat und auf den Bürgersteig gegenüber von Hausnummer achtundzwanzig zurück. Die Dämmerung hatte eingesetzt, und in dem alten Steinhaus brannten schon mehrere Lampen.

Vier Stockwerke also, inklusive Erdgeschoss. Insgesamt vierzehn Fenster zur Straße. Jeweils vier auf den drei oberen Etagen, zwei in der untersten. Irgendetwas sagte ihm, dass sein Objekt weiter oben im Gebäude wohnte, die beiden Fenster im Erdgeschoss, je eins zu beiden Seiten des Hauseingangs, sahen dunkel und düster aus und schienen von niemandem bewohnt zu werden, höchstens von einem hinkenden und trinkenden Hausmeister und seiner ekligen Katze. Und mit diesem Namen, der unaussprechlich war.

Zufrieden mit dieser einfachen Berechnung begann er, seinen Plan in die Tat umzusetzen. Tatsächlich war dieser Plan einer von zweien, es gab einen Plan B für den Fall, dass es ihm nicht gelingen sollte, sein Objekt mit Hilfe des ersten zu orten. Er merkte, dass ihm das Wort *Objekt* gefiel, es erschien ihm wahrheitsgetreuer als *Wildbret* oder *Beute*, und er hatte sich immer zum Wissenschaftlichen hingezogen gefühlt. Plan B sagte ihm allerdings weniger zu; er lief darauf hinaus, sich mit einem Stapel religiöser Schriften in das Gebäude zu begeben, von Tür zu Tür zu gehen, zu klingeln und sie anzupreisen. Leo Frenkel war nicht im Mindesten religiös, auch wenn er im Prinzip schon damit rechnete, in den Himmel zu kommen, sobald sein irdisches Dasein endete. Mit Hilfe einer *wild card* oder so.

Aber weg mit den Glaubensfragen. Er schaute sich um und zog seine Schleuder aus der Jackentasche. Holte eine harte, gelbe Kichererbse aus der anderen und legte an. Zielte auf das erhellte Fenster ganz links im ersten Stockwerk und schoss.

Die ganze Prozedur dauerte keine fünf Sekunden, und er traf mitten ins Ziel. Das wunderte ihn nicht; Leo Frenkel war schon mit zehn ein Meister darin gewesen, eine Schleuder zu benutzen, und hatte nie aufgehört zu trainieren. Früher oder später geriet man im Leben in eine Situation, in der dieses einfache Handwerk gebraucht wurde, und das hier war eine solche Situation.

Es dauerte ein paar Sekunden, dann tauchte in dem betreffenden Fenster ein älterer Mann auf. Bestimmt einiges über siebzig, schätzte Leo; er wechselte die Brille und suchte verwirrt die Straße ab, um herauszufinden, was sein Fenster getroffen hatte. Nach einer Weile zuckte er mit den Schultern und kehrte zu seiner Briefmarkensammlung zurück, oder womit er sich gerade beschäftigt hatte.

Ja, der Alte hatte tatsächlich wie ein typischer Briefmarkensammler ausgesehen, fand Leo. Selbstbezogen und übelriechend, und wenn sein Objekt nicht zufällig mit ihrem alten Vater zusammenlebte, konnte er diese Wohnung fürs Erste ausschließen. Erste Etage links.

Er wartete, bis ein jüngeres Paar mit einem schreienden Baby im Kinderwagen vorbeigegangen war, kontrollierte, dass er nicht beobachtet wurde, und feuerte den nächsten eleganten Schuss ab. Erste Etage rechts, wo ebenfalls Licht brannte.

Eine Frau von etwa hundert lugte heraus. Also Jahren, nicht Kilo. Mager wie der Erlöser am Kreuz. Leo Frenkel schloss sie und ihre Wohnung sofort aus.

Im Stockwerk darüber leuchtete es nur schwach aus drei der Fenster, aber er ballerte auf alle vier. Ergebnislos, aber als er daraufhin zum obersten Stockwerk überging, lief alles wie am Schnürchen. Kaum hatte er einen weiteren Volltreffer auf dem erleuchteten Fenster ganz links gelandet, als sie auch schon auftauchte.

Will sagen, *sie*. Sie erlaubte sich nur einen kurzen Blick hinaus, aber für Leo Frenkels Zwecke war er mehr als ausreichend. Kein Zweifel, das war die verschlagene Lady aus dem Zug und von Felix Sandors Beerdigung. Er spürte, wie etwas in ihm Klick machte, steckte die Schleuder weg und zündete sich eine wohlverdiente Zigarette an.

Der Rest war ein Kinderspiel. Mit Hilfe eines Schraubenziehers und einer alten Plastikkarte verschaffte er sich Zugang zu dem Haus und stieg die geschwungene Treppe bis in die oberste Etage hinauf. Auf der Tür zu seiner Rechten, die ihn nicht interessierte, stand *Klimke. Keine Reklame, bitte*, auf der linken *Judith und Nora Miller.*

Bingo, dachte Leo Frenkel und machte ein neues Foto. Welcher der Vornamen mit seinem Objekt zusammenhing, spielte keine Rolle, es würde sicher kein Problem sein, das zu ermitteln, zum Beispiel im Internet. Während er die Treppen wieder hinabstieg, überlegte er, ob Judith und Nora ein lesbisches Paar waren oder ob es um eine Mutter mit Tochter ging. Oder um zwei Schwestern? Aber egal, jetzt kam es darauf an, sich weiter an den Plan zu halten, es gab nicht beliebig viel Zeit für Spielchen.

Der nächste Schritt bestand darin, sich ein Auto zu besorgen, und nach einem schnellen Bier und einem kleinen Genever in der Taverne an der Ecke, die den etwas ungewöhnlichen Namen *Der schwarze Tod* trug, begab er sich nach Klosse und damit in einen Stadtteil, den er in- und auswendig kannte und wo noch Menschen lebten, die sich mit etwas einfacheren Autos älteren Modells begnügten. Ohne moderne Alarmanlagen und solchen Mist und für jemanden, der auf diesem Gebiet eine Ausbildung genossen hatte, leicht zu stehlen.

Als er zu dem kleinen Platz Heerenplejn kam, wo er zu Anfang der Pubertät seine kriminelle Laufbahn eingeleitet hatte, indem er einer älteren, an den Rollstuhl gefesselten Frau dreißig Gulden gestohlen hatte – eine Erinnerung, die eine gewisse Wehmut in ihm weckte –, war es richtig dunkel geworden und regnete wieder. Sowohl der Platz als auch die Straßen, die zu ihm führten, waren menschenleer, dagegen parkten dort reichlich geeignete Autos.

Er entschied sich für einen Peugeot, der um die dreißig Jahre auf dem Buckel zu haben schien, und fünf Minuten später saß er am Steuer, und der Motor schnurrte wie eine zufriedene Katze.

Piece of cake, dachte Leo Frenkel, schnallte sich an und fuhr los.

Zurück in der Minderstraat fand er einen freien Parkplatz schräg gegenüber von Hausnummer achtundzwanzig, und als er die Rückenlehne nach hinten klappte und sich eine Zigarette anzündete, kam er nicht umhin festzustellen, dass an diesem Tag alles verdammt gut gelaufen war. Die Lady im Zug, ihre Beschattung, die Operation, um herauszufinden, wo sie wohnte und wie sie hieß, das neue Auto, dessen Tank noch dazu voll war … ja, er konnte sich nicht erinnern, wann er das letzte Mal so einen Lauf gehabt hatte. Vielleicht an dem Abend, als Jokovic von seinem Balkon verschwunden war.

Es hatte gerade zehn Uhr geschlagen; er beschloss, sicherheitshalber noch zwei Stunden im Auto zu bleiben, um ein Auge darauf zu haben, ob sich bei den Frauenzimmern Miller etwas tat.

Es wurde ihm langweilig, aber er hielt durch. Warten blieb seine Paradedisziplin, aber als er hörte, wie die Glocken in einer nahe gelegenen Kirche zwölf schlugen, verließ er das Auto, rauchte eine letzte Zigarette an der Bushaltestelle, die direkt gegenüber von Hausnummer achtundzwanzig lag, und schlenderte anschließend heim zu seiner Mutter. Allerdings mit einem kleinen Zwischenstopp im *Hellenheule,* um den Wasserhaushalt auszugleichen. Morgen war ein neuer, vielleicht sogar ein entscheidender Tag, jedenfalls der erste im Rest seines Lebens, wie es auf einem bescheuerten Blechplättchen auf dem Kühlschrank seiner Mutter stand.

Hoffentlich seines *neuen, sorgenfreien Lebens*, und weil genau das in Sichtweite war, kam es darauf an, früh zur Stelle zu sein.

Morgenstund hat Gold im Mund, wie es auf einer anderen Blechplakette hieß.

Der Samstag kam ihm so lang vor wie ein Bandwurm, aber zum Ende hin wurde er besser.

Schon um neun war er auf seinem Posten im Peugeot. Seiner Mutter hatte er erzählt, er habe Arbeit bei einem Wachdienst in der Innenstadt gefunden, woraufhin sie ihm Brote machte und Kaffee in eine Thermoskanne füllte. Außerdem hatte sie fünfzig Euro abgedrückt, weil er für seine verantwortungsvolle Arbeit ein neues Hemd und eine Krawatte benötigte. Immerhin etwas.

Es war ein recht kühler Morgen und Vormittag, und obwohl er sich warm angezogen hatte, war es schwierig, im Auto nicht zu frieren. Mehrmals ließ er den Motor laufen, aber es gab eine verfluchte Regel, wonach es in diesen Vierteln verboten war, den Motor länger als eine Minute im Leerlauf zu lassen, und er wollte keine Aufmerksamkeit erregen. Schließlich war es denkbar, dass der rechtmäßige Besitzer den Diebstahl bereits gemeldet hatte, und Leo Frenkel verstand es, an einem Tag wie diesem auf Nummer sicher zu gehen. Ein paar zügige Spaziergänge die Minderstraat auf und ab funktionierten auch ganz gut, um die Kälte aus dem Körper zu vertreiben.

In den ersten zwei Stunden tat sich nichts in Hausnummer achtundzwanzig. Ein paar irrelevante Personen verließen das Gebäude – darunter der selbstbezogene Briefmarkensammler –, ein paar andere trafen ein. Erst gegen halb zwölf wurde Leo Frenkel für sein beharrliches Warten belohnt. Lady Miller … Judith oder Nora, der Vorname war immer noch unklar, aber während er glotzend im Auto saß, hatte er sich für einen Kompromiss entschieden: Jura. Ju- von Judith, -ra von Nora. *Jura Miller.*

Sie trug einen dunkelgrauen Mantel und hatte dieselbe Jutetasche dabei wie auf der gestrigen Zugreise und zeigte ihre natürliche Haarfarbe. Kein albernes Himmelstuch mehr; offenbar war Schluss mit den Verkleidungskunststücken, jetzt zählte die Wirklichkeit. Sie schaute sich in beide Richtungen um, ehe sie die Straße überquerte und Kurs in Richtung Langgraacht nahm. Leo Frenkel stieg aus dem Auto, zündete sich eine Zigarette an und folgte ihr. Wie gesagt, *piece of cake, nemas problemas.*

Die folgenden Stunden verliefen dann jedoch alles andere als denkwürdig. Jura Miller widmete sich einer dieser unverständlichen Beschäftigungen, in die Frauen so vernarrt zu sein schienen. Sie ging *shoppen*. Leo Frenkel verabscheute Shoppen, und das nicht nur, weil ihm in der Regel das Geld dazu fehlte. Nein, es hatte generell etwas Erniedrigendes, in Kaufhäusern und Einkaufspassagen herumzulaufen und nach einer Menge Mist zu suchen, den man gar nicht brauchte. Ihn zu kaufen und dann am nächsten Tag und bei Schmuddelwetter, seinen Typen loszuschicken, damit er das Teil gegen eine Nummer größer umtauschte. Oder gegen eine andere Farbe. Oder um vielleicht diese helle Hose mitzubringen, die direkt neben der Kasse hing, aber nur, wenn der Preis heruntergesetzt war, wie sie sich zu erinnern meinte. Leo Frenkel war für eine kurze, sehr kurze Phase seines Lebens mit einer Frau dieses Kalibers zusammen gewesen, und wenn ihm manchmal ein armer, erschöpfter Mann ins Auge fiel, der auf einem miserablen Hocker vor einer Modeboutique oder einem Geschäft für Einrichtungsgegenstände saß und auf den Tod wartete, dachte er, so ergeht es einem. Selbst schuld, du armer Wicht.

Jura Miller war allerdings nicht darauf aus, ihre Garderobe zu erweitern oder neue Topflappen zu finden. Ihre Shoppingrunde an diesem düsteren Samstag galt im Grunde ausschließlich dem Einkauf von Lebensmitteln. Allerdings in vielen Geschäften: bei einem Metzger, einem Bäcker, einem Fischhändler, in einem Käseladen, an einem kleinen Stand mit türkischen Delikatessen, in einer Weinhandlung … und so weiter bis in alle Ewigkeit … ja und darüber hinaus in einem Sportgeschäft, aber Leo Frenkel hatte sich nie sonderlich für Ringen oder Skisprung interessiert. Er blieb ihr in gebührendem Abstand auf den Fersen, folgte ihr aber in keines der Geschäfte. Das wäre viel zu riskant gewesen. Er sehnte sich nach einem Bier oder zumindest einer Tasse Kaffee und einem Glas Cognac, bekam aber keine Gelegenheit, sich auch nur irgendetwas zu gönnen. Außerdem regnete es. Nicht besonders stark, es war nur ein typischer, herbstlicher Maardamregen; zum Glück hatte er eine Kappe auf der Birne, aber ein Regenschirm wäre besser gewesen. Jura Miller hatte einen, obwohl sie die meiste Zeit in Geschäften verbrachte. Überhaupt herrschte ein Mangel an guter, alter, ehrenwerter Gerechtigkeit, und Leo Frenkel ertappte sich dabei, vor sich hin zu meckern, als wäre er ein saufender Penner auf der Jagd nach Nachschub.

Erst nach fast zwei Stunden war sie fertig.

Was mache ich hier eigentlich?, dachte Leo Frenkel und trat auf den Fersen seines Objekts den Rückzug in die Minderstraat an. Allerdings langen Fersen, zwanzig bis dreißig Meter; nichts dem Zufall überlassen, bloß nicht.

Am Ende wurde er dann belohnt. Jedenfalls ein bisschen, aber er spürte sofort, dass es ein Detail von großer Bedeutung sein konnte. Er fand ihr Auto. Besser gesagt, sie führte ihn zu ihrem Auto. Kaum war sie in die Minderstraat eingebogen, als sie auch schon links in eine Gasse namens Maalersteeg einbog. Nach ein paar Metern gab es dort einen kleinen Parkplatz mit privaten, vermieteten Stellplätzen. Dorthin ging sie; Frenkel beschloss, auf dem schmalen Bürgersteig vorbeizuschlendern, um nichts zu verpassen, und als er auf Höhe des Parkplatzes war, auf dem höchstens zehn Fahrzeuge standen, konnte er beobachten, dass Jura Miller den Kofferraum eines grauen Toyotas öffnete und etwas hineinwarf. Was genau, ließ sich nicht erkennen, aber das war auch nicht so wichtig. Das Auto seines Objekts zu entdecken, war das, was er brauchte, um nach den schwer zu ertragenden Shoppingstunden im Regen wieder gute Laune zu bekommen.

Eigentlich, dachte er, eigentlich ist es wichtiger, ihr Auto zu bewachen als sie selbst. Dass sein Objekt sich zu Fuß oder mit dem Fahrrad auf den Weg machen würde, um Sandors verfluchtes Gold in irgendeinem verfluchten Wald auszugraben, erschien ihm so abwegig, dass man diese Alternative gar nicht in Betracht ziehen musste. Da sie mit ihren Einkaufstüten aller Wahrscheinlichkeit nach auf dem Heimweg war, ließ er sie von ihrem Auto weggehen, ohne ihr zu folgen. Machte nur ein paar Bilder mit dem Handy, von vorn und von hinten und eine Nahaufnahme vom Nummernschild. Wartete eine Minute und kehrte anschließend zu seinem Peugeot zurück.

Ließ ihn an und rollte die Minderstraat hinunter, drehte in gemächlichem Tempo eine Runde durch das Viertel und fand am Ende einen freien Parkplatz ziemlich genau vor der Ecke zum Maalersteeg. Eine absolut ideale Position. Da es sich beim Maalersteeg um eine Sackgasse handelte, hatte Madame

Miller keine Chance, in die andere Richtung zu entwischen. Ach, du Scheiße, dachte Leo Frenkel. Hol mich der Teufel, es wird klappen. Und weil Wochenende war, musste er für den Parkplatz nicht einmal bezahlen. Nicht, dass er jemals auf die Idee gekommen wäre, für ein Fahrzeug Geld in einen Automaten zu stecken, das ihm, wenn man es genau nahm, nicht einmal wirklich gehörte. Aber trotzdem, es gab solche und solche Zeichen.

Die nächsten Stunden verbrachte er zurückgelehnt auf dem Fahrersitz, während er rauchte, den letzten, lauen Kaffee aus der Thermoskanne trank und die Entscheidung zu treffen versuchte, ob er es wagen sollte, wenigstens für ein Bier und eine Tüte Chips in den *Schwarzen Tod* zu huschen. Aber wie auch immer, er blieb im Wagen. Mit der Zeit kam ihm ein Gedanke, der ihm bislang nicht in den Sinn gekommen war. Wie groß war eigentlich die Chance, dass man sich im Dunkeln auf die Suche nach einem verschwundenen Schatz machte?

Verdammt klein, beschloss er, und als sich gegen fünf Uhr die Dämmerung herabsenkte, verließ er seinen Peugeot und bestellte ein großes Wiener Schnitzel und ein noch größeres Bier.

Judith, Sonntag

Als sie am Sonntagmorgen aus Maardam hinausfuhr, wurde Judith Miller klar, wie Felix Sandor vorgegangen war, um seine detaillierte Karte zu zeichnen. Er hatte sich von einem Atlas oder einer Landkarte leiten lassen, so musste es gewesen sein. Denn in der Justizvollzugsanstalt von Würgau gab es mit Sicherheit eine Bibliothek. So wie in allen anderen Gefängnissen des Landes; schließlich war es ausgesprochen wünschenswert, dass die Insassen Zugang zur Literatur bekamen, sowohl zu Sachbüchern als auch zu Belletristik. Damit sie durch die Lektüre zum schmalen Pfad der Tugend und einem gesetzestreuen Leben zurückfinden konnten. Falls sie selbst hinter Gittern landen sollte, würde sie tagein, tagaus in ihrer Zelle auf dem Rücken liegen und Bücher lesen, das stand für sie fest. Manchmal war dies ein Gedanke, den sie durchaus ansprechend fand.

Aber vielleicht hatten die Gefangenen auch Zugang zum Internet, so dass es ihnen möglich war, auf diesem Weg detaillierte Karten zu finden. So oder so hatte Felix Sandor sich am Abend seiner Flucht offenbar so viel von der Natur und der näheren Umgebung gemerkt, dachte Judith, dass er den Ort auf einer Karte wiederfinden konnte.

Um sie daraufhin abzuzeichnen. Möglicherweise hatte er den einen oder anderen Namen weggelassen, damit sie unverständlich blieb, wenn man nicht wusste, wohin sie in einer größeren geografischen Perspektive gehörte.

Nicht wahr? Und mit Hilfe dieser handgezeichneten Kopie – sowie den Informationen in seinen beiden Briefen – war es dann möglich, zu der Stelle zurückzufinden, an der er das Gold losgeworden war. Mit *H_2O*, also Wasser, und *Mühle* als zusätzlichen Hilfen.

Aber was bedeuteten diese Hilfswörter? Genau genommen.

Und was bedeutete *L900*? Nach wie vor gab es genügend Fragezeichen, aber es war unmöglich, Antworten zu finden, indem man zu Hause hockte und spekulierte. Ebenso wenig, wie man vierzig Goldbarren zu sich lockte, indem man nach ihnen pfiff.

Sie war erstaunlich ruhig. Das würde sich vermutlich ändern, aber während sie aus Maardam hinausfuhr, auf fast autofreien Straßen an diesem Sonntagmorgen, kam es ihr vor, als folgte sie einem ausgearbeiteten Fahrplan, und sonst nichts. Als gehorchte sie einer Reihe von Anweisungen und Instruktionen, die sie freiwillig akzeptiert hatte. Und eigentlich, dachte sie, gibt es ja, wenn man es genau nimmt, nur zwei Möglichkeiten. Entweder würde sie diese Straße in ein paar Stunden mit zwanzig Kilo Goldbarren im Gepäck oder ohne einen einzigen Goldbarren zurückfahren.

Wenn man bedachte, wie extrem normal alles um sie herum aussah, erschien ihr Letzteres wahrscheinlicher. Die Gegenden von Maardam, durch die sie fuhr, um nach Kieslingen und zur Landstraße 162 hinauszukommen – diverse halbbekannte Wohnviertel und Industriegebiete sowie eine Sportarena –, sahen exakt so grau und sonntagsschläfrig aus, wie man es erwarten durfte. Eingebettet in phlegmatische *Alltäglichkeit,* ohne ein Fünkchen Dramatik, und genau das veranlasste ihren Puls wahrscheinlich, sich an die üblichen sechzig Schläge pro Minute oder so zu halten.

Und trotzdem … trotzdem war es tatsächlich möglich, dass sie vor der größten Veränderung in ihrem Leben stand, seit … ja, seit vor fast zwanzig Jahren ein Fremder kam und an ihre Tür klopfte. Eine solche Öffnung zu etwas Neuem und radikal anderem, über die sie vor einer Woche nachgedacht hatte, als sie am Küchentisch saß und eine Todesanzeige las.

Sie verdrängte ihre Gedanken an die alternativen Zukunftsaussichten und konzentrierte sich auf das Praktische. Ein Schild teilte ihr mit, dass sie Kieslingen erreicht hatte, und ein anderes Schild, dass die nächste Abfahrt auf Landstraße 162 in Richtung Kerran und Joensuu führte.

Also schön, dachte Judith Miller. *So far, so good.* Sie warf einen Blick auf die Uhr und sah, dass es 09:42 war.

Genau um 10:06 erreichte sie den Punkt, der bis jetzt nur als theoretische Konstruktion bekannt gewesen war – was vielleicht für Punkte im Allgemeinen galt –, und inzwischen hatte sich ihre Pulsfrequenz leicht erhöht. Sie erhöhte sich erst recht, als ihr das Entfernungsschild ins Auge fiel, das sie sich vorgestellt hatte: *Maardam 36, Kerran 24.*

Darüber hinaus gab es an demselben Pfosten ein weiteres Schild, das rechtwinklig nach Norden zu einer schmalen, aber asphaltierten Straße zeigte, die über offenes Feld zu einem Waldgebiet zur Rechten führte. Das Schild war provinziell gelb, leicht verblichen und teilte mit, dass es in zwei Kilometern Entfernung ein Dorf oder vielleicht auch nur einen Hof mit dem Namen Lingby gab.

Lingby 2.

Sie bog ab, fuhr ein paar Meter und hielt an.

Was war dann mit *L900* gemeint?

Sie dachte kurz nach und fand eine passende Interpretation. Wenn der Buchstabe für Lingby stand, musste die Zahl für Meter stehen. Neunhundert Meter. Was bedeutete, dass sie auf der schmalen Straße in Richtung dieses Lingbys so weit fahren würde ... und was dann?

Sie zog die Karte heraus und studierte sie. Begriff, dass die Linie, die sie bereits für eine Straße gehalten hatte, exakt dem schmalen Asphaltband entsprach, auf dem sie gehalten hatte. Der Straße nach Lingby. Sie befand sich auf der Karte ... oder würde auf sie stoßen, wenn sie nur ein kurzes Stück weiterfuhr. Landstraße 162 war nicht eingezeichnet, aber wenn sie ihren Weg fortsetzte, würde sie zu einem der beiden Kreuze auf der Karte kommen. Neunhundert Meter von dem Ort entfernt, an dem sie sich jetzt befand; sie musste nur die Kilometeranzeige des Autos im Auge behalten. Was das Kreuz markierte, würde sie hoffentlich verstehen, wenn sie so weit gekommen war.

Sie ließ den Motor an und rollte los. Die Sonne kam hinter einer Wolke hervor, zum ersten Mal an diesem Sonntag.

Es war eine Mühle.

Oder besser gesagt, das, was einmal eine Mühle gewesen war. Eine halb eingestürzte Windmühle ohne Flügel, die bestimmt seit hunderten von Jahren nicht mehr in Betrieb war. Sie stand auf einem abgeernteten Feld gleich links von der Straße; in der anderen Richtung und geradeaus, hinter einer langgezogenen Linkskurve, wuchs Wald. Sie hielt an. Laut Kilometeranzeige hatte sie gut achthundert Meter zurückgelegt. Sie studierte die Karte und beschloss, dass sie sich an dem linken Kreuz befand. Das folglich eine *Mühle* bezeichnetc.

Kein Zweifel, dachte Judith Miller, lenkte das Auto rechts zwischen zwei Bäume und stieg aus. Schaute sich um und stellte fest, dass das einzige Gebäude, abgesehen von der

Mühle, das man erblicken konnte, ein Kirchturm war, der am Ende des offenen Felds, in etwa einem Kilometer Entfernung aufragte. Das Kartenbild gab das Terrain in der entgegengesetzten Richtung wieder; wenn sie die Schraffierungen richtig deutete, handelte es sich dabei um einen Wald mit einigen offeneren Abschnitten. Ein wenig hügelig und mit drei möglichen Gebäuden.

Sowie einer Linie, die sich zweimal verzweigte und die sie von Anfang an als ein Gewässer betrachtet hatte. Als einen Bach oder einen kleineren Fluss; er hätte blau sein sollen, aber vielleicht hatten ihm in der Strafvollzugsanstalt in Würgau keine Farbstifte zur Verfügung gestanden.

Wie auch immer: Diese leicht mäandernde Linie war an einer Stelle fast am äußersten rechten Rand und ungefähr auf halber Höhe der Karte mit einem Kreuz versehen worden.

H_2O, dachte sie. Wenn Mühle tatsächlich Mühle bedeutete, dann musste mit der Formel für Wasser auch Wasser gemeint sein. Hatte er das Gold also direkt neben einem Gewässer vergraben? Oder sogar …?

Sie brach den Gedanken ab. Jedenfalls kam es jetzt darauf an, den richtigen Punkt zu finden. Es gab auf der Karte keine Informationen zum Maßstab, aber wenn sie es mit den neunhundert Metern verglich, die sie ab der Landstraße zurückgelegt hatte – von denen allerdings nur etwa die Hälfte auf der Karte repräsentiert waren –, schätzte sie den Abstand zwischen den zwei Kreuzen auf etwa einen Kilometer.

Konnte das stimmen? Hatte Felix Sandor seine Beute tatsächlich so weit getragen? Angesichts der Umstände kam einem das ziemlich unwahrscheinlich vor, aber wenn sie das Wenige bedachte, was sie über seinen Charakter erfahren hatte, war es nicht völlig abwegig. In Dunkelheit und Regen hatte er sich mit vierzig Goldbarren in einen ihm unbekannten (wie man wohl annehmen musste) Wald begeben – und sich dann nicht damit begnügt, sie an der erstbesten Stelle zu vergraben, sondern sie zu einem Ort getragen, der ihm sicher erschien. Und zu dem man zurückfinden konnte. Wie lange dauerte es, sich mit zwanzig Kilo Gepäck einen Kilometer durch unbekanntes, bewaldetes Terrain zu bewegen? Etwa eine halbe Stunde, schätzte Judith Miller. Hatte er überhaupt eine Taschenlampe dabeigehabt? Möglich, aber wahrscheinlich eher nicht.

Aber genug dazu. Ein Motorengeräusch veranlasste sie, sich hinter ein paar Wacholderbüsche zurückzuziehen, während ein altes Auto näher kam und in gemächlichem Tempo in Richtung Lingby vorbeifuhr. Wahrscheinlich ein Bauer, der in dem Dorf zu Hause war; falls er ihren Toyota überhaupt bemerkt haben sollte, hoffte sie, dass er den Wagen mit einem Pilzsammler in Verbindung brachte, der am Sonntag aufs Land gefahren war, um seinen Korb zu füllen.

Sie hob die weiche Tasche, die sie am Vortag im Sportgeschäft gekauft hatte, aus dem Kofferraum und holte einen Kompass, Gummistiefel und einen zusammenklappbaren Spaten heraus. Sie zog die Stiefel an, verbrachte ein paar Minuten damit, die Kompassrichtung zu bestimmen, und brach auf. Vor einem Vierteljahrhundert hatte sie am Gymnasium einmal einen dritten Platz in einem Orientierungslauf belegt; das war jetzt vielleicht keine allzu große Hilfe, aber es schadete natürlich auch nicht.

Den Spaten in den Gürtel gesteckt, die Karte in der Hand und ein Auge auf den Kompass gerichtet, bahnte sie sich langsam einen Weg durch den Wald. Obwohl das Gelände nicht besonders unwegsam war, fehlte es an Anhaltspunkten; ein paar kleine Erhebungen, einige sumpfige Abschnitte, aber sie dachte, wenn sie zu dem Gewässer kam und ungefähr wusste, wo sie sich befand, würde sie von dort eine neue Richtung einschlagen können. Wenn das Kreuz korrekt eingezeichnet war, musste es die nordöstliche Ecke eines kleineren Felds markieren, aber wie Felix Sandor fähig gewesen sein sollte, an jenem Unwetterabend ein solches Detail wahrzunehmen und viel später in einem Gefängnis erneut zum Leben zu erwecken, blieb ihr ein Rätsel. Wirklich seltsam, aber unmöglich war es nicht, oder?

Nach gut zwanzig Minuten erreichte sie das Gewässer, das eher ein Fluss als ein Bach war und eine überraschend starke Strömung hatte. Drei, vier Meter breit, zumindest dort, wo sie stand, und mit einigen herausragenden Steinen. Sie ging davon aus, dass sie sich zu weit südlich befand, schritt stromaufwärts an dem ziemlich zugewucherten Flussbett entlang und erreichte ein paar Minuten später einen Pfad, der auf der Karte eingezeichnet war. Es schien sich um eine Stelle zu handeln, an der man durch den Fluss waten konnte; im Wasser war eine Anzahl von Trittsteinen zu erkennen, und der Pfad ging am anderen Ufer offenbar weiter. Auf ihrer Karte und in der Wirklichkeit.

Sie zögerte einen Moment. Begriff, dass es nicht erforderlich war, den Kompass zu benutzen, weil das kleine Feld mit dem Kreuz weniger als hundert Meter von der Stelle entfernt sein musste, an der sie stand. Sie atmete tief durch, sprach ein kurzes Gebet und ging weiter.

Als sie zu dem Feld kam, wusste sie sofort, dass sie richtig war. Die freie Fläche war nicht größer als zehn mal zehn Meter, und eine ihrer Ecken erstreckte sich bis zum Fluss. Genau dort hatte Felix Sandor auf der Karte sein Kreuz eingezeichnet; die Übereinstimmung mit der Realität lag bei fast hundert Prozent, und eine tastende Theorie dazu, was sich abgespielt hatte, als er sich von seiner Beute trennte, begann in ihrem Kopf Gestalt anzunehmen. Er musste vom Wald aus zu diesem kleinen Feld gefunden haben, es schräg oder gerade überquert und gemerkt haben, dass er zu einem Gewässer gekommen war. Vielleicht hatte er sich die Zeit genommen, Form und Größe des Felds in der Dunkelheit zu untersuchen, schließlich musste ihm daran gelegen haben, dorthin zurückzufinden. Jedenfalls hatte er sich entschieden. Hier und nirgendwo sonst war die richtige Stelle für die vierzig Goldbarren, die er in seiner Tasche durch den Wald getragen hatte (denn eine Tasche musste er ja gehabt haben). Und dann …

Und dann … war er ans Flussufer gegangen und hatte sie hineingehoben. Wasser bedeutete Wasser, und Gold wurde von dieser gewöhnlichsten aller Flüssigkeiten nicht zerstört.

So hatte es sich abgespielt. Gold aus Wasser herauszuwaschen war im Übrigen eine Tätigkeit, der Menschen seit grauer Vorzeit nachgegangen waren. Sie war also nicht die Erste.

Kurz nach dieser unerheblichen Reflexion, und nachdem sie festgestellt hatte, dass sie für ihren frisch erworbenen Spaten vermutlich keine Verwendung haben würde, hörte sie, wie in der Nähe ein Ast brach.

Nora, Carol – Sonntag

»Sie fährt gleich los. Wo bist du?«

»Du hast Nachmittag gesagt. Es ist neun Uhr.«

»Ich weiß. Aber sie hat es sich anders überlegt. In zehn Minuten haut sie bestimmt ab.«

»Okay, ich komme. Aber in zehn Minuten schaffe ich es sicher nicht.«

»Ich versuche, sie aufzuhalten. Stell dich unten auf die Straße, aber nicht direkt vor unserem Haus.«

»Schon klar.«

Wir legen auf. Ich denke wieder daran, wie schön es ist, dass Carol so schnell von Begriff ist. Sie kapiert die Dinge, ohne dass man sie ihr unnötig erklären muss.

Aber jetzt herrscht doch ein bisschen Panik. Ich muss versuchen, Mama so lange hier zu halten, wie es nur geht. Fünf oder zehn Minuten mehr müssten reichen.

Und ich weiß ja, dass sie lügt. Sie will gar nicht zu einer Kollegin mit einem problematischen Sohn, die in Kerran wohnt; ihr Ausflug hat ein ganz anderes Anliegen. Schon die Tatsache, dass sie auf einmal vorhat, nicht am Nachmittag, sondern am Morgen aufzubrechen, spricht eine deutliche Sprache. Im Moment sitzt sie in der Küche und beendet ihr Frühstück, ich muss sie wenigstens dazu bringen, noch eine Tasse Kaffee zu trinken. Ihr vielleicht eine schulische Frage stellen, da kann sie normalerweise nicht widerstehen.

Ich kehre nach meinem Notanruf bei Carol in die Küche zurück und sehe, dass Mama gerade die Zeitung zusammenfaltet und aufsteht.

»Die englische Grammatik«, sage ich. »Gibt es die eigentlich?«

»Was?«, sagt sie. »Wie meinst du das?«

Ich habe natürlich keine Ahnung, was ich meine, aber es gelingt mir trotzdem, eine Fortsetzung herauszubringen.

»Wenn es eine Regel gibt, dann gibt es auch immer so viele Ausnahmen davon, dass die Regel fast nie gilt.«

Das ist wortwörtlich das, was unser Englischlehrer Mr Forbes letzte Woche ein wenig scherzhaft behauptet hat. Dafür danke ich ihm, denn Mama setzt sich mit einem kurzen Lachen wieder hin.

Und dann sitzen wir tatsächlich da und unterhalten uns eine Weile über die eine oder andere Komplikation der englischen Sprache. Zum Beispiel über Bernard Shaws Schreibweise des Wortes *fish* – *ghoti* – und manches andere. Aber nach zehn Minuten schaut Mama auf die Uhr und sagt, sie müsse los. Ich nicke und hoffe, dass mein kleiner Versuch, Zeit zu schinden, ausreichend war. Dass Carol es mit dem Auto zu uns geschafft hat, damit unser erster Auftrag als Privatdetektivinnen nicht den Bach hinuntergeht, bevor er überhaupt angefangen hat.

Es funktioniert. Als ich auf die Straße hinunterkomme, entdecke ich sofort den etwas abgenutzten Škoda von Carols Mutter. Sie betätigt zudem die Lichthupe, und ich laufe zu ihr und steige ein. Als ich gerade auf meinem Platz sitze, sehen wir, dass Mama aus dem Maalersteeg, wo wir unseren Stellplatz haben, auf unsere Straße einbiegt.

»Gute Arbeit, Carol«, sage ich.

»Echt super, dass einem das Frühstück erspart geblieben ist«, erwidert Carol.

»Wenn du brav bist, darfst du heute Abend etwas essen«, sage ich, dann nehmen wir die Verfolgung auf.

Am Anfang läuft es gut. Wenn man davon absieht, dass es um meine Mutter geht, ist es wirklich ziemlich spannend. Carol meint, dass sie sich wie ein alter Privatschnüffler in einem amerikanischen Film fühlt, und ich stimme ihr zu. Auch diese Art, heimlich einem Auto hinterherzufahren, erinnert mich daran, wie es war, als wir in der Mittelschule Spione spielten; vielleicht träumen wir ja alle davon, Privatdetektive zu werden. Jedenfalls bis man richtig erwachsen ist. Darüber unterhalten wir uns, während wir durch die nördlichen und westlichen Vororte aus der Stadt hinausfahren. Anscheinend sind wir doch in Richtung Kerran unterwegs, Mama fährt so vorsichtig wie immer, und es ist keine Kunst, ihr zu folgen. Erst recht nicht, weil an einem Sonntagmorgen kaum jemand unterwegs ist.

Wir kommen nach Kieslingen, wo eine meiner Klassenkameradinnen wohnt, und nehmen die 162 nach Kerran, und als wir ein paar Kilometer auf der Landstraße fahren, rückt Carol mit zwei Sachen heraus, die äußerst beunruhigend sind und die Lage auf einen Schlag verändern. Außerdem sagt sie beides fast im gleichen Atemzug, damit ich mir nicht einbilde, dass wir nur einen netten, kleinen Sonntagsausflug machen.

»Ich glaube, wir müssen tanken«, ist das Erste.

»Es sieht so aus, als würde uns jemand verfolgen«, ist das Zweite.

Verflucht nochmal, denke ich und sage es wahrscheinlich auch.

»Meinst du das ernst?«, füge ich noch hinzu und drehe den Kopf. »Uns verfolgt jemand?«

»Sicher bin ich mir nicht«, antwortet Carol. »Aber dieses Auto fährt schon ziemlich lange hinter uns her.«

Es ist ein dunkles Auto älteren Modells, das zwanzig, dreißig Meter hinter uns ist. Mit Automarken kenne ich mich nicht gut aus, aber ich glaube, es ist ein Peugeot. Man kann nicht sehen, ob eine oder mehrere Personen darin sitzen. Ich schaue wieder nach vorn, Mama ist in ihrem Toyota fünfzig Meter vor uns. Wenige Meter vor ihr sehe ich kurz einen weißen Transporter, ansonsten sind auf der Straße keine weiteren Autos unterwegs. Aus der Gegenrichtung nähert sich ein Motorrad. Wir schweigen, während es vorbeizieht. Mucksmäuschenstill, aber man kann fast hören, wie wir denken.

»Bis Kerran reicht es vielleicht, aber ich habe keine Ahnung«, sagt Carol

Was das Benzin betrifft.

»Wie lange?«, sage ich.

Was das Auto hinter uns betrifft.

Carol zuckt mit den Schultern. »Seit zehn Minuten vielleicht. Aber es ist ja nicht verboten, nach Kerran zu fahren, oder?«

»Aber du hast es entdeckt, noch bevor wir auf diese Straße gebogen sind?«

»Ich glaube schon. Meinst du, ich soll ihn vorbeilassen?«

»Und meine Mutter verlieren?«

»Es ist ja nicht gesagt, dass sie verschwindet, nur weil ich mich von dem Typen überholen lasse?«

Wir reden eine ganze Weile darüber, was wir tun sollen, und beschließen am Ende, dass wir weiterfahren, ohne etwas zu unternehmen. Sollte es wirklich jemanden geben, der uns verfolgt, würde es verdächtig wirken, zum Beispiel an einem

Parkplatz zu halten und anschließend hinter ihm herzufahren. Oder hinter *ihr*, aber als Carol in den Rückspiegel sieht, ist sie überzeugt, dass ein Mann am Steuer sitzt. Und dass er in dem Auto allein zu sein scheint.

Also fahren wir weiter. Ein Trio von Autos auf dem Weg nach Kerran: Mama in unserem Toyota, dahinter Carol und ich im Škoda ihrer Familie und dahinter ein unbekannter Mann in einem Peugeot. Carol kennt sich ähnlich schlecht mit Automarken aus wie ich, aber wir einigen uns darauf, dass es ein Peugeot ist.

Als ob das eine Rolle spielen würde. Man merkt, dass wir jetzt ziemlich nervös sind; minutenlang sitzen wir vollkommen still, was sonst so gut wie nie passiert, wenn wir zusammen sind. Was mich betrifft, begreife ich nicht, was hier los ist, und Carol geht es natürlich genauso. Was treibt Mama nur, und warum ist uns jemand auf den Fersen? Es ist kaum vorstellbar, dass der Typ in dem Peugeot an Carol und mir interessiert ist. Er verfolgt natürlich Mama, und wäre es so gesehen vielleicht doch das Beste, etwas vom Gas zu gehen und ihn vorbeizulassen? Andererseits ist es vielleicht nur ein unschuldiger Sonntagsfahrer, der seine greise Mutter in einem Altenheim in Kerran besuchen möchte, und wir würden riskieren, den Kontakt zu Mama zu verlieren. Es lässt sich einfach nicht mit Sicherheit sagen, und genauso wenig lässt sich mit Sicherheit sagen, wie lange unser Benzin noch reichen wird. Das kleine Warnlämpchen, das signalisiert, dass der Tank fast leer ist, leuchtet beständig gelb. Und tut das schon eine ganze Weile. Verdammt, denke ich, was sind wir nur für beschissene Privatschnüffler. Ich hoffe, Mama hat einen Liebhaber in Kerran, das wäre eine große Erleichterung.

»Sie biegt ab«, sagt Carol plötzlich. »Was zum Teufel soll ich tun?«

»Fahr weiter«, sage ich, nachdem ich eine Viertelsekunde nachgedacht habe.

Es stimmt. Sie biegt tatsächlich ab. Nach rechts auf eine Straße, die sich über ein Feld schlängelt und nicht viel breiter zu sein scheint als ein Radweg. Es kommt einem vor wie mitten im Nirgendwo. Als wir vorbeifahren, sehe ich noch, dass sie nach ein paar Metern auf der Nebenstraße hält.

»Fahr bis zur nächsten Stelle, an der wir wenden können«, weise ich Carol an.

»Okay«, erwidert sie verbissen. »Kapiere.«

Was dann passiert, bestätigt unsere schlimmsten Ahnungen. Rechts von uns taucht ein kleiner Weg auf, der wirklich total klein und wahrscheinlich nur für Traktoren gedacht ist, die auf einen Acker wollen, und Carol verpasst ihn.

»Scheiße«, sagt sie.

Der Mann im Peugeot verpasst ihn dagegen nicht. Er bremst ab, setzt zurück und wendet.

»Was zum Teufel?«, sagte Carol und schaut in den Rückspiegel. Sie flucht sonst wirklich nicht so, aber jetzt kennt sie keine Hemmungen. Ich drehe den Kopf und erkenne, was sie schon gesehen hat.

»Er fährt zurück«, sage ich dümmlich.

»Stell dir mal vor, das tut er«, sagt Carol, und es gelingt ihr, einen weiteren kleinen Landwirtschaftsweg zu finden. Sie bremst abrupt ab und biegt ein.

»Warte«, sage ich. »Wir müssen Ruhe bewahren. Er darf nicht begreifen, dass wir ihm folgen.«

Carol denkt nach. »Natürlich«, sagt sie. »Du hast recht. Aber was geht hier eigentlich vor?«

Das ist eine wirklich gute Frage. Carol schaltet den Motor aus, wir warten ein paar Minuten, dann fahren wir langsam zu der Nebenstraße zurück, in die meine Mutter aus irgendeinem völlig unverständlichen Grund abgebogen ist.

Als wir die schmale Straße wieder sehen, parkt dort nach ein paar Metern kein Toyota, sondern ein Peugeot.

»Fahr vorbei«, sage ich.

»Schon klar«, erwidert Carol, klingt aber eigentlich, als würde sie nur noch Bahnhof verstehen. Ein paar hundert Meter weiter finden wir eine kleine Parkbucht, fahren hinein und halten.

»Interessante Art, den Tank leerzukriegen«, sagt Carol. »Was machen wir jetzt?«

»Warten und nachdenken«, sage ich in Ermangelung von etwas Besserem.

»Warum rufen wir sie nicht an?«, fragt Carol, als mir gerade der gleiche Gedanke gekommen ist. »Immerhin wird sie wirklich von jemandem verfolgt … also, außer von uns.«

Ich denke kurz nach, dann ziehe ich das Handy heraus und tippe auf »Mama«.

Erfahre, dass der Teilnehmer nicht erreichbar ist. Ich versuche es noch einmal, mit dem gleichen Ergebnis.

»Verdammt«, sage ich. »Entweder hat sie es ausgeschaltet oder kein Netz.«

»Typisch«, sagt Carol und stöhnt. »Aber müssen wir dann nicht zurückfahren und nachsehen? Wir können hier doch nicht einfach herumsitzen wie bescheuerte Hühner?«

»Okay«, antworte ich. »Fahr! Aber wenn der Typ mit dem Peugeot noch dasteht, biegen wir nicht ab. Dann ziehen wir wieder vorbei.«

Carol nickt, und wir machen uns auf den Weg.

Der Typ mit dem Peugeot ist nicht mehr da. Was das bedeutet, ist schwer zu sagen, aber dass er und Mama zur großen Straße zurückgekehrt und weiter in Richtung Kerran gefahren sind, erscheint eher unwahrscheinlich, davon sind die nervösen Privatschnüffler fest überzeugt.

Deshalb fahren wir auf die schmale Straße ab, die nach Lingby führt. Zumindest steht es so auf einem gelben Schild. *Lingby* 2; wir sind uns einig, dass es ein typisches kleines Bauernkaff sein muss, vielleicht ist es auch nur ein Hof. Was meine Mutter dort zu suchen hat, darauf können wir uns dagegen beim besten Willen nicht einigen.

Zur Linken ist ein offenes Feld, in der Ferne ragt ein Kirchturm in die Höhe. Zur Rechten und schräg geradeaus ist Wald. Carol kriecht förmlich, und ich glaube nicht, dass sie es tut, um Benzin zu sparen.

Nach etwa einem Kilometer entfährt ihr ein neuer Fluch, und sie hält an. Ich verstehe, warum, denn ich sehe, was sie sieht. Links von uns, ein kleines Stück auf einen Acker hinaus, steht eine kleinere Ruine, die einmal eine Mühle gewesen sein könnte. Rechts, ein paar Meter in den Wald hinein und mit etwas Abstand voneinander, stehen zwei Autos. Ein Toyota und ein Peugeot. Ich spüre plötzlich, dass mir schlecht wird.

»Ich fahre ein bisschen weiter, damit wir das Auto verstecken können«, sagt Carol.

Ich nicke, kann kaum sprechen, weil ich vor lauter Nervosität einen großen Kloß im Hals habe. Carol tut, was sie gesagt hat, und es gelingt ihr, das Auto hinter einem Vorhang aus Wacholderbüschen abzustellen. Sie schaltet den Motor aus und nimmt meine Hand. Drückt sie fest und sagt:

»Jetzt komm schon, Mädel. Wir packen das.«

Das fühlt sich gut an, zumindest besser, als ich mich gefühlt habe, bevor sie das gesagt hat, und meine Übelkeit klingt ab.

Als Erstes kontrollieren wir die Autos. Beide sind leer. Sowohl Mama als auch ihr Verfolger haben ihre Fahrzeuge verlassen. Aber warum, und wo sind sie hin? Carol sieht auf ihre Uhr und stellt fest, dass maximal fünfzehn Minuten vergangen sind, seit wir bemerkt haben, dass der Peugeot kurz hinter der großen Straße stand, vielleicht zwanzig, seit wir Mama dort gesehen haben. Ich rufe sie wieder an; diesmal klingelt es ein paarmal, ehe die Verbindung abbricht. Ich habe keine Ahnung, was das bedeutet.

»Sie sind entweder über das Feld oder in den Wald gegangen«, sagt Carol. »Ich setze einen Euro auf den Wald.«

Ich sage, dass ich es genauso sehe, weise aber darauf hin, dass sie auch zu Fuß die Straße weitergegangen sein könnten.

»Und warum?«, fragt Carol, und darauf kann ich ihr keine schlüssige Antwort geben. Wir entscheiden uns für den Wald.

»Sie haben keinen besonders großen Vorsprung«, sagt Carol. »Wir können sie bestimmt einholen. Jedenfalls wenn wir in die richtige Richtung gehen.«

»Ja, genau, es gibt ja noch dieses kleine Detail«, sage ich. »Und da ist noch etwas, was denkst du, was wir tun sollen, wenn wir sie eingeholt haben?«

»Es ist bestimmt nicht so, dass die beiden zusammengehören«, sagt Carol, nachdem sie einen Moment nachgedacht hat. »Der Typ mit dem Peugeot verfolgt deine Mutter und will nicht, dass sie ihn bemerkt … Scheiße, ist das kompliziert.«

Mir wird wieder schlecht, aber Carol sieht es mir an und übernimmt das Kommando.

»Denk nicht zu viel«, sagt sie. »Wir laufen in den Wald und hoffen das Beste. Da sie die Autos genau hier abgestellt haben, müssen sie eigentlich direkt hineingegangen sein.«

Ich weiß nicht, ob das in meinen Ohren besonders logisch klingt, habe aber auch keinen besseren Vorschlag. Und so machen wir uns auf den Weg in den Wald. Wir bewegen uns extrem leise und extrem wachsam. Und mit jedem Schritt wächst das Unbehagen.

Als wir uns so eine Weile durchgeschlagen haben – über Stock und Stein, durch ein paar dornige Gebüsche und um einen Sumpf herum –, ohne etwas von Wert zu entdecken, habe ich einen Geistesblitz.

»Bleib mal stehen«, flüstere ich Carol zu. »Mir ist gerade etwas eingefallen.«

»Das wurde auch Zeit«, sagt Carol und hält inne. »Was denn?«

»Finde das Handy«, sage ich.

»Hä?«

»Das ist eine … Funktion. Also auf dem Handy.«

»Aha?«

»Wenn man sein Handy verliert, kann man es mit Hilfe eines anderen Handys finden … solange der Akku nicht leer ist.«

»Ja, das kenne ich«, sagt Carol. »Du meinst, dass …?«

Ich nicke. Erkläre ihr dann, dass Mama und ich vor einem halben Jahr darauf gekommen sind. In erster Linie, damit sie die Möglichkeit haben würde, nachzusehen, wo ich mich befände … aus Sorge um mich, behauptete sie, und ich glaube ehrlich gesagt, dass sie diese technische Feinheit tatsächlich kein einziges Mal benutzt hat. Aber ich war damals nur unter der Bedingung einverstanden, dass es auf Gegenseitigkeit beruht. Ich würde auch ermitteln können, wo sie sich jeweils aufhielt. Mir wird klar, dass ich die Funktion am letzten Freitag hätte nutzen können, als sie mir eindeutig eine Lüge darüber auftischte, wohin sie fahren wollte … aber zu dem Zeitpunkt war mir ja noch nicht alles bekannt, was mir jetzt, zwei Tage später, bekannt ist. Oder?

»Ja, ja«, sagt Carol. »Ich bin kein Idiot. Und es ist keine schlechte Idee, wenn man es nicht zur Überwachung benutzt. Aber probier es aus, wenn es funktioniert, dann funktioniert es.«

Ich ziehe das Handy heraus und klicke auf das Icon *Where is my mobile?* Dann tippe ich Mamas Code ein. Es dauert einige Sekunden, dann taucht im Display eine Karte mit zwei blauen Punkten in unterschiedlichen Größen auf.

Der eine bin ich, der andere ist Mama.

»Yes!«, sagt Carol, beugt sich vor und studiert das Bild. »So, wie es aussieht, sind wir auf dem richtigen Weg.«

»Hör dich nicht so verdammt optimistisch an«, erwidere ich.

Dann gehen wir weiter.

Judith, Sonntag

Mindestens eine Minute blieb sie vollkommen regungslos stehen.

Ein Ast konnte von einem Menschen gebrochen werden. Aber er konnte natürlich auch von einem Tier gebrochen werden. Nicht wahr?

Nicht wahr? Sie hielt den Atem an und lauschte.

Lauschte und lauschte, aber das Einzige, was sie hörte, war ein schwaches Rauschen in den Baumkronen und das ruhige Rieseln des Wassers. Warum sollte ein Mensch in diesem unwegsamen Wald unterwegs sein? Dennoch spürte sie ein Unbehagen, das in ihrem Inneren wuchs. Die ganze Situation und all das, was in der letzten Zeit passiert war, erschienen ihr so seltsam, dass sie nichts mehr überraschte.

Sie atmete mehrmals tief durch und versuchte, sich zu sammeln. Kein Grund zur Sorge, entschied sie. Hier ist kein Mensch außer mir, warum sollte hier auch jemand sein?

Sie ging bis zum Ufer. Der Fluss war an dieser Stelle schmaler, höchstens zwei Meter breit und mit schwächerer Strömung. Trotzdem wirkte er recht tief; es ragten keine Steine heraus, und sie konnte in dem dunklen Wasser nicht bis zum Grund sehen. Wie?, dachte sie. Wie zum Teufel soll ich vorgehen, um die richtige Stelle zu finden? Was mache ich hier eigentlich?

Die Zweifel an dem Ganzen schlugen plötzlich mit aller Macht ihre Krallen in sie. Sie stand in einem vollkommen unbekannten, unzugänglichen Wald, glotzte in einen schwarzen Fluss und bildete sich ein, dass darin eine Tasche voller Goldbarren lag und auf sie wartete. Hatte sie den Verstand verloren? Glaubte sie tatsächlich an diese völlig unwahrscheinliche Geschichte? An all die Mystifikationen und kryptischen Anweisungen? Sollte sie nicht lieber zum Auto zurücklaufen, nach Hause fahren und den erstbesten Therapeuten anrufen, um sich helfen zu lassen?

In dem Moment, als sie den Blick ein wenig von ihren düsteren Gedanken hob, fiel er ihr ins Auge.

An einem Ast, der sich über das Wasser erstreckte und dessen äußerste Blätter beinahe die Oberfläche berührten, hing ein Stofflappen. Direkt neben ihr, nicht mehr als einen Meter entfernt. Sie machte einen halben Schritt ins Wasser, griff nach dem Ast, zog ihn zu sich und bekam den Lappen zu fassen.

Es war ein Schal. Besser gesagt, es war einmal ein Schal *gewesen*. Welche Farbe er einst besessen hatte, ließ sich unmöglich feststellen, er fiel allmählich auseinander, aber an einigen Stellen ließ sich tatsächlich noch ein kariertes Muster erkennen. Braun und schwarz, schätzte sie.

Sie versuchte ihn loszubinden, denn er war festgeknotet. Er war nicht zufällig dort gelandet, wo er hing, und plötzlich fiel ihr ein Detail aus einem von Felix Sandors Briefen ein. Es war eine kleine, unscheinbare Zeichnung am oberen Rand einer Seite, fast so, als hätte er bloß gekritzelt, und sie hatte nie verstanden, was es darstellte oder welchen Sinn die Zeichnung hatte.

Aber es war das hier gewesen, ein Schal, der an einem Ast hing. Den er … den er also um diesen Ast geknotet hatte, um die exakte Stelle zu markieren. Genau hier, dachte sie, an diesem Punkt des überwucherten Flussufers hatte er an einem dunklen und regnerischen Abend vor fast zwanzig Jahren gestanden und beschlossen, das Gold loszuwerden. Hier sollte es ruhen.

Er hatte bestimmt nicht gedacht, dass es dort so lange liegen bleiben würde, aber der Schal hatte die ganze Zeit an diesem Ast gehangen. Der Knoten ließ sich allerdings nicht mehr lösen, stattdessen brach sie den Ast ab und zögerte einen Moment, ehe sie ihn ins Wasser warf und sah, wie er in der schwachen Strömung sachte davontrieb. Danke, murmelte sie, ich entbinde dich von deinem Auftrag.

Was, begriff sie, ein Detail war, das sie dem Therapeuten gegenüber, zu dem sie niemals gehen würde, auf keinen Fall erwähnen sollte. Man spricht nicht mit abgebrochenen Ästen.

Sie trat in das kalte Wasser. Dachte, dass sie in dem Sportgeschäft, das sie am Vortag besucht hatte, besser eine richtige Anglerhose gekauft hätte, aber wie hätte sie das vorhersehen sollen? Sie machte einige vorsichtige Schritte auf dem unebenen und leicht lehmigen Grund und spürte, wie die Kälte sich in ihrem Körper nach oben fortpflanzte. Beugte sich vor und begann, mit den Händen im Wasser zu tasten. Es war doch nicht so tief, wie sie geglaubt hatte, in der Mitte nicht mehr als einen knappen Meter, soweit sich das beurteilen ließ. Sie verdrängte den Gedanken, dass sie dabei war, verrückt zu werden, und machte weiter.

Und einmal mehr – eine Reflexion, zu der sie aus verständlichen Gründen nicht fähig war – kam es zu einer Reihe dieser beharrlichen Simultaneitäten von Ereignissen. So unwahrscheinlich wie zwei gleichzeitige Sternschnuppen.

Sie bekam im Wasser etwas zu fassen, und sie erblickte den Mann am Flussufer.

Er stand dort, wo sie eine Minute zuvor gestanden hatte, und er hielt etwas in der Hand, das er auf sie richtete. Es dauerte eine Sekunde, bis sie begriff, dass es ein Revolver war.

»Mach weiter«, sagte er, ohne wirklich den Mund zu öffnen. »Zieh das raus, was du gerade gefunden hast, sonst bist du tot.«

Eine heisere Stimme. Und so kalt wie das Wasser.

Es war eine traditionelle Sporttasche von guter Qualität und erstaunlich unbeschädigt. Während sie die Tasche zu dem wartenden Mann schleifte, dachte sie etwas irrelevant, dass Wasser auch diese Fähigkeit besaß: zu bewahren genauso wie zu zerstören.

Aber welche Gedanken wären nicht irrelevant gewesen?

Er wird mich innerhalb der nächsten Minute erschießen?

Keiner wird mich finden?

Nora wird niemals erfahren, wer ihr Vater war, und niemals, wo ihre Mutter abgeblieben ist?

Wortlos gab er ihr zu verstehen, dass sie ihm die Tasche übergeben und ins Wasser zurückgehen sollte. Sie gehorchte der Aufforderung, überlegte hastig, unter die Oberfläche zu tauchen, verwarf den Gedanken jedoch wieder. Hätte es sich um ein Meer oder um einen größeren Fluss gehandelt, hätte ihr das vielleicht genützt, aber das kalte Wasser, das sie bis zum halben Oberschenkel umschloss, gehörte zu einem anonymen, kleinen Fluss in einem ebenso anonymen, kleinen Wald. In dem Land, das nicht ist … woher kamen diese Worte?

»Dreh dich um«, sagte er. »Kehr mir den Rücken zu.«

Sie tat es, hörte ein leises Klicken von seiner Waffe. Nahm an, dass er sich bereitmachte zu schießen. Dass er entsicherte oder so?

Ballte die Hände zu Fäusten und schloss die Augen.

Dachte, dass sie fror und dass dies ihr letzter Gedanke überhaupt sein würde.

Der Schrei ertönte im selben Moment wie der Schuss. Vielleicht auch für den Bruchteil einer Sekunde vorher. Sie fiel der Länge nach ins Wasser, und der neue Kälteschock nahm ihr den Schmerz von der Kugel, die in ihren Körper eingedrungen war, um sie zu töten.

Es dauerte einen weiteren Augenblick, bis sie erkannte, dass die Kugel nicht diese Bahn genommen hatte und sie noch lebte. Sie hob den Kopf aus dem Wasser und wurde von einem zweiten Schrei und einem Plumpsen empfangen. Direkt neben ihr trieb etwas, es war ein Mann, er lag auf dem Bauch, und da war Blut, das aus einer großen Wunde am Hinterkopf gepumpt wurde. Seine Arme hingen schlaff am Körper, einen halben Meter entfernt trieb eine blaue Kappe.

»Mama!«

Ein kurzer, aber nicht sehr artikulierter Schrei. Er kam von einem der beiden Mädchen, die am Ufer standen. Vielleicht auch von beiden. Obwohl sie nur die Mutter der einen war, die Nora hieß. Und als Judith an Land torkelte, war diese es, die sie aufzufangen versuchte. Es misslang ihr, und sie fielen beide in einem nassen und schmutzigen Knäuel auf die Erde.

»Verflucht«, sagte das andere Mädchen, deren Name Carol war. »Ich glaube, ich habe ihn umgebracht. Das … das habe ich nicht gewollt.«

Und dann sank auch sie zur Erde.

Deutlich später, nachdem die Dunkelheit sich auf Maardam und den Rest Europas herabgesenkt hatte, und Judith eine halbe Stunde in einem heißen Bad gelegen hatte, den Kopf auf die gelbe Gummiente gelegt, setzten sie sich daheim in der Minderstraat an den Küchentisch. Beratungen, hatte Judith es genannt. Hier waren Beratungen erforderlich.

Sie dauerten einige Zeit; ein Stapel belegte Brote, zwei Kannen Tee und ein paar Schuss Rum, und so, wie sie sich entwickelten, musste Nora nicht mehr die Wochen bis zu ihrem achtzehnten Geburtstag warten, um die Identität ihres Vaters zu erfahren.

Judith, Nora, Carol – November 2019

Auf dem Weg nach Aarlach hatte es angefangen zu schneien, aber eine halbe Stunde später überlegte der Niederschlag es sich anders und ging in traditionelleren Regen über.

Es war Samstag und der erste Tag in den Herbstferien. Mit anderen Worten ein ungewöhnlich früher Schneeschauer und ein ungewöhnlich früher Morgen dafür, dass es ein freier Tag war. Aber so war es nun einmal, und es gab eine vereinbarte Zeit. Judith fuhr, die Tasche lag neben ihr auf dem Beifahrersitz. Die Mädchen saßen auf der Rückbank; als die ersten Flocken zur Erde taumelten, hatten sie sofort *White Christmas* angestimmt, und auf Höhe von Görlingen waren sowohl *Jingle Bells* als auch *Ehre sei Gott* gesungen worden. Judith dachte, dass diese Fahrt von allen merkwürdigen in diesem Herbst für sie fast die merkwürdigste war. Zwei singende Achtzehnjährige und eine sagenhaft wertvolle Fracht waren unterwegs, um das letzte Kapitel einer Geschichte zu schreiben, die keine von ihnen für den Rest ihres Lebens irgendjemandem erzählen würde.

So sahen die Bedingungen aus, und so konnte das Dasein auch aussehen.

Während gewisser verdichteter Momente.

Kurz vor elf erreichten sie Aarlach und fanden problemlos die angegebene Adresse in der Pommerstraat. Es war ein schönes, altes Steinhaus mit hohen Sprossenfenstern und einer Treppe, die vom Bürgersteig zum untersten Stockwerk hinaufführte. Dort gab es eine Sprechanlage, neben der eine Anwaltskanzlei, ein Chiropraktiker, eine Versicherung und zwei Privatpersonen aufgelistet waren.

Sowie: *Prof. H. Gabler. Finanzielle Strategien und Immaterielle Beratung.*

Judith klingelte, bekam Kontakt und erläuterte ihr Anliegen, so wie sie es abgesprochen hatten. Ein kurzes, diskretes Surren gab an, dass die Tür offen war und sie eintreten konnten. Die Mädchen trugen die Tasche an den beiden Griffen zwischen sich, auch das war so abgesprochen worden.

Ein altertümlicher Aufzug mit Gittertür brachte sie in die oberste Etage. Zur Rechten die Versicherung, zur Linken *Prof. H. Gabler. FSIB.*

Erneutes Klingeln, erneutes Surren, erneutes Türöffnen. Sie betraten einen großzügigen Eingangsbereich mit Stuck an der Decke, Parkettboden und drei Ohrensesseln aus braunem Leder. Eine weitere Tür öffnete sich, und Prof. Gabler trat heraus.

In dem Moment überkam Judith ein kurzer Schwindel. Die Gemälde an den Wänden schienen sich zu bewegen, und der große Farn auf einem Piedestal vor einem Fenster mit Bleisprossen wankte kurz. Es ging schnell vorbei, und sie schaffte es, dem breiten Lächeln der Professorin mit einem eigenen zu begegnen, das, wie sie hoffte, zumindest als genau das gedeutet werden konnte. Als ein Lächeln.

»Hedda Gabler«, sagte die Professorin. »Wir können uns gern mit den Vornamen ansprechen.«

»Judith«, sagte Judith. »Judith Miller. Das sind meine beiden Mitarbeiterinnen Nora und Carol.«

Die Mädchen stellten die Tasche ab und grüßten.

»Ich war gerade ein wenig überrascht«, gestand Judith. »Mir war nicht wirklich klar, dass … dass Sie es sind.«

Hedda Gabler verlegte den langen, grauen Zopf zur anderen Schulter und nickte immer noch lächelnd. »Es gibt auf dieser Welt so viel, was man nicht versteht. Wenn Sie mir bitte in mein Büro folgen möchten.«

Leicht hinkend ging sie vor, und das Trio aus Maardam folgte ihr.

»Laut tagesaktuellem Goldpreis entspricht Ihre Lieferung einem Wert von ziemlich genau einer Million und zweiundneunzigtausend Euro. Angesichts der mir entstehenden Kosten und einer gewissen Gewinnspanne kann ich Ihnen neunhunderttausend Euro anbieten. Ich hoffe, das ist akzeptabel.«

Judith nickte: »Das ist es. Es ist eine gute Zahl, wenn man sie durch drei teilen möchte.«

»Ausgezeichnet. Sechshunderttausend sind wie verabredet bereits auf drei verschiedenen, diskreten Bankkonten eingegangen. Bitte sehr, hier sind die Quittungen für diese Überweisungen. Den verbleibenden Restbetrag, also dreihunderttausend Euro, werde ich Ihnen hier und jetzt in bar übergeben. Sind wir uns einig?«

»Absolut«, antwortete Judith. »Oder was sagt ihr, Mädchen?«

»Ja, danke, das ist gut so«, stimmte Nora zu.

»Wir haben uns gedacht, dass die Frau Professorin die Tasche behalten kann«, sagte Carol. Hedda Gabler lachte auf, holte eine kleine elektronische Waage heraus und bat, das Gold sehen und wiegen zu dürfen. Für alle Fälle.

»Natürlich«, versicherte Judith.

Diese Prozedur dauerte eine Weile, da jeder Barren einzeln gewogen werden musste, aber als das erledigt war, sah Professorin Gabler zufrieden aus. Sie ging zu einem der Ölgemälde an der Wand, schob es zur Seite und tippte eine Reihe von Codes auf der Tür des Tresors ein, der sich dahinter verbarg. Zog die schwere Tür auf und begann, Geldscheinbündel herauszuheben, die sie fein säuberlich auf ihrem sorgsam polierten Schreibtisch stapelte. Als sie fertig war, rückte sie ihren Zopf zurecht und wandte sich an Carol.

»Ich schlage vor, dass Sie die Tasche doch behalten. Sie scheint zur Anwendung kommen zu können.«

Sie lächelte. Das taten Judith Miller und ihre Helferinnen auch.

Jung, Dezember 2019

»Woran arbeitest du?«

Inspektor Jung sah von den Papieren auf seinem Schreibtisch auf und nickte Kellermann zu.

»Setz dich. Ich schaue mir die Geschichte mit Leo Frenkel an. Du weißt schon, die Leiche, die vor ein paar Wochen in Lingby gefunden wurde … es steht jetzt fest, dass es sich um Frenkel handelt.«

Inspektor Kellermann nahm Platz.

»Der Überfall auf den Geldtransport? Die Goldbarren, die verschwanden … wann war das noch mal?«

»Januar 2001. Frenkel, der Polizistenmörder Sandor und Jokovic, der Dritte im Bunde. Jetzt ist das ganze Trio weg, und seltsamerweise haben alle drei dieses Jahr das Zeitliche gesegnet.«

»Red weiter«, bat Kellermann. »Ich kenne nicht alle Fakten.«

Jung schob seine Blätter zusammen und stopfte sie in eine Mappe.

»Tatsächlich sind sie innerhalb eines halben Jahres gestorben.«

»Eigenartig«, sagte Kellermann. »Wie?«

»Ganz individuell«, antwortete Jung. »Jokovic fiel von einem Balkon und erlag seinen Verletzungen … das war im Mai. Sandor starb im September im Gefängnis von Würgau und Frenkel im Oktober oder November ... er hatte dort ja schon eine Weile gelegen, bevor er gefunden wurde.«

»Sicher, das ist mir bekannt. Eingeschlagener Schädel, wurde in einem Fluss gefunden, war es nicht so?«

»Stimmt«, sagte Jung. »Am Ufer. Vermutlich hat ein großer Stein die Schädeldecke zertrümmert und ihn augenblicklich getötet ... aber das ist ein wenig unklar. Die Frage ist, was zum Henker er da gemacht hat. Einen Kilometer entfernt stand ein gestohlenes Auto, das sich möglicherweise mit Frenkel in Verbindung bringen lässt. DNA ist bestellt, aber es dauert noch ein bisschen.«

Kellermann dachte einen Moment nach.

»War da nicht auch etwas mit einer Frau? Damals, nach dem Raubüberfall vor zwanzig Jahren ... als man Felix Sandor schnappte?«

»Richtig«, sagte Jung. »Und ich meine mich zu erinnern, dass man eine Zeitlang diesbezüglich ermittelt hat. Aber dann wurden die Ermittlungen eingestellt, weil sie eindeutig nicht in den Fall verwickelt war.«

»Und Sandor selbst ... war er nicht der Anführer der Bande? Er ist im Gefängnis eines natürlichen Todes gestorben?«

»Richtig«, wiederholte Jung.

»Hätte man seine Beerdigung nicht überwachen sollen ... wann immer sie war?«

Inspektor Jung seufzte und breitete die Hände aus. »Natürlich, so war es vorgesehen.«

»Aber?«

»Die Kollegen in Würgau haben sich im Datum geirrt. Sie dachten, die Beerdigung wäre zwei Tage später. Sie sind ausgerückt, aber auf einer ganz anderen Beerdigung gelandet ... es könnte auch eine Taufe gewesen sein. Tja, was soll man dazu sagen?«

»Shit happens?«, schlug Kellermann vor.

»Ja, genau«, sagte Jung. »Manchmal geht es eben schief. Und was unserem Freund Frenkel zugestoßen ist, werden wir wohl nie erfahren. Ebenso wenig …«

»Ebenso wenig?«

»Ebenso wenig, wo die zwanzig Kilo Gold abgeblieben sind. Aber es wäre schon ziemlich seltsam, wenn das eine nicht mit dem anderen zusammenhängen würde. Sozusagen.«

»Natürlich hängt das zusammen«, sagte Kellermann. »Aber wir finden nicht auf jede Frage eine Antwort, das habe ich im Laufe der Jahre gelernt. Wollen wir etwas essen gehen?«

Jung sah auf seine Armbanduhr. »Ja, es ist Zeit. Und morgen ist Silvester … musst du arbeiten?«

»Allerdings«, sagte Kellermann und stand auf. »Den Abend und die ganze Nacht. Ich habe vor, in meinem Zimmer auf 2020 anzustoßen. Und du?«

»Bin frei«, antwortete Jung. »Aber wenn ich daran denke, rufe ich dich um fünf vor zwölf an.«

»Danke«, sagte Kellermann. »Es ist der gute Vorsatz, der zählt.«

Die schwedische Originalausgabe erschien 2022 unter dem Titel
»En främling knackar på din dörr - och två andra brottstycken från Maardam med omnejd« im Albert Bonniers Förlag, Stockholm.

FSC www.fsc.org
MIX
Papier | Fördert gute Waldnutzung
FSC® C014496

Penguin Random House Verlagsgruppe FSC® N001967

1. Auflage

Neumarkter Straße 28, 81673 München
Umschlaggestaltung: semper smile, München
Umschlagmotiv: © Getty Images/Johner Images; Shutterstock/worradirek
Satz: GGP Media GmbH, Pößneck
Druck und Einband: GGP Media GmbH, Pößneck
Printed in Germany
ISBN 978-3-442-76250-7

www.btb-verlag.de
www.facebook.com/penguinbuecher